Nora Roberts est la plus grande autrice de littérature féminine contemporaine. Ses romans ont reçu de nombreuses récompenses et sont régulièrement classés parmi les meilleures ventes du *New York Times*. Des personnages forts, des intrigues originales, une plume vive et légère... Nora Roberts explore à merveille le champ des passions humaines et ravit le cœur de plus de quatre cents millions de lectrices à travers le monde. Du thriller psychologique à la romance en passant par le roman fantastique, ses livres renouvellent chaque fois des histoires où, toujours, se mêlent suspense et émotions.

LES CICATRICES DU CRIME

LIEUTENANT EVE DALLAS • 54

NORA ROBERTS

LIEUTENANT EVE DALLAS · 54

LES CICATRICES DU CRIME

Traduit de l'anglais (États-Unis)
par Guillaume Le Pennec

J'AI LU

Titre original
ABANDONED IN DEATH

Éditeur original
St. Martin's Press,
an imprint of St. Martin's Publishing Group, New York

Mère est le nom pour Dieu sur les lèvres
et dans le cœur des petits enfants.

William Makepeace THACKERAY

Il délire, mais sa folie ne manque pas de méthode.

William SHAKESPEARE

1

Passé

Sa décision d'en finir lui apportait la paix. Tout serait tranquille, chaud et doux. Elle pourrait dormir, simplement dormir, pour toujours. Elle n'aurait plus jamais à se terrer dans le noir pendant que le propriétaire tambourinait à la porte pour réclamer un loyer qu'elle ne pouvait pas payer.

Ni à filer en douce par la fenêtre. Plus jamais.

Fini les gâteries à des clients puant la sueur pour s'acheter de quoi manger. Ou des cachets, plus indispensables encore que la nourriture. Les médocs qui lui faisaient tout oublier, même la douleur.

Elle irait peut-être même au paradis, comme dans les livres de catéchisme, là où tout le monde souriait dans une lumière dorée, au milieu des nuages.

Ou alors elle irait en enfer, où tout n'était que flammes, hurlements et damnation éternelle.

Ôter la vie, même à soi, était un grand péché d'après le pasteur Horace Greenspan. C'était à lui qu'elle avait taillé sa première pipe. Sa pénitence pour avoir été surprise en train d'embrasser Wayne Kyle Ribbet qui la tripotait sous son tee-shirt.

L'expérience lui avait appris, dès ses douze ans, qu'il valait mieux recevoir que donner pour ce genre de services.

Malgré tout, le suicide était un péché plus grave que de sucer de pauvres mecs en chien contre un peu de fric ou quelques cachets d'oxycodone. Donc elle finirait peut-être en enfer.

Mais n'y était-elle pas déjà ?

Malade une bonne moitié du temps, avec la peau en feu. À dormir dans sa voiture plus souvent que dans un lit et à errer de bled paumé en bled paumé.

À troquer son corps dans des ruelles moites en échange de médocs.

Les choses ne s'arrangeraient pas. Jamais. Elle avait fini par l'accepter.

Alors elle allait avaler les médocs, assez pour que l'oubli dure, dure et ne s'arrête jamais.

Mais avant cela, elle devait décider si elle allait ou non emmener son petit garçon avec elle. Ne serait-ce pas mieux pour lui aussi ?

Elle leva les yeux vers le rétroviseur pour le regarder. À moitié endormi dans son pyjama Spider-Man crasseux, il mâchonnait les Fritos qu'elle lui avait achetés avec le peu qui lui restait après avoir rempli le réservoir. Le petit était calme quand il avait la bouche pleine. Et elle avait besoin de calme.

Elle n'avait pas eu le temps, ou simplement la présence d'esprit, d'emporter quoi que ce soit après l'avoir sorti du lit. Elle n'avait qu'un peu d'argent – désormais presque entièrement dépensé – et des cachets – en trop petite quantité – fourrés au fond de son sac à main.

Ils ne possédaient pas grand-chose de toute façon et elle avait déjà balancé leurs rares possessions dans un sac-poubelle quelques semaines plus tôt. Elle ne disposait que de deux autres tenues pour le petit. Aucune n'était propre. Mais elle avait bien failli se faire pincer en essayant de piquer un tee-shirt et un jean pour lui dans un supermarché de Birmingham.

Si elle se faisait choper, ils lui prendraient son gamin, la seule chose au monde qui soit complètement à elle. Elle avait voulu le meilleur pour lui, non ? Elle avait fait de son mieux, non ? Cinq ans à se démener après que le salaud qui l'avait mise enceinte l'avait dégagée de sa vie.

Elle avait fait de son mieux mais ça n'avait pas suffi. Elle n'était jamais au niveau.

Et le petit n'était pas un cadeau non plus, il fallait bien l'admettre. Collant et pleurnichard comme pas un, au point que plusieurs baby-sitters l'avaient lâchée quand elle avait voulu faire serveuse ou strip-teaseuse dans un quelconque rade pourri.

Ce qui ne l'empêchait pas de l'aimer, ce petit merdeux. Et il le lui rendait bien.

— Maman, j'ai soif.

Soif, faim, fatigue, trop-plein d'énergie. Il y avait toujours un hic avec lui. Elle voyait autrefois la maternité comme quelque chose de sacré. Jusqu'à ce qu'elle constate que ce n'était qu'une suite ininterrompue de corvées, d'exigences et de déceptions.

Et qu'elle n'était pas à la hauteur, comme tout le monde le lui avait répété tout au long de sa foutue vie.

Elle ralentit le temps de lui tendre sa bouteille de Coca-Cola Cherry.

— Bois ça.

— J'aime pas ! C'est dégueu ! Je veux de l'orange ! C'est ça que j'veux ! T'es une méchante maman !

— Ne dis pas ça. Dis pas des choses comme ça. Tu sais que ça me fait du mal.

— Méchante maman, méchante maman ! J'ai soif !

— D'accord, d'accord. Je t'achèterai à boire dès que je trouverai un endroit où nous garer.

— Soif... J'ai trop soif !

Elle avait l'impression que ses geignements lui attaquaient le cerveau à la scie circulaire.

— Je sais, mon bébé chéri. On va bientôt s'arrêter. Tu veux qu'on chante une chanson ?

Elle avait la tête ramollie comme une vieille pomme pleine de vers.

Si elle avait pu être sûre, absolument certaine, d'en mourir, elle serait allée s'encastrer dans une voiture arrivant en face, histoire d'en finir. Au lieu de quoi elle se mit à chanter *Les Roues de l'autobus*. Et lorsqu'il reprit en chœur le refrain, elle se sentit, l'espace d'un instant, presque heureuse.

Elle glisserait l'un de ses cachets dans la boisson du petit. C'était la meilleure chose à faire. Il s'endormirait. Elle lui en avait déjà donné un quart par le passé quand elle avait besoin qu'il dorme. Mais cette fois, elle lui en donnerait un entier. Ça l'enverrait sûrement au paradis, non ?

Il y rencontrerait un petit chiot et des amis avec qui s'amuser, et il aurait tous les jouets qu'il voudrait. Plus des litres et des litres de soda à l'orange.

Même mal élevés, les petits garçons n'allaient pas en enfer.

Elle prit la première sortie d'autoroute, en quête d'un magasin ouvert vingt-quatre heures sur vingt-quatre. Elle se gara bien à l'écart des réverbères autour desquels virevoltaient des nuées d'insectes.

— Tu vas devoir rester dans la voiture. Sinon je ne pourrai pas t'acheter ta boisson. Reste bien dans la voiture, d'accord ? Si tu es sage, je te prendrai aussi des bonbons.

— Je veux des Skittles !

— Alors va pour les Skittles.

À l'intérieur, l'éclairage cru lui faisait mal aux yeux mais elle lui trouva un Fanta à l'orange et des Skittles. Elle envisagea de glisser discrètement le paquet de bonbons dans son sac mais elle était trop vannée pour même essayer.

Elle ressortit avec moins d'un dollar en poche. Mais là où elle allait, elle n'aurait de toute façon plus besoin d'argent.

Sur le trajet vers sa voiture, elle piocha une dose dans la poche à fermeture Éclair de son sac. La tête pleine d'images d'adorables boules de poils, de jouets et de son bébé adoré riant aux éclats avec les anges, elle glissa un cachet dans la canette.

C'était mieux pour tous les deux.

La voyant arriver, il lui sourit – un sourire adorable – et s'agita joyeusement sur son siège.

— Je t'aime, mon bébé chéri.

— Je t'aime, maman. Tu m'as pris des Skittles ? Hein ? On repart à l'aventure ?

— Ouais, je t'en ai pris. Et ouais, on est repartis. Pour notre plus belle aventure, même. Et quand on arrivera, il y aura plein d'anges, de fleurs et de petits chiens pour nous accueillir.

— Je peux avoir un chiot ? J'peux, j'peux ? J'en veux un, là, tout de suite !

— Tu pourras en avoir autant que tu voudras.

Elle le regarda boire longuement à la paille qu'elle avait glissée dans la canette. Son petit homme tout blond. Il avait grandi en elle, était sorti d'elle. Elle avait tout donné pour lui.

Personne dans sa vie ne l'avait aimée comme lui.

Et elle avait tout gâché.

Elle reprit le volant, fenêtres ouvertes sur la nuit chaude et étouffante, et repartit non vers l'autoroute mais au hasard, sans but. Ils étaient quelque part en Louisiane. Mais ça n'avait pas d'importance. Elle se contentait de rouler, l'air moite sifflant à ses oreilles. Loin des centres commerciaux, loin des lumières de la ville.

Le petit se mit à chanter, mais au bout d'un moment sa voix se fit ensommeillée.

— Dors, mon bébé chéri. Fais dodo, maintenant.

Ce serait mieux pour lui, forcément, non ?

Les larmes se mirent à couler comme elle prenait à son tour un cachet.

Elle s'arrêterait quelque part, un coin sombre et à l'écart. Elle avalerait le reste des cachets puis s'installerait sur la banquette arrière avec son petit garçon. Ils monteraient ensemble au paradis.

Dieu ne la séparerait pas de son poussin, ni lui d'elle. Le petit était attendu dans les cieux et elle irait avec lui. Le Dieu des cours de catéchisme avait une longue barbe blanche et des yeux pleins de douceur. De la lumière jaillissait du bout de ses doigts.

C'était ça, le chemin du paradis.

Et dans l'obscurité elle aperçut une lumière. Un halo qui semblait briller au-dessus d'une petite église blanche et isolée, perchée au sommet d'une colline et entourée d'un gazon bien taillé et de massifs fleuris. Le parfum des fleurs lui parvenait de la vitre ouverte.

Hébétée, l'esprit embrumé, elle arrêta la voiture. C'était le paradis, ou quelque chose d'approchant. Suffisant pour son bébé chéri, en tout cas.

Elle porta celui-ci telle une offrande à ce Dieu au regard doux et à la barbe blanche, à ces anges souriants aux ailes déployées.

Au moment où elle le déposa devant la porte, il s'éveilla et l'appela dans un gémissement.

— Fais dodo, mon bébé chéri. Fais dodo.

Elle lui caressa le front jusqu'à ce qu'il s'apaise. Il n'avait pas avalé suffisamment de la boisson, songea-t-elle. Pas assez pour l'emmener rejoindre les anges et les chiots. Mais il serait peut-être encore mieux à cet endroit. Près du paradis, dans la lumière, entouré de fleurs.

Elle retourna à la voiture qui sentait les bonbons et la transpiration. Elle constata alors qu'il avait renversé sa boisson en s'endormant et que les Skittles s'étaient éparpillés sur la banquette comme autant de confettis colorés.

Il était à présent entre les mains de Dieu.

Elle reprit la route et roula sans s'arrêter, l'esprit flottant au gré des effets du médicament. Un pur bonheur, plus aucune souffrance. Elle était légère, si légère. Elle se mit à chanter pour le petit ; elle avait oublié qu'il n'était plus assis à l'arrière.

Sa tête ne l'élançait plus, ses mains ne tremblaient plus. Par la grâce du vent nocturne qui lui caressait le visage et les cheveux. Par la grâce de son médoc magique.

Allait-elle retrouver ses amis ? Elle n'arrivait pas à se le rappeler. Quel cours avait-elle dans la matinée ?

Peu importait. Plus rien n'avait d'importance maintenant.

En apercevant le lac sous le clair de lune, elle soupira. Bien sûr. C'était là qu'elle devait aller.

Comme un baptême. Un rituel de purification sur le chemin du paradis.

Ravie, elle appuya sur l'accélérateur et fonça dans l'eau. Et tandis que la voiture commençait à couler, tout doucement, elle sourit et ferma les paupières.

Présent

Elle s'appelait Mary Kate Covino. À vingt-cinq ans, elle était directrice marketing adjointe chez Dowell et Associés. Elle y avait été embauchée à la fin de ses études et avait gravi quelques échelons depuis.

Son métier lui plaisait.

Sa vie aussi, pour l'essentiel, même si son salaud de petit copain l'avait larguée juste avant l'escapade romantique qu'elle avait méticuleusement organisée pour eux.

La veille ? L'avant-veille ? Elle n'en était plus très sûre. Le souvenir de ces derniers jours de juin 2061 était tout embrouillé.

Elle avait une sœur plus jeune, Tara, étudiante à l'université Carnegie-Mellon.

Tara était la fille brillante. Et son frère aîné, Carter, le petit malin. Il venait de se fiancer avec sa copine, Rhonda.

Mary Kate avait aussi une colocataire, Cleo, presque une deuxième sœur. Elles partageaient un trois pièces dans le Lower West Side.

Elle avait grandi dans le Queens. Au moment du divorce de ses parents, quand elle avait onze ans, ils s'étaient tous comportés de manière plutôt civilisée. Ses deux parents s'étaient remariés – sans faire d'autres enfants – et leur deuxième round se passait bien. L'ambiance familiale était cool.

Pour son sixième anniversaire, ses grands-parents maternels – Papy et Mamie – lui avaient offert un chiot. Le meilleur cadeau du monde. Lulu avait eu une vie heureuse jusqu'au jour où, à l'âge de quatorze ans, elle s'était simplement endormie pour ne plus se réveiller.

Mary Kate aimait danser. Elle aimait les films à l'eau de rose, préférait le vin doux au sec et raffolait des sablés sucrés de Nonna, sa grand-mère paternelle.

Autant de faits et de souvenirs – de même, entre autres, que son premier rendez-vous amoureux ou sa fracture à la cheville lors de sa première (et dernière) tentative de faire du ski – qu'elle se remémorait chaque jour. Plusieurs fois par jour.

Il fallait qu'elle se souvienne de qui elle était, d'où elle venait et de tout ce qui constituait sa vie. C'était crucial. Parce que parfois tout lui semblait flou, déformé, décalé… et elle commençait à croire ce qu'il lui racontait.

Elle avait eu peur qu'il la viole. Mais il ne l'avait jamais touchée de cette façon. Pas touchée du tout, même. En tout cas pendant qu'elle était éveillée.

Elle était incapable de se rappeler comment elle était arrivée là. Un vide s'ouvrait après le moment où Teeg l'avait plaquée, après tous les cris, les vociférations et son retour chez elle, à pied, du bar, malheureuse et à moitié soûle. À se reprocher d'avoir traîné dans ce bar à la noix qu'il tenait, d'avoir consacré tant d'heures à l'aider, jusqu'à cinq soirs par semaine, merde !

Tout ça en échange de l'un de ses fameux sourires craquants.

Elle s'était ensuite réveillée dans cet endroit, malade et le cœur battant. Plongée dans le noir, enchaînée dans une pièce sombre à côté d'un lit de camp. Un vrai scénario de film d'horreur.

Puis l'homme était arrivé. Avec son air d'oncle intello au teint pâle.

Il avait allumé l'unique ampoule et elle avait pu constater qu'elle se trouvait dans une cave sans fenêtres avec un sol bétonné et des murs recouverts de crépi.

Le type avait des yeux d'un bleu pétillant et des cheveux d'un blanc immaculé.

Un grand sourire aux lèvres, il avait déposé sur le lit un plateau garni d'un bol de soupe et d'une tasse de thé.

— T'es réveillée. Tu te sens mieux, maman ?

Il s'exprimait avec un accent nasillard du Sud et une diction enfantine. Une information à retenir mais sur le moment la panique avait supplanté le reste.

Elle l'avait supplié de la laisser partir, avait pleuré, tiré sur les chaînes à son poignet et à sa cheville gauche.

Sans lui prêter attention, il s'était levé pour sortir des vêtements d'un placard et les disposer, soigneusement pliés, sur le lit.

— Je sais que ça va pas fort mais je vais prendre soin de toi. Après, c'est toi qui t'occuperas de moi. C'est ce que font les mamans. Elles s'occupent de leurs petits garçons.

Elle avait eu beau pleurer, hurler, exiger qu'il s'explique ou l'implorer de la libérer, il s'était contenté de sourire en la dévisageant de ses yeux brillants.

— Je t'ai fait une soupe et du thé, tout seul comme un grand. Tu te sentiras mieux après avoir mangé. Je t'ai cherchée partout, longtemps. Maintenant que t'es là, on va enfin être ensemble. Tu pourras être une gentille maman.

Parfois s'allumait dans son regard un éclat qui la terrifiait plus que l'obscurité, plus que les menottes et les chaînes.

— Cette fois, tu vas être une gentille maman et prendre soin de moi comme t'es censée le faire. Je t'ai fait une soupe, alors mange-la ! Sinon tu le regretteras…

Terrifiée, elle s'était assise sur le lit et avait saisi la cuillère. Le liquide était tiède et fade mais avait apaisé ses cordes vocales à vif.

— Il faut dire « merci » ! Et que je suis un bon garçon !

— Merci. Je… je ne connais pas votre nom.

Elle avait bien cru qu'il allait la tuer à ce moment-là. Le visage rouge, les yeux écarquillés, il avait cogné ses poings l'un contre l'autre.

— Je suis ton bébé chéri. Dis-le ! Dis-le !

— Mon bébé chéri. Pardon. Je ne me sens pas très bien. J'ai peur.

— Moi aussi, j'avais peur quand tu m'enfermais dans la chambre pour pouvoir faire des choses vilaines avec des messieurs. J'avais peur quand tu me donnais des trucs pour dormir pour que je vous laisse tranquilles. J'avais peur quand je me réveillais, malade, et que tu n'étais pas là, qu'il faisait noir. J'ai pleuré. Beaucoup.

— Ce n'était pas moi. Je vous en prie, ce n'était pas moi. Je... Vous êtes plus vieux que moi, donc je ne peux pas être votre mère. Je n'ai pas...

— Les menteuses vont en enfer ! En enfer, avec les flammes et le diable. Mange ta soupe et bois ton thé si tu ne veux pas que je te laisse ici toute seule, comme tu l'as fait avec moi.

Elle avait repris une cuillérée de soupe.

— C'est très bon. Tu l'as bien préparée.

Le sourire ravi était instantanément réapparu.

— Tout seul comme un grand.

— Merci. Euh, tu n'as personne d'autre ici pour t'aider ?

— Tu es avec moi, maintenant, maman. Ça fait très, très longtemps que j'attends. Les gens ont été méchants avec moi et j'ai pleuré pour que tu reviennes. Mais tu n'es pas revenue.

— Je suis désolée. Je... je ne savais pas comment te rejoindre. Toi, comment tu m'as trouvée ?

— J'en ai trouvé trois. Un chiffre qui porte chance. L'une des trois sera la bonne... Bon, je suis fatigué. C'est l'heure du dodo. Quand tu iras mieux, tu viendras me border comme tu aurais dû le faire avant. Et me lire une histoire. Et on chantera des chansons.

Il était reparti vers la porte.

— « Les roues de l'autobus tournent, tournent… »

Il avait tourné vers elle son visage de sexagénaire chantant avec la voix d'un enfant.

— Bonne nuit, maman.

La lueur féroce s'était rallumée dans son regard.

— Dis « Bonne nuit, mon bébé chéri » !

— Bonne nuit, mon bébé chéri.

Il avait fermé la porte derrière lui. Elle avait entendu claquer plusieurs verrous.

Elle entendait d'autres choses dans l'espace hors du temps de cette pièce sans fenêtres. Des voix qui hurlaient, pleuraient. Parfois, ces voix semblaient lui appartenir, parfois, elle savait que ce n'était pas le cas.

Personne ne venait quand elle appelait.

À un moment, elle avait cru entendre des coups derrière le mur de l'autre côté de la pièce. Mais elle était tellement épuisée…

Il droguait sa nourriture, elle en avait bien conscience. Mais si elle ne mangeait pas, il éteignait toutes les lumières et la laissait dans le noir jusqu'à ce qu'elle cède.

Parfois, il ne lui parlait plus avec sa voix nasillarde d'enfant mais avec celle d'un homme, raisonnable et ferme.

Un soir, il ne vint pas. Ni pour lui porter de quoi manger, ni pour réclamer qu'elle change de tenue. Elle disposait de trois ensembles qu'elle faisait tourner. Il ne vint pas non plus s'asseoir pour la gratifier de son sourire terrifiant en lui réclamant une chanson ou une histoire.

Elle allait finir ses jours dans cet endroit, à mourir lentement de faim, enchaînée, piégée, parce qu'il l'avait oubliée ou avait été renversé par une voiture.

Mais non, non, on était forcément à sa recherche. Elle avait une famille, des amis. Ils devaient remuer ciel et terre pour la retrouver.

Elle s'appelait Mary Kate Covino. Elle avait vingt-cinq ans.

Alors qu'elle reprenait sa litanie intérieure, elle entendit crier. C'était lui. Avec la voix haut perchée de l'enfant gâté qu'il adoptait quand il était contrarié ou en colère. Puis une autre voix lui répondit…

Non, comprit-elle, c'était toujours la sienne, mais avec son timbre d'homme cette fois. Animée d'une colère froide.

S'ensuivirent des pleurs et des supplications. Une femme.

Mary Kate ne put distinguer les paroles, seulement le ton empreint de colère et de désespoir.

Elle se traîna jusqu'au mur et y pressa l'oreille dans l'espoir d'entendre quelque chose. Ou d'être entendue.

— Je vous en prie, aidez-moi. Au secours ! Au secours ! Je suis là. Je m'appelle Mary Kate et je suis là.

Elle entendit un cri, suivi d'un choc sourd. Puis le silence se fit.

Elle martela le mur de ses poings, jusqu'au sang, en appelant à l'aide.

La porte de sa prison s'ouvrit d'un coup. Il se dressait sur le seuil, le regard fou, son visage et ses vêtements éclaboussés de sang. De l'hémoglobine gouttait encore de la lame qu'il tenait à la main.

— La ferme ! gronda-t-il en faisant un pas vers elle. Ferme ta gueule !

Il s'approcha un peu plus. Elle se surprit elle-même à crier :

— Mon bébé chéri !

Il s'arrêta net.

— J'ai entendu un vacarme terrible et j'ai cru que quelqu'un s'en prenait à toi, dit-elle. Et je ne pouvais pas te rejoindre, mon bébé chéri ! Je ne pouvais rien faire pour te protéger. Quelqu'un a fait du tort à mon bébé chéri.

— Elle a menti !

— Qui a menti, mon bébé chéri ?

— Elle a fait semblant d'être maman mais ce n'était pas elle. Elle m'a traité de tous les noms et a essayé de m'attaquer. Elle m'a giflé ! Mais là, c'est moi qui lui ai fait du mal. On va en enfer quand on ment. Donc elle a fini en enfer.

Il avait tué quelqu'un, quelqu'un comme elle. Avec ce couteau. Et elle serait la suivante.

La peur panique laissa place à une volonté froide, inflexible. La volonté de survivre.

— Oh, mon pauvre bébé chéri. Tu peux m'enlever ces... bracelets pour que je puisse m'occuper de toi ?

La rage et la folie s'atténuèrent dans les yeux de son geôlier au profit d'un éclat rusé.

— Elle a menti et elle est en enfer maintenant. Souviens-toi que c'est ce qui arrive quand on ment. Maintenant tu dois te taire. Numéro un est en enfer, donc à numéro deux de nettoyer ce bazar. C'est ce que font les mamans, elles nettoient le bazar.

Peut-être que tu seras la bonne. Mais si tu n'es pas sage, si tu me donnes mal au crâne, alors ça sera mal barré pour toi.

— Je peux m'occuper de tout nettoyer, si tu veux.

— C'est pas ton tour !

Il ressortit d'un pas lourd et, pour la première fois, sans refermer ni verrouiller la porte.

Mary Kate s'en approcha autant que possible. Elle n'était pas en mesure d'atteindre le panneau mais pouvait regarder au-delà du seuil.

Elle aperçut un corridor éclairé par une lumière crue. Murs en pierre, sol en béton. Et une autre porte, pratiquement en face de la sienne. Verrouillée de l'extérieur.

Numéro deux ? Une autre femme, une autre prisonnière. Elle s'apprêtait à appeler quand elle entendit l'homme revenir.

« Survivre avant tout », se dit-elle avant de retourner s'asseoir sur le lit de camp.

Il ne tenait plus le couteau mais un grand verre. Une boisson aux protéines, supposa-t-elle. Il lui en avait déjà fait boire auparavant. Mélangée à de la drogue. Encore de la drogue.

— Mon bébé chéri…

— J'ai pas le temps, là. Elle a tout gâché. Bois ça, y a plein de nutriments.

— Et si je te préparais quelque chose à manger ? Tu dois avoir faim.

Il la dévisagea. À cet instant, il avait l'air presque sain d'esprit. Et lorsqu'il prit la parole, sa voix était calme et posée :

— Tu n'es pas prête.

Elle s'efforça de ne pas frémir quand il lui caressa les cheveux.

— Loin de là, ajouta-t-il. Mais je pense que tu finiras par l'être. Je l'espère.

Elle sentit une brève piqûre dans son cou.

— Je n'ai pas le temps, dit-il. Tu pourras boire ça à ton réveil. C'est important que tu sois en bonne santé. Allonge-toi et dors. Je vais être très occupé.

Elle sentit son esprit lui échapper tandis qu'il repartait jusqu'à la porte. Elle eut à peine le temps d'entendre claquer le verrou avant de perdre connaissance sur le lit de camp.

Il avait un plan. Il avait toujours un plan. Et les outils nécessaires.

Avec minutie – c'était un homme méticuleux –, il recousit la plaie à la gorge de la fausse maman. Puis il enroula un large ruban de velours noir autour de la blessure.

Le résultat était, à ses yeux, plutôt élégant.

Il lui avait déjà coupé les cheveux avant de l'amener – si plein d'espoir ! – jusqu'à ce stade.

Il s'était appliqué à la peigner et à la coiffer comme il fallait à l'aide des produits appropriés.

Avant de lui choisir une tenue, il l'avait lavée avec soin de manière à ce que pas une goutte de sang ne macule sa peau.

En fond sonore, il avait lancé l'une des chansons de maman.

— *I'm coming up*, chantait-il en même temps que Pink, *so you better get this party started*[1].

---

1. Extrait de la chanson *Get the Party Started* de Pink, sortie en 2001, que l'on pourrait traduire par « Je suis en route, donc dépêchez-vous de commencer la soirée ». *(N.d.T.)*

Une fois la fausse maman habillée, il s'attaqua au maquillage. Il avait toujours aimé la regarder se maquiller. Tous ces vernis, ces poudres et ces pinceaux.

Il lui peignit les ongles – des doigts comme des orteils – dans un bleu vif et joyeux. Sa couleur préférée. Il ajouta ensuite les grandes boucles d'oreilles. Il s'était déjà chargé des autres piercings ; il n'eut plus qu'à ajouter des clous d'oreilles dans le deuxième trou et le cartilage de son oreille gauche.

Sans oublier la petite barre argentée à son nombril.

Elle avait un faible pour les très hauts talons et les chaussures pointues, même si elle portait surtout des tennis. Il se rappelait bien la manière dont elle regardait les escarpins dans les vitrines des magasins. Il leur était arrivé d'entrer pour qu'elle puisse les essayer.

« On fait semblant, mon bébé chéri, lui disait-elle. On joue à se déguiser. »

Alors il lui glissa aux pieds une paire qui lui aurait plu. Un peu serrée, mais ça n'avait pas d'importance.

En guise d'hommage final, il vaporisa sur la dépouille son parfum préféré, *Party Girl*.

Une fois les préparatifs terminés, avec tout le soin dont il était capable, il prit une photo d'elle. Il l'encadrerait et la garderait en souvenir.

— Tu n'es pas maman mais j'aurais voulu que tu le sois. Tu n'aurais pas dû mentir, donc tu dois partir. On aurait pu être heureux si tu n'avais pas fait ça.

Numéro deux et numéro trois dormaient. Il espérait que numéro deux avait retenu la leçon après avoir été obligée de tout nettoyer. C'était important d'apprendre ses leçons.

Demain, il lui couperait les cheveux comme il fallait et lui ferait le tatouage et les piercings. Et elle verrait que tout ce qu'elle avait à faire, c'était être une gentille maman et rester auprès de lui pour toujours, s'occuper de lui pour toujours.

Et ils seraient heureux pour l'éternité.

Mais la fausse maman devait laisser sa place.

Il la fit sortir sur le brancard – il avait tout prévu ! – et la poussa jusqu'au garage. Une fois les portes de chargement ouvertes, il la fit rouler, non sans effort, jusqu'au sommet de la rampe et à l'intérieur de la camionnette.

Il veilla à fixer le brancard avant de s'asseoir au volant. Il n'aurait pas fallu que ça brinquebale et se renverse à l'arrière. Même si c'était frustrant, il s'était bien douté qu'il devrait éliminer plusieurs candidates avant de trouver la bonne. Il savait donc déjà où l'emmener.

Il sortit prudemment du garage et attendit que les portes se soient lourdement refermées derrière lui.

Il fallait un endroit suffisamment éloigné du foyer que maman et lui fonderaient pour que la police ne vienne pas poser de questions. Mais pas au point de lui prendre trop de temps pour s'y rendre.

Un accident était vite arrivé.

Le lieu devait être au calme, sans témoins potentiels. Même à cette heure de la nuit, il fallait connaître New York pour savoir où trouver un coin tranquille. La petite aire de jeux semblait parfaite.

Les enfants ne jouaient pas à 3 heures du matin. Bien sûr que non ! Même quand ils étaient obligés de dormir dans la voiture parce qu'un méchant proprio les avait mis dehors, ils ne sortaient pas jouer si tard.

Il se gara aussi près que possible de l'aire de jeux et se mit rapidement au travail. Il avait enfilé une combinaison noire, des chaussons jetables par-dessus ses chaussures et une casquette pour retenir ses cheveux. Il s'était non seulement passé les mains au Seal-It, mais portait aussi des gants. Rien ne dépassait. Rien du tout.

Il fit rouler le brancard jusqu'au banc où les gentilles mamans regardaient leurs enfants jouer sous le soleil.

Il l'allongea dessus, comme si elle dormait. Puis il disposa sous ses mains jointes l'affichette qu'il avait fabriquée à l'aide de papier cartonné et d'un crayon gras noir.

Un moyen de faire savoir ce qu'elle était.

MÉCHANTE MAMAN !

Il retourna jusqu'à la camionnette et redémarra. Retour au garage, à la maison.

La maison était à lui parce qu'elle l'avait abandonné. À lui parce qu'elle lui en avait donné le titre de propriété, les clés, les codes et tout le reste.

Mais il ne voulait pas de tout ça. Une seule chose l'intéressait.

Sa maman.

Il se mit en pyjama, se lava les mains et le visage et se brossa les dents, comme un gentil garçon.

Puis il s'installa dans son lit à la lumière de la veilleuse.

Il s'endormit, sourire aux lèvres, et s'abandonna aux doux rêves des innocents.

2

Dans la lumière pâle de l'aube naissante, le lieutenant Eve Dallas franchit le cordon de sécurité, insigne à la main, pour examiner le corps sur le banc.

Eve, grande et élancée, prit mentalement note de tous les détails. La position et l'état de la dépouille, la distance entre le banc, la rue et les immeubles.

Une légère brise agitait l'air qui, bien que chargé de fraîcheur matinale, sentait déjà un peu l'été. Le vent jouait dans les mèches courtes et brunes d'Eve et répandait le parfum enjoué d'une jardinière en béton à côté du banc.

Pour une fois, l'équipière d'Eve l'avait devancée sur la scène de crime. Il faut dire que l'inspecteur Peabody n'habitait qu'à quelques rues de là. Peabody, avec ses habituels manteau et bottes roses, laissa échapper un soupir.

— À deux pas de chez nous, dit-elle.

— Effectivement.

Eve estima que la victime, une femme blanche, avait environ vingt-cinq ans. Elle gisait entièrement habillée, dans une posture paisible, les mains repliées sur une espèce de pancarte qui la désignait comme une « méchante maman ».

— Faites-moi le topo, dit-elle.

— Les premiers collègues sont arrivés sur place en réponse à un signalement à approximativement 6 h 45. Une compagne licenciée est sortie d'un taxi au coin de la rue pour marcher jusqu'à son appartement, indiqua Peabody en pointant le doigt vers l'ouest. Elle a vu la victime en passant devant le banc. D'après sa déclaration, elle a pensé que c'était une sans domicile fixe et a voulu lui laisser quelques dollars après une soirée très lucrative. C'est à ce moment qu'elle a compris que la victime n'était pas endormie. Elle s'apprêtait à appeler les secours quand elle a vu le véhicule de patrouille tourner le coin de la rue. Elle a fait signe aux collègues. On a toutes ses coordonnées, donc l'agent Steppe l'a escortée jusque chez elle.

— Vous avez identifié la victime ?

— Lauren Elder, vingt-six ans. Elle habitait sur la 17e Rue Ouest. Son compagnon, Roy Mardsten, a signalé sa disparition il y a dix jours. Elle était serveuse chez *Arnold's*, un bar huppé sur la 14e Rue. J'y suis déjà allée. Elle n'est pas rentrée du travail le 28 mai au soir. C'est l'inspecteur Norman, du quarante-trois, qui s'est chargé de l'enquête.

— Heure et cause du décès ?

— Je n'en suis pas encore là. McNab... Ah, le voilà !

Eve tourna la tête pour voir le petit ami de Peabody – un crack de la Division de détection électronique – s'approcher d'un pas rapide.

Le soleil levant n'arrivait pas à la cheville de son tee-shirt orange vif sous un manteau mi-long couleur de prune irradiée associé à un pantalon baggy bariolé probablement peint à la bombe par une armée de bambins fous à lier. La queue-de-cheval blonde de McNab se balançait de droite à gauche, son éclat rehaussé par ses innombrables boucles d'oreilles brillant de mille feux.

— Pas de caméras de surveillance dans la zone, leur annonça-t-il. Quartier tranquille, sécurité minimale. Désolé.

— Puisque vous êtes là, vous pourrez vous joindre à nos collègues pour interroger les voisins et établir si quelqu'un a vu la victime être déposée ici.

Son enregistreur activé, Eve s'accroupit et ouvrit son kit de terrain.

— La victime est identifiée comme étant Lauren Elder, de sexe féminin, âgée de vingt-six ans, disparue depuis le 28 mai dernier. Et détenue contre sa volonté si j'en juge par les marques sur son poignet droit et sa cheville gauche. Ses vêtements semblent intacts. S'il y a eu agression sexuelle, le tueur l'a rhabillée.

Eve huma l'air, sourcils froncés, puis renifla.

— Elle porte du parfum.

— Elle est aussi maquillée avec soin, commenta Peabody. Un maquillage parfait. Et sa coiffure est impeccable.

— Oui. Son vernis à ongles semble récent. C'est lui qui l'a apprêtée ainsi, c'est le plus logique. « Méchante maman ! » Elle ne ressemble pas spécialement à une mère, si ? Elle ferait plutôt penser à une fêtarde. Peut-être qu'il y a une connotation sexuelle dans l'emploi du mot « maman » ici.

Elle fronça de nouveau les sourcils et chaussa ses microlunettes pour se pencher vers l'abdomen que dévoilait le petit top pailleté.

— La petite barre de piercing, là ? Ça m'a l'air récent. C'est encore un peu rouge. À confirmer par le légiste mais ça me paraît frais. Pourquoi les gens se perforent-ils le nombril ?

— Si j'avais les mêmes abdos qu'elle...

Eve lança un coup d'œil vers Peabody.

— Il y a de bonnes chances pour qu'elle n'ait pas choisi de se faire faire ce piercing... Ni de se faire trancher la gorge, ajouta-t-elle en desserrant du bout du doigt le ruban noir.

— Bon sang, il l'a recousue !

— Et soigneusement. Cet endroit n'a clairement servi qu'à se débarrasser du corps. Il n'a pas fait tout ça ici. Et on connaît maintenant la cause de la mort.

Elle sortit l'une de ses jauges.

— Heure du décès : 22 h 20. Le parfum est plus fort au niveau du cou. Voyons si on peut prélever un échantillon pour le labo.

— Je vous parie qu'elle a aussi des produits dans les cheveux.

Peabody toucha la chevelure de la victime de son doigt protégé par le Seal-It.

— Oui, c'est une sorte de gel de coiffure, avec peut-être une touche de laque en spray. Pour maintenir ces mèches en pointes.

— Passons par Harvo, notre reine des cheveux et des fibres. Elle identifiera tout ça pour nous. Notre tueur nous a fourni beaucoup d'indices. On va pouvoir identifier les cosmétiques, les produits capillaires, peut-être aussi le vernis à ongles. Tâchons de savoir si ces vêtements sont les siens, car ce n'est peut-être pas le cas.

Elle retira par curiosité l'une des chaussures.

— Un peu serrée. Ce n'est pas sa pointure. Même vernis aux orteils, parfaitement appliqué. Elle est aussi très propre. Impossible de rester aussi pimpante après plus d'une semaine menottée. Donc il l'a lavée. Ils pourront peut-être identifier les produits dont il s'est servi.

— Je ne vois aucune autre blessure. Rien qui indique qu'il l'ait violentée par ailleurs.

Peabody effectua un prélèvement qu'elle mit sous scellés.

— Retournons-la.

Elles travaillèrent de concert pour faire rouler le corps sur lui-même.

— Un tatouage au bas du dos. Un grand papillon, bleu avec des fioritures jaunes. Récent, lui aussi, Peabody. Ça date de quelques jours au plus. Ça n'a pas encore cicatrisé.

— On dirait un tatouage professionnel. Je veux dire, ça n'a pas l'air artisanal. Une manière de signifier qu'elle lui appartenait ? s'interrogea Peabody. Le tatouage, le piercing.

— Possible. Pour la faire correspondre à une image précise. « C'est ce que je veux, donc c'est l'apparence que tu auras. » Elle est blonde sur sa photo d'identité ?

— Oui mais avec des cheveux plus longs, qui descendent sous le menton. Elle a un carré sur sa photo officielle.

Peabody ramena en arrière ses propres cheveux bruns aux pointes teintes en rouge et afficha la photo sur son mini-ordinateur.

— Et vous voyez ? Elle est maquillée de manière beaucoup plus subtile, plus naturelle. Et aucune mention de signes particuliers, comme un tatouage.

— Le tueur a une image en tête, devina Eve. Et la victime a subi des ajustements pour y correspondre. Sa famille habite Flatbush, constata-t-elle en consultant l'écran de Peabody. Ses deux parents. On va parler au témoin et au conjoint, après quoi nous irons les informer. Appelez déjà la police scientifique et la morgue. On prendra la déposition complémentaire de la CL ensuite.

Eve recula de quelques pas en balayant du regard l'aire de jeux avec ses machins à grimper, ses bidules à dévaler, ses trucs façon toupies.

— C'est ici que Bella viendra jouer quand Mavis et Leonardo emménageront dans leur nouvelle maison. Avec McNab et vous. Et pareil pour leur deuxième enfant quand il arrivera.

— Ouais. À deux pas de chez nous, comme je vous le disais.

Eve étrécit les yeux.

— On va arrêter le coupable pour meurtre mais aussi pour avoir souillé l'aire de jeux de Bella.

Le témoin n'ayant rien d'autre à leur apprendre, elles se rendirent à l'appartement de la victime.

— Mesures de sécurité correctes, estima Eve en examinant l'immeuble.

Elle ne s'arrêta pas à l'interphone mais se servit de son passe-partout pour accéder à un petit hall d'entrée.

— Propre. On monte au troisième.

Délaissant les ascenseurs, elle emprunta l'escalier.

— Elle a bossé quatre ans chez *Arnold's*, détailla Peabody, qui poursuivait sa lecture en montant les marches. Une formation en école d'hôtellerie avant ça. Arrêtée deux fois pour troubles à l'ordre public. Des manifestations quand elle était étudiante, semble-t-il. Jamais mariée, c'était son premier concubinage. Ses parents, mariés depuis vingt-neuf ans, habitent Flatbush. Elle était l'aînée de trois enfants. Deux frères de vingt et vingt-quatre ans. Le plus âgé termine un troisième cycle, le benjamin est à la fac et tous les deux sont officiellement domiciliés chez les parents.

En arrivant au troisième, Eve capta les sons étouffés d'émissions matinales derrière les portes closes. En dehors de quoi l'étage était presque aussi silencieux que la cage d'escalier.

Elle actionna la sonnette du 305. Ni capteur d'empreintes ni caméra, constata-t-elle, mais des solides verrous et un judas.

Elle vit une ombre passer derrière l'œilleton.

Les verrous s'ouvrirent rapidement. Roy Mardsten faisait un bon mètre quatre-vingt-cinq pieds nus. Vêtu d'un pantalon de costume et d'une chemise laissée hors du pantalon, il tenait à la main une tasse qui sentait le faux café.

Ses cheveux noirs striés d'or, rassemblés en courtes dreadlocks, couronnaient un visage émacié à la peau noire. Il planta ses grands yeux au regard profond dans ceux d'Eve.

— Lauren, souffla-t-il.

— Monsieur Mardsten, je suis le lieutenant Dallas…

— Je sais qui vous êtes. Je vous ai vue au tribunal. Et j'ai vu le film. Je vous connais. Lauren. Mon Dieu, Lauren… Allez-y, parlez. Je vous en prie, ne tournez pas autour du pot.

Consciente que le monde venait déjà de s'écrouler pour lui, Eve obtempéra :

— J'ai le regret de vous informer que Lauren Elder est décédée.

Les doigts de Mardsten perdirent toute force. Dans un geste instinctif, Eve saisit la tasse avant qu'elle se renverse.

— Pouvons-nous entrer ?

— Je le savais. Je le savais mais j'espérais. Je me répétais qu'elle était forte et pleine de ressources et... Mais je le savais, parce que jamais elle n'aurait... Il faut que je...

Il se dirigea d'un air hagard vers l'un des deux fauteuils installés dans un séjour compact. L'endroit était d'une propreté impeccable, avec un petit sofa, quelques tables et de nombreux tableaux d'inspiration urbaine. Deux fenêtres, sans rideaux mais équipées de panneaux occultants, donnaient sur la rue.

Il s'assit, comme hébété, avant de se relever pour faire le tour de la pièce.

— Je peux pas. J'y arrive pas. Il faut...

— Monsieur Mardsten ? demanda Peabody d'une voix douce. Voulez-vous un verre d'eau ?

— Non. Non. Rien. Lauren... Lauren. Elle n'est pas rentrée. Son communicateur ne répondait pas. D'après Buddy, elle était partie à 2 h 30. Service du soir. Elle faisait le service du soir, donc je dormais et le matin est arrivé avant que je sache qu'elle n'était pas rentrée. J'étais allé me coucher et elle n'est pas rentrée...

Il se retourna vers elles, ses grands yeux pleins de larmes.

— Je dormais.

Il n'était pas en état de choc, estima Eve, parce qu'une partie de lui avait déjà compris. Seulement submergé par le chagrin.

— Vous permettez qu'on s'asseye, Roy ?

— J'aurais dû l'attendre.

— Cela n'aurait rien changé.

Eve le prit par le bras pour le ramener jusqu'au fauteuil. Elle posa la tasse de café sur la table à côté de lui et s'installa dans le second fauteuil.

— Je vous présente mes condoléances, Roy. Nous allons tout faire pour découvrir qui s'en est pris à Lauren. Mais nous avons besoin de votre aide.

— Ça n'est qu'à quelques rues d'ici. On a pris cet appartement parce qu'il était tout près.

— Depuis combien de temps vivez-vous ici ? s'enquit Peabody, bien qu'elle l'ait déjà lu dans le dossier.

— Six mois. On... on a commencé à sortir ensemble il y a un an, un an en mars dernier. Puis on a emménagé ici. Nous...

Il ferma les yeux et laissa des larmes rouler sur ses joues.

— C'est pas important. L'important, c'est elle. Qu'est-ce qui s'est passé ? Qu'est-il arrivé à Lauren ?

— Vous êtes étudiant en droit ? demanda Eve.

— Ouais. Ouais. Je travaille au cabinet Delroy, Gilby et Associés cet été en plus de suivre des cours du soir pour obtenir mon diplôme à l'automne.

— Quelle spécialité ?

— Droit pénal. Je veux bosser pour le procureur, poursuivre des criminels en justice.

Son regard s'enflamma derrière les larmes.

— Et encore plus maintenant ! Je sais qu'il faut que je me reprenne. Que je réponde à vos questions.

Je sais comment ça se passe. Mais je vous en prie, s'il vous plaît, dites-moi ce qui est arrivé à Lauren.

— Si vous connaissez la procédure, vous savez que nous n'en sommes qu'au tout début de l'enquête. Nous pouvons seulement présumer que Lauren a été kidnappée dans la nuit du 28 mai. Vous avez signalé sa disparition.

— Auprès de l'inspecteur Norman.

— Oui, et nous allons nous coordonner avec lui.

— D'après lui, elle a bien quitté le bar à l'heure indiquée par Buddy. Ils étaient les derniers, ils ont fait la fermeture. Après quoi Buddy est parti vers le métro et elle vers la maison. Jamais il ne lui aurait fait de mal, croyez-moi. C'est un ami. Et vos collègues ont vérifié, ils ont regardé les caméras du métro et tout le reste. Et l'inspecteur n'a pas pu identifier qui que ce soit qui aurait vu Lauren ensuite.

— Il a dû vous poser la question mais je le fais à mon tour : avez-vous connaissance de quelqu'un qui aurait pu en avoir après elle ? Un ex ?

— Non. Elle est sortie avec d'autres mecs avant moi, bien sûr, mais ça fait plus d'un an qu'on est ensemble et les gens tournent la page. Rien ni personne ne la faisait spécialement stresser. Elle n'a jamais mentionné avoir été embêtée ou même observée par quelqu'un. Il n'y avait aucun problème de ce genre. Elle me l'aurait dit.

Il saisit sa tasse de café puis la reposa.

— Est-ce qu'elle... Il... Est-ce qu'elle a été violée ?

— Ce sera au légiste de le déterminer mais elle était entièrement habillée. Que portait-elle pour aller travailler ?

— L'inspecteur Norman me l'avait aussi demandé. Ils ont une sorte de code vestimentaire chez *Arnold's*. Donc pantalon noir et chemisier blanc. Avec une paire de chaussures à talons plats parce qu'elle restait longtemps debout derrière le bar.

— Des bijoux ?

— Euh... Je lui ai offert une bague quand on a emménagé. Pas une bague de fiançailles, on n'était pas encore prêts pour ça, mais un anneau en argent porté au pouce. Et sa montre. Ses parents lui en ont offert une belle pour Noël. Lauren n'est pas du genre à mettre beaucoup de bijoux mais elle portait généralement des clous d'oreilles avec de petits rubis en forme de cœur. C'est sa pierre porte-bonheur et ses grands-parents lui en avaient fait cadeau pour ses vingt et un ans.

— Un à chaque oreille ?

— Ouais. Elle est du genre classique.

— Donc pas d'autres piercings, ni de tatouages ?

Un soupçon de sourire passa sur les lèvres de Roy.

— Lauren ? Oh non.

Il se redressa soudain.

— Attendez... Peut-être que ce n'est pas elle ? Vous n'êtes pas certaines de son identité ?

— Si, désolée.

— Comment ? Je veux dire, comment elle est morte ? Qu'est-ce qu'on lui a fait ? Je vous promets de ne pas m'effondrer. J'ai besoin de savoir.

— Les abrasions et lacérations visibles sur l'un de ses poignets et l'une de ses chevilles laissent penser que ses mouvements ont été restreints pendant un moment. L'examen auquel j'ai pu procéder sur la scène de crime indique que sa mort a été causée par une grave blessure au cou.

— On… on l'a égorgée ?

Il ferma les paupières et se prit le visage entre les mains.

— Une seconde… Laissez-moi une seconde… Sa famille. Je vais devoir prévenir sa famille. On se parle tous les jours. Ils sont fous d'inquiétude et il va falloir que je leur dise.

— Nous irons informer ses proches au terme de cette visite. Il est préférable que ce soit nous qui leur annoncions. Pourrions-nous voir la chambre à coucher ?

— La chambre ? Oh, bien sûr. J'ai aussi un petit bureau. Presque un placard, en fait, mais vous pouvez regarder. Je peux vous allumer l'ordinateur. Sentez-vous libre d'examiner tout ce qui pourrait être utile.

— Merci.

Il se frotta les yeux. Eve vit ses épaules trembler puis il se raidit et se redressa.

— Je dois appeler ma boss. Elle m'a donné ses coordonnées personnelles après la disparition de Lauren. Il faut que je la prévienne que je ne peux pas aller travailler.

— Très bien.

— Quand pourrai-je la voir ? Quand est-ce qu'on pourra la voir, sa famille et moi ?

— Je vous en informerai dès que ce sera possible. Sachez, Roy, qu'elle ne pourrait pas être entre de meilleures mains que celles de notre légiste.

— Je me souviens de lui dans le film, et je l'ai vu au tribunal, lui aussi. Vous allez trouver qui a fait ça. Qui lui a infligé ça.

Au moment de repartir, Eve avait une image plus claire de sa victime. Lauren Elder était proche de sa famille. Sa mère avait peint plusieurs des scènes urbaines affichées aux murs, et Lauren avait posé une photo de famille sur sa coiffeuse : un cliché de vacances à la plage où tout le monde faisait une grimace à l'objectif.

Elle conservait ses vêtements – d'un style plutôt conventionnel, avait confirmé Peabody – en ordre dans la penderie qu'elle partageait avec son compagnon. Elle n'était pas du genre froufrous ou bling-bling. Son ambition était d'être un jour propriétaire de son propre bar. Le contenu de son album de photos – sa famille, son cercle amical, ses collègues – laissait deviner une personnalité loyale et sentimentale.

Elle avait vécu en fonction de ses moyens et tenu un inventaire précis de ses pourboires. Au vu du montant, considérable, Eve déduisit qu'elle faisait bien son travail.

Aucun vernis à ongles et très peu de maquillage dans ses affaires.

Qui que le tueur ait voulu qu'elle soit, elle n'avait pas correspondu à l'image attendue.

— Ils s'étaient façonné un petit nid agréable, commenta Peabody en s'installant pour faire le trajet jusqu'à Brooklyn. La plupart de leurs meubles doivent provenir de leurs familles mais c'est joliment aménagé. Je doute que Mardsten puisse continuer à habiter là. Trop de souvenirs.

— Il attendait qu'on vienne toquer à sa porte depuis qu'elle a disparu. Il n'était pas prêt, parce qu'on ne l'est jamais, mais il nous attendait.

La famille non plus ne serait pas prête, songea-t-elle.

— Contactez l'inspecteur Norman, informez-le de la situation et récupérez ses dossiers. Il faudra qu'on aille parler au personnel du bar. Voyez ce qu'on peut organiser. En commençant par ce Buddy, puisque, à notre connaissance, c'est la dernière personne à l'avoir vue.

— Buddy[1] est son vrai prénom. Buddy James Wilcox. Qui appelle son gamin Buddy ?

— Ses parents, visiblement. Elle avait ses petites habitudes, reprit Eve en dépassant un minibus bien trop lent à son goût. D'après Roy, elle faisait le service entre 19 heures et la fermeture depuis huit mois. Ils avaient tous les deux leurs dimanches, plus les lundis pour elle et les samedis pour lui. Il passait parfois la voir au bar le samedi, mais consacrait surtout son temps libre à ses études. Les soirs travaillés, elle rentrait à la maison entre 2 h 15 et 2 h 30. Toujours le même trajet. À trois rues au nord et une rue à l'est.

— C'est sur cet itinéraire qu'on l'a kidnappée.

— Coup de chance pour le ravisseur, ou est-ce qu'il connaissait ses habitudes ? À mon avis, il était au courant. Elle correspondait au type de femme qu'il cherchait. Je consulterai Mira mais ça me semble le plus probable. Âge, couleur de peau, silhouette. Quelque chose chez elle cochait les bonnes cases. Après quoi il pouvait se charger lui-même des vêtements, du tatouage, de la coiffure.

— Il l'a gardée prisonnière pendant dix jours, ajouta Peabody. Largement assez pour faire tous ces ajustements.

1. Aussi utilisé comme surnom, *buddy* peut être traduit par « camarade », « mon pote », « mon vieux ». *(N.d.T.)*

— Le tatouage remonte à moins de dix jours. *A priori*.

— Un motif de bonne taille et détaillé, fit remarquer Peabody. Ça a dû prendre au moins deux heures.

— Le dessin est précis, peut-être du travail de pro. Mais est-ce qu'elle serait restée tranquille pendant qu'on lui enfonçait toutes ces aiguilles sous la peau ?

Eve sentit son dos se contracter rien qu'à cette idée.

— Elle a pu être maintenue par des sangles mais elle aura forcément bougé si elle était consciente, dit-elle.

— Je vais me faire tatouer, annonça Peabody.

Eve faillit freiner par pur réflexe.

— Hein ? Quoi ? Pourquoi ?

— Pas là, tout de suite. Je dois décider du dessin et de l'endroit. Juste un petit tatouage.

Peabody écarta son pouce et son index de quelques centimètres.

— À l'arrière de l'épaule ou de la cheville, je pense. Un truc un peu *girly*, sans doute.

— Un « truc *girly* » sculpté dans votre chair, donc. Pour toujours.

— C'est pour ça que le symbole ou l'image doit être parfaitement choisi.

— De minuscules aiguilles qui vous injectent de l'encre dans le corps. À vos frais. Et volontairement.

— Peut-être un chardon, le symbole écossais, en hommage à McNab. Ou alors un arc-en-ciel.

— Pourquoi pas carrément deux arcs-en-ciel. Un sur chaque fesse.

— Ou alors un croissant de lune avec une petite étoile, poursuivit Peabody sans se laisser démonter. Ce sont mes trois meilleures idées à ce stade. C'est une grosse décision.

— Payer quelqu'un pour vous injecter de l'encre ? Oui, c'est sûr. Maintenant, mettons de côté vos lubies d'automutilation et revenons à notre meurtre.

— C'est une expression de soi. De l'art corporel.

— Si vous le dites.

Toute cette conversation mettait Eve mal à l'aise. Le meurtre, au moins, c'était son rayon.

— On verra ce que donne l'analyse toxicologique mais on peut sans doute parier qu'Elder a été droguée pendant une bonne partie de ces dix jours. Cela dit, il faut quand même un endroit tranquille et isolé pour faire tout ça. Et un moyen de transport.

— Une maison à l'écart. Ou un appartement doté d'une insonorisation exceptionnelle. Auquel cas il faudrait aussi un accès privé à l'appart. Plus un endroit pour garer un véhicule. Ou peut-être que tout s'est passé dans un garage individuel ?

— Connaissait-elle le tueur ? Quelqu'un qu'elle aurait rencontré au bar, dans son ancien quartier ou dans le nouveau ? Il s'arrête en voiture à côté d'elle : « Salut, Lauren. »

— Les barmaids sont généralement du genre sympa. Ça fait partie du métier. Mais pourquoi monterait-elle de son plein gré dans un véhicule alors qu'elle n'est qu'à quelques rues de chez elle ?

— Vérifiez la météo du soir où elle a disparu. Sinon, il a pu l'attirer avec un subterfuge. « Hé, Lauren, regarde ça. » Ou alors il s'est garé sur son trajet et a fait mine d'avoir besoin d'aide. Ou il l'a attrapée par surprise, forcée à monter dans le véhicule. Pas de blessures à la tête visibles au premier examen sur la scène de crime, mais s'il l'a cognée, ça a eu le temps de guérir. Morris pourra nous le dire.

» Cela dit, une injection de drogue paraît plus probable. Il lui met un coup de seringue, la pousse dans la voiture et redémarre, souffla Eve en visualisant la scène. L'affaire est emballée en moins de trente secondes.

— Temps partiellement nuageux, sans précipitations, température minimale de seize degrés le soir du 28 mai...

Peabody abaissa son mini-ordinateur.

— Pas de quoi s'engouffrer dans une voiture pour faire moins d'un kilomètre.

Eve décida de faire elle-même le trajet à pied dès qu'elle en aurait le temps. L'annonce à la famille était prioritaire mais elle voulait marcher sur les pas de Lauren, voir ce que celle-ci avait vu.

— Si elle ne le connaissait pas, comment l'a-t-il sélectionnée ? Il a dû croiser sa route avant et la trouver à son goût, suffisamment pour la choisir. Au bar ? Est-ce qu'il serait du quartier ? Admettons qu'il l'ait repérée et étudiée avant d'en faire sa proie. Il a peut-être garé régulièrement son véhicule sur son trajet pour qu'elle ait l'habitude de le voir. Qu'elle trouve ça normal.

Elle examina la situation sous différents angles pendant la traversée du pont de Brooklyn.

— Qui est « maman » ? Ça aura de l'importance. Si ça représentait quelque chose de sexuel, il l'aura violée. Ou elle l'aura violée, s'il s'agit d'une tueuse. Si « maman » veut vraiment dire maman, c'est cinquante-cinquante.

— Beurk.

— Euclide n'avait pas un problème avec sa mère ?

— Euclide ? Euh, je crois pas, non. Il avait sûrement la bosse des maths mais j'ai jamais entendu parler de sa mère.

— Non, je parle du type avec le complexe, celui qui a couché avec sa mère et s'est crevé les yeux.

— Oh, ça c'est Œdipe, il me semble. Oui, Œdipe.

— Bref, un type glauque. Notre tueur a peut-être du désir pour sa mère mais celle-ci ne veut évidemment rien savoir donc il se crée un substitut. Ou alors elle a dit oui et ça a retourné le cerveau de notre homme. Résultat : substitut. Ou alors c'est une histoire différente en lien avec sa mère et il n'a pas de désir pour elle.

— Pourquoi la tuer après l'avoir recréée ?

— Ce n'est pas sa vraie mère. Et elle ne se comporte pas comme il faut, ne lui donne pas ce qu'il attend. Pas à la hauteur de l'originale. Le meurtre était la seule issue possible dès le départ.

— Pourquoi, à votre avis ?

— Parce qu'il est totalement dérangé, Peabody. Personne ne peut faire tout ça sans être frappadingue. Dix jours, dix mois, peu importe. La folie finit toujours par vous rattraper malgré vos tentatives pour la contrôler. Le tatouage parfaitement exécuté, le maquillage, la coiffure, les vêtements. C'est du contrôle, de la précision. Donc il en est capable. Mais derrière la façade… complètement timbré.

Reprenant ce raisonnement, Peabody se tourna vers Eve.

— Il va vouloir un nouveau substitut.

— Oui. Espérons qu'il n'a pas déjà choisi une nouvelle cible.

Eve suivit les instructions du GPS jusqu'à une charmante maison entourée d'un joli jardin au cœur d'un quartier de charmantes maisons aux jolis jardins.

— Le père est garagiste, avec sa propre entreprise, indiqua Peabody. La mère est artiste. Vous avez vu certaines de ses œuvres dans l'appartement de la victime. Elle tient une galerie locale. J'imagine que les frères doivent être revenus de l'université pour l'été. Il y a sûrement quelqu'un sur place.

— Allons voir.

Eve sortit de la voiture et se prépara à anéantir l'espoir d'autres innocents.

Sa tâche accomplie, Eve émergea de ce moment chargé en émotions avec un mal de tête bien décidé à lui vriller le sommet du crâne. Elle leur programma un café : noir pour elle, avec lait et sucre pour Peabody.

— Ils m'ont rappelé ma famille, soupira celle-ci. Ce ne sont pas des adeptes du Free Age mais ils sont très soudés. Ils s'en sortiront mais plus rien ne sera jamais tout à fait pareil pour eux.

— Vous pourrez lancer une recherche sur les deux ex-compagnons dont ils nous ont parlé. Ne serait-ce que pour confirmer que c'est une impasse. On va passer au bar puis vous pourrez rentrer et vous pencher sur ces ex, au cas où. J'irai à la morgue. Le temps que j'arrive, Morris devrait avoir au moins commencé son autopsie.

— Faut s'assurer que la piste des ex est une impasse, admit Peabody, mais ni l'un ni l'autre ne font de bons coupables. À mon avis, notre homme est plus âgé.

Même si elle était d'accord, Eve lança un regard interrogateur à son équipière.

— Pourquoi ?

— Ce contrôle et cette précision dont vous parliez. Pas impossible pour quelqu'un dans la vingtaine ou le début de la trentaine, bien sûr. On a déjà eu affaire à de jeunes tueurs très organisés. Mais il faut aussi y ajouter, de manière presque certaine, un lieu privé et un véhicule. Par ailleurs, il pourrait s'agir d'une tueuse. Les filles aussi ont des problèmes avec leur mère. Il faudrait alors qu'elle soit assez forte pour charger dans son véhicule une femme inconsciente ou qui se débat. À moins qu'on n'ait affaire à une équipe. C'est une possibilité. Peut-être même un frère et une sœur.

— Frère et sœur, reprit Eve en réfléchissant. Tous les deux obnubilés, très en colère ou très attirés par leur mère ? Pas impossible. Intéressant, même. Plus facile d'agir à deux pour kidnapper et transporter quelqu'un. La mort, par contre, semble avoir été causée par un seul et unique coup de couteau. Bon, le complice aura pu se charger de refermer la plaie. Ce qui, associé au ruban, peut être lu comme un signe de remords. Quoique le message le contredise. Ça fait penser à un dessin d'enfant, tracé avec leur truc...

— Un crayon gras.

— C'est ça. Un truc d'enfant. La victime est rendue jolie... ou en tout cas jolie selon lui, elle ou les deux. On la fait belle et on la dépose près d'un terrain de jeux. Encore un élément enfantin. Qui est « maman » ? Où est leur mère ? Est-elle toujours en vie, déjà morte ?

— La maman en question n'avait pas vraiment le sens du style, commenta Peabody. Franchement, sa tenue était de mauvais goût.

— Bon marché. Elle ne pouvait peut-être pas se payer mieux. Le jean était déchiré.

— J'ai vu des photos de ma grand-mère avec un jean troué au niveau des jambes. Quand elle était jeune.

— Vous n'êtes pas censés savoir tous coudre, dans le mouvement Free Age ? Elle n'aurait pas recousu les trous, en principe ?

— Je ne sais pas. C'était peut-être une mode à l'époque. Je vérifierai. Mais ce top super court, toutes ces paillettes et ces escarpins très habillés, plutôt kitsch et démodés, avec ce jean bizarre ? Ça fait un peu traînée, surtout avec le maquillage très marqué.

La mode ne faisait pas partie du domaine d'expertise d'Eve – loin de là – mais elle saisit le raisonnement de Peabody.

— Maman était peut-être dévergondée, ce qui pourrait faire partie du problème. Il, elle ou ils peuvent la voir comme ça, en tout cas. Ou ils veulent que maman soit dévergondée. Il faut vraiment que j'en parle avec Mira. Qui de mieux qu'une psy pour cerner la logique d'individus complètement timbrés ?

Elles passèrent une heure chez *Arnold's* à interroger, avec la coopération du patron, les collègues de la victime. Encore beaucoup de larmes mais aucune nouvelle information. Confirmation, par contre, du ressenti d'Eve : la victime menait une vie stable et heureuse, elle aimait son travail et les gens qui l'entouraient.

Quoiqu'un peu prétentieux, l'établissement lui avait également fait bonne impression. Ce n'était pas le bar de quartier où l'on se posait pour siffler une bière, plutôt l'endroit où l'on emmenait un nouveau flirt ou un client pour l'impressionner à coups de boissons sophistiquées servies dans d'élégants verres au milieu d'une ambiance tamisée.

On y servait de petites assiettes de fleurs de courgette bio et des truffes au fromage de chèvre.

Il faudrait vraiment qu'Eve soit affamée pour vouloir goûter aux unes ou aux autres.

Lorsqu'elle s'en ouvrit à Peabody, une fois dehors, celle-ci secoua la tête.

— C'est super bon, assura-t-elle. Et les chips à la pancetta sont fameuses. Vous devriez essayer à l'occasion.

— Je vous crois sur parole. Bon, allez au Central, voyez ce que donnent les ex, informez l'inspecteur Norman et arrangez-moi un créneau avec Mira. Je vais refaire le trajet aller-retour de la victime avant de passer à la morgue.

Elles se séparèrent et Eve s'éloigna à pied sous le soleil pas tout à fait chaud de la fin du printemps. Elle croisa des touristes – qui décidément ne savaient pas comment marcher sur un trottoir –, plusieurs enfants et bambins dans divers types de poussettes et un homme qui promenait un duo de minuscules chiens sans poils qui auraient pu passer pour de gros rats.

Les bestioles se mirent à japper sur son passage, prêtes à lui mordre les boots. L'homme fit mine de les gronder d'une voix doucereuse.

— Allons, allons, Sucre et Vanille, soyez sages !

Elle longea des maisons et immeubles bien entretenus, des magasins très fréquentés, des restaurants aux terrasses desquels les clients déjeunaient ou sirotaient un verre.

Quelques demeures disposaient de jardins en façade séparés des piétons par des clôtures plus ornementales que vraiment fonctionnelles. Des fleurs en pots s'épanouissaient sur les pas-de-porte. Un trio de travailleurs nettoyait efficacement les fenêtres d'un duplex. Une femme chargée de deux filets à provisions rejoignait d'un pas rapide la porte d'entrée d'un autre.

La circulation allait et venait sans heurts. C'en était presque agréable.

Difficile de faire mieux que New York au printemps. Si la ville restait de toute façon inégalable aux yeux d'Eve, le printemps lui conférait un charme particulier.

Eve s'arrêta de nouveau face à l'appartement de la victime. Roy avait laissé les panneaux occultants en place. Dans l'appartement du dessous, une femme assise sur le rebord de fenêtre en astiquait la vitre.

C'était apparemment la journée pour ça.

En retournant sur ses pas, Eve estima qu'une voiture bien entretenue garée sur cet itinéraire n'attirerait pas l'attention. Une vieille bagnole, oui, sans doute, mais qui remarquerait un véhicule propre et en bon état ?

Et la rue où habitait la victime devait être très calme en fin de soirée. La zone était presque entièrement résidentielle : les restaurants seraient fermés, de même que la boulangerie et l'épicerie.

Cinq minutes de marche à la nuit tombée, peut-être une ou deux de plus avec un pas tranquille. Ou moins à une allure plus sportive.

Un trajet facile, familier. Pas d'inquiétude.

Mais en quelques secondes, pas plus, tout avait basculé.

Et tout cela parce que, Eve en était convaincue, la victime ressemblait juste ce qu'il fallait à quelqu'un d'autre.

La méchante maman.

3

Eve s'avançait dans le long tunnel blanc de la morgue, accompagnée par l'écho de ses pas.

Ses pensées étaient tournées vers la victime et cet ultime trajet à pied. Elle était certainement fatiguée et devait marcher rapidement, pressée de se coucher.

Jeune, dans un espace familier, rentrant chez elle dans l'atmosphère nocturne paisible d'un quartier sûr.

Une cible facile pour un individu avec un plan précis.

Les mêmes questions demeuraient : pourquoi ce plan ? Pourquoi elle ?

Eve poussa l'une des portes d'accès au domaine de Morris et le trouva avec ses mains gantées plongées dans la cage thoracique de la victime.

Une musique résonnait en sourdine. Une voix de femme accompagnée de nombreux cuivres chantait son amour perdu.

Morris releva la tête et sourit.

— Un début de journée précoce pour vous et une fin qui l'est plus encore pour elle.

Eve déduisit du bleu lumineux de son costume qu'il était de bonne humeur. Il l'avait assorti à une chemise couleur de poire bien mûre et à une cravate où les deux teintes se mariaient subtilement. Sa longue chevelure noire était rassemblée en une natte complexe enroulée à l'arrière de son crâne.

Il pesa un organe interne avec des gestes sûrs et maîtrisés.

Eve se rapprocha et baissa les yeux sur le corps nu et désormais ouvert.

— Il me semble que son destin, sur bien des plans, a été scellé la nuit du 28 mai.

— Lacérations et contusions au poignet et à la cheville. Certaines correspondent à cette date, d'autres sont plus récentes. Elle était menottée, avec une manille de quatre centimètres et demi d'épaisseur. On observe d'autres contusions mineures, comme vous pouvez le constater : sur l'autre cheville, les genoux, les coudes.

— Elle s'est blessée à l'autre cheville en se cognant contre ses chaînes.

— Oui. Et les autres lésions, comme je l'ai dit, sont mineures. Elles ne proviennent pas de violences. Il ne l'a pas frappée et ne l'a pas violée. Il n'y a aucun signe d'agression sexuelle. Ni de sexualité consentie. Pas récemment.

Morris se dirigea vers un lavabo pour rincer le sang sur ses doigts.

— Elle est très propre. Sa chevelure, son corps, tout a été minutieusement lavé il y a peu. Et on lui a coupé les cheveux. Le maquillage, comme vous le voyez, a été appliqué avec soin.

— Je pense qu'il avait une image en tête et qu'elle était pour lui comme une espèce de poupée, si vous voyez ce que je veux dire ?

Avec un hochement de tête, Morris alla leur chercher deux tubes de Pepsi dans son petit réfrigérateur.

— Je vois très bien, j'ai pensé la même chose. Elle constituait un canevas à partir duquel il a créé l'image qu'il voulait. Le maquillage comme la coiffure sont datés, de même que les vêtements qu'elle portait.

— Vraiment ?

Il sourit en ouvrant les tubes et lui en tendit un.

— Pour quelqu'un d'aussi bien habillé, vous avez quelques lacunes concernant la mode et son histoire.

— C'est Connors qui se charge de garnir ma penderie. Datés à quel point ?

— Du tournant du siècle, je dirais. Dans ces eaux-là. Mais il ne devrait pas être difficile d'avoir une estimation plus précise.

— Où se les est-il procurés ? À moins qu'il ne les ait déjà eus en sa possession et que la silhouette et la taille de la victime correspondent ?

Eve fit le tour du corps, sourcils froncés.

— Possible. Une correspondance imparfaite, parce que les chaussures étaient trop petites.

— Très juste. Elle était plus proche du 40 que du 39 des escarpins qu'il lui a mis aux pieds.

— Il est sans doute plus difficile de jauger d'une pointure que de la taille des vêtements. Le jean aussi était un peu serré. On voit les endroits où il a comprimé la chair.

— Là encore, une taille en dessous.

— Donc il possédait déjà ces habits, ou alors il tenait à ce qu'elle ait ces mensurations précises.

— Possible. Je peux vous confirmer qu'elle était en bonne santé avant son décès. Aucun signe de prise de drogues ni d'abus d'alcool. Son dernier repas, consommé environ cinq heures avant la mort, a consisté en quelques morceaux de poulet grillé accompagnés de riz brun et de petits pois.

— Donc il lui donnait à manger.

— Et de quoi s'hydrater. Elle a bu du thé.

— Pas de signes de torture.

— Non, mais j'ai envoyé mes prélèvements au labo et nous aurons bientôt, j'espère, les résultats de l'analyse toxicologique. Le tatouage, le piercing au nombril et les piercings supplémentaires aux oreilles remontent tous aux soixante-douze dernières heures. Elle était encore en vie à ce moment-là. Ses ongles, par contre, ont bénéficié d'une manucure et d'une pédicure très récentes. Et post-mortem.

Peut-être quelqu'un travaillant pour les pompes funèbres. Quelqu'un chargé d'arranger les défunts pour qu'ils paraissent seulement endormis aux yeux de leurs proches endeuillés.

Peut-être.

— « Méchante maman ! » C'est ce qu'il a écrit, le message laissé sur elle.

— Oui, j'ai vu l'enregistrement.

— Elle ne ressemble pas à l'image ordinaire de la maman, je me trompe ?

— Il y a toutes sortes de mamans.

Eve but distraitement avec une brève pensée en direction de sa propre génitrice. Loin de la maman ordinaire, elle aussi.

— Sans doute. Si la victime constituait une sorte de substitut, on doit rechercher une femme avec la même silhouette, probablement la même couleur de cheveux, un tatouage et des piercings, et qui avait à peu près le même âge – en apparence, au moins – au tournant du siècle.

Elle refit le tour dans le sens opposé.

— Ou alors il avait simplement envie de jouer à la poupée et il a un style vieux jeu.

Elle s'arrêta.

— La plaie au cou et les points de suture ?

— Aucune hésitation visible pour le coup mortel. Un geste vif et rapide. Avec une lame lisse et tranchante d'une dizaine de centimètres. Je pencherais pour un couteau pliant. Un bon canif bien aiguisé.

Eve étrécit les yeux.

— Un canif.

— Lame lisse, courte et droite. Sans dents ni angles. Il lui a fait face pour la tuer. Un arc allant de gauche à droite, donc il est droitier.

Eve hocha la tête tout en visualisant la scène.

— Logique. Pourquoi laisserait-il traîner un couteau – ou un autre objet tranchant – dans les parages d'une femme qu'il retient contre son gré ? Donc un canif.

Elle sortit de sa poche son propre cran d'arrêt et actionna le bouton qui libérait la lame.

— Toujours sur lui, par contre, prêt à servir s'il estimait que c'était fini pour elle. J'imagine une décision impulsive. Elle fait ou dit quelque chose qui le met en rogne, ou au contraire elle ne fait pas, ne dit pas ce qu'il faut. Il s'emporte et dégaine. Terminé.

— Un coup unique et porté sans hésitation, donc oui, ça a pu se décider en un instant. Les points de suture, pour leur part, sont précis, comme le reste de son travail. Soigné et méticuleux. J'ai envoyé le fil employé au labo. Il pourrait s'agir de fil de tapisserie, plus résistant et plus épais que ce qu'on utiliserait pour recoudre un bouton, par exemple. De même pour l'aiguille, plus épaisse, sans doute plus longue qu'une aiguille à coudre standard. Proche de celle que je vais utiliser pour refermer cette incision thoracique.

— Pas de fil de qualité médicale, donc, mais peut-être des compétences chirurgicales ?

— Ou de couturier. Ou... Désolé pour tous ces « ou », ajouta-t-il avec un sourire. Ou il peut se permettre de prendre tout son temps.

— Oui. Ou ça. Ou il est d'une précision maladive. Ni sexe, ni violence, ni torture. Qu'attendait-il d'elle ? Qu'est-ce qu'il lui voulait ? La réponse est peut-être évidente. Une maman.

Morris posa une main compatissante sur l'épaule de la victime.

— Elle n'aura désormais jamais l'occasion de décider si elle aimerait en être une.

— Non, en effet. Elle a une famille. Et un compagnon. Ils vont vouloir la voir.

— Je les contacterai dès qu'elle sera prête.

— D'accord. Merci pour le Pepsi.

— Avec plaisir. Dallas ? Elle a été déposée dans l'aire de jeux proche de la maison... où vont vivre nos amis.

— Oui. Je suis sur le coup.

— Je n'en doute pas. Nous nous dévouons quotidiennement au service d'inconnus. Et nous nous occupons aussi de nos proches. Dites à Mavis que si elle a besoin de quoi que ce soit, je suis là.

— Comptez sur moi. Elle ne correspond pas à la cible. Elle est plus petite et Dieu sait de quelle couleur peuvent être ses cheveux d'un jour à l'autre. Et elle est enceinte. Même si cela fait d'elle une maman.

— Il ne voudra pas de la maman de quelqu'un d'autre, c'est ça ?

— Je ne crois pas. Quoi qu'il en soit, je suis sur le coup.

Ou elle ne tarderait pas à l'être, en tout cas, se dit-elle en repartant. Elle devait d'abord se rendre au Central, ouvrir le dossier et disposer les éléments sur son tableau. Prendre le temps de réfléchir. Elle avait des questions à poser à Mira.

Elle envisagea de passer au labo pour mettre la pression à Berenski et peut-être insister pour que Harvo se dépêche.

« Trop tôt », admit-elle.

Elle leur laisserait vingt-quatre heures avant d'aller les secouer un peu.

Peabody l'appela alors qu'elle s'engageait dans le parking du Central.

— Mira peut vous recevoir entre deux rendez-vous si vous êtes en chemin.

— Je viens d'arriver.

— Elle dispose d'une courte fenêtre maintenant, sinon ça reporte à…

— Maintenant, ça me va, décida Eve en se faufilant jusqu'à sa place réservée. Je lui ferai un topo à l'oral et lui enverrai le rapport plus tard.

— Je vais prévenir son assistante que vous arrivez. Hé, demandez des nouvelles du bébé.

— Quel bébé ?

— L'assistante vient d'avoir une nouvelle petite-fille. Soyez sympa avec elle, ajouta Peabody avant qu'Eve puisse se plaindre ou protester, et elle le sera peut-être aussi la prochaine fois que vous voudrez voir Mira au plus tôt.

— C'est idiot, maugréa Eve, en route vers les ascenseurs. Il n'y a aucun rapport entre les bébés, les homicides et le profilage. Sauf dans certaines affaires, mais ce n'est pas le cas ici.

— Faites juste l'effort. Vous vous en remettrez.

— C'est vous qui le dites, répondit Eve avant de raccrocher pour s'engouffrer dans l'ascenseur juste à temps.

Partant du principe que c'était un « maintenant » qui ne pouvait pas attendre, elle résista à l'envie de descendre pour prendre l'escalier même une fois la cabine bondée de flics, de personnel technique et autres quidams de tout poil.

Arrivée à l'étage de Mira, elle joua des coudes pour s'extirper de la masse et prit une grande bouffée d'air frais avant de foncer vers le bureau de la profileuse et le dragon qui en barrait l'accès.

Comme à son habitude, l'assistante de Mira se dressait derrière son bureau, air impérieux et oreillette bien en place, en train de travailler à on ne savait quoi.

Elle releva la tête, regard de glace braqué droit sur Eve.

— Le Dr Mira n'a que vingt minutes à vous consacrer.

— Je ferai vite.

Quoique tentée d'entrer directement, Eve leva mentalement les yeux au ciel et serra les dents.

— Au fait, félicitations pour votre petite-fille, tout ça.

La glace se fendilla et une expression rêveuse se peignit sur le visage du dragon.

— Merci. N'est-elle pas magnifique ? demanda-t-elle en attrapant une photo encadrée sur son bureau.

Eve contempla ce qui évoquait pour elle l'étrange croisement d'une truite et d'un vieillard très en colère et probablement constipé.

— Waouh, dit-elle.

— Tellement mignonne. Vingt minutes, répéta l'assistante sans toutefois se départir de son air rêveur.

Mira, assise derrière son propre bureau, pianotait rapidement sur son clavier. Elle leva un doigt.

— Je vous demande une minute, le temps de terminer une réponse. Asseyez-vous.

Eve, qui n'avait aucune envie de s'asseoir, resta debout à examiner les rayonnages qui accueillaient les souvenirs, récompenses et photos de Mira. Bébés et enfants, là aussi, mais pas de nouveau-né à la tête fripée.

— Désolée, lui dit Mira après quelques instants. C'est déjà une grosse journée.

— Pas de problème. Et je vous remercie de m'avoir trouvé un créneau.

— Vous ne l'auriez pas demandé si vous n'en aviez pas besoin.

Mira se leva et franchit les quelques pas qui la séparaient de son autochef sur ses hauts talons couleur saumon. Ces derniers se mariaient à la perfection avec la jupe de son tailleur pour mettre en valeur ses jambes galbées. Elle arborait aussi une triple chaîne de pierres bleu pâle de la couleur exacte des boutons de sa veste.

Eve restait toujours interdite et déroutée à l'idée que quelqu'un puisse coordonner à ce point tenue et accessoires, surtout avec la constance dont faisait preuve Charlotte Mira.

Alors qu'Eve s'attendait à humer le parfum du thé légèrement fleuri qu'affectionnait la psychologue, elle capta les effluves d'un bon café corsé.

— Du café, laissa-t-elle échapper dans un quasi-soupir.

— J'en ai bien besoin.

Mira, souriante, tendit une tasse à Eve avant de s'installer dans l'un de ses fauteuils bleus tout en arrondis.

— Comme je disais, reprit-elle, c'est déjà une grosse journée. Et il en est de même pour vous. Une victime abandonnée, si j'en crois Peabody, sur le terrain de jeux proche de la nouvelle maison. Vous avez parlé à Mavis ?

— Pas encore. C'est sur ma liste.

— Qui est sans doute longue.

— Oui. Je reviens à peine du terrain, donc je n'ai pas encore écrit de rapport.

— Vous allez donc me raconter tout ça.

— Femme de vingt-six ans, d'origine caucasienne. Serveuse. Elle avait fait la fermeture et repartait chez elle à pied pour un court trajet.

Toujours debout, Eve déroula un résumé de ce qu'elle avait appris à la meilleure profileuse de la police new-yorkaise. Elle sortit son communicateur et lança la vidéo de la scène de crime pour montrer à Mira le corps et le message laissé par le tueur.

— On dirait que c'est écrit au crayon gras.

— Le labo doit nous le confirmer.

Mira opina du chef et se pencha sur les photos.

— Ce look, la façon dont il l'a coiffée et habillée. Ça me rappelle ma tante maternelle, quand j'étais enfant. Des photos d'elle datant de cette époque. C'était, si j'en crois ma mère, une fille assez délurée.

— Les vêtements sont démodés, d'après Morris.

— Oui. À mes yeux également.

— Vous êtes tous les deux plutôt experts en la matière.

Sourire aux lèvres, Mira repoussa en arrière quelques mèches couleur vison.

— Toujours à mes yeux, ce look évoque… une forme de dureté. Le maquillage, la coupe. J'y vois quelque chose d'endurci plutôt que de subversif ou d'ouvertement sexy. Et rien de maternel au sens traditionnel ou classique du terme. En même temps, le tout est extrêmement précis. Un grand soin a été apporté à la création de cette apparence. C'était important. La femme qu'il ou elle cherchait à recréer était importante. Il y a ici autant d'amour que de haine. Si ce n'est plus.

— Il l'a retenue prisonnière pendant dix jours. Il a dû la choisir avec soin, connaître ses habitudes quotidiennes. Tout cela demande du temps et de l'attention.

— Effectivement, confirma Mira. Elle correspondait à ses attentes, que ce soit physiquement ou par son mode de vie. Elle était employée dans un bar. Il en était peut-être de même pour celle qu'elle représentait. Ou c'est le principe d'un travail jusqu'à tard le soir. Il est certain que quelque chose chez la victime a fait naître ce besoin de s'emparer d'elle, de la faire prisonnière et d'essayer de la transformer en l'originale.

— La mère.

— Presque certainement la mère du tueur, ou au moins une figure maternelle.

Mira se radossa à son fauteuil et sirota son café le temps de choisir ses mots.

— Ni agression sexuelle, ni viol, ni violences physiques au-delà de l'enlèvement et du coup de couteau qui l'a tuée. Je vous rejoins : elle devait être droguée au moment où le tatouage et les piercings ont été faits. Et ils seront calqués sur ceux de la personne d'origine. Une femme, très probablement. Elle doit avoir au minimum soixante-dix ans si l'on se base sur le style vestimentaire choisi. Soit elle est morte, soit elle a rompu tout lien avec le tueur. Dans l'hypothèse où c'est sa mère, le tueur arriverait à la fin de la cinquantaine. Il fait preuve de maîtrise, de patience, d'un comportement organisé et de maturité.

» S'il s'agit de son premier meurtre, et je sais que vous chercherez d'autres crimes similaires, il y a eu un déclencheur. Une forme de trahison par cette figure maternelle : décès, abandon, remariage. Quelque chose qui aura créé le besoin de la remplacer et de la recréer.

— Elle n'était pas à la hauteur. La victime, je veux dire. Ou au contraire il l'a tuée pour punir l'originale dont elle était, dans son esprit, devenue l'égale. Pourquoi recoudre la blessure mortelle et la cacher sous un ruban ?

— Tout cela est tellement propre et net, ajouta Mira. Une apparence de femme endurcie mais si propre, si parfaite. Il peut s'agir de remords mais j'ai plutôt le sentiment que laisser une plaie ouverte serait le signe d'une tâche inachevée, bâclée. Même les points de suture gâcheraient l'image finale. Il lui en veut – elle est « méchante » –, mais elle représente toujours la Mère. Il est précis, dans la maîtrise. Un perfectionniste avec la maturité nécessaire pour planifier son action. Mais la graphie du message ?

— Semblable à celle d'un enfant. Imprécise.

— L'enfant en lui – un enfant furieux – a eu un coup de colère. L'homme mature s'est chargé de remettre les choses en ordre. Il est psychotique, avec une obsession maternelle qui l'a poussé, dans son esprit, au matricide.

— Il la tuera de nouveau.

— C'est presque une certitude. Il doit répondre à son sentiment d'amour-haine, de fureur envers sa mère tout en ayant besoin d'elle. Le tueur – j'utilise le masculin mais ça peut être une femme – a probablement au moins cinquante-cinq ans, plutôt même la soixantaine entamée à mon avis. Sa figure maternelle est d'origine caucasienne, blonde à l'époque qu'il recrée, avec une silhouette proche de celle de la victime. Elle aimait faire la fête... ou en tout cas c'est ainsi qu'il la voit d'après ses souvenirs d'enfance. Il veut la retrouver autant qu'il veut la détruire. Il ne lui a pas mis d'alliance.

— Les gens mariés n'en portent pas toujours.

— Mais c'était beaucoup plus fréquent durant la période qu'il essaie, je pense, de reconstituer. Une femme célibataire, veuve ou divorcée. Le père n'a pas d'importance pour le tueur. Il n'y a qu'elle. Il n'y a qu'eux deux. Pas de frères et sœurs. Ou alors il n'avait pas de relations avec eux, n'en a plus aujourd'hui. Le tueur n'a pas de relations amoureuses et vit seul. Il occupe peut-être un emploi qualifié. S'il s'agit bien d'un homme, il est asexuel ou impuissant.

— Je penche bien pour un homme.

Mira posa sa tasse et croisa de nouveau les jambes.

— Pourquoi ça ?

— D'après ce que j'ai pu voir, la dynamique mère-fille est généralement différente de celle entre mère et fils. Il me semble qu'un garçon sera plus enclin à déifier ou diaboliser la figure maternelle. J'ai le sentiment que si nous avions affaire à une tueuse, en tant que fille – réelle ou fantasmée –, elle aurait commis des violences contre la victime. Sur le mode « T'as fichu ma vie en l'air, sale garce ». Et elle n'aurait pas consacré tant d'efforts à rendre la dépouille, disons, jolie.

Mira se laissa aller contre le dossier de son siège.

— Je suis tout à fait d'accord. Cependant, je n'écarterais pas la possibilité que ce soit une femme. Si on suit cette hypothèse, je chercherais quelqu'un que les gens qui croient la connaître décriraient comme douce, modeste, discrète, appliquée.

» Dans un cas comme dans l'autre, il s'agit d'une personne traumatisée dans l'enfance qui porte toujours ces blessures et qui – là encore, s'il s'agit bien d'un premier crime – a récemment vécu un événement déclencheur.

— Compris.

La discussion permettait à Eve d'affiner sa vision du tueur. Une image ni claire ni exacte à ce stade mais qui prenait forme.

— Je vous transmettrai le rapport, l'enregistrement et les résultats d'analyses au fur et à mesure.

— L'affaire est fascinante. Tragique pour toutes les personnes impliquées, mais fascinante. Le pouvoir de la maternité, pour le meilleur et pour le pire.

Le regard bleu et doux de Mira soutint celui d'Eve.

— C'est quelque chose que vous comprenez.

— Oui. Même si recréer ma mère est la dernière chose qui me viendrait à l'esprit.

Eve s'apprêtait à quitter le bureau quand elle se ravisa.

— Elle ne maltraitait pas l'enfant. Le tueur. Sans quoi il le lui aurait fait payer. Il y aurait des signes de revanche, des violences physiques ou sexuelles.

— La maltraitance, si elle a eu lieu, pouvait être d'ordre émotionnel.

— Effectivement, c'est une possibilité.

Cette fois, Eve s'en allait pour de bon.

— Merci de m'avoir accordé du temps.

— Contente d'avoir pu vous aider. C'est fascinant, Eve. Vous allez vous mettre en quête d'autres femmes portées disparues ?

— C'est sur ma liste, répondit-elle.

Elle emprunta l'escalier roulant pour respirer un peu et avoir le temps de réfléchir.

Elle allait devoir se pencher sur les moindres détails de l'apparence de la victime, sur chacune des étapes de la transformation que le tueur lui avait fait subir.

Et recenser, estima-t-elle, toutes les personnes disparues de sexe féminin entre vingt et trente ans, pour balayer large. Durant le mois écoulé, afin de ne rien rater. En commençant par une recherche selon les caractéristiques physiques de base de la victime.

Trouver la « mère » originale serait également l'une de ses priorités. Eve avait une idée de la manière de s'y prendre mais cela demanderait du temps.

Et si le tueur kidnappait une nouvelle remplaçante, le temps leur serait compté.

Sur un plan plus personnel, elle voulait s'entretenir avec Mavis.

Elle capta l'odeur des brownies dès son arrivée à la Criminelle. Là, dans la salle commune, toute son équipe, y compris son équipière, était en train de se gaver de brownies pendant que Nadine Furst, écrivaine à succès, scénariste oscarisée et surtout journaliste vedette de Channel 75, reposait son postérieur arrondi sur le bureau de Peabody.

— Ça doit vouloir dire que l'intégralité de la population de New York, touristes et visiteurs compris, est en vie et en parfaite santé ! lança Eve.

Jenkinson, le plus ancien de ses inspecteurs, chassa une miette de sa cravate d'un jaune atomique. Eve s'étonna presque que l'une des grenouilles vertes et grimaçantes dessinées dessus ne l'ait pas dévorée en premier d'un coup de langue.

— On fait juste une courte pause, lieutenant. Ils sont fourrés au caramel et au chocolat.

— La pause est terminée. Nadine, je n'ai pas le temps de vous parler. Peabody, dans mon bureau.

Peabody se hâta de la suivre mais Eve entendit aussi le cliquetis des immenses talons de Nadine dans leur sillage.

— Je suis occupée, gronda-t-elle sans tourner la tête. Déguerpissez avant que je vous fasse arrêter pour corruption d'agents de police.

— Accordez-moi une minute… Et ne me fermez pas la porte au nez, merci. Une minute et puis je disparais si c'est ce que vous voulez. Dans tous les cas, vous aurez droit au brownie que j'ai mis de côté pour vous dans mon sac à main.

Les effluves de chocolat auraient pu faire ployer même les volontés les plus endurcies. Mais leur amitié pesait plus lourd encore. Une amitié qui reposait en partie sur la rigueur de Nadine. Même si elle traquait l'info comme un chien de chasse un lièvre, la vérité lui importait.

— Voyons un peu ce brownie.

Nadine sortit de son gigantesque sac couleur de panneau STOP une petite boîte à gâteaux rose. Eve l'ouvrit, hocha la tête devant la pâtisserie à l'intérieur puis la posa sur son bureau.

— Une minute. Le chrono tourne.

— C'est à propos de Mavis. Je me suis assise avec vous sur ce banc précis de l'aire de jeux après qu'elle m'a fait visiter l'immense, bizarre et merveilleuse maison dont elle, Leonardo, Bella et leur futur deuxième enfant vont faire leur foyer. Là où Peabody et McNab habiteront aussi. Le coupable a laissé le corps de cette femme sur le banc où Bella a joué et jouera encore. Pour moi aussi, ils sont de la famille.

C'était la vérité, admit sans mal Eve. La pure et simple vérité.

— D'accord. Raison de plus pour sortir de mon bureau et me laisser faire mon boulot.

— Lâche-moi quelque chose, demanda Nadine en adoptant le tutoiement amical qu'elles s'autorisaient de plus en plus souvent en petit comité. Pas pour le diffuser. J'en ai déjà parlé aux infos ce matin – pile le jour de mon retour de ma tournée de dédicaces, au passage – et j'ai de quoi alimenter un compte rendu de suivi.

Ce qui expliquait pourquoi elle était tirée à quatre épingles, prête à passer devant les caméras. Cheveux blonds méchés soigneusement coiffés, maquillage impeccable, élégant tailleur blanc et escarpins rayés rouge et blanc.

— Je peux t'aider, reprit-elle. Et tu le sais. Je te promets de ne rien dire à l'antenne tant que je n'aurai pas ton feu vert. Je te réclamerai une interview en face à face le moment venu, et j'insisterai jusqu'à ce que tu me l'accordes, mais ce n'est pas de ça qu'il s'agit. Lâche-moi un élément sur lequel je puisse enquêter. Un sujet que mes équipes pourront creuser. On fait du bon boulot, tu le sais.

Eve s'appuya contre le coin de son bureau.

— Je vais t'envoyer la photo d'un tatouage. Le tueur a tatoué la victime deux ou trois jours avant de la tuer. Au bas du dos. Nous cherchons une femme avec ce tatouage à cet emplacement, âgée de vingt à trente ans dans les années 2000. Blanche, blonde, environ un mètre soixante-cinq pour cinquante-sept kilos. Je te fournirai la photo d'identité de la victime. Il y aura une ressemblance. Le tatouage a pu être réalisé durant la dernière décennie du XXe siècle, ou peut-être plus tard.

— Et que représente ce tatouage ?

— Un papillon.

— C'est tout ? Bon sang, Dallas, tu sais combien de gens se font tatouer un papillon dans le dos ?

— Tu veux quelque chose de facile ou nous donner un vrai coup de main ?

Nadine laissa échapper un soupir.

— Envoie-moi les images. On se mettra au travail.

— Elle aura aussi un piercing au nombril, ajouta Eve. Et trois à l'oreille gauche, deux sur le lobe et un dans le cartilage. Souvenez-vous qu'il est probable qu'il y ait une ressemblance avec la victime question stature et couleur de peau. Même tranche d'âge.

— D'accord, ça va nous aider. Sauf coup de chance, ça promet d'être long, mais on insistera. Tu penses que le tueur a plus ou moins répliqué une personne existante. Mavis n'a rien de commun avec la victime, physiquement parlant.

— Non, mais je vais quand même lui en parler.

— Compris. Je dois retourner à la chaîne pour enregistrer le nouveau segment. Je vais mettre mon équipe au travail. Et moi aussi.

Nadine se tourna vers Peabody et lui sourit.

— C'est une super maison. Vraiment originale… ou en tout cas elle le sera quand vous l'aurez aménagée.

— Je l'adore.

— Comme je vous comprends. On reste en contact, dit Nadine.

Comme la reporter s'apprêtait à franchir le seuil, Eve l'interpella.

— Nadine ? Merci.

— Les remerciements ne sont pas nécessaires quand il s'agit de la famille.

Après le départ de la journaliste, Peabody se racla la gorge.

— Je n'ai mangé qu'un demi-brownie, d'une part pour ne pas reprendre mes kilos perdus et d'autre part parce qu'elle a juste eu le temps de me dire qu'elle voulait nous aider avant que le reste de l'équipe nous tombe dessus.

— Ce serait un miracle qu'elle retrouve la « méchante maman » originale avec ce que je lui ai donné. Mais elle en serait bien capable. Lançons nos propres recherches. Commencez par les femmes récemment disparues en vous servant de la victime comme référence. Étendez la tranche d'âge de vingt à trente ans, dans le mois écoulé. Et appelez Norman.

— C'est fait. Il voudrait passer, nous parler en personne. Il apportera ses dossiers.

— Dites-lui que c'est d'accord. Je vais chercher d'éventuels crimes similaires, mais si le tueur avait déjà frappé de la même façon à New York, on le saurait. Pas impossible qu'il l'ait fait ailleurs, par contre, donc on va vérifier. Il l'avait nourrie, Peabody. Quelques heures avant qu'il la tue, elle avait mangé un repas solide et sain. Aucun signe d'agression sexuelle ni de torture.

Il était grand temps de mettre en place son tableau et d'entamer son premier rapport mais elle repensait à la question des rapports mère-fille et mère-fils. Qu'y connaissait-elle, honnêtement ? Il ne s'agissait que d'observation, pas d'expérience personnelle. L'expérience personnelle ne comptait pas quand on avait eu une mère monstrueuse.

— Décrivez-moi votre mère, dit-elle à Peabody. Pas physiquement. Quel est le premier mot qui vous vient à l'esprit ?

— « Aimante ». Elle nous aime. On le lui rend bien.

— Le mot suivant ?

— Euh… « Forte ». Elle est aimante, c'est sûr, mais également forte. Coriace quand c'est nécessaire.

— Troisième et dernier mot.

— « Tolérante », répondit Peabody avec un haussement d'épaules. La tolérance fait partie des bases du Free Age. C'est contrebalancé par la force dont je parlais. Elle ne se laisse pas embobiner par ses enfants mais reste tolérante envers les choix personnels qui ne font de tort à personne.

— Vous utiliseriez les trois mêmes mots, dans le même ordre, pour votre père ?

— D'abord « aimant », puis « tolérant ». Et il est fort, c'est sûr. Mais s'il faut n'en garder que trois, je dirais sans doute « câlin ». C'est un gros nounours. En quoi ça vous aide ?

— J'essaie d'établir des pistes. Tueur ou tueuse. Comme Mira, je penche plutôt pour un homme. Potentiellement asexuel ou impuissant. Je parie que vous vous disputiez plus avec votre mère qu'avec votre père.

— Hum, possible. Oui, c'est vrai. Je veux dire, le rouge à lèvres et le mascara ne sont pas des instruments du diable, et à treize ans…

— Je n'ai pas besoin des détails. Vos frères avaient sans doute plus de conflits avec votre père.

— Probablement. Bon, on est des adeptes du Free Age, donc les désaccords donnaient généralement lieu à d'interminables discussions. Ou bien on les réglait via la méditation ou la médiation. Mais oui, mes frères prétendaient que mon père était plus dur avec eux qu'avec ma sœur et moi.

Et je peux attester que ma mère exigeait plus de nous deux. Mais sur des trucs insignifiants.

— Et je parie que si je faisais un sondage dans la salle commune, la tendance irait dans ce sens. Pas à cent pour cent mais c'est la dynamique générale.

» Bon. Allez-y. Au boulot. Prévenez-moi quand l'inspecteur Norman sera là.

Une fois seule, Eve commença par la recherche de crimes similaires. L'opération se ferait en toile de fond pendant qu'elle préparerait le reste. Elle contacta ensuite l'inspecteur Yancy, le portraitiste de la police pour lequel elle avait le plus de respect, et demanda à le rencontrer.

Enfin, elle mit en place son tableau, auquel elle ajouta le rapport de Morris, puis celui des techniciens de la police scientifique. Aidée par ce support visuel, elle s'attaqua à la préparation du dossier.

Cela fait, elle en envoya un exemplaire à Mira et à son commandant.

« Quand faut y aller, faut y aller », se dit-elle.

Elle sortit son communicateur et appela Mavis.

Son amie avait opté ce jour-là pour des boucles folles couleur lavande. Sa joie de vivre traversa pratiquement l'écran pour envelopper Eve. En arrière-plan, des coups de marteau résonnaient et des scies grinçaient.

— Salut, Dallas ! Ça avance super bien, ici ! Connors essaiera de passer un peu plus tard. Tu devrais venir aussi.

— Peut-être. Mavis…

— Trina nous rend une petite visite. Bellamina est en train de lui montrer sa chambre. Une partie des ouvriers travaille chez Peabody et McNab.

Là-bas aussi, ça avance bien. Bref, tout roule pour tout le monde !

— Tant mieux. Mavis…

— T'as ton air super sérieux. Il se passe des trucs de ton côté. Des trucs pas cool.

— Tu n'as pas écouté les infos aujourd'hui.

— Où veux-tu que je trouve le temps quand il y a tant à faire et à vivre ? Ici, il n'y a que des bonnes nouvelles. C'est quoi les mauvaises ?

— Je ne veux pas que tu t'inquiètes.

— Ouh là… Peut-être que le bébé et moi ferions mieux de nous asseoir.

— Il s'agit uniquement d'une précaution, d'accord ? Une femme a été tuée et son corps déposé sur un banc à côté de l'aire de jeux près de chez vous.

— Oh non ! Mon Dieu… Quand ?

— La nuit dernière. Enfin, très tôt ce matin. J'ai pris l'affaire en charge, Mavis. Peabody et moi sommes dessus. J'ai même demandé à Nadine de participer aux recherches.

Les larmes étaient montées aux yeux de Mavis sous ses paupières maquillées de violet.

— Cette pauvre femme… C'était une voisine ?

— Elle était barmaid chez *Arnold's* et habitait à quelques rues de là.

— Je connais ce bar. Plutôt chic.

— Le tueur avait un type précis en tête et il pourrait chercher une nouvelle cible. Tu ne corresponds pas à ce qu'il veut.

Eve songea à Trina, la redoutable et redoutée styliste.

— Pas plus que Trina, si jamais elle vient souvent vous voir. Mais je voudrais que tu prennes des précautions. N'emmène pas Bella jouer là-bas tant que je n'aurai pas plus d'infos. Et tu pourrais faire appel à l'équipe de sécurité que tu emploies pour tes concerts. Ils connaissent leur métier. Par précaution.

— Qu'est-ce qu'il lui a fait ? Non, ne me dis rien.

Mavis ferma les yeux et inspira profondément.

— Je dois songer au bébé. Mauvaises vibrations interdites. Je crois qu'on a installé l'essentiel des mesures de sécurité conçues par McNab et Connors. Mais je demanderai à Connors quand il arrivera.

— Bien, très bien. Évitez simplement de sortir toutes seules, Bella et toi, dans l'immédiat.

— Tu penses qu'il habite par ici ?

Mavis n'était pas gagnée par la panique, comme Eve l'avait craint. Elle dégageait plutôt une colère froide.

— Je l'ignore. Mais il a passé suffisamment de temps dans le quartier pour sélectionner ce banc. Le bar et l'appartement de la victime ne sont pas loin non plus. Je vais avoir besoin de plus de temps pour enquêter.

— Ne t'inquiète pas à mon sujet. Vraiment. On fera attention. Personne ne touchera à mes bébés. Et puis mon deuxième m'accompagne partout où je vais, non ? Mets-lui le grappin dessus, à ce salopard, Dallas.

— Compte sur moi.

— J'ai toute confiance en toi. Passe nous voir si tu peux. On sera sur place toute la journée.

— J'essaierai. Et je te tiendrai informée au mieux.

Un léger sourire joua sur les lèvres de Mavis.

— Il a fait une grosse erreur en choisissant notre aire de jeux. Il a mis en rogne le lieutenant Dallas.

— Comme tu dis. Je te rappelle plus tard.

— À plus.

Eve resta assise quelques instants, absurdement soulagée que Mavis ne se soit pas effondrée. Et rassurée de savoir que sa plus vieille amie prendrait les précautions nécessaires.

« Un truc de moins sur la liste », songea-t-elle.

Elle se leva, roula les épaules et alla se programmer un café avant de retourner à son bureau.

Puis, café et brownie à la main, elle se plongea dans l'examen de son tableau de meurtre.

4

Passé

Elle ne savait ni où elle se trouvait ni comment elle était arrivée là. Elle ne se souvenait de rien avant son réveil, allongée à même le sol, entourée d'arbres, sous le soleil qui perçait à travers l'épaisse canopée pour l'envelopper comme une couverture imprégnée d'eau chaude.

Et son corps ne cessait de frissonner malgré la chaleur de cette couverture solaire.

Elle avait mal partout, les tempes battantes et l'estomac en vrac. Lorsqu'elle se redressa à quatre pattes, la tête lui tourna et ses entrailles se révoltèrent.

Elle fut saisie d'une sueur froide et vomit une bile infecte.

Sanglotante, elle s'éloigna en rampant puis se recroquevilla sur elle-même pour attendre la mort.

Mais celle-ci ne vint pas.

Des frissons violents lui firent claquer des dents et, lorsque enfin ils passèrent, ce fut pour faire place à de nouvelles suées qui la laissèrent détrempée. Le cycle se répéta jusqu'à ce qu'il ne reste plus rien et qu'elle se retrouve gisante à terre, la gorge en feu.

Le sommeil l'emporta.

Elle s'éveilla brûlante de fièvre, le corps pris de convulsions si violentes qu'elle en vint à appeler la mort de ses vœux.

Perdue et déboussolée, elle parvint à se relever et à faire quelques pas chancelants. Lorsqu'elle tomba, elle s'attendit à ce que les haut-le-cœur reviennent mais il n'y eut que la douleur et cette terrible chaleur.

Elle se remit donc debout. Sans rien qui puisse lui dire où elle était et de quel côté aller, elle marcha au hasard.

Elle n'aurait pas su dire combien de temps elle erra ainsi, ni le nombre de fois où elle fut forcée de s'arrêter pour se reposer. Elle craignait d'avoir marché en rond. Elle vit des oiseaux, des écureuils, des racines d'arbres affleurant à la surface d'une eau marron. Et les choses qui y nageaient en silence.

Mais pas un seul être humain.

Elle avait conscience d'être une humaine, une fille, une femme, mais n'avait rien d'autre à quoi se raccrocher.

Elle ne se souvenait pas d'avoir précipité sa voiture dans le lac. Elle ne se souvenait pas de la panique soudaine qui l'avait poussée à lutter pour s'extraire de l'habitacle envahi par l'eau et à remonter maladroitement à la surface en buvant plusieurs fois la tasse.

Elle se rappelait encore moins le petit garçon déposé, endormi, devant une église déserte.

Elle était seule et trop malade, trop épuisée, pour penser au passé.

Elle s'endormit de nouveau, se réveilla dans le noir, tremblante de froid cette fois.

L'air était si épais qu'il semblait lui engorger les poumons. Sa respiration sifflante lui déclenchait d'horribles et douloureuses quintes de toux.

Les insectes étaient partout ; chaque centimètre carré de sa peau la brûlait et la démangeait. Elle se grattait sans discontinuer, jusqu'au sang, et ses plaies ne faisaient qu'attirer plus de piqûres et de morsures.

Elle tenta d'appeler à l'aide mais le coassement de sa voix rivalisait à peine avec celui des grenouilles.

Elle continua à marcher et à pleurer, jusqu'à ce que ses larmes soient épuisées et qu'elle se contente d'avancer comme un zombie, frémissant à chaque bruit suspect.

Le hululement d'une chouette, un crissement de feuilles mortes. Elle s'attendait à tout instant à voir quelque chose surgir de l'obscurité pour la dévorer.

Puis elle crut entendre quelque chose d'autre, un son familier.

Un moteur.

Elle connaissait l'existence des véhicules à moteur. Elle savait qu'elle portait des baskets, couvertes de boue en l'occurrence. Elle avait conscience, pour y avoir passé les doigts, d'avoir les cheveux coupés court. Mais elle était incapable de se représenter une image d'elle-même.

Si elle avait eu un miroir – elle savait ce qu'était un miroir ! –, se serait-elle reconnue ?

Elle s'avança dans la direction où elle pensait avoir entendu une voiture. Quelqu'un la secourrait.

Si elle parvenait à trouver quelqu'un, on l'aiderait. De l'eau, on lui donnerait de l'eau. Elle avait tellement soif.

Elle n'avait aucune appréciation du temps ni des distances.

Elle suivait de brefs éclats de clair de lune.

Elle était familière de la lune, du soleil, des fleurs, des bâtiments, des arbres... Pourquoi y avait-il autant d'arbres ? Elle connaissait les chats et les chiens, les mains et les pieds.

Ses propres pieds l'élançaient constamment. Les pulsations sous son crâne lui donnaient l'impression d'avoir une tête grosse comme la lune.

En proie au délire, elle marmonna pour elle-même ce dont elle se souvenait et se remémora le nom désignant l'étendue d'eau dans laquelle elle venait presque de tomber.

Un *marais*.

Elle aurait voulu y boire mais se rappela que des créatures rôdaient dans les marais.

Alligators, serpents.

Elle prit la direction opposée. Quelle importance, après tout ? Elle marcherait jusqu'à s'effondrer et mourir.

Et puis, miracle inattendu, elle émergea en trébuchant sur une route.

Elle savait ce qu'était une route, ainsi que les voitures qui y circulaient.

Elle se remit en marche. Elle boitait à présent, ses pieds blessés à force de frottements à l'intérieur de ses chaussures.

Mais aucune voiture ne passait sur cette route. Peut-être était-elle la dernière personne vivante au monde.

Peut-être y avait-il eu une guerre nucléaire. Elle savait ce que ces mots voulaient dire, plus ou moins. Tout avait explosé. Mais il restait encore une route, des arbres.

Comme l'aube se levait, elle abandonna, cessa sa lutte contre l'épuisement. Elle s'allongea simplement sur la route, se recroquevilla sur elle-même et laissa les ténèbres l'emporter.

Sur le chemin du retour de sa rotation nocturne aux urgences, le Dr Fletcher avait décapoté sa voiture et mis la radio à fond. Deux moyens de se maintenir en alerte après une longue nuit difficile.

Il adorait son métier, avait toujours voulu être médecin et avait choisi les urgences. Mais il se demandait certains soirs pourquoi il n'avait pas plutôt écouté ses parents et ouvert un cabinet en libéral.

Il connaissait évidemment la réponse. Il venait en aide à plus de gens, souvent des personnes désespérées, en une seule nuit qu'il n'aurait pu le faire en une semaine dans un cabinet cossu.

Occupé à songer à la longue douche fraîche et au grand lit douillet qui l'attendaient au bout de l'ultime virage avant d'arriver chez lui, il faillit bien rouler sur la silhouette étendue sur la voie.

Il écrasa les freins et fit une embardée, manquant de perdre le contrôle du Roadster BMW qu'il s'était offert à l'obtention de son diplôme. Les graviers volèrent quand les roues mordirent le bas-côté. Il fit un tête-à-queue mais parvint à éviter le fossé.

Il ne lui fallut que quelques secondes pour s'emparer de sa sacoche médicale et se précipiter hors de la voiture.

Il s'agenouilla près de la forme inerte, craignant le pire. Mais il trouva son pouls. Et alors qu'il l'examinait, à la recherche de blessures, elle reprit connaissance.

La femme ouvrit des yeux gonflés, rougis et rendus vitreux par son état de choc.

Sa voix prit la forme d'un croassement rauque, mais il l'entendit.

— Aidez-moi, souffla-t-elle.

Présent

Eve lut l'analyse toxicologique de sa victime pour se faire une meilleure idée du déroulement de ses dernières heures. Alors qu'elle en envoyait un exemplaire à Mira et l'ajoutait à son tableau et au dossier, la voix de Peabody résonna du haut-parleur du bureau.

— L'inspecteur Norman est arrivé, lieutenant.

Elle envisagea de le recevoir dans son bureau, avec son siège notoirement inconfortable, mais décida d'épargner Norman.

— Faisons ça dans la salle de détente. J'arrive tout de suite.

Elle se mit en route après un dernier coup d'œil à son tableau. Santiago l'intercepta en chemin.

— Juste une seconde, lieutenant ! Si vous voulez bien signer, Carmichael et moi pourrons clore le dossier.

Elle parcourut le rapport sur la femme suspectée d'un meurtre à l'arme contondante sur son conjoint. Elle avait avoué.

— Vous avez l'air d'avoir fait du bon boulot entre deux brownies.

Eve signa rapidement et reprit son chemin.

Peabody et l'inspecteur Norman étaient déjà assis à l'une des tables avec une tasse de mauvais café chacun. Une poignée d'autres policiers faisaient une pause ou profitaient du calme relatif des lieux pour travailler.

Norman avait l'air jeune. Pour s'être déjà renseignée à son sujet, Eve savait qu'il n'avait que deux ans de plus que Trueheart, le cadet de ses inspecteurs.

Sa peau d'un brun doré et ses yeux caves aux iris foncés trahissaient un héritage asiatique. Ses cheveux, noirs avec quelques reflets plus clairs, étaient taillés ras. On devinait une silhouette fine sous son costume noir et la cravate d'un gris terne nouée autour de son long cou.

Eve lui trouva l'air non seulement jeune mais malheureux.

Elle s'assit.

— Merci de vous être déplacé, inspecteur Norman. Je suis le lieutenant Dallas.

Il lui tendit une main longue et fine… à la poigne solide.

— Lieutenant. J'ai apporté tous les documents concernant Lauren Elder. J'ai travaillé sur ce dossier avec l'inspecteur Marlboro. Elle a plus d'ancienneté que moi mais est actuellement en vacances.

— D'accord. Si vous commenciez par nous en faire un résumé.

— Bien sûr, lieutenant. Roy Mardsten, qui s'est présenté comme le conjoint d'Elder, a signalé sa disparition le 29 mai au matin. L'inspecteur

Marlboro et moi avons été chargés de l'affaire. Bien que cela remonte à moins de vingt-quatre heures et qu'Elder soit une adulte, Mardsten a insisté sur l'urgence de la situation. Elder ne répondait pas à son communicateur et il avait déjà contacté les collègues et la famille de sa conjointe. J'ai une liste dans le dossier. Il avait aussi appelé ses amis et les hôpitaux de la ville.

Il s'interrompit le temps de boire une gorgée de café.

— Nous avons pris sa déposition. Rien n'indiquait qu'Elder et lui aient rencontré des difficultés dans leur relation. Ce que nous ont confirmé les entretiens avec les voisins, les collègues et la famille. Buddy Wilcox, le collègue d'Elder, est le dernier à l'avoir vue à approximativement 2 h 37, au moment de la fermeture d'*Arnold's*, le bar où ils travaillaient tous les deux. La caméra située à l'entrée confirme qu'ils sont bien sortis à ce moment-là. D'après lui, Elder avait prévu de rentrer directement chez elle. Elle ne témoignait d'aucune détresse visible et a même plaisanté avec lui pendant qu'ils fermaient l'établissement. Selon sa déposition, ils sont restés à discuter sur le trottoir pendant une ou deux minutes. Puis elle s'est éloignée à pied en direction de son domicile tandis que lui partait dans l'autre sens pour prendre le métro. Nous avons des vidéos qui attestent de sa présence sur le quai à 2 h 37 et de sa montée dans une rame deux minutes plus tard.

Il laissa échapper un long soupir.

— Nous en avons conclu qu'Elder avait été enlevée entre son lieu de travail et son domicile. Elle suivait une routine bien ancrée lorsqu'elle travaillait le soir. Toujours le même trajet, généralement entre 2 h 20 et 2 h 30.

— Vous en avez déduit que quelqu'un avait pu prendre note de ses habitudes.

— Exactement, lieutenant. Nous avons interrogé d'anciens petits amis, des habitués du bar, des voisins et les potentiels témoins habitant sur son itinéraire. Le truc, lieutenant, c'est qu'on n'avait aucun mobile clair. On s'est penchés sur ses finances, sur celles de sa famille, de son compagnon mais même ensemble il n'y avait pas de quoi réunir une rançon digne de ce nom. La famille du conjoint est plus fortunée, mais pourquoi la kidnapper, elle ? Personne ne l'a revue après son départ du bar. Nous n'avons trouvé aucune trace d'elle. Notre DDE a pu suivre la piste de son communicateur depuis *Arnold's* jusqu'au numéro 16 de la 17e Rue Ouest.

— À moins d'un pâté de maisons de son appartement.

— C'est ça, lieutenant. Il a brusquement cessé d'émettre, donc ils en ont conclu que le kidnappeur l'avait désactivé. Mais il ne l'a pas abandonné sur place, ou s'il l'a fait, quelqu'un l'a ramassé avant qu'on soit sur l'affaire. Non, pardon, avant que Mardsten parcoure lui-même l'itinéraire, ce qu'il a fait le lendemain matin en découvrant qu'elle n'était pas rentrée, qu'elle ne répondait pas à ses appels et qu'il n'arrivait pas à la joindre autrement.

— Passer à l'attaque juste à côté de chez elle. Malin. Sa vigilance devait s'être relâchée, si près de son domicile.

— Marlboro a dit la même chose. Elle était jeune et jolie, donc on est partis sur l'idée d'un kidnapping destiné à la traite d'êtres humains. On a d'abord exploré cette piste, mais ça n'a rien donné. Pas plus que toutes les autres auxquelles on a pu penser, pour être honnête. Ma collègue estimait qu'elle était un peu âgée pour la traite – ils tendent à préférer des victimes plus jeunes – mais on a enquêté. Avant de partir, Marlboro m'a dit qu'on ne retrouverait sans doute jamais le corps.

Il baissa les yeux sur ses mains.

— Mais vous l'avez trouvé. Désolé, c'est mon premier homicide. Même en connaissant les statistiques, j'avais gardé l'espoir qu'elle refasse surface. Je me disais qu'on aurait forcément pu faire plus pour elle.

— Je n'en suis pas à mon premier homicide, inspecteur. Croyez-moi quand je vous dis que vous avez fait tout ce que vous pouviez.

Il leva vers elle son visage étroit aux yeux expressifs.

— Vous savez pourquoi ? Pourquoi elle en particulier ?

— Le pourquoi tient probablement à son apparence physique générale, sa tranche d'âge et ce trajet habituel. Le tueur n'est pas tombé sur elle par hasard. Il l'a espionnée.

— On a enquêté là-dessus. Aucune des personnes à qui nous avons parlé n'avait repéré de véhicule inhabituel dans le quartier. Et elle ne s'était plainte à personne d'avoir été suivie ou harcelée.

— Il s'est sans doute rendu au bar une ou deux fois. Pas assez pour être un client régulier ni même se faire remarquer. Son véhicule est probablement banal mais haut de gamme. De quoi se fondre dans le décor. Il l'attendait en embuscade et en savait assez pour désactiver le communicateur de la victime plutôt que de simplement le balancer.

« Planification, songea Eve. Contrôle et planification. »

— Il l'a emporté, poursuivit-elle. Pour ne laisser aucune trace. Il se peut qu'elle le connaisse, mais d'après ce que nous avons pu apprendre, ça semble peu probable. Il l'a droguée. Même le soir où il l'a tuée, il a versé un tranquillisant – l'équivalent d'un calmant médical – dans son thé. Il l'a maintenue attachée et a fait en sorte qu'elle soit docile.

» Vous avez fait votre travail, inspecteur.

— Je peux contribuer autrement ? Je sais bien que je ne bosse pas à la Criminelle – pas encore, en tout cas –, mais s'il y a du travail de terrain ou à distance à mener, je peux m'en charger sur mon temps personnel.

Le mieux pour lui aurait été de lâcher prise, estimait Eve. Beaucoup plus facile à dire qu'à faire, cependant, quand c'était votre premier meurtre.

— Je vous ferai parvenir une copie de notre dossier. Nous recherchons d'autres personnes disparues, des femmes d'âge et d'apparence similaires. Sous réserve que votre lieutenant donne son accord, vous pourriez nous aider là-dessus.

— Je vous remercie. Je lui demanderai de vous contacter.

Il lui remit un disque sous emballage scellé.

— Tout y est, dit-il. Je n'ai pas contacté Marlboro. C'est sa première vraie pause en famille depuis un an. Mais si vous pensez…

— Je vous préviendrai si nous avons besoin de son point de vue.

— D'accord. Merci. Je ferais mieux d'y retourner.

Eve resta assise comme il quittait les lieux.

— Il fera un bon flic s'il s'accroche, dit-elle à Peabody. Bon, nous savons maintenant où s'est produit l'enlèvement, c'est une nouvelle info. On retournera voir les lieux mais j'ai demandé à Yancy de passer.

— Yancy ?

— Oui. Poursuivons en marchant, dit Eve en se levant. Continuez à creuser du côté des disparues pour l'instant mais je parlerai au lieutenant de Norman pour voir si celui-ci peut s'en charger pour nous. Appelez aussi McNab et demandez-lui si désactiver un communicateur bloque toute possibilité de remonter sa trace. Et comment ça marche.

— D'accord.

— Parce que ça pose question. Il y a des recycleurs sur cet itinéraire. Pourquoi ne pas se garer près de l'un d'eux, neutraliser la victime puis jeter le communicateur dans un recycleur ? Je parie qu'il aurait été broyé dans la nuit. Et même dans le cas contraire, il l'aurait été avant que la police parte à la recherche d'Elder.

— Peut-être qu'il la connaissait et l'a contactée par communicateur ?

— Une option à ne pas négliger. Mais quelles sont les chances pour qu'il la connaisse personnellement, qu'il sache comment la joindre et qu'elle corresponde à tous ses critères ? Je doute qu'il soit chanceux à ce point. On vérifiera à quelle heure les recycleurs concernés se déclenchent et quand leur contenu est ramassé.

Elle aperçut Yancy qui émergeait de l'ascenseur en face de la Criminelle. Avec ses boucles brunes et son visage de star de cinéma, il avait plus l'air d'un artiste que d'un flic. Eve savait qu'il était les deux.

— Vous arrivez pile à temps.
— Je n'ai pas pu me libérer avant, lui dit-il.
— C'est très bien comme ça.
À peine était-elle entrée dans la salle commune que Jenkinson et sa cravate à vous fracturer la rétine fondirent sur elle.
— On tient peut-être quelque chose sur l'assassinat de DeBois. On a fait venir une femme qui affirme avoir assisté à la scène. Elle dira tout en échange d'une protection et de l'immunité.
— Où était-elle ces trois derniers jours ?
— Elle se cachait, apparemment. Reineke a vérifié ses antécédents. C'est une ancienne CL de haut vol qui s'est fait virer après avoir été testée positive durant un test anti-stupéfiant de routine.
— Voyez ce qu'elle a à raconter. Vous feriez bien d'avoir quelqu'un du bureau du procureur sous la main.
— C'est déjà fait. C'est le frère de DeBois qui l'a tué, Dallas, je le sens dans mes tripes. Mais ce type est une vraie anguille. La nana semble sincèrement flippée, donc elle détient peut-être un truc qui nous permettra de le coincer. Si c'est le cas, on aura besoin d'une planque sécurisée pour elle.
— Vous l'aurez. Tenez-moi au courant.
Eve reprit le chemin de son bureau.
— Un riche magouilleur a été retrouvé mort, poignardé une dizaine de fois dans son appartement-terrasse classieux, le genre avec entrée privative et ascenseur réservé. Les images de vidéosurveillance ont été effacées. C'était censé passer pour un cambriolage qui aurait mal tourné mais ça ressemble surtout à une mise en scène foirée, et Jenkinson a très vite soupçonné le frère d'avoir fait le coup. Sauf

que celui-ci lui a mis sous le nez un alibi costaud. Fourni par sa femme et deux autres types plus ou moins louches. Bref.

Eve se passa les doigts dans les cheveux.

— Peabody, café.

— Vous le prenez comment, Yancy ? demanda Peabody à Yancy.

— Si c'est du vrai, noir ça me va très bien.

— Voici notre victime, indiqua Eve avec un geste en direction du tableau. Comme vous pouvez le voir, le tueur a eu la main lourde sur les soins capillaires et le maquillage. Post-mortem dans les deux cas. Nous pensons qu'après l'avoir choisie en amont il l'a gardée prisonnière pendant dix jours puis l'a tuée avant de lui donner l'apparence de quelqu'un d'autre. Celle de sa mère ou d'une figure maternelle.

— Elle paraît plutôt jeune pour ça.

— Oui. Donc une mère qui était jeune il y a longtemps. Mira a daté sa tenue de la fin du siècle précédent, à quelques années près. Ce que confirment les avis de Peabody et Morris.

— D'accord… Merci, ajouta-t-il quand Peabody lui tendit un mug de café. En suivant cette logique, la maman pourrait avoir dans les quatre-vingts ans.

— Oui, si elle est toujours en vie. Il nous faut une meilleure image de cette figure maternelle pour explorer cette piste. L'identifier nous donnerait une vraie chance de trouver le tueur.

— Vous voudriez que j'utilise la victime comme base de travail, en la vieillissant autour des quatre-vingts ans, pour vous fournir le visuel le plus ressemblant possible. Je ne vous promets pas que le résultat passera le cap de la reconnaissance faciale.

Il y a toutes sortes de variables, Dallas. Elle a pu bénéficier de chirurgie esthétique. Ou mener le genre de vie qui use et laisse des marques.

— Voire mourir il y a soixante ans, ajouta Eve. Ou à n'importe quel autre moment entre cette époque et aujourd'hui. J'utilise l'image actuelle pour tenter de retrouver le sujet potentiel au même âge, mais ça date d'avant l'instauration de la carte d'identité universelle. Il va falloir exploiter permis de conduire et passeports. Et ça va être une tannée. Elle n'avait peut-être ni l'un ni l'autre.

— Il y a un tatouage.

— Exécuté après l'enlèvement, lui aussi. Ce qui nous fournit un signe particulier pour la figure maternelle. Ce que je voudrais, si c'est possible, c'est une série de portraits vieillis, décennie après décennie, entre le tournant du siècle et aujourd'hui. Avec son apparence la plus probable.

— Hum…

Yancy se rapprocha du tableau en sirotant son café.

— Intéressant, dit-il. Il me faudra d'autres photos. Sous différents angles. Des vidéos me seraient utiles. Y compris de la victime plus jeune, d'ailleurs. Et même avec tout ça, ça va prendre un moment. Je pourrai en générer une grosse partie par ordinateur et travailler en hologramme pour une représentation à trois cent soixante degrés, mais il faudra que j'affine et améliore nettement le résultat si on veut avoir une chance de reconnaissance faciale. Sans garantie… Mais je tâcherai de vous fournir la meilleure approximation.

— On vous trouvera plus de photos. Et des vidéos. Peabody.

— Je vais contacter sa famille et son conjoint.

— Demandez-leur d'envoyer tout ce qu'ils pourront à Yancy et moi.

— Je m'en occupe.

— Qu'est-ce que vous entendez par « Ça va prendre un moment » ? demanda Eve au dessinateur une fois Peabody sortie.

— Je dois terminer deux ou trois trucs mais je devrais pouvoir commencer d'ici ce soir. J'estime qu'il me faudra une semaine – trois jours au minimum – pour vous fournir tout ce que vous souhaitez. Et encore, si d'autres requêtes ne tombent pas entre-temps.

— Et si vous commenciez par la plus proche de nous, la version la plus âgée ? Je n'ai trouvé aucun crime similaire, rien qui corresponde à ce mode opératoire. Mira pense qu'il y a eu un déclencheur. La figure maternelle a déçu le suspect, l'a contrarié ou bien elle l'a abandonné en mourant et il essaie de la remplacer par cette image.

— Jeune et plutôt glamour.

— Glamour ?

— Aux yeux d'un enfant, non ? Il devait être enfant s'il s'agit réellement de sa mère, étant donné son âge et la date à laquelle ça remonte. Tous ces trucs qui brillent : le haut, les chaussures, le maquillage et le reste. Je me dis qu'un enfant aurait pu trouver ça glamour. Classe. Étincelant.

Eve se revit, enfant, jouer avec le maquillage de sa mère – jolies couleurs et miroir brillant – et se faire violemment punir pour ça.

— Oui, je suis d'accord. Je vais continuer à travailler sur la tranche d'âge la plus basse, vous commencez par la plus haute. Et je vous serai reconnaissante de tout ce que vous pourrez me fournir.

— La mission est cool. Je n'ai jamais tenté quelque chose de ce genre.

Il lui rendit son mug de café vide avec l'un de ses fameux sourires charmeurs.

— Je file boucler mes tâches actuelles et je m'y mets.

Une fois Yancy reparti, Eve s'assit et songea au souvenir qui lui était revenu. Quel âge avait-elle – quatre, cinq ou six ans ? – quand Stella avait quitté Richard Troy pour la dernière fois ? Ses souvenirs restaient trop vagues pour qu'elle en soit sûre. Mais trouvait-elle Stella jolie, voire glamour ?

Sans doute, à défaut d'autres éléments de comparaison.

Portait-elle des vêtements voyants ?

Probablement.

Eve se rappelait les odeurs – de sexe et de fumée – et la senteur des poudres et des crèmes comme autant de bonbons.

Du parfum. Elle avait capté un parfum sur le corps.

Donc le tueur aussi se remémorait les odeurs. Les odeurs issues de l'enfance.

Avait-il passé sa vie auprès de cette femme ou l'avait-elle abandonné comme Stella avait abandonné Eve ?

Elle se leva en direction de l'étroite fenêtre du bureau.

À New York ? Ou ailleurs ?

« Méchante maman ! » Eve n'avait-elle pas vu pendant très longtemps Stella comme un modèle de maternité ? Stella puis toutes les mères de famille d'accueil qui avaient suivi.

Elle aussi l'aurait étiquetée comme « méchante maman ».

Le tueur s'était-il retrouvé placé en famille d'accueil ? C'était une piste supplémentaire mais à laquelle elle ne pourrait pas s'attaquer sans une meilleure idée de la chronologie. Elle-même avait commencé sa vie à Dallas. Et, comme le tueur, elle s'était retrouvée à New York.

Aucun moyen de savoir à ce stade où le suspect avait entamé sa trajectoire.

Une nouvelle idée fit sortir Eve de son bureau.

— Je monte à la DDE demander l'avis de Feeney, dit-elle à Peabody.

— Je suis avec Norman, répondit Peabody en agitant son communicateur. On a peut-être identifié deux disparues qui correspondent aux critères de base.

— Confirmez-moi ça et on s'en occupera à mon retour.

Elle profita du trajet sur l'escalier roulant pour réfléchir à l'idée qu'elle venait d'avoir. Rien ne garantissait qu'elle avait vu juste, mais ça méritait que l'on s'y penche.

Une fois la démarche lancée, Eve retournerait sur le terrain, s'intéresserait à ces autres femmes disparues, parlerait à tous les contacts de la victime. Son salon de coiffure, sa clinique de bien-être, son dentiste, les boutiques qu'elle fréquentait régulièrement. Quelqu'un avait pu remarquer quelque chose.

Elle s'avança dans le monde agité et coloré de la DDE. L'équivalent des cravates de Jenkinson sous stéroïdes. À défaut d'apercevoir McNab en train de se dandiner à son poste, elle vit plusieurs autres geeks aux tenues tout aussi folles se balancer et se déhancher en travaillant.

Elle mit le cap sur le bureau de Feeney et ses costumes marron informes.

Il était vide.

— Salut, Dallas.

Elle se retourna et faillit ne pas reconnaître son interlocuteur. Une hésitation sans doute causée par son baggy d'un violet aveuglant et l'aurore boréale qui explosait en travers de sa chemise.

Il s'était laissé pousser les cheveux, assez pour pouvoir les rassembler en une courte queue-de-cheval, et des stries vert gazon zébraient à présent ses mèches blondes.

Le filleul de Feeney, Jamie Lingstrom. Un gamin – enfin, un jeune homme à présent – qui avait l'honneur d'être le seul individu de sa connaissance à avoir (presque) réussi à neutraliser les mesures de sécurité de chez Connors.

— Il y a un truc dans l'air, à cet étage, qui fait muter toutes les couleurs ?

— Ça booste l'énergie.

— Si tu le dis. Que fais-tu là ?

— Mon stage d'été. Que des petits trucs à droite et à gauche mais c'est un début.

Il balaya du regard les locaux de la DDE comme s'il avait accédé au paradis.

— J'alterne. Deux jours par semaine ici, trois avec Connors. La semaine prochaine, on inverse.

— Connors ? Tu fais un stage avec Connors ?

— En bas de l'échelle, mais c'est trop la classe. Le meilleur des deux mondes !

Elle le dévisagea.

— Un pied de chaque côté pour pouvoir passer de l'un à l'autre.

Une stratégie qu'elle ne pouvait qu'admirer.

— Malin, admit-elle.

— Faut explorer pour savoir où planter son drapeau, si vous voyez ce que je veux dire ? Bref, si vous cherchez le capitaine, McNab et lui sont sur le terrain. Je peux vous aider à quelque… ?

— Callendar, répondit-elle simplement.

C'était le nom d'un autre inspecteur de la DDE avec qui elle avait travaillé.

— Elle est sous l'eau en ce moment.

Jamie se décala légèrement pour bloquer le passage d'Eve.

— Je viens de finir ce que le capitaine m'avait demandé. Je suis dispo pour vous assister.

Eve se dit que ce dont elle avait besoin correspondait sans doute pour la DDE à la plus basse des basses besognes. Un boulot pour un apprenti studieux.

Jamie ferait l'affaire.

— Où est ton poste au milieu de ce grand cirque ?

— Là-bas.

Il la guida à travers le labyrinthe de la DDE, échangeant au passage un *check* du poing avec une femme au crâne surmonté d'une cascade de tresses bleues, et s'arrêta dans un box si étroit qu'Eve aurait dû s'inculper elle-même pour comportement indécent si elle avait tenté de s'y introduire avec lui.

— J'ai besoin d'une recherche d'identité à large échelle.

— Je suis votre homme.

— Par défaut. Mais assure-toi de valider ça avec Feeney à son retour. Nous cherchons une femme d'origine caucasienne, sans tranche d'âge à ce stade. Je dispose d'un signe particulier. Je voudrais que tu croises ces données avec les casiers judiciaires. Il faudra remonter jusqu'à l'an 2000. Non, plutôt jusqu'à 1990.

Il écarquilla les yeux.

— Pour de vrai ?

— Absolument. En commençant par New York.

— En commençant ?

— Oui. D'abord le centre-ville, puis les arrondissements, puis tout l'État. Si tu ne trouves rien, tu passes à la suite.

— C'est-à-dire ?

— À un autre État.

Elle sortit son mini-ordinateur et rassembla les photos dont il aurait besoin.

— C'est quoi ton identifiant ? Non, tiens, copie-les toi-même.

Il prit l'appareil qu'elle lui tendait.

— Euh, on pourrait presque croire qu'elle est morte.

— Elle l'est. Ce n'est pas elle que je cherche mais celle qu'elle représente aux yeux de la personne qui l'a tuée.

Elle hésita un instant avant de se rappeler que le lien qu'elle avait avec Jamie tenait moins à Feeney qu'à Alice. La sœur du jeune homme. Sa sœur assassinée.

Elle lui exposa les bases de la situation.

— Le tatouage en forme de papillon, c'est du solide. D'accord. Je me mets à fond là-dessus.

Il transféra en un clin d'œil les photos vers son terminal. Eve songea qu'il semblait plus motivé qu'effrayé par l'impossibilité de la tâche.

— Valide ça avec Feeney, répéta-t-elle en récupérant son mini-ordinateur.

— Pas de problème. Je m'en occupe. Le bonjour à Connors.

— D'accord.

Le temps qu'elle se détourne pour repartir, Jamie s'était déjà mis à se dandiner sur place.

5

De retour à la salle commune et au bureau de Peabody, Eve se pencha sur les données concernant les deux femmes disparues. Anna Hobe, vingt-quatre ans, célibataire, travaillait au *Mike's Place*, un bar karaoké dans le Lower West Side. Elle vivait seule dans un petit studio à moins de six rues de son lieu de travail.

Disparition signalée sept jours plus tôt par son patron, nota Eve, parce qu'elle avait cessé de venir travailler, qu'elle ne répondait pas sur son communicateur et que la collègue qui avait convaincu le gardien de l'immeuble de la laisser entrer avait trouvé l'appartement vide.

Becca Muldoon, vingt-cinq ans, danseuse au *Honey Pot*, un club de strip-tease du Lower West Side, disparue depuis huit jours. Célibataire. Signalement effectué par sa colocataire.

— On se charge de Hobe, dites à Norman de s'occuper de Muldoon. On va passer à son domicile et sur son lieu de travail. Transférez les fichiers. Et donnez-moi cinq minutes.

Elle se rendit dans son bureau et versa des notes au dossier. Elle imprima la photo de Hobe et la tint à côté de celle d'Elder. Même couleur de peau, des similitudes dans les traits. Et, d'après les données, sans doute une silhouette comparable.

Muldoon, de son côté, lui parut plus proche encore de la « méchante maman ». Mais cela tenait au maquillage qu'elle affichait sur sa photo d'identité.

Une rapide recherche lui permit de trouver les portraits professionnels de Muldoon sur les réseaux sociaux. Elle était plus pulpeuse, avec une poitrine plus développée.

Le tueur s'y serait-il adapté ? s'interrogea-t-elle.

Les deux femmes lui semblaient en tout cas faire de bonnes candidates.

Elle accrocha leurs photos au mur puis récupéra sa veste.

— Allons-y, Peabody, dit-elle en traversant la salle commune.

— Norman est déjà en route, lui apprit sa coéquipière. Il a contacté le collègue chargé du dossier de Muldoon et ils vont se retrouver au club de strip-tease. Huit jours, ajouta Peabody. S'il l'a enlevée, elle n'en a peut-être plus pour longtemps.

— Les probabilités me paraissent moindres pour Muldoon. Bon, il prévoyait peut-être dès le départ d'avoir plusieurs options, des remplaçantes, mais au point de les kidnapper à la chaîne ? Il a pu se focaliser sur son visage, parce qu'elle est plus proche de ce qu'il a créé. Mais la silhouette ne colle pas. Elle ne pourrait pas porter les vêtements avec lesquels il a habillé Elder.

— Il pourrait lui en acheter à sa taille.

— Oui, sans trop de mal. Elle porte déjà deux tatouages. Un cobra le long de sa hanche gauche et une libellule sur le sein droit. Que va-t-il y faire ? Les laisser, les retirer ou simplement les cacher ? S'il l'a vue se produire dans son club, il sait ce qu'il en est. D'un autre côté, elle a déjà le piercing au nombril, lequel est aussi visible lorsqu'elle travaille.

— Je trouve qu'elle ressemble plus que Hobe à ce qu'il a fait d'Elder. Mais Hobe est plus proche d'Elder avant qu'il la transforme.

— Exactement. Que veut-il, Peabody ? demanda Eve comme elles traversaient le parking pour rejoindre sa voiture. La gentille maman ou la méchante ?

Peabody réfléchit un instant en s'installant sur le siège passager.

— Il a tué la méchante maman, donc la logique voudrait qu'il veuille la gentille. Ce qui ferait pencher la balance vers Hobe plutôt que Muldoon.

— C'est comme ça que je vois les choses. S'il ne s'agissait que de punir, il aurait fait du mal à Elder. L'aurait amochée, rouée de coups. Il s'est emparé d'une femme qui correspond à ce qu'il cherche et il l'a fait après l'avoir observée, avoir identifié ses habitudes et planifié l'enlèvement. S'il a kidnappé quelqu'un d'autre, il s'y est pris de la même manière.

Eve poursuivit sa réflexion en sortant du parking pour se mêler à la circulation.

— Ce qui ne garantit pas qu'il n'avait pas plusieurs cibles simultanées sur son radar. S'il s'est emparé d'une nouvelle victime – et si ce n'est pas déjà fait, ça ne saurait tarder –, il l'avait sans doute dans son viseur depuis un moment.

— C'est presque obligé, non ? Si ni l'une ni l'autre ne sont liées à notre affaire, s'il est toujours en phase d'observation, c'est une chose. Mais si l'une ou l'autre, voire les deux, sont des cibles, il a dû les identifier et les étudier en amont, fit remarquer Peabody.

— Et comment les sélectionne-t-il ? On ne peut pas choisir ce qu'on ne voit pas. On n'a pas encore identifié son mode opératoire, on est seulement sur une hypothèse.

Même si Eve n'aimait pas se baser sur des suppositions, son instinct continuait à la pousser dans cette direction.

— Mavis ne colle pas à ce qu'il cherche. À ce que nous pensons qu'il cherche, en tout cas. J'en ai parlé avec elle, ajouta Peabody. Elle m'a dit que vous aussi, que vous lui aviez demandé de faire intervenir l'équipe chargée de sa sécurité. Elle l'a fait. Ça me semble une très bonne idée étant donné la proximité entre le site où le corps a été abandonné et la maison. Mais elle ne colle pas, Dallas. Elle est plus petite et la couleur de ses yeux comme de ses cheveux n'a rien à voir. Elle n'a pas non plus de routine très ancrée et se déplace généralement avec Bella, ou Bella et Leonardo, ou Trina quand elle va quelque part. Ou McNab et moi.

« Exact, songea Eve. Et rassurant. » Mais elle devait restée concentrée sur la face sombre de la situation. Sur le meurtre.

— Il connaissait cette aire de jeux. Il n'a pas choisi cet endroit sur un coup de tête. Il l'avait repéré en amont, à moins qu'il ne le connaisse parce qu'il habite ou travaille dans les parages. Ajoutons aussi la dimension maternelle. Mavis est déjà maman.

— Bella le prouve. Et puis ça commence à se voir qu'elle attend son deuxième.

— Il aurait pu la repérer – les repérer – en train de jouer sur place.

Et cette idée la rongeait, admit Eve. Elle n'arrivait pas à s'en débarrasser.

— Que cherche-t-il ? Une gentille maman. Sur ce point, elle est parfaite. C'est une super maman.

— Voilà qui fait remonter mon niveau d'inquiétude. McNab et moi resterons auprès d'elle.

— Faites ça mais mollo sur l'inquiétude. Elle ne correspond pas au profil. Même si on ne peut pas s'empêcher de... Bref, les amis restent une vraie source d'emmerdes plus de la moitié du temps.

— Oooh, répondit Peabody avec un sourire attendri. C'est moins que ce que vous pensiez probablement il y a deux ans. Vous étiez plus sur du quatre-vingts pour cent que sur cinquante.

— J'ai dit « plus de la moitié ». Quatre-vingts, c'est plus que cinquante. Contactez le ou la concierge de l'immeuble de Hobe. Qu'on puisse accéder à l'appartement. On parcourra son itinéraire habituel après avoir fait un tour au bar.

— C'est déjà fait. Vous voyez, les amis peuvent aussi s'avérer utiles.

Eve lui décocha un coup d'œil acéré tout en négociant le virage suivant.

— Là, vous parlez de mon *équipière*. Les équipières ne sont source d'emmerdes qu'environ un quart du temps.

Eve repéra une place libre dans une zone de livraison à un pâté de maisons du *Mike's Place* et décida de s'y garer plutôt que de perdre du temps à en chercher une plus près.

Elle actionna son panneau EN SERVICE.

— Quartier très correct, estima-t-elle en mettant pied à terre. Quoique pas aussi tranquille et cossu que celui d'Elder.

— Plus fréquenté et moins propre, acquiesça Peabody. Et plus loin de notre maison, ajouta-t-elle.

— À une bonne distance à pied de chez Elder, mais ça colle s'il a fait de cette zone son terrain de chasse.

Elle s'arrêta à un carrefour où la circulation automobile était ralentie et la foule des piétons dense.

— Les bars font peut-être partie de l'équation, suggéra Peabody. Sa mère a pu travailler dans un bar, par exemple.

— Y travailler, reprit Eve, ou y passer beaucoup de temps à boire.

Le feu passa au vert. Elles se joignirent au flot des passants.

— D'après le rapport officiel, Hobe a travaillé jusqu'à 0 h 50, ou en tout cas elle a pointé à la sortie à cette heure-là. Elle a parcouru quelques rues avec une collègue, la même qui est ensuite allée voir à son appartement. Puis la collègue l'a quittée pour tourner au sud vers son propre domicile. Il pleuvait donc elles marchaient vite. Pas de caméras à l'entrée de l'immeuble de Hobe, mais elle aurait dû composer un code pour entrer. Elle ne l'a pas fait.

Eve s'arrêta devant le *Mike's Place*. Une porte rouge vif et une grande vitrine éclairée au néon occupaient la façade. On y lisait le nom du bar au-dessus d'une silhouette masculine avec un micro et un bras levé. En dessous, un écriteau annonçait : KARAOKÉ ! TOUS LES SOIRS !

Eve compara mentalement l'idée de travailler dans un bar karaoké avec celle d'être dévorée par des requins. Les requins faillirent l'emporter.

Elle franchit le seuil, soulagée que la soirée soit encore loin.

Quelques fesses occupaient déjà les tabourets du bar rouge vif. Une poignée de clients étaient affalés autour de tables argentées rutilantes. Elle les identifia principalement comme des touristes fatigués par la tournée des magasins... où ils avaient sans doute acheté des articles qu'ils auraient aussi bien pu trouver chez eux.

Dieu merci, la scène du bar – tout de rouge et d'argent – demeurait inoccupée.

L'endroit était propre, remarqua-t-elle. Il attirait sans doute les foules le soir venu, entre ceux qui pensaient savoir chanter, ceux qui voulaient humilier leurs amis en les forçant à chanter et ceux qui ne pouvaient pas résister à l'appel du micro après quelques verres.

Une unique serveuse naviguait entre les tables, vêtue d'une courte jupe noire, d'un tee-shirt blanc, d'escarpins rouges et d'un nœud papillon de la même couleur. Elle apporta à l'une des tablées ce qui semblait être de la cuisine de brasserie de bonne tenue accompagnée d'un pichet de vin blanc.

Eve s'approcha du comptoir où un barman esseulé arborant un tee-shirt MIKE'S PLACE tirait une pinte de bière.

— Mesdames.

Il avait une peau brune au teint éclatant, des tresses qui lui arrivaient aux épaules et un sourire à tomber. Eve supposa que les pourboires devaient pleuvoir.

— Choisissez la table qui vous plaira ou prenez un tabouret pour me tenir compagnie, proposa-t-il.

Pour lui épargner de l'embarras, Eve lui présenta discrètement son insigne au creux de sa main.

Le sourire à tomber s'évanouit.

— Oh merde. Vous venez pour Anna ? Vous l'avez retrouvée ? Elle va bien ? Qu'est-ce… ?

— Nous n'avons pas localisé Mme Hobe. Nous aurions besoin d'informations complémentaires pour l'enquête en cours.

— Ça fait plusieurs jours. Genre, une semaine.

— Vous travailliez le soir où elle a disparu ?

— Ouais. J'ai bossé jusqu'à environ 23 heures. Elle avait encore quelques heures à tirer, donc elle était là quand je suis parti.

— Je peux vous demander votre nom ?

— Bien sûr. Bo, Bo Kurtis. Avec un K. Écoutez, Anna et moi avons travaillé ensemble ces quatre dernières années. Moi, ça fait six ans que je suis là. On est même plus ou moins sortis ensemble il y a un moment. Rien de très sérieux. Disons que la mayonnaise n'a pas pris, ni pour elle ni pour moi. Je préfère dire tout de suite les choses. On est amis.

Eve s'installa sur l'un des tabourets et lui posa les questions habituelles, consciente qu'il y avait déjà répondu auparavant.

— Vous pouvez me croire, elle ne serait pas partie sans rien dire. Anna aimait bosser ici. Elle chantait bien et montait parfois sur scène avec certains clients. Ça lui plaisait de vivre à New York. Elle est arrivée peu de temps avant de décrocher ce job. Elle venait du nord de l'État. Anna était contente d'être au cœur de la ville, elle aimait son appartement. C'est petit mais elle kiffait. Et elle avait plein d'amis.

— Pas de relation amoureuse ?

— Pas en ce moment. Oh, bien sûr, elle avait des rendez-vous. Elle aimait les gens, tout bêtement. Mais pas d'histoires sérieuses. Comme je l'ai dit à vos collègues, je ne l'ai jamais vue se faire harceler et elle ne m'a jamais rien raconté de ce genre. Ce n'est pas l'ambiance de la maison. Et Mike n'est pas du style à laisser couler si ça arrivait. Les gens boivent parfois un peu trop, c'est sûr, mais ils ne viennent pas dans un karaoké pour causer des problèmes.

— Où est Mike ?

— Dans l'arrière-salle. Il s'est rendu malade avec cette histoire. Vous voulez que j'aille le chercher ?

— Oui, faites donc.

— Je vous demande une seconde. On me fait signe à l'autre bout du bar. Ça reste calme jusqu'à 20 heures mais je dois m'assurer que les clients sont satisfaits.

Il s'éloigna et retrouva son fameux sourire. Une fois la nouvelle commande honorée, il sortit par une porte située sur le côté du bar.

L'homme qui en ressortit avec lui faisait deux fois le poids de Bo.

Bâti comme un joueur de football américain avec des épaules de la largeur d'un séquoia, il avait le crâne rasé et des yeux bleus pleins de sollicitude. Il portait un costume gris clair avec une chemise blanche au col ouvert et tendit une main qui agrippa – et engloutit – celle d'Eve.

— Mike. Mike Schotski. Que puis-je faire pour vous, inspecteur ?

— Lieutenant. Lieutenant Dallas et inspecteur Peabody. Nous récoltons des infos complémentaires…

Il leva l'une de ses grosses mains et son regard vira de la sollicitude à l'inquiétude.

— Une minute… Je vous connais. Le livre, le film. Bon Dieu… Vous bossez sur des affaires de meurtre. Anna…

— Nous n'avons pas retrouvé Anna, monsieur Schotski. Nous enquêtons sur un lien potentiel entre la disparition de Mme Hobe et une autre affaire.

— La fille trouvée sur le terrain de jeux ce matin. Je surveille un peu ce qui se passe depuis… Pardon.

Il inspira profondément pour tâcher de retrouver son calme.

— Prenons une table, dit-il. Qu'est-ce qu'on peut vous offrir à boire ?

Parce qu'il lui donnait l'impression d'avoir besoin d'un peu plus de temps pour s'apaiser, Eve demanda un Pepsi.

— La même chose en light, dit Peabody tandis que Mike leur indiquait une table.

— Ça m'a fait un petit choc ce matin en voyant l'info. Je n'ai pas entendu le nom de la fille au départ. J'ai seulement vu sa photo apparaître à l'écran. Elle ressemble un peu à Anna. J'ai vite vu que ce n'était pas elle mais sur le moment… j'ai cru que mon cœur s'arrêtait, dit-il.

Il détourna les yeux et secoua la tête.

— Selon Bo, Anna n'avait aucune raison de décider de partir, dit Eve. Rien chez elle ne laissait deviner de problèmes particuliers avec qui que ce soit.

— Exact. Merci, Bandi, dit-il avec un bref sourire à la serveuse qui apportait leurs boissons, dont une eau gazeuse pour lui. Anna aimait travailler ici. Ça se voit quand quelqu'un fait simplement ses heures. Ce n'était pas son cas. Et je suis sûr qu'elle m'aurait prévenu si quelqu'un l'ennuyait ou si elle avait un souci. Elle en aurait au moins parlé à Liza.

— Liza Rysman ? La collègue avec qui elle est partie ?

— C'est ça. Elles sont amies. La plupart de ceux qui bossent ici sont proches les uns des autres. On se serre les coudes dans ma boîte. Hé, Bo, appelle Liza et demande-lui si elle peut venir parler à la police. Ça vous fera gagner du temps, dit-il à Eve. Elle n'habite qu'à deux rues d'ici et elle est malade d'inquiétude. Comme nous tous.

— Bonne idée, merci.

— Je ne sais pas ce qu'on pourra vous dire de plus qu'à vos collègues. Je n'ai pas arrêté de repenser à cette nuit-là avec l'espoir de me rappeler autre chose. Je ne suis pas toujours en salle mais j'y passe le plus gros de mon temps une fois que ça commence à bouger. Anna et Liza sont parties ensemble vers 1 heure. On ferme à 1 heure le mercredi, c'est plus calme en milieu de semaine. Vu qu'elles habitent à côté et que je préfère savoir qu'aucune d'elles ne rentrera seule tard le soir, je tâche de faire coïncider leurs plannings.

— Vous les avez vues partir ?

— J'ai vu Anna juste avant. Il pleuvait donc je lui ai demandé si elle avait un parapluie. Elle s'est gentiment moquée en me disant qu'elle n'allait pas fondre sous quelques gouttes. Elle avait enfilé ses chaussures pour marcher.

— Pour marcher ?

— Les filles portent des talons et des jupes courtes. Les pourboires sont meilleurs. C'est comme ça que ça marche, ajouta-t-il avec un haussement d'épaules. Beaucoup d'entre elles gardent leurs talons ici, dans l'arrière-salle. Elles les enfilent en arrivant et les retirent au moment de partir. Elle avait ses chaussures de ville, sa petite jupe. On était loin d'une pluie battante donc je n'ai pas insisté.

Il passa une main sur son crâne chauve.

— Je n'arrête pas de me dire que si je l'avais fait, si elle avait eu un parapluie, elle aurait peut-être pu cogner le type avec et le repousser.

— Le type ?

Le regard inquiet de Mike croisa celui d'Eve.

— Quelqu'un l'a kidnappée. Je le sens dans mes tripes. Une personne comme Anna – heureuse, stable – ne s'en va pas comme ça, du jour au lendemain, en laissant tout derrière elle. Elle a été enlevée.

— Est-ce qu'elle aurait pu monter dans un véhicule avec quelqu'un d'autre, volontairement ?

— Anna ? Franchement, non. Elle est sympa, amicale, mais pas idiote, hein.

— Quelqu'un qu'elle connaissait. « Hé, Anna, je te ramène chez toi ? Il pleut. »

— Je ne crois pas, et j'y ai réfléchi aussi. Elle n'avait plus que quelques rues à parcourir après avoir dit au revoir à Liza. Elle avait sa petite routine les soirs où elle travaillait. Rentrer à pied, enfiler son pyjama, déplier son lit et regarder une vidéo pour se détendre. Elle disait qu'elle s'endormait généralement dans les vingt minutes. Elle disait aussi qu'elle adorait cet endroit, qu'elle aimait y traîner, y bosser, y chanter aussi, mais qu'après elle avait besoin de retrouver son nid et un peu de solitude.

— Monter dans un véhicule équivaudrait à renoncer au nid et à la solitude.

— Voilà. Donc je ne la vois pas faire ça.

Eve lui posa encore quelques questions puis fit de même avec Liza qui était arrivée précipitamment.

De quoi développer une idée précise de la disparue... et un très mauvais pressentiment.

— S'il s'agissait d'une agression pour la dépouiller ou la violer, dit-elle en préambule comme Peabody et elle retraçaient l'itinéraire de la victime, son corps aurait très probablement été retrouvé à ce stade.

— La pluie diminuait le risque qu'il y ait des témoins, commenta Peabody. Peut-être une raison supplémentaire pour qu'il n'ait pas attendu avant de la kidnapper. Mais s'il avait deux victimes à la fois ? Ça signifie deux victimes à contrôler, deux victimes à nourrir.

— Il doit disposer de l'espace nécessaire. Il en voulait peut-être deux pour les mettre en compétition, pour qu'il puisse juger qui était la bonne, ou la meilleure.

Eve secoua la tête, marqua un temps d'arrêt à l'endroit où Liza avait tourné dans une autre rue pour poursuivre vers chez elle.

— Liza est plus grande, plus musclée. De longs cheveux bruns, des origines métisses. Ça ne colle pas à ce qu'il cherche. Anna Hobe, si. On comprend pourquoi Mike a cru la reconnaître quand la photo de Lauren Elder est apparue à l'écran. Le même type de femmes : jeunes, blondes et minces. Difficile de croire à une coïncidence quand deux jeunes femmes blondes et minces qui travaillent dans un bar et rentrent chez elles à pied disparaissent à une journée d'écart.

— Il l'a enlevée.

— Et elles habitent relativement près l'une de l'autre. Il faut marcher un peu, d'accord, mais ça ne fait que six grands pâtés de maisons.

— On est sur son terrain de chasse.

Eve s'arrêta de nouveau à quelques dizaines de mètres de chez Hobe.

— Voilà un bon endroit pour se garer et attendre. Entre les réverbères et sous la pluie. Elle marche vite, tête baissée. Un coup sur le crâne, peut-être. Mais une drogue à effet rapide – une injection vite fait – serait plus facile et plus propre. Il a fallu aller vite. Elle fait, quoi, dans les cinquante kilos ? Donc il la rentre dans le véhicule et s'en va au volant. Après, par contre, il a fallu sortir une femme inconsciente de la voiture et l'emmener jusque chez lui.

— Plutôt un endroit à l'abri des regards, donc.

— Un garage, peut-être, suggéra Eve tandis qu'elles reprenaient leur marche. Je ne l'imagine pas l'emprisonner à l'écart de la ville puis revenir dans le centre pour déposer le corps. Ça ajoute un risque. Rien dans son comportement ne laisse penser qu'il aime prendre des risques. Il est motivé par la colère et une compulsion puissante mais ne veut pas se faire prendre. Pas de recherche du grand frisson ici.

Elle examina l'immeuble de Hobe. Correct, mais sans plus. La porte donnant sur la rue nécessitait d'être actionnée de l'intérieur des logements ou ouverte à l'aide d'un code. Même sans passe-partout, Eve estima que grâce aux enseignements de Connors elle serait en mesure de l'ouvrir en moins de deux minutes.

Bien que tentée, elle se contenta d'employer son passe-partout.

— Prévenez le concierge.

— C'est en cours. Le studio de Hobe est au quatrième.

Après un regard soupçonneux vers l'unique ascenseur, Eve poussa la porte d'accès à l'escalier.

— Il n'aura qu'à nous y retrouver. Ou simplement consentir verbalement à nous laisser entrer.

Sans pouvoir être qualifiée de dégoûtante, la cage d'escalier n'en était pas loin. Pas d'effluves d'urine ou de vomi – qui auraient effectivement fait basculer Eve dans le dégoût –, mais une odeur aigre de renfermé flottait dans l'air. L'absence d'insonorisation lui permit d'entendre quelqu'un qui tentait – sans succès – de jouer une partition de piano, un enfant hurlant qu'il voulait « Ma mangue, maintenant, tout de suite ! » et la bande-son tonitruante d'un film, sans doute une comédie, à en croire les rires hystériques qui l'accompagnaient.

— Il nous rejoint, annonça Peabody dont les bottes claquaient lourdement sur les marches. J'ai l'impression qu'il a très envie de voir l'intérieur de l'appart.

— Il va être déçu.

Elles arrivèrent au quatrième étage. Ni piano, ni gamin survolté, ni éclats de rire. Mais Eve entendit clairement quelqu'un parler – sur son communicateur, supposa-t-elle, car un seul interlocuteur était audible – avec l'accent typique de Brooklyn à une dénommée Margie au sujet d'une certaine Sylvie. Laquelle était, semblait-il, la reine des garces.

— Ça ne me dérangeait pas de vivre en appartement, se souvint Eve. Et ça ne vous gêne pas non plus.

— Exact, mais on habite un immeuble solide et propre, avec une bonne isolation phonique.

— Mais dès qu'on se met à penser à tous ces gens qui respirent, qui pètent et qui s'envoient en l'air dans un même espace confiné… L'une de mes anciennes voisines avait empoisonné son mari avec une tarte qu'elle lui avait dit de ne pas manger en sachant qu'il le ferait par esprit de contradiction. Une histoire parmi d'autres.

— Je n'avais jamais vu les choses sous cet angle. Pas sûre de devoir vous remercier… Mais je n'en suis que plus reconnaissante à l'idée de ne plus vivre d'ici quelques mois au milieu de gens qui respirent, pètent, s'envoient en l'air et s'empoisonnent. C'était quel genre de tarte ? s'enquit Peabody.

— De la crème de cyanure. Efficace.

L'ascenseur s'ouvrit péniblement après une montée marquée par une série de bruits sourds et de grincements qui convainquirent Eve qu'elle avait eu raison d'opter pour l'escalier.

L'homme qui en sortit avait encore des traces d'acné adolescente sur son visage pointu et de longues mèches de cheveux bruns qui lui retombaient devant les yeux. Il portait un tee-shirt blanc moulant et un pantalon noir ajusté sur une silhouette aux muscles saillants.

— C'est vous les flics ?

— C'est nous.

Eve présenta son insigne. Le regard du concierge lui apprit qu'il venait récemment de consommer du Zoner, drogue dont la fumée s'accrochait encore à ses vêtements tel un déodorant au parfum douceâtre.

— Vous êtes pas les mêmes que la dernière fois.

— Non, nous sommes des flics différents. Vous pouvez nous laisser entrer ou bien nous obliger à aller chercher un mandat. Si vous optez pour cette deuxième option, j'en demanderai un second pour votre logement.

— Pourquoi ?

— Parce que nous sommes de la police et que vous avez été assez bête pour monter jusqu'ici en empestant le Zoner. Entre ça et les stéroïdes que vous vous enfilez, ça va bien vous gâcher la journée. Laissez-nous entrer et rentrez chez vous, ça nous évitera de perdre notre temps et de jeter l'argent du contribuable par les fenêtres.

— Et moi qui essayais d'être sympa…

Il déverrouilla la porte mais Eve l'arrêta lorsqu'il fit mine de l'ouvrir.

— On prend le relais, dit-elle.

— Une fois que le loyer est dû, je peux sortir ses affaires de l'appart.

— Essayez un peu et je vous gâcherai bien plus que la journée.

Il lui lança un regard peu amène avant de tourner les talons. Mais l'ascenseur s'était refermé en grinçant, le coupant dans son élan. Il se dirigea lourdement vers la porte de l'escalier qu'il laissa claquer derrière lui.

— Un bel abruti, commenta Eve avant de pousser la porte.

L'appartement sentait le renfermé. Non comme la cage d'escalier mais par manque de présence humaine. Une fine couche de poussière était visible sur la petite table près de l'entrée, surmontée d'un vase dont les fleurs s'étaient fanées.

Un canapé vert foncé, qui devait se déplier pour devenir un lit, était placé face à un grand écran mural. Deux tables de chevet à tiroirs, une de chaque côté du canapé, accueillaient deux petites lampes.

Des photos, un bol décoratif et un petit ours en peluche rose étaient disposés sur une longue console en dessous de l'écran. Hobe s'était aménagé un coin repas – une table de bistro et deux chaises – à l'extérieur d'une cuisine américaine. Trois bougies trônaient au centre de la table.

Les murs étaient décorés de posters de musiciens, dont un de Mavis en plein concert. En y regardant de plus près, Eve vit que son amie l'avait signé :

Chante la vie, Anna !
Mavis Freestone

— Oh ben mince..., soupira Peabody. Pourquoi ça rend les choses plus dures encore ?

— Ça touche une corde sensible, plus personnelle. On dirait qu'elle collectionnait les posters et les dédicaces. Ils sont tous signés. Elle s'était fait un petit nid bien organisé. Tout a une place et une utilité. Inspectez la salle de bains et la cuisine. Les collègues sont déjà venus mais faisons un deuxième passage.

Il n'y avait pas de communicateur résidentiel et Eve savait que le premier enquêteur avait déjà confié l'unique tablette trouvée dans le tiroir à côté du lit à sa DDE. Elle passa en revue des vêtements, un kit de soins pour les ongles, une boîte pleine de talons de tickets de cinéma et de concert, une petite collection de bijoux fantaisie.

Elle constata que les vêtements d'hiver étaient séparés des autres, bien rangés. Des vêtements qu'Anna Hobe risquait de ne jamais remettre.

Tout en fouillant la pièce, Eve prit conscience que le studio entier était plus petit que son propre bureau chez Connors et elle.

Mais Hobe se l'était approprié, songea-t-elle. Elle en avait fait un endroit accueillant et confortable.

— Un contraceptif mensuel, annonça Peabody de la salle d'eau. Des produits de soins de grande distribution pour la peau et les cheveux. Même chose pour le maquillage. Pas de haut de gamme. Tout est très propre. Bon, un peu poussiéreux maintenant, mais ses serviettes sont toutes soit pliées, soit suspendues. Elle a des bougies sur le lavabo. Ni drogues ni médicaments sous prescription.

— Organisée, commenta Eve comme Peabody passait à la cuisine. Elle aime son espace et sait l'exploiter au mieux. Des préservatifs dans le tiroir de la table de chevet. La boîte est presque pleine.

« On ne trouvera rien ici, songea Eve. Rien pour nous mettre sur la voie. Rien d'autre qu'une vie mise sur pause. »

— Pas de lave-vaisselle et pas de vaisselle dans l'évier, ni sur l'égouttoir. Tout a été rangé. Des restes de plats chinois dans le réfrigérateur, un peu de fromage, des trucs à grignoter, de l'eau, du mauvais café, de la crème et une bouteille de vin blanc ouverte. L'autochef est cassé, donc elle ne s'en servait pas.

« On ne trouvera rien », se répéta Eve.

— Allons parler un peu aux voisins puis on rendra visite aux restaurants à emporter du coin. On tombera peut-être sur une info que nos collègues avaient manquée la première fois.

Elle consulta sa montre.

— Après quoi je vous ramènerai jusqu'à la maison. Prévenez McNab si vous voulez.

— On restera auprès de Mavis.

Eve reporta son regard sur le poster.

— Oui. Elle n'est pas celle qu'il recherche mais oui, restez dans les parages.

La chance leur sourit au moment de sortir quand Peabody tint la porte à une femme chargée de deux grands sacs de courses et d'un énorme sac à main en forme de tournesol.

— Merci.

— Vous habitez ici ? demanda Eve.

La femme agita sa carte magnétique.

— Qui êtes-vous pour me demander ça ?

Eve lui présenta son insigne.

— Oh. Oui, juste là. Quel est le problème ?

— Vous connaissez Anna Hobe ?

— Ouais, un peu. Elle habite au-dessus, elle bosse au *Mike's Place*. Elle a des ennuis ? Excusez-moi mais c'est lourd.

— Laissez-moi vous aider.

Peabody la délesta de l'un des sacs.

— D'accord, merci. Qu'est-ce qui se passe avec Anna ? s'enquit-elle.

La voisine s'approcha de sa porte d'entrée, jongla entre les courses restantes et son sac à main pour utiliser sa carte et déverrouiller la porte.

— Je ne la connais pas plus que ça. On se dit bonjour en se croisant, quoi.

— Mme Hobe est portée disparue depuis le 1er juin au petit matin, lui annonça Eve.

La femme tourna vivement la tête en poussant la porte.

— Quoi ?

Ses lunettes ambrées glissèrent le long de son nez.

— Comment ça « portée disparue » ?

— Au sens où personne ne l'a vue depuis.

Eve s'avança à l'intérieur du chaos coloré de l'appartement.

Un sac fourre-tout à motifs fleuris était posé sur une petite table carrée à l'extérieur d'un coin cuisine. Le contenu d'un bagage cabine était répandu sur un canapé à la housse bleu nuit parsemée de fleurs rouges. Devant le seuil de la salle de bains attendait un sac de linge rempli à craquer.

— Vous étiez en déplacement, devina Eve.

— Oui, désolée pour le bazar. Je suis rentrée tard hier soir – notre vol a été retardé – et je devais retourner bosser ce matin, donc je n'ai pas eu le temps de défaire mes bagages. Ni de ranger quoi que ce soit d'autre, en fait.

Elle posa ses courses sur le petit plan de travail de la cuisine puis fit de même avec le sac que lui rendit Peabody.

— Quand êtes-vous partie, madame... ?

— Rameriz. Joslyn Rameriz. Je suis partie le 1er juin. Mes amis et moi avons loué une villa sur la plage au Costa Rica. C'était vraiment génial.

Elle commença à vider le premier sac : une bouteille de crème sans lactose, des faux œufs lyophilisés, deux bananes.

— Je présume que personne du NYPSD ne vous a précédemment interrogée concernant Mme Hobe.

— Non, c'est la première fois que j'en entends parler. Disparue…

Rameriz s'interrompit pour dénouer le ruban qui maintenait en arrière ses cheveux bruns éclaircis par le soleil puis passa les mains dans leur masse indisciplinée.

— Elle n'a pas l'air du genre à disparaître comme ça, mais pour être franche, je ne sais pas vraiment ce que j'entends par là. Comme je vous le disais, je la connais assez pour lui dire bonjour et certains de mes copains vont chez Mike toutes les deux ou trois semaines. L'endroit est sympa. Elle est peut-être simplement partie.

Mais elle secoua la tête et se repeigna avec les doigts.

— En y réfléchissant un peu, elle n'est pas non plus du genre à se barrer comme ça.

— De quel genre est-elle, alors ?

— Je sais pas trop. Du genre normal.

Son joli visage anguleux à la peau bronzée laissa paraître une inquiétude grandissante.

— Quoi, vous pensez qu'il lui est arrivé quelque chose ?

— Elle a été vue pour la dernière fois quittant son lieu de travail à environ 1 heure, le matin du 1er juin. On ne l'a pas revue depuis, elle n'est pas retournée à son appartement et son communicateur a été désactivé. Oui, nous enquêtons sur la possibilité qu'il lui soit arrivé quelque chose.

Rameriz se frotta la nuque, embarrassée.

— Écoutez, pardon… La journée du retour au boulot a été longue et je suis toujours calée sur le rythme des vacances donc je suis un peu au ralenti, là. Je ne sais pas quand je l'ai vue pour la dernière fois, et… Oh, mais si, mais si, je sais !

Elle leva un index en l'air.

— On a une espèce de laverie pourrie au sous-sol. On y était ensemble deux jours avant que je parte. Je veux dire qu'on s'est croisées – elle est arrivée au moment où je repartais – et on s'est plaintes que les machines étaient vraiment vétustes. J'ai mentionné que je partais au Costa Rica et elle m'a dit : « Waouh, super, amusez-vous bien. » Un échange tout bête.

— Vous avait-elle déjà parlé en passant de quelconques problèmes ? Quelqu'un qui lui aurait fait du tort ?

— Non, rien. Honnêtement, on ne se voyait pas si souvent et elle bossait surtout le soir.

— Vous êtes partie le 1er juin. Mais qu'en est-il de la nuit précédente ? Que faisiez-vous vers 1 heure du matin ?

— En général, je pionce à cette heure-là. Mais avec le voyage, j'étais encore en train de faire mes valises. Et de me prendre la tête toute seule parce que j'étais excitée et que je deviens nerveuse quand je prends l'avion. J'étais sûre que j'allais oublier un truc absolument crucial. Donc je…

Elle laissa échapper un soupir.

— Bon, on n'est pas censés fumer dans l'immeuble… comme si le gardien camé au Zoner allait le remarquer. Mais j'étais super tendue donc je me suis allumé une cigarette médicinale parce que ça m'apaise. J'ai entrouvert la fenêtre. Il pleuvait mais c'était plutôt sympa. La pluie, un petit vent frais... J'ai pris le temps de m'asseoir un moment sur le rebord de la fenêtre pour me détendre.

— Vous étiez donc assise devant la vitre ouverte. Avez-vous remarqué quelque chose ou quelqu'un ?

— Non. Honnêtement, il n'y avait rien de remarquable. J'ai simplement constaté qu'il pleuvait. Pas une grosse averse, ni rien, mais il pleuvait. Et je me suis dit que le lendemain il ferait beau et chaud et que je contemplerais la mer plutôt que la rue. Avec des singes tout mignons et des perroquets plutôt qu'un mec debout sous la pluie comme un idiot.

— Quel mec ? l'interrompit Eve.

— Je sais pas. Un type.

— Montrez-moi la fenêtre.

Rameriz eut un mouvement de recul.

— La fenêtre de ma chambre ? Euh, c'est vraiment le bazar parce que...

— Je mets des jours à tout ranger quand je pars en voyage, lui dit Peabody avec un sourire compatissant. Plus je me suis éclatée, plus ça me prend du temps.

— Oui, hein ? répondit Rameriz avec un petit rire. Je compte sur vous pour ne pas me juger.

Elle les conduisit dans le couloir qui menait à la salle de bains et à la chambre sur la gauche. Avec une fenêtre donnant sur la rue à l'arrière de l'immeuble.

6

Eve ne prêta aucune attention à la grosse valise débordante de vêtements gisant au sol. Elle se dirigea droit vers la fenêtre.

L'angle du mur offrait une vue plutôt correcte sur la rue.

— Parlez-moi de l'homme en question.

— C'était juste un type. Je n'ai fait attention à lui que parce que j'ai baissé les yeux à ce moment-là et que je l'ai vu sortir de sa voiture.

— Quel genre de voiture ?

— Aucune idée. Vraiment. C'était peut-être une camionnette, ou un tout-terrain. Il faisait nuit et il pleuvait. Je crois que je l'ai remarqué uniquement parce qu'il est sorti de son véhicule pour se poster sur le trottoir.

— Vous avez vu son visage ?

— Non. Il avait peut-être un sweat à capuche. Ou une casquette. Ou les deux. Je n'étais pas très attentive. Je me suis dit : « Regarde-moi cet idiot debout sous la pluie. » Et puis… Ouais, c'est là que Darlie m'a appelée parce qu'elle aussi était tout excitée et en train de faire ses valises. On a discuté un moment, on s'est calmées mutuellement tout en terminant nos préparatifs. Puis je suis allée me coucher.

— En laissant la fenêtre ouverte ?

— Ouh là, non, c'est pas un truc à faire. J'ai tout fermé et verrouillé avant d'aller au lit.

— Où était le type quand vous avez fermé ?

— Il n'était plus là. Je crois. Ouais, je suis presque sûre qu'il était parti. Et sa voiture ou sa camionnette aussi, je pense. J'ai pas vraiment fait attention.

— À quelle heure votre amie vous a-t-elle appelée ?

— Oh, je sais pas trop. Je fumais mon mélange médicinal… et je buvais un petit truc, j'avoue. Juste pour me détendre parce que…

— Pouvons-nous vérifier votre communicateur ?

— Euh, oui, bien sûr. D'accord.

L'air dubitatif, Rameriz sortit son communicateur de sa poche arrière.

— Je vais, euh, je vais juste remonter à la soirée en question, OK ?

Elle caressa l'écran du bout du doigt en se dandinant d'un pied sur l'autre, sourcils froncés.

— Ah, voilà. Darlie m'a appelée à 0 h 53. Après minuit, donc le jour du départ. Elle savait que je serais debout, vu que…

— Combien de temps a duré votre échange ?

— Oh… Waouh, vingt-six minutes et quelques. Ça ne m'a pas paru aussi long.

— Vous vous êtes assise à la fenêtre pendant la discussion ?

— Non. J'avais plus ou moins fini ma cigarette donc je l'ai éteinte et on a posé nos communicateurs pour pouvoir parler tout en finissant de faire nos bagages. Puis on s'est dit un truc du genre : « On se retrouve dans quelques heures, trop bien ! » et je suis allée me coucher.

— Vous êtes certaine que l'individu était de sexe masculin ?

— De sexe... ? Oh, ouais, c'était un mec.

Rameriz se mordilla la lèvre et étrécit les yeux.

— Enfin, je sais pas, mais sur le coup j'ai pensé que c'était un mec.

— Et son véhicule ? Vous l'aviez déjà vu auparavant ? Peut-être à d'autres moments où vous étiez assise là ?

— Honnêtement, je pourrais pas vous dire. C'était une voiture, ou peut-être une camionnette. Noire, je dirais. J'ai surtout remarqué le mec – c'était sûrement un mec – parce qu'il restait debout sous la pluie.

Eve reprit tout depuis le début dans l'espoir d'obtenir des détails. Elle laissa Peabody tenter sa chance avec son approche compatissante et cajoleuse.

Lorsqu'elles repartirent, Eve était en proie à un vague mal de tête. Mais elle savait où le tueur (à moins que ce ne soit une tueuse ?) avait garé sa voiture, sa camionnette ou son tout-terrain. Un véhicule peut-être noir, ou simplement de couleur sombre.

— Plus près de l'immeuble que je ne le pensais, dit-elle en inspectant avec Peabody l'endroit indiqué par Rameriz. Il se gare là et il patiente. Il sort du véhicule juste avant l'heure où Hobe termine son service. Pour l'attendre. Il pourrait guetter derrière son pare-brise mais ça l'obligerait à actionner les essuie-glaces. Il est peut-être sorti pour se tenir prêt.

— Si Rameriz était restée là où elle était quelques minutes de plus, elle aurait peut-être été témoin de l'enlèvement.

— Oui. Malgré l'obscurité, la pluie, la distance, elle aurait pu en voir suffisamment pour nous fournir une piste à remonter. Mais ce n'est pas le cas. Faisons venir des agents en uniforme pour réinterroger les habitants de l'immeuble et des logements proches. Quelqu'un d'autre regardait peut-être tomber la pluie ce soir-là, quelqu'un que les collègues n'auront pas croisé à leur premier passage. Prévenez Norman.

— Compris. Vous savez, Dallas, poursuivit Peabody tandis qu'elles se remettaient en mouvement, 1 heure du matin, c'est pas du tout pareil que 2 h 30. S'il n'avait pas plu, si la soirée avait été douce, il aurait facilement pu y avoir plus de gens dehors, plus de fenêtres ouvertes.

— Oui. Option un : il a profité du mauvais temps, a avancé son planning pour s'emparer d'elle lors d'une soirée où le *Mike's Place* ferme plus tôt. Option deux : il était suffisamment motivé pour prendre le risque. Plus l'option qui combine les deux : les choses ne se passaient pas comme il l'espérait avec Lauren Elder. Un truc est clair : il a enlevé Hobe et la retient depuis une semaine.

L'heure de la fin de leur service était déjà passée. Eve décida de poursuivre son travail chez elle. Après un détour.

Elle roula jusqu'à l'étrange nouvelle maison de Mavis et fut soulagée de voir le portail prudemment fermé.

— Je m'en occupe ! s'exclama joyeusement Peabody en dégainant son communicateur pour entrer un code. On fera les réglages pour que ça s'ouvre automatiquement pour vous une fois que les mesures de sécurité seront toutes en place, dit-elle alors que le portail coulissait lentement. Ce qu'on ne peut pas faire pour Connors parce qu'il a un milliard de voitures.

Eve remarqua tout de suite que le terrain précédemment négligé au point de former une espèce de jungle avait été dégagé. De chaque côté de l'allée, des pousses vertes émergeaient de ce qui ressemblait à des bottes de paille.

— Les paysagistes ont semé le gazon après avoir taillé la végétation en folie. Il a fallu abattre quelques arbres – tous morts – mais on en plantera d'autres, en plus grande quantité. Et on fera un potager à l'arrière. Leonardo a acheté un tracteur tondeuse.

— Un tracteur tondeuse.

Eve eut une étrange vision du créateur de mode – avec ses nattes brillantes et l'une de ses tenues tout en tissus fluides – occupé à labourer un champ.

— Pour l'entretien, expliqua Peabody. Tondre l'herbe, aspirer les feuilles mortes. On a aussi prévu d'agrandir la petite cabane de jardin. Et vous voyez, vous voyez ? Ils ont déjà enlevé et refait le plancher des vérandas. C'était pas en bon état. On espère qu'ils feront l'arrière de la maison dans la foulée.

Aux yeux d'Eve, la demeure paraissait toujours bizarre avec sa multitude de coins et de recoins. Mais moins depuis que la bâtisse ne donnait plus l'impression d'avoir poussé au milieu d'une jungle urbaine.

À peine Eve avait-elle coupé le contact que Bella sortit en courant à leur rencontre.

L'enfant portait une salopette rose par-dessus un tee-shirt à fleurs, de petites bottes roses et un casque de chantier – rose, bien sûr – sur ses boucles blondes.

— Das ! Pipidi !

— Pipidi ?

— Elle se rapproche.

Peabody sortit et attrapa Bella pour la serrer dans ses bras et la faire tournoyer en l'air.

Mavis apparut à son tour. En la voyant, Eve se prit à espérer la voir conserver cette chevelure violette pendant un moment. Au cas où. Mavis arborait un tee-shirt blanc ajusté, orné des mots NUMÉRO DEUX ! au-dessus d'une flèche pointant vers son début de ventre rond. Pas de bottes de chantier pour elle mais des baskets bleues associées à un pantacourt moulant.

— T'es venue !

Elle sauta presque dans les bras d'Eve.

— On a du gazon ! s'exclama-t-elle.

— Oui, je vois ça. Vert et tout.

— Entrez, venez voir !

Mavis saisit la main d'Eve pour l'attirer vers la maison.

— Connors et McNab sont là. Ils sont à l'étage, ils installent l'équipement pour la sécurité, les communications et les loisirs, tout ça. L'inspecteur passera dans la matinée.

— Mon Dieu ! On est prêts ?

— Tout le monde affirme que oui. N'est-ce pas, miss boss ?

Bella sourit en se tapotant le casque.

— Oss !

— Bo-bo-bo-boss.

— Bobobo ! Oss !

— T'es pas encore au point, sourit Mavis pendant que sa fille s'esclaffait.

Bella fondit sur Eve et lui prit le visage entre ses deux mains en babillant à toute vitesse.

— Elle est excitée comme une puce, expliqua Mavis.

— Comme toujours, non ?

— Il y a de quoi parce que… Regarde-moi ça !

Mavis écarta les bras et tournoya sur elle-même.

Eve vit que plusieurs murs avaient été abattus et – mieux encore – que tout l'affreux papier peint avait disparu. Certains murs seraient apparemment remontés ensuite, leurs parois abritant la structure électrique et électronique des nouveaux systèmes de la maison.

— Ça paraît plus grand. Et ça l'était déjà pas mal.

— Plus spacieux, plus ouvert. Avec plein de fonctionnalités super pratiques quand ce sera terminé. On a reçu de nouveaux échantillons, Peabody.

— Je veux voir !

Bella se tortilla pour qu'on la pose et se précipita en courant à travers l'espace qu'Eve avait au départ trouvé labyrinthique et qui, c'était vrai, paraissait à présent plus spacieux, plus ouvert. Elles entrèrent dans ce qui était précédemment une cuisine d'une laideur cauchemardesque.

Le potentiel que Connors y avait vu semblait en train de s'accomplir. L'essentiel de la paroi donnant sur la cour désormais déblayée était maintenant en verre.

Mavis exécuta une nouvelle danse.

— Surprise ! Ils ont installé les portes accordéon… Et regardez ça !

Elle tapota brièvement sur son communicateur ; les portes se replièrent en silence.

— On pourra aussi les commander à la voix quand tout sera installé. C'est pas super cool, ça ?

— Génial, confirma Peabody en lui prenant la main. Le jardin va être fabuleux. J'ai des tonnes d'idées.

— Et là-bas, indiqua Mavis, doigt pointé, Jouetsville. Ken, le boss adjoint de Bellamina – qui craque complètement pour elle – a conçu une espèce de cabane absolument dingo où jouer et vivre des aventures. Connors a donné son feu vert, donc ils vont la construire.

— Connors ?

Mavis se tourna vers Eve.

— C'est lui, le Superviseur Suprême.

— Nors…, dit Bella avant de soupirer comme une femme amoureuse.

Mavis fit le tour de la cuisine.

— De ce côté, on aura le coin salon. Ici, un petit espace bien douillet, pour le petit-déj par exemple, et là… Connors appelle ça l'office du majordome. Bon, on n'aura pas de majordome, sauf si c'est Summerset.

— Je vous le donne.

Mavis pivota vers Eve en riant.

— Tu parles !

— Non, vraiment. On va dire que c'est votre cadeau de crémaillère. Je suis censée faire ça, non ? demanda Eve à Peabody. Offrir un truc ?

— Les cadeaux ne sont généralement pas des êtres humains.

— On pourrait débattre pour savoir si Summerset est vraiment humain. Mais dans tous les cas, je ferai une exception.

— Amusette, annonça Bella.

Eve hocha la tête.

— Comme tu dis, petite.

— Jette un coup d'œil aux échantillons, Peabody, et dis-moi ce que ça t'inspire. J'ai déjà l'avis de Trina mais je veux d'autres votes.

— Faites donc ça, dit Eve. Je vais monter voir… Nors.

Et échapper aux échantillons de carrelage.

— Passe par l'escalier de derrière, suggéra Mavis. On va le garder. J'adore l'idée d'avoir un escalier derrière la maison.

En arrivant à l'étage, Eve remarqua les changements. Plus de papier peint atroce. Et d'autres murs réduits à leurs seuls montants. De l'autre côté, elle aperçut le toujours très coloré McNab qui travaillait sur un appareil portable, l'immense Leonardo vêtu de ce qui devait passer pour une tenue de travail dans son milieu – chemise ample et rayée de rouge et de bleu par-dessus un baggy bleu – et Connors dans son costume de roi du monde des affaires. Ou peut-être de Superviseur Suprême.

Il manipula de ses longs doigts habiles quelque chose situé à l'intérieur d'une paroi éventrée.

— Refaites un essai, Ian.

— Et on est bon ! Feu vert à tous les étages ! Trop bien, merci !

McNab tapa dans la main de Connors puis tendit sa paume à Leonardo qui fit de même.

— Ce système va tout déchirer ! assura-t-il.

— La maison, la propriété et mes filles seront en sécurité.

Connors posa la main sur l'épaule de Leonardo.

— Absolument. Je te le promets.

— C'est tout ce qui compte.

Le regard de Connors glissa entre les murs abattus et les câbles suspendus pour rencontrer celui d'Eve. Son sourire illumina ses merveilleux yeux d'un bleu indomptable.

— Il n'y a rien de plus important, dit-il. Lieutenant.

— Notre homme ne s'intéressera pas à Mavis, assura Eve en s'approchant d'eux. Je commence à savoir comment il fonctionne et elle ne correspond pas à ce qu'il cherche. Je préfère être prudente, c'est tout.

Leonardo l'accueillit en la serrant dans ses bras.

— Elles sont mon univers.

— Et une grande part du mien. Évitez simplement l'aire de jeux jusqu'à ce qu'on l'ait arrêté.

— Pas de problème. Bella aime tellement la maison que c'est devenu son terrain de jeu de toute façon.

— Petite miss boss, dit Eve avec un sourire dans l'espoir de chasser l'inquiétude qu'elle lisait dans les yeux de Leonardo.

Ce qui parut fonctionner.

— C'est elle la cheffe, dit-il. On a du vin. Je vais ouvrir une bouteille.

Eve s'apprêta à refuser. Elle voulait rentrer chez elle, se remettre au travail… mais elle croisa le regard de Connors.

— D'accord. On va prendre un verre avant d'y aller. Tiens, ça résonne ici.

— Parfois, Mavis se balade dans la maison en chantant. L'écho est super. Je nous vois déjà installés ici. Ça va être génial...

Eve ralentit de manière à se faire distancer par Leonardo et McNab.

— Je ne peux vraiment pas rester longtemps, souffla-t-elle à Connors. Une autre femme a été portée disparue. C'est notre suspect.

Il lui prit la main.

— On ne s'attardera pas, dit-il. Mais ils ont besoin de ça, d'un petit moment partagé ici avec toi.

Elle fit de son mieux pour s'accorder à l'état d'esprit du moment.

— Et toi, tu les vois déjà vivre ici ?

— Oui, tout à fait. Ce sera un foyer coloré, créatif et étonnamment fonctionnel.

— Et sûr.

— Aussi sûr que le nôtre. Fais-moi confiance là-dessus.

— Je te fais confiance.

Une fois tous réunis dans la cuisine en travaux, McNab servit le vin dans des gobelets jetables et Leonardo prépara une sorte de cocktail pétillant pour Mavis.

— Trinquons au plaisir d'accueillir chez nous des amis qui sont aussi notre famille, dit Leonardo.

Il hissa Bella contre sa hanche et lui tendit une tasse antifuite.

— Et une fois que ce sera fini, enchaîna Mavis, Leonardo, Bella, Peabody, McNab et moi, on organisera la teuf du siècle !

Eve observa l'éclat rêveur dans les yeux de Bella qui suçait le bord de sa tasse.

— Qu'est-ce qu'elle boit ?

— De l'eau, répondit Leonardo, le nez collé à celui de sa fille. Avec un cachet de vitamines effervescent.

La conversation se tourna vers les échantillons de carrelage, le choix des éviers et – plus étrange encore pour Eve – des poignées de porte. Elle ne protesta pas quand Mavis l'entraîna dehors.

— Je sais que tu dois y aller.

— Oui. Mais le jour de ta teuf du siècle, par la force de ma volonté, je mettrai un moratoire sur tous les homicides, suicides et autres morts suspectes pendant une soirée entière.

— Je n'en doute pas. Ne t'inquiète pas pour moi, Dallas. Je pars demain pour un concert à Atlanta. L'équipe de sécurité est avec moi, ajouta-t-elle. Et parce que Leo flippe encore un peu, il m'accompagne.

— Désolée de l'avoir fait flipper.

— Ces jours-ci, il panique si je me casse un ongle. C'est qu'il m'aime, mon ourson chéri. Et ne t'en fais pas, ça veut dire que Bella vient aussi. Comme ça, je n'aurai pas à me passer d'elle pendant deux jours. C'est ça qui va me manquer, par contre : la maison, les ouvriers, le chantier plein de promesses. Ça me plaît vachement. Qui l'eût cru, hein ? Mais c'est en partie grâce aux concerts que je peux m'installer dans un endroit pareil. Je me sens super méga sereine.

Elle se tourna vers Eve, un grand sourire aux lèvres.

— Là aussi, qui l'eût cru.

— Ça a l'air de te faire un bien fou.

— Mais tellement !

Quand Mavis la prit par la taille, Eve se laissa faire. Et répondit de la même manière, sans réfléchir.

Une fois le moment passé, elle laissa ses amis à leurs sols carrelés et autres poignées de porte.

Connors prit le volant afin qu'elle puisse voir s'il y avait du nouveau.

— Pas d'autres témoins, constata-t-elle en consultant son communicateur, sourcils froncés. On a eu de la chance d'en trouver un pour Hobe.

— Je suppose que c'est le nom de la femme kidnappée ?

— C'est ça. On s'est coordonnées avec l'inspecteur chargé de l'enquête sur la disparition de Lauren Elder. Peabody et lui se sont occupés de chercher d'autres disparues dans la même tranche d'âge et avec grosso modo la même apparence.

Parce qu'il était toujours de très bon conseil, elle reprit depuis le début, soit le corps retrouvé sur le banc de l'aire de jeux, et lui résuma ce qu'elle avait appris depuis.

— Ce message, « Méchante maman ! », vous n'en avez pas parlé aux médias.

— Non.

— Et c'est la clé.

— Forcément. J'ai enrôlé Nadine. Elle va lancer des recherches approfondies pour tenter de retrouver la personne d'origine, le modèle.

— Qui selon vous existe et devait être dans cette tranche d'âge et partager l'apparence physique de la victime au tournant du siècle.

— Période établie par Morris, Mira et Peabody par rapport à la manière dont il l'a habillée, coiffée et maquillée.

— Il a eu un long moment pour pleurer, haïr ou faire une fixation sur cette femme.

— Comme tu dis.

Elle porta son attention sur un petit groupe de touristes, identifiables à leurs tee-shirts J'♥ NEW YORK tous identiques, qui levaient des yeux ébahis devant un tram aérien. Puis sur le pickpocket qui se glissait parmi eux telle une anguille.

— Le temps que je m'arrête et que tu sortes, il sera déjà à deux rues de là, commenta Connors.

D'un coup d'œil en arrière, Eve vit que le voleur avait déjà tourné le coin de la rue.

— Mmm. C'est presque comme s'ils arboraient un tee-shirt J'♥ QU'ON ME FASSE LES POCHES. Bref. Mira penche pour une décompensation récente. Maman est morte, l'a viré de sa vie ou quelque chose en lui a fini par céder.

Connors se faufilait au cœur de la circulation – très pénible à cette heure – avec bien plus de calme qu'Eve n'en aurait fait preuve.

— Et ces deux femmes travaillaient dans des bars, en nocturne. Vous en déduisez que la mère également.

— C'est une possibilité. Ou alors leur métier et l'horaire les rendaient plus faciles à kidnapper.

— Il a d'abord dû les chercher, trouver des candidates correspondant à ses besoins spécifiques. Mais, du moins en ce qui concerne ces deux femmes, il ne s'est pas intéressé à d'autres métiers nocturnes. Pas de compagnes licenciées, ni d'employées de magasin ouvert vingt-quatre heures sur vingt-quatre, ni d'agentes d'entretien, de veilleuses de nuit ou autres. Ce dont... tu as déjà tenu compte, termina-t-il après un coup d'œil vers elle.

— Oui. C'est ce qui augmente la probabilité que la mère ait travaillé dans un bar, ou qu'elle en ait au moins fréquenté un régulièrement. Ce qui ne nous avance pas pour retrouver Anna Hobe avant qu'il la tue.

— Il y a seulement quelques heures, personne ne savait qu'Anna Hobe avait été kidnappée et était retenue par l'individu ayant enlevé, emprisonné et tué Lauren Elder.

— Il a tué Elder au bout de dix jours. Et ça en fait déjà sept qu'il retient Hobe prisonnière.

« Quasiment huit, maintenant », songea Eve.

— Il a abandonné Elder à un endroit où il savait qu'on la trouverait, et rapidement, dit-elle. Il a un véhicule. Il aurait pu transporter le corps à l'écart de la ville et l'enterrer. Il dispose d'un endroit suffisamment isolé pour y emprisonner des femmes. Il aurait pu la démembrer et la dissoudre dans une baignoire pleine de soude caustique. Ou lester le corps et le jeter dans le fleuve. Bref, il existe toutes sortes de moyens pour s'en débarrasser, ou du moins allonger le délai entre le meurtre et la découverte de la dépouille. Mais il ne l'a pas fait.

» Il voulait qu'on la trouve. Que la presse en parle.

— Tu penses que Hobe n'aura pas droit à dix jours.

— Je pense qu'il a accéléré ses plans en s'emparant de Hobe si vite après Elder. Peut-être parce que la pluie lui offrait une bonne couverture. Peut-être parce qu'il ne voulait pas mettre tous ses œufs dans la même boîte. Peut-être parce qu'Elder ne répondait pas à ses attentes.

— Deux prisonnières, c'est plus compliqué à gérer qu'une. Je pense comme toi qu'il y avait un besoin ou une raison derrière. Et on parle de panier pour les œufs, pas de boîte.

Elle pivota sur son siège.

— J'ai déjà vu des œufs dans des boîtes. Avec les petits… (Elle dessina un creux dans l'air à l'aide de sa main.) Pour les tenir.

— Mais on les collecte auprès des poules avec un panier.

— Comment tu sais ça ? C'était quand la dernière fois que tu as piqué son œuf à une poule, champion ?

— La réponse exacte est « jamais ». Par contre, j'ai regardé mon cousin les récolter dans sa ferme en Irlande.

— Et elles ne s'énervent pas ? Les poulettes. « Hé, c'est mon œuf, enfoiré ! » Comment dit-on « enfoiré » en irlandais ?

— Je crois que ça se passe de traduction. D'après le jeune Sean, elles restent généralement silencieuses et taciturnes – ne me demande pas pourquoi – mais peuvent parfois se rebiffer et tenter de te repousser.

— Moi aussi, ça me rendrait taciturne si je bossais à pondre un œuf et que quelqu'un s'en emparait pour faire une omelette. Bon sang, me voilà à me demander exactement d'où proviennent les œufs. Je vais devoir effacer l'intégralité de cette conversation de mon disque dur.

Connors se contenta de sourire en remontant jusqu'au portail de leur maison, qui s'ouvrit.

Leur demeure se dressait devant eux avec l'élégance d'un château, le gris de ses tours et tourelles de pierre contrastant avec le bleu estival du ciel.

Parterres de fleurs, arbustes et buissons en fleurs disposés avec soin égayaient le gazon luxuriant. Des arbres étendaient leur ombre apaisante sous le soleil déclinant.

Elle songea de nouveau à Mavis, dans une maison moins massive mais tout aussi originale à sa manière. Elle se dit que Mavis se sentirait sans doute comme elle quand, de retour d'une tournée, elle contemplerait la maison qu'elle avait faite sienne.

Accueillie et reconnaissante.

Ses pensées se tournèrent vers ce qu'Elder et Hobe avaient pu éprouver en rentrant à pied, l'une sous un ciel clair, l'autre sous la pluie, dans leurs foyers respectifs.

— Elles y étaient presque, souffla-t-elle.

Connors se gara et la dévisagea.

— Il les a surprises au moment où elles étaient le plus vulnérables, presque rentrées, quand elles ne songeaient qu'à passer la porte et laisser derrière elles leur longue journée de travail. Ou soirée, dans leur cas. Est-ce qu'il l'a fait exprès ? Je crois que oui. Il est loin d'être bête. Beaucoup de criminels le sont, peut-être même la plupart. Bêtes à manger du fion. Pas lui.

Connors faillit préciser que l'expression consacrée parlait plutôt de « foin » mais estima qu'ils avaient eu leur dose de considérations fermières pour la soirée.

— C'est à ça que tu penses quand tu franchis le portail ? À passer la porte et laisser derrière toi ta journée de boulot ?

— Ça dépend. Quand je suis sur un meurtre, je sais que j'aurai besoin d'un moment pour le chasser de ma tête. Pas toi ?

— Si, tout à fait.

Il ne lui avoua pas que sa première pensée était toujours : « Est-ce qu'elle est rentrée ? Est-ce qu'elle va bien ? »

Elle n'avait pas besoin d'entendre ça.

Ils s'engagèrent ensemble dans le hall où les attendait Summerset, émacié et tout de noir vêtu, avec leur gros chat à ses pieds. Galahad s'approcha pour se frotter souplement à leurs jambes, passant plusieurs fois de l'un à l'autre.

— Ensemble et à peine en retard, commenta Summerset.

— Quelques réglages à faire dans les systèmes internes de la maison de Mavis, expliqua Connors.

— Ah. Tout se passe comme prévu là-bas ?

— Oui. On est dans les temps. Tu devrais passer voir.

— Je n'y manquerai pas. Un avis, lieutenant ? demanda Summerset comme elle montait les premières marches de l'escalier.

— Quoi ? Sur la maison ? Elle est bien mieux sans le papier peint de l'enfer et la cuisine du cauchemar.

— Nous voilà d'accord sur un point. Un jour à marquer d'une pierre blanche.

Il l'avait eue, cette fois, se dit Eve en montant à l'étage. Mais elle était concentrée sur ses réflexions autour du retour au foyer après le travail, pas sur la meilleure pique à lui décocher.

À charge de revanche.

— Je vais m'installer une copie du tableau et du dossier.

— Compris, fit Connors.

Le chat, qui avait compris lui aussi, les devança dans l'escalier.

— Et j'espère que le labo m'aura envoyé des analyses. Tout ce maquillage, ces produits pour les cheveux. Et elle portait du parfum, je l'ai senti. Plus les bijoux dont il l'a parée. Et le tatouage.

Elle lança un rapide coup d'œil à Connors à leur arrivée dans son bureau.

— J'ai oublié de te dire. J'ai donné le tatouage à Jamie.

— Quoi ?

— Le nouveau stagiaire à mi-temps de la DDE. À mi-temps parce que tu t'es arrangé pour qu'il soit aussi pris en stage chez toi. C'est loin d'être gagné, tout comme il y a peu de chances que Nadine identifie la figure maternelle, mais ça l'occupera.

— Si ma mémoire est bonne, il bosse dans l'unité de cybersécurité au siège de l'entreprise demain.

— Ta mémoire est toujours bonne. Cybersécurité. Malin de ta part de l'assigner à un poste proche de ce qu'il fait chez nous.

— Et le responsable de l'unité me confirme ce que je savais déjà : ce gamin est un vrai génie. Réjouis-toi qu'il n'ait pas décidé de se lancer dans mon ancienne profession. Si lui et moi nous étions associés à l'époque… Ah, tant de possibilités, soupira Connors.

— Hé. Je te rappelle que je suis toujours flic.

— Tu n'irais pas reprocher à un homme d'avoir de l'imagination, Eve chérie.

— Imagine-moi surtout en train de t'attraper et de te mettre les menottes.

Il l'attira à lui, sourire aux lèvres.

— Là, c'est une autre partie de mon imagination qui s'enflamme.

Elle se débattit pour se libérer de son baiser... après l'avoir laissé durer un peu.

— Mets ton imaginaire sur pause. J'ai du boulot.

— Dans ce cas, je vais te laisser travailler et terminer deux ou trois trucs de mon côté.

Il traversa le bureau pour ouvrir les portes du petit balcon.

— Puis on prendra notre dîner.

Il resta un instant immobile face à la lumière qui se répandait dans la pièce. Une brise douce et chaude jouait avec les mèches soyeuses de sa chevelure noire.

« Une vraie gravure de mode », se dit Eve.

Grand et mince dans son costume impeccable, une main dans la poche. Refermée sur son bouton, comprit-elle. Ce fichu bouton qu'elle avait autrefois perdu dans la voiture de Connors et qu'il considérait comme un porte-bonheur.

Puis il se retourna et son regard d'un bleu sauvage croisa le sien. Ses lèvres magnifiquement sculptées s'incurvèrent.

— Quoi ?

— Je t'aurais coffré, lui dit-elle. En tout cas, j'aurais tout fait pour. Et je pense que j'aurais fini par te coincer. Mais j'aurais aussi complètement craqué pour toi. J'aurais craqué pour toi et je t'aurais coffré quand même. Et tu aurais mis ma vie sens dessus dessous.

— Si tu m'avais effectivement coincé – ce dont je doute fortement –, je pense que c'est ma vie qui aurait été mise sens dessus dessous. D'autant que moi aussi, j'aurais craqué pour toi.

Il revint vers elle, fit courir ses mains le long de ses bras puis remonta jusqu'à ses épaules.

— N'est-ce pas un merveilleux coup de pouce du destin que nous nous soyons rencontrés à un moment où ni l'un ni l'autre n'avons eu à mettre à l'épreuve nos talents respectifs ?

— Tu étais soupçonné de meurtre quand on s'est connus.

Il secoua la tête et passa un doigt sur la fossette qu'elle avait au creux du menton.

— Tu savais que ce n'était pas moi. Tes considérables talents te l'ont tout de suite fait comprendre.

— C'est vrai. J'ai pu craquer pour un voleur mais je ne serais jamais tombée amoureuse d'un tueur sans pitié. Raison pour laquelle tu aurais mis le bazar dans mon existence quand j'aurais dû t'arrêter pour tous ces autres trucs.

Il sourit et la gratifia d'un petit baiser.

— Aucune chance, lieutenant, assura-t-il en s'éloignant.

« Si », estima Eve.

Probablement. Sans doute cinquante-cinquante. Si elle en avait fait sa mission de vie.

En l'occurrence, sa mission de vie consistait à arrêter des meurtriers. Elle s'installa donc devant son centre de contrôle, initialisa le système et reprit le fil de sa mission.

7

Elle retranscrivit les entretiens avec le barman et Mike, puis avec Liza, et mit à jour la copie du dossier transmise à son domicile. Après quoi elle se programma un café et mit en place son tableau, en ajoutant Anna Hobe et la chronologie connue.

Le labo n'avait encore rien envoyé. Elle s'installa donc, les pieds posés sur le centre de contrôle, pour contempler le tableau en sirotant son café.

« Pas d'autres crimes du même type », se dit-elle.

Ce qui n'empêchait pas qu'il ait pu enlever quelqu'un à un autre moment, effectuer divers essais…

Non. Ça ne collait pas. Trop exact, trop précis.

Le tatouage, les piercings, les vêtements, le message.

Mais…

— Et s'il avait tué la mère ? dit-elle quand Connors revint. Il a pu péter un plomb, tuer la mère et, pour le coup, se débarrasser de son corps. Et maintenant il essaie de la remplacer.

— En voilà une idée joyeuse.

Il tourna à son tour son regard vers le tableau.

— Je vois une légère ressemblance entre Elder et Hobe mais il faut la chercher. C'est plus une question de type de femmes. Jolies blondes, la vingtaine et, d'après les mentions de taille et de poids que tu as affichées, le même genre de silhouette.

— Nous avons une autre disparue, une strip-teaseuse. J'ai confié les recherches à l'inspecteur Norman mais je doute qu'elle soit impliquée. Elle a trois fois plus de poitrine et des fesses plus rebondies.

— J'imagine que si elle savait ça, elle serait encore plus reconnaissante d'avoir de telles formes, au-delà de l'intérêt pour son métier.

— Elle était autrefois CL mais a foiré un dépistage. Elle prenait de la drogue et le fait peut-être encore. Elder et Hobe sont *clean* de ce côté-là. Je pense que c'est un critère pour lui. Les méchantes mamans sont comme des toxicos, non ? Il voit sûrement les choses de cette façon, en tout cas. Je n'en suis pas certaine, mais je vois ça comme ça. Cela dit, j'aimerais bien qu'on la retrouve.

Elle se pencha vers l'écran noir de sa console.

— Toujours rien de la part du labo. Je devrais peut-être appeler Harvo, lui dire de se magner.

— Vu l'horaire, lieutenant, elle doit être chez elle ou sortie avec des amis. Peut-être même en train de savourer un bon repas. Il est l'heure pour nous de faire pareil.

Il se dirigea vers la cuisine. Le chat, qui s'étalait jusque-là dans le fauteuil de repos d'Eve, redressa la tête, sauta à terre et lui emboîta le pas avec la plus grande nonchalance.

Eve écouta d'une oreille distraite Connors expliquer à Galahad qu'ils savaient pertinemment qu'il avait déjà eu sa ration du soir. Sa grande expérience d'enquêtrice lui permit vite de déduire que Connors céderait en donnant malgré tout une poignée de friandises à Galahad.

Connors revint avec deux assiettes sous cloche, qu'il déposa sur la table près de la fenêtre.

— Il a bien dû se procurer le maquillage quelque part, dit Eve tandis qu'il revenait pour choisir une bouteille dans la cave à vins murale. Je pense qu'on peut dire qu'il lui a fait la totale.

— C'est ce que j'ai vu sur la photo de la scène de crime. Et il a eu la main lourde, au passage.

— Oui. Les vêtements sont sans doute d'époque. À confirmer par le labo mais c'est le plus probable puisque tout le monde juge la tenue démodée. Combien de temps peut tenir un maquillage ?

Connors déboucha la bouteille.

— Aucune idée, mais pas un demi-siècle, en tout cas.

Elle pointa un doigt vers lui et se leva pour faire le tour du tableau.

— Je me dis la même chose. Peut-être qu'il craque et tue la mère. Puis son craquage s'intensifie encore et il lui vient l'idée folle de la remplacer.

— N'a-t-elle pas – ou n'aurait-elle pas – aux alentours de quatre-vingts ans, si l'on suit ton raisonnement actuel ?

— Oui, mais ce n'est pas cette maman-là qu'il veut. Il veut celle de ses souvenirs d'enfant.

Elle accepta machinalement le verre qu'il lui tendait.

— Celle qui s'est occupée de lui, reprit-elle. Qui faisait en sorte qu'il ait de quoi manger et se vêtir, tout ça. Ou bien, si elle était maltraitante ou défaillante, sa version idéalisée. La mère qu'il voulait. Et veut encore.

Connors la prit par sa main libre et la guida jusqu'à la table.

Elle fronça les sourcils en découvrant les assiettes et le verre qu'elle tenait à la main. Pensa aux vêtements qu'elle avait sur le dos.

— On dirait que c'est toi, la gentille maman.

— Tu es sur un terrain glissant, là.

Eve découvrit ce qu'elle supposa être du poulet qui réalisait l'exploit de paraître à la fois croustillant et moelleux, avec une portion de riz aux fines herbes où elle vit qu'il avait glissé quelques petits pois. Plus quelques-unes de ces étranges, et étrangement savoureuses, carottes violettes.

— Ça pourrait être une forme de compliment. *C'est* une forme de compliment, assura-t-elle en s'asseyant. Quand tu n'en deviens pas agaçant.

— Ce qui ferait de toi l'enfant qui a besoin qu'on lui rappelle, parfois avec moult cajoleries, qu'il faut manger. Qu'est-ce que tu as eu pour le déjeuner ?

— Un brownie.

Il haussa les sourcils.

— Vraiment ?

— Un bon brownie.

Elle se coupa un morceau de poulet pour goûter. Et s'aperçut que oui, cette première bouchée arrivait dans un estomac quasi vide. Elle serra brièvement la main de Connors dans la sienne avant qu'il lui fasse la leçon.

— Agréablement épicé, commenta-t-elle. Merci.

— Petite rusée.

— Oui, mais c'est sincère. Et toi, qu'est-ce que tu as pris au déjeuner ?

— Une salade du chef.

— Pourquoi on parle de salade du chef ? C'est qui le chef ? Et puis ça ne se cuit pas, une salade.

Connors pointa sa fourchette vers elle.

— Tentative un peu faiblarde de changer de sujet.

— Possible. Elle m'a monopolisée. Elder m'a monopolisée. À cause du lieu où le corps a été retrouvé. Je connais cette aire de jeux, Connors. J'étais assise sur ce banc précis il y a quelques semaines seulement avec Nadine. À deux minutes à pied de là où Mavis et les autres vont habiter. Des gamins couraient dans tous les sens quand j'y étais. J'ai attrapé un voleur à la tire et je lui ai promis de lui faire regretter s'il revenait un jour à l'endroit où jouaient les enfants de mon amie. J'étais sérieuse.

» Cette histoire est bien, bien pire.

— Je sais, répondit-il en lui serrant les doigts à son tour. Elle va passer ça à la sauge blanche.

— Quoi ? Qui va faire quoi ?

Il sourit de nouveau.

— Je vois que Mavis ne t'en a pas parlé. Elle va demander à Peabody, avec l'éducation free age qu'elle a reçue, de passer l'aire de jeux à la sauge blanche une fois que tu auras retrouvé et arrêté le coupable. Et elle ne doute pas une seule seconde que tu vas y arriver.

— Mais qu'est-ce que ça veut dire ? Ce truc de sauge.

— C'est une forme de rituel de purification. Ça chasse les énergies négatives.

— Mais n'imp… (Eve s'interrompit.) D'accord. Bien. Tant que pour elle ça fonctionne.

Elle reprit du riz avant de demander :

— C'est légal ?

— Je ne vois pas comment ça pourrait ne pas l'être.

— Alors très bien.

Elle irait néanmoins vérifier.

— Revenons à Jamie. Combien vous le payez ?

— Le triple de ce qu'il touche pour son stage avec Feeney.

— J'en étais sûre.

Elle sourit et but un peu de vin.

— Il finira parmi les flics, assura-t-elle.

— Il y a des chances pour que tu aies raison, mais un bon avant-goût de ce que le secteur privé a à offrir pourrait changer la donne. Quoi qu'il en soit, s'il décide d'opter pour une carrière de policier, il saura que c'est vraiment sa vocation, n'est-ce pas ?

— Petit rusé, va.

— On peut dire que c'est *ma* vocation. Bon, dis-moi ce que je peux faire.

Il se proposerait toujours de l'aider, Eve le savait. Et toujours avec sincérité.

— Identifier une femme qui a peut-être existé il y a soixante ans environ.

— Un vrai défi.

— Plus sérieusement, Jamie et Nadine planchent déjà là-dessus… et je leur souhaite bonne chance. Je m'y mettrai à mon tour mais… Si elle a bien existé, si elle avait un casier et aussi ce tatouage – identifiable comme signe particulier – à l'époque, on pourrait la retrouver. Ce qui nous donnerait une base sur laquelle nous appuyer. A-t-elle eu un enfant ? Qui est cet enfant, où est-il ? Possible qu'elle n'ait pas eu d'enfant naturel. Elle a pu être famille d'accueil ou constituer à ses yeux une figure maternelle pour d'autres raisons.

— La vérité est généralement simple. Tu te dois d'étudier toutes les pistes et possibilités, mais le plus simple est que la femme qu'il essaie de recréer est ou était sa mère.

— Tu pensais que Meg était la tienne jusqu'à il y a deux ans.

— Une autre vérité, dit-il.

Il réfléchit pendant qu'ils continuaient à manger.

— Je n'ai jamais rien ressenti d'autre pour elle que de la peur ou du mépris et je n'aurais certainement jamais tenté de la recréer. Pourquoi voudrais-je retrouver une femme qui, à mes yeux, prenait un plaisir immense à me pourrir la vie ?

— Alors ta vérité serait que cette femme qui a peut-être existé… Non, non, elle a existé. Cette femme, donc, n'était pas comme ça.

— Partons du principe qu'elle a existé. On n'a pas infligé ça à Elder au nom d'une fiction ou d'une illusion. La réponse la plus simple est que le coupable a été dépendant d'elle, du moins à un certain moment. Et qu'il l'aimait, comme les enfants aiment leur mère.

— Ce n'est pas de l'amour.

— L'amour bascule facilement vers la haine chez certains. Et vers l'obsession. Tu ne crois pas qu'il veuille renouer avec ce qu'il a eu, ou ce qu'il a cru avoir ?

— Si. Ou bien il veut ce qu'il aurait dû avoir et dont on l'a privé.

— Ah, dit Connors en levant son verre comme pour porter un toast. Ça sonne juste. À la fois simple, terriblement complexe et vrai.

— J'ai l'impression qu'on tient quelque chose. Il t'a volé ce que tu aurais dû avoir. Patrick Connors, je veux dire. Il t'a pris, en la tuant, une mère qui t'aimait à un âge où tu étais trop jeune pour t'en souvenir, et l'a remplacée par Meg. La méchante maman.

— Exactement. Et Dieu sait que Meg s'y connaissait en méchanceté. Tu te demandes si la femme qu'il essaie de recréer lui a été arrachée, ou l'inverse.

Eve reprit son verre et examina la robe du vin avant de boire une petite gorgée.

— Les gens parlent d'élever des enfants. Ce qui me paraît bizarre parce qu'on parle aussi d'animaux d'élevage. Mais c'est le terme.

— Je suppose que c'est parce qu'on s'en occupe, qu'on les nourrit et qu'on est fiers de les voir grandir et se développer.

— D'accord. Mais des gens comme Meg et Stella n'ont aucune envie d'élever qui ou quoi que ce soit. Ils prennent plaisir à tyranniser les plus petits et les plus faibles qu'eux. La maltraitance est une seconde nature chez eux. Pourquoi on ne dit pas plutôt « première nature », d'ailleurs ? s'interrogea-t-elle, sourcils froncés. C'est leur nature de négliger et de maltraiter, donc je parlerais de première nature.

— À ta guise, répondit Connors.

Il adorait sa façon de penser.

— Je me suis demandé si elle – la figure maternelle – a élevé notre suspect. Et si c'est le cas, si elle a joué un rôle majeur dans sa vie jusqu'à l'âge adulte, pourquoi traquerait-il des jeunes femmes ? Si elle est récemment décédée, ou s'il y a eu une forme de rupture entre eux, s'il a tué l'originale – car il en est tout à fait capable –, pourquoi cette copie de la mère quand elle était jeune ?

Elle tourna son regard vers les portes ouvertes et le ciel qui s'obscurcissait avec la fin du jour.

— Il pourrait bien sûr être animé par le besoin de retrouver l'innocence de l'enfance. C'est l'idée à laquelle je reviens sans cesse. Mais si notre chronologie est juste, s'il n'a pas choisi ce look et cette tenue sur un coup de tête ou par facilité, il est assez âgé pour qu'Elder et Hobe soient ses enfants à lui et non l'inverse. Si par contre il a perdu cette femme durant la chronologie que nous avons établie, qu'elle est morte ou partie, qu'on l'a jetée en prison et qu'il a été séparé d'elle ?

— Il a pu en venir à l'idolâtrer, termina Connors. Ou se convaincre que l'image qu'il a d'elle est parfaite. C'est l'hypothèse vers laquelle tu penches.

— Peut-être. Oui.

Elle se leva pour retourner face au tableau. Elle pointa du doigt la photo de la scène de crime, le corps étendu sur le banc, avec les balançoires et autres jeux en arrière-plan.

— Là, dit-elle. Il aurait pu l'abandonner n'importe où. Il n'a pas largué le corps à la va-vite. Il l'a allongée avec soin, à cet endroit précis, sur ce banc, sur cette aire de jeux. Je te parie ce que tu veux qu'il a vu des enfants y jouer sous le regard attentif de leur mère. Un endroit joyeux, des familles heureuses. Il était censé y avoir droit, lui aussi. Et ça a pu être le cas pendant un temps. Elle était censée s'asseoir sur un banc comme celui-ci et le regarder jouer. L'applaudir quand il s'accrocherait aux barres fixes ou je ne sais quoi.

Connors se leva et prit leurs verres. Il rejoignit Eve devant le tableau et lui tendit son vin.

— Continue.

— Il ne l'a pas frappée ni torturée. Pas physiquement du moins, parce que se retrouver enchaînée pendant dix jours est une vraie torture. Mais il l'a nourrie. Il l'a droguée – là-dessus aussi, je te parie ce que tu veux – mais il ne l'a pas affamée. Il l'a marquée et, oui, l'a pénétrée si l'on considère les piercings de cette façon. Mais il ne l'a pas violée. Il l'a transformée pour en faire sa mère.

» Et au bout du compte, voyant qu'elle ne satisfaisait pas son idéal, ni ne répondait à ses attentes perverses, il l'a tuée. Mais il a fait vite, il n'a pas fait durer le plaisir. Il s'est servi d'une lame mais sans se mettre en rage, la poignarder, la découper ou la mutiler.

— Une mise à mort propre.

— C'est ça. Après quoi il a recousu la plaie. Regarde ça, dit-elle en indiquant la photo d'autopsie de la blessure à la gorge. Selon Morris, il a pu utiliser une aiguille et du fil pour la tapisserie. Le labo confirmera. Mais regarde comme les points sont soignés et précis. Pas un seul raté. Il y a consacré tout le temps et le soin nécessaires. Après quoi il a lavé le corps, a habillé Elder, l'a coiffée, maquillée et parfumée. Il a recouvert la blessure d'un ruban, a ajouté des bijoux. Il lui a même verni les ongles.

— Conformément au souvenir qu'il a d'elle et sûrement à ce qu'il estime le plus flatteur pour elle, tu ne crois pas ? demanda Connors.

Eve lui planta un index dans la poitrine.

— Si. C'est exactement ce que je crois. Ensuite, il y a le mot. Écrit sur du papier à dessin pour enfants, au crayon gras. On y perçoit sa colère. L'écriture est irrégulière, enfantine.

— Tu le vois comme une personne avec deux facettes opposées.

— Absolument. Il est timbré. Une fois arrêté, il se retrouvera sans doute dans un établissement de haute sécurité pour déficients mentaux. Et je l'accepte. Mais il va falloir qu'il commette une erreur. Ils le font toujours, tôt ou tard, mais j'ignore si Hobe a le temps d'attendre jusque-là. Je ne sais pas comment le trouver avant qu'il fasse ce faux pas, ou avant qu'on ait retrouvé la femme, la mère, après laquelle il court.

— Est-ce qu'on ne peut pas imaginer que Hobe réussisse à lui donner satisfaction et qu'il continue à se servir d'elle comme substitut jusqu'à commettre cette erreur ou que vous identifiiez la figure maternelle ?

— Si. Mais il faudrait qu'elle soit sacrément intelligente et dotée d'un sang-froid exceptionnel.

« Laisse ta journée derrière toi, se rappela-t-elle. Pour quelques instants. »

— Je vais faire la vaisselle. Non, je m'en occupe, insista-t-elle comme Connors s'apprêtait à protester. Ça me donnera le temps de me vider un peu la tête. Je veux transmettre une partie de ces questions à Mira, voir ce qu'elle en pense. Je vais demander à Peabody de me retrouver au labo et laisser un message à Harvo pour qu'elle sache que j'aurai besoin de réponses lors de ma visite à la première heure demain.

— De nouveau, que puis-je faire pour t'aider ?

— La dimension financière n'entre pas en compte, en tout cas pas pour l'instant.

— Et c'est bien dommage pour moi.

— Il doit disposer d'un endroit à lui. Il connaissait cette aire de jeux donc je pense qu'il vit ou travaille par là, qu'il possède ou loue un bien dans le coin. Assez proche pour passer souvent devant et sélectionner cet emplacement. Il lui faut un espace suffisamment isolé pour pouvoir y emmener ces femmes et les retenir sur place.

Elle fit le tour du tableau.

— Il n'a pas pu les maintenir droguées ou bâillonnées en permanence, si ? En quoi ça remplirait son objectif ? Et il a nourri Elder. Elle est restée éveillée au moins assez longtemps pour prendre un repas avant qu'il la tue. Il connaissait les bars. Il a fallu qu'il repère ces femmes avant d'en faire ses cibles. Lower West Side, Tribeca, Chelsea, peut-être Little Italy. Éventuellement. La zone est vaste. Il dispose d'un véhicule. Ça ne veut pas dire qu'il en possède un, mais il y a accès.

— Je peux donc me mettre en quête d'un bâtiment – maison, entrepôt, garage – qui soit suffisamment sécurisé pour y retenir des prisonnières. Puisque c'est ce qu'elles sont.

— Un espace dont il sera propriétaire ou locataire. Partons sur l'idée d'un homme seul. Ça représente une vaste zone et on n'est même pas sûrs que l'endroit soit à son nom, mais ça reste un point de départ.

— Je m'en occupe.

— Il pourrait s'agir d'un lieu de travail, si c'est lui le dirigeant et que l'espace comprend une partie privée et sécurisée. La zone est vaste, répéta-t-elle.

— Dans ce cas, je m'y mets tout de suite.

Elle s'attaqua à la vaisselle, ce qui lui permit de souffler un instant et de remettre de l'ordre dans ses pensées. Après s'être programmé un café, elle s'assit à son centre de contrôle pour envoyer certaines desdites pensées et plusieurs questions à Mira. Elle adressa aussi des mémos à Peabody et Harvo.

Puis elle afficha un plan de la ville sur l'écran mural et y désigna plusieurs points clés.

L'appartement d'Elder, son lieu de travail, l'aire de jeux. L'appartement et le lieu de travail de Hobe.

« Il a son territoire », songea-t-elle de nouveau. Un territoire qui empiétait sur celui d'Eve. Celui où elle avait autrefois vécu et où ses amis habitaient désormais. Celui où elle travaillait.

Le suspect passait-il devant l'ancien appartement d'Eve, ou devant le Central ? Peut-être prenait-il des plats à emporter dans les restaurants qu'elle avait un jour fréquentés ?

Ou bien, admit-elle, il vivait et travaillait juste assez loin pour avoir ses propres coins préférés.

Elle n'avait que des infos et indices épars. Elle s'efforça de les rassembler et de les faire s'emboîter.

« La mère, se dit-elle. Tout tourne autour de la mère. »

La mère était la clé.

Passé

Joe prit soin d'elle dans la grande demeure que ses grands-parents paternels lui avaient léguée à leur mort. Ils étaient partis ensemble après avoir vécu en couple pendant soixante-huit ans. Les parents de Joe n'avaient pas apprécié, évidemment, même s'ils n'avaient jamais beaucoup aimé cette maison. Ils lui en avaient aussi voulu d'employer l'argent familial pour financer ses études avant de choisir de travailler aux urgences plutôt que dans un cabinet privé plus prestigieux.

Elle l'avait supplié de ne pas l'emmener à l'hôpital, de ne pas appeler la police. Il avait accepté principalement parce qu'en dehors de la déshydratation, de l'épuisement, de l'hypothermie et des piqûres d'insectes infectées, ses blessures étaient mineures. Il avait le matériel et les compétences nécessaires pour la soigner chez lui.

Il avait aussi accepté parce qu'elle paraissait si désespérée et si fragile.

Elle était incapable de se rappeler son propre nom ni quoi que ce soit d'autre. Elle n'avait aucune pièce d'identité ni aucune possession en dehors des vêtements sur son dos.

Elle avait conscience d'avoir marché longtemps mais n'aurait pas su dire combien de temps ni de quelle direction elle venait. Une fois hydratée, après avoir mangé la soupe qu'il avait réchauffée pour elle, elle avait paru avoir repris assez de forces pour se doucher, à sa propre demande.

Il était tout de même resté juste derrière la porte de la salle de bains.

Il changea les draps du lit de la chambre d'amis et lui prêta l'un de ses tee-shirts.

Il traita les piqûres – la pauvre en était couverte – puis les ampoules percées à ses pieds. Il lui donna un antibiotique et la garda à l'œil au cas où elle aurait une réaction allergique.

Elle dormit pendant douze heures et se réveilla désorientée et un peu fiévreuse.

Prétextant une urgence familiale, Joe ne retourna pas travailler pendant cinq jours.

Tandis qu'elle mangeait, dormait et reprenait des forces, il étudia l'amnésie dissociative. Lorsqu'il jugea sa protégée suffisamment stable physiquement parlant, il essaya une simple thérapie par la parole puis une thérapie cognitive, la guida au travers de diverses techniques de méditation.

Mais aucune de ces tentatives prudentes ne raviva le moindre souvenir. Elle n'avait ni nom, ni passé, ni possessions. Et semblait ne pas ressentir le besoin de se souvenir, comme le suggéraient les recherches que Joe avait menées sur ce type de perte de mémoire.

— Je m'en fiche, lui disait-elle.

Vêtue de l'un des tee-shirts de Joe, elle lui tenait compagnie dans le jardin ensoleillé. Décidément, il aurait dû embaucher quelqu'un pour l'aider à l'entretenir, ce jardin.

— Il faut que tu saches qui tu es. Ce qui t'est arrivé. D'où tu viens. Si tu as une famille.

— Je m'en fiche, répondit-elle de nouveau. Pour moi, ma vie a commencé quand tu m'as trouvée. Avant ça, tout était sombre, dur et violent. Et ça, je n'en veux pas, Joe. Je ne veux pas savoir si j'étais une personne horrible ou quelqu'un de bien. Tu m'as dit qu'aucune disparition ni aucun crime n'avaient été signalés à propos de quelqu'un comme moi.

— Non, mais...

— Si personne ne se soucie de me retrouver, pourquoi devrais-je me soucier d'eux ? Tu t'es occupé de moi et ça me suffit.

Elle lui sourit et lui prit la main.

— Tu m'as sauvée. J'étais tellement apeurée, perdue, fatiguée, malade. Si seule aussi. Et tu es arrivé.

— La mémoire pourrait te revenir à n'importe quel moment.

— Je m'en moque.

Elle secoua ses cheveux courts et hirsutes et leva son visage vers le soleil.

— Tu veux savoir ce que ça me fait ? J'ai l'impression d'être libre. D'entamer une nouvelle vie.

Elle ferma les yeux, tête penchée en arrière.

— Je me sens au chaud et en sécurité. Tu veux bien que je reste ?

Elle se tourna de nouveau vers lui.

— Au moins un peu. Je peux faire le ménage. Je ne sais pas si je sais cuisiner mais je peux essayer. Apprendre, s'il le faut. Je peux tondre et désherber le jardin. Je sais qu'il faut que tu retournes travailler et je me sens un peu plus forte chaque jour. Je pourrais t'aider à prendre soin de cette belle maison.

— Bien sûr. Tu peux rester jusqu'à retrouver la mémoire, ou jusqu'au moment où tu seras prête à partir.

Elle referma les paupières mais sans lui lâcher la main.

— Je n'ai jamais dû connaître quelqu'un comme toi. Sinon je n'aurais pas pu me retrouver aussi perdue. Tu m'as ramenée. Je ne sais pas d'où, et je m'en fiche, mais tu m'as ramenée à la vie. Tu veux bien me donner un nom ?

— Écoute, je...

— Ça me plairait d'utiliser un nom choisi par toi, de m'identifier à cette personne.

Elle lui sourit. Elle avait retrouvé une bonne mine, les piqûres et les rougeurs disparaissaient rapidement.

— Un nom qui te plaise, dit-elle. Et j'essaierai d'être cette femme.

— Il faut que tu sois toi-même.

Nouveau sourire.

— Ce n'est qu'un nom. J'aimerais en avoir un.

— Violet. La première fois que je t'ai emmenée te promener dehors, tu as cueilli des violettes. Elles doivent te plaire.

— Violet. C'est joli. C'est parfait.

Elle tendit le bras pour échanger une poignée de main avec lui.

— Bonjour, Joe. Je m'appelle Violet. Enchantée.

Présent

Mary Kate savait qu'il reviendrait. Le grondement au-dessus de sa tête – la première fois, elle avait cru entendre le tonnerre – signifiait qu'il partait ou revenait. Elle entendait généralement des bruits de pas à l'étage peu avant ou peu après.

Elle supposait qu'il avait un emploi et partait par conséquent le matin pour revenir le soir. Ce devait donc être le soir. Ou la fin de journée. Sauf si ce salopard travaillait de nuit et qu'on était en fait le matin.

Le moment de la journée n'avait pas d'importance. Tout ce qui comptait était de s'échapper.

Elle avait tenté d'appeler à l'aide après le premier grondement de la journée… ou de la nuit. Elle avait tambouriné contre la porte, crié son propre nom. Mais elle doutait que quelqu'un se trouve encore derrière la porte en face de la sienne, là où elle avait auparavant cru entendre une personne pleurer et crier au secours.

Elle aurait tellement aimé qu'il y ait quelqu'un. Oui, c'était certainement très égoïste, mais elle ne voulait pas être seule.

En arrivant avec le petit-déjeuner, il apporta également une lampe. Tout en prenant soin de la placer largement hors d'atteinte pour elle, il lui montra, l'air ravi, qu'elle n'avait qu'à taper des mains pour l'allumer ou l'éteindre.

— Essaie-la, maman ! Essaie !

Terrifiée, elle obéit et alluma la lampe, l'éteignit puis la ralluma tandis qu'il gloussait joyeusement.

— Je t'ai fait des œufs brouillés, des toasts et une salade de fruits pour que t'aies un petit-déjeuner équilibré. Tu aurais dû me dire que c'était important de manger équilibré le matin.

— Je ne te l'avais pas dit ?

Il agita son index de gauche à droite.

— Non, non. Bon, après manger tu pourras te laver dans l'évier et te changer. C'est important d'être propre. Tu n'aurais pas dû me laisser me salir tout le temps !

— Non, tu as raison. C'était une erreur. Excuse-moi.

Sa gorge se serra et son cœur s'emballa devant l'éclat qui s'était allumé dans les yeux de son geôlier.

— Tu as fait beaucoup d'erreurs, non ? dit-il.

— Oui, et j'en suis vraiment désolée. Je vais vraiment m'améliorer.

Il se contenta de la regarder sans rien dire. Elle se demanda qui l'observait ainsi. L'homme ou le petit garçon ?

— On verra, dit l'homme. Là, je t'ai préparé du thé et tu as deux tubes d'eau.

Il déposa le plateau sur le lit de camp. Que de la vaisselle jetable, constata-t-elle. Rien de solide, rien de tranchant. Mais elle se demanda malgré tout s'il y avait moyen de le maîtriser physiquement.

Alors qu'elle se ramassait sur elle-même pour essayer, il braqua son regard sur elle. Celui de l'homme, estima-t-elle. Du détraqué adulte, pas du petit garçon.

— Je t'offre une chance, dit-il. À toi d'en profiter au mieux.

Il se recula, hors d'atteinte.

— Mange ce que je t'ai préparé, ou tu devras te passer de nourriture.

— Tu t'en vas ? Tu ne peux pas rester avec moi ?

Elle déglutit difficilement, s'efforça de sourire.

Il s'arrêta sur le seuil. Toujours ce regard dur.

— J'ai du travail. Des responsabilités.

— Je... n'ai rien à faire. Ne devrais-je pas avoir des responsabilités, moi aussi ? Ce serait à moi de prendre soin de toi. De te préparer à manger. Un bon petit-déjeuner sain et équilibré.

Elle n'aurait pas su dire si ce qu'elle lisait dans ses yeux était de l'intérêt... ou autre chose.

— Ce n'est pas encore au programme. Tu es numéro trois. Numéro deux passe en premier.

— Oh.

Elle avait les mains tremblantes mais parvint à se pencher pour saisir le plateau et le poser sur ses genoux.

— Et numéro un ?

— Elle a été méchante. Il a fallu la punir. J'ai dû l'emmener et l'abandonner ailleurs, comme elle m'a abandonné. Si numéro deux continue à être méchante, tu auras ta chance.

— Il y a une numéro quatre ?

— Pas encore, répondit-il avec un sourire.

— Je t'en prie, tu ne peux pas...

Mais il sortit et referma la porte avec un cliquetis de verrous.

Elle bouillait de balancer le plateau à travers la pièce mais elle savait qu'alors il sévirait.

Elle avala quelques bouchées et attendit pour voir si la nourriture la rendait malade ou somnolente. Auquel cas elle jetterait le tout dans les toilettes. En l'absence de réaction, elle se remit à manger prudemment, par petites quantités. Il fallait qu'elle prenne des forces.

Elle décida d'éviter le thé – trop facile d'y mélanger de la drogue – et le vida en tirant la chasse d'eau. Les bouchons des tubes d'eau, par contre, étaient intacts.

Elle entendit des bruits de pas et, peu après, le grondement au-dessus d'elle.

Elle se remit à appeler au secours, à crier, à tambouriner.

Pour la énième fois, elle regarda partout en quête d'une potentielle arme improvisée.

Pour conjurer sa peur, elle se lava dans l'évier et se changea à l'aide des vêtements soigneusement pliés sur un banc boulonné au sol. Les pantalons fournis comprenaient toujours des boutons ou une fermeture Éclair sur le côté de la jambe afin qu'elle puisse les enfiler avec ses chaînes.

Son geôlier était loin d'être idiot.

Il avait conçu cet endroit. Il avait un objectif. C'était un vieil homme pervers et fou mais non, il n'était pas stupide.

Elle non plus ne pouvait pas se permettre de l'être.

Elle tenta pendant un moment, sans succès, d'arracher un tuyau du mur. Elle avait déjà essayé d'utiliser la cuillère à usage unique pour triturer la serrure de ses menottes mais le plastique s'était brisé presque immédiatement.

Le tuyau refusait de bouger. De frustration, elle écrasa son poing dessus. Il y eut un bruit de métal tintant contre le métal. Furieuse, elle cogna plusieurs fois ses menottes contre le tuyau avant de s'affaisser jusqu'au sol, en larmes.

Ce fut à ce moment qu'elle l'entendit. Un son en réponse au sien, claquement de métal contre le métal.

— Je suis là ! Je suis là ! s'écria-t-elle en se relevant précipitamment. Je m'appelle Mary Kate Covino !

L'oreille tendue, elle crut entendre un cri lointain en retour. Elle fit une nouvelle tentative.

— Vous êtes enfermée ? Qui êtes-vous ? Moi, je m'appelle Mary Kate Covino !

Elle capta quelque chose ! Elle ne distinguait pas les mots mais elle avait bien entendu une voix. Elle s'efforça de crier plus fort.

— Vous m'entendez ? Tapez une fois si vous m'entendez.

Lorsqu'un unique coup retentit, elle ferma les yeux et les larmes roulèrent sur ses joues.

— Je m'appelle Mary Kate Covino. Vous pouvez crier plus fort ? Vous pouvez me dire votre nom ?

Elle perçut en retour un cri ténu et aigu qu'elle distingua difficilement.

— Anna ? Vous êtes Anna. Tapez une fois pour oui, deux fois pour non... Un coup. D'accord, d'accord, Anna, dit-elle à voix haute. Vous aussi, vous êtes enchaînée ? Un coup. Mon Dieu, mon Dieu...

Elle but un peu d'eau et s'éclaircit la voix avant de crier :

— Vous savez depuis combien de temps vous êtes là ?

Deux coups.

Elle s'appuya contre le mur en tâchant de dépasser sa peur. Elle cria des questions, ajouta le principe des trois coups pour « je ne sais pas ».

Elle eut l'impression, sans pouvoir en être sûre, de passer des heures à communiquer ainsi. De temps en temps, elle déchiffrait quelques mots.

Elle apprit que le fou avait enlevé Anna pour l'enfermer dans une pièce semblable à la sienne. Enchaînée, droguée, sans fenêtre sur l'extérieur.

Lorsque sa voix l'abandonna, elle exigea un dernier effort de sa gorge en feu.

— Désolée, Anna, je n'ai plus la force de crier. Je dois me reposer. Mais je suis là.

Après un ultime tintement en réponse, Mary Kate but sa dernière gorgée d'eau puis rampa jusqu'au lit.

Elle avait besoin de reprendre des forces, de réfléchir.

Elle n'était plus seule.

8

Constatant qu'elle ne trouvait plus aucun angle d'attaque, que ses hypothèses tournaient en rond, Eve s'éloigna de son centre de contrôle.

Elle ne pouvait simplement rien faire de plus à ce stade. Une part d'elle-même était convaincue que l'horloge tournait pour Anna Hobe, mais il n'y avait rien qu'Eve puisse faire pour l'arrêter.

« Le labo », songea-t-elle en retournant se planter devant le tableau.

Il fallait espérer que le labo lui fournirait des pistes, des données, n'importe quoi pour alimenter l'enquête.

La liste défila de nouveau dans son esprit. Tatouage, piercings, maquillage, produits capillaires, parfum, vêtements, chaussures.

Elle avait offert aux techniciens du labo un bon gros bouquet d'éléments médico-légaux. Ils avaient intérêt à lui trouver quelque chose !

Elle s'aventura dans le bureau de Connors pour constater qu'il avait troqué son vin contre un verre d'eau avant de se mettre au travail. Il avait retiré sa cravate et sa veste de costume, retroussé ses manches et attaché ses cheveux.

Jusqu'où irait sa consternation s'il savait que dans l'esprit d'Eve, c'était son look de « Connors-le-flic » ?

« Très loin », estima-t-elle.

Elle garderait donc ça pour une occasion où elle aurait envie de l'agacer.

— Des éléments utiles ? demanda-t-elle.

— La zone de recherche est vaste, lui rappela-t-il. Avec de nombreux bâtiments, commerciaux, résidentiels, achetés, loués, condamnés ou en cours de réfection qui correspondent à tes critères.

— Je prends le tout.

Il releva la tête vers elle et perçut au premier coup d'œil son stress et sa fatigue.

— Cela vous prendrait des jours, si ce n'est des semaines, pour vérifier tous ceux qui répondent aux critères de base. Il faudra un peu plus de temps pour affiner la sélection et éliminer une partie des possibles.

— Le suspect sera un homme célibataire.

— Compris, mais l'homme en question peut être propriétaire ou louer sous un autre nom, au nom d'une entreprise, via une société écran ou légitime. Il a pu récemment rompre des liens sans avoir encore modifié le titre de propriété ou le bail. Ou il peut être légalement tenu de détenir le titre ou le bail au nom d'une entreprise, d'un partenariat – marital ou professionnel –, et ainsi de suite. Tu sais tout ça aussi bien que moi.

Parce que c'était vrai, Eve ne répondit pas. Elle alla à la fenêtre pour regarder au-dehors puis revint se laisser tomber sur le nouveau sofa racé que Connors avait choisi au moment de redécorer leurs bureaux.

Il avait conservé le portrait qu'elle lui avait offert pour leur premier anniversaire de mariage, désormais accroché au mur en face de son centre de contrôle. L'émotion saisit Eve en se revoyant debout auprès de lui sous cette tonnelle de fleurs le jour de leurs noces.

Et elle se rappela brusquement – mon Dieu ! – que leur troisième anniversaire de mariage aurait lieu dans quelques semaines seulement.

Ce qui signifiait qu'elle devait trouver un autre cadeau.

Ça ne s'arrêtait jamais.

Elle balaya le bureau du regard comme si une idée allait surgir en dansant dans son champ de vision. Tout dans cette pièce était beau, efficace, élégant et important.

Elle prit conscience qu'elle n'avait jamais observé l'espace de Connors sous cet angle. Elle ne s'était même jamais assise sur ce sofa.

Il avait des étagères garnies de divers objets répartis avec soin. Elle remarqua la photo qu'il lui avait demandée et qu'elle avait retrouvée : un cliché datant de ses années de formation dans la police. Il avait aussi affiché la médaille que le NYPSD lui avait remise, la plus prestigieuse décoration destinée aux civils. Et des livres – de vrais livres, parce qu'il aimait le papier – maintenus à la verticale par un duo de bestioles qui devaient être des dragons.

Et au milieu de tous ces bibelots, dont certains semblaient anciens et dont une partie était sans doute hors de prix, trônait la photo de sa mère tenant dans ses bras un Connors encore nourrisson.

L'enfant qu'elle n'avait jamais eu l'occasion d'élever.

« Personnels, se dit Eve. Ce sont tous des objets personnels. »

Des articles qu'il conservait à domicile plutôt que dans son grand bureau classieux de Midtown.

Elle devrait trouver une idée de cadeau personnel.

Elle parcourut de nouveau la pièce des yeux. Elle n'avait vraiment pas l'impression que Connors avait besoin de quoi que ce soit d'autre ici.

— C'est quoi comme couleur sur les murs ? demanda-t-elle à voix haute.

Il redressa la tête.

— Euh, une nuance de sauge, si je me souviens bien.

— Comme ce que Peabody fera brûler sur l'aire de jeux une fois qu'on aura mis ce salopard derrière les barreaux ?

— Je ne saurais pas te dire.

Il pouvait par contre passer la recherche en mode automatique.

— Ça t'arrive de te poser sur le canapé ? s'enquit Eve. Je ne m'étais jamais assise dessus.

Il se leva pour l'y rejoindre.

— Nous y voilà tous les deux.

— Ton bureau fait à peu près trois fois la taille du mien au Central.

— Au moins.

— Mais il est plus petit que celui que j'ai ici. Comment ça se fait ?

— Déjà parce que l'objectif premier du tien consistait à recréer ton appartement pour que tu en rendes les clés et viennes vivre avec moi. Ensuite, je n'ai pas besoin de cette pièce pour rassembler une escouade de flics, leur servir un repas et les briefer comme tu le fais souvent chez toi. Ni d'un espace pour qu'on prenne nos repas ensemble.

— Tu y passes aussi beaucoup de temps, avec ou sans escouade de flics. Dans ton rôle d'expert consultant civil.

— Exact.

— Je ne viens pas beaucoup ici, en tant que consultante ou autre.

— C'est vrai.

— Tu voudrais que je le fasse ?

Il lui passa une main dans les cheveux.

— J'apprécierais énormément que tu t'abstiennes.

Elle éclata d'un rire bref.

— Tu ne crois pas que je pourrais t'aider à négocier l'achat de deux ou trois anneaux de Saturne ou participer à la conception du prochain gadget incontournable ?

— Je crois qu'il est très heureux que l'achat des anneaux de Saturne – qui ne sont pas à vendre, au passage – ou le design du prochain gadget incontournable ne constituent pas une question de vie ou de mort, de loi et d'ordre ou de justice à obtenir. Mais si c'était le cas, tu trouverais le moyen de participer.

— Ça sonne comme une insulte enrobée dans un compliment. Ou vice versa.

Elle fit mine de se lever mais il la retint par le bras.

— Je m'aperçois soudain que ce très beau sofa n'a pas encore été exploité à son plein potentiel.

Parce que cette petite pause lui avait laissé le temps de se détendre, elle se laissa faire.

— Pour une sieste ?

— Une prochaine fois.

Il défit le harnais réglementaire d'Eve ; elle retira l'élastique avec lequel il avait noué ses cheveux.

— C'est confortable. À cet instant précis, notre grand lit est probablement squatté par un chat mais ce sofa est tout à fait confortable, dit-elle.

— Et assez spacieux, ajouta-t-il en pressant ses lèvres au creux de la gorge d'Eve, tout contre son pouls. Lumières à vingt pour cent, ordonna-t-il à l'ordinateur.

Comme l'éclairage se tamisait, il baissa les yeux sur Eve.

— C'est calme. C'est agréable de partager un moment tranquille avec toi.

Elle sourit et se redressa pour lui mordiller la lèvre inférieure.

— Tu veux parier que ça ne durera pas ?

— C'est un défi ou une requête ?

Elle le mordit de nouveau, plus fermement cette fois.

— Je te laisse deviner.

Il réagit exactement comme elle l'espérait, par un baiser profond, éblouissant, entêtant qui balaya la tension accumulée durant la journée. Si elle avait pu passer les mains entre eux, elle se serait attaquée aux boutons de la chemise de Connors. Elle dut se contenter de se serrer contre lui.

Le moment de tranquillité pourrait attendre. Elle accueillit à bras ouverts ce mélange de désir sauvage et ardent, presque désespéré.

Cela semblait juste, nécessaire même, de tout oublier en dehors de l'étreinte de leurs corps, de leurs cœurs qui tambourinaient déjà à l'unisson, de leurs désirs immédiatement synchrones.

Elle tira la chemise de Connors hors de son pantalon pour pouvoir y glisser ses doigts et toucher sa peau.

Quand il arracha simplement son chemisier pour accéder à la sienne, elle laissa échapper un rire qui se changea en gémissement. Puis la bouche de Connors fondit sur elle pour la goûter, la savourer, la dévorer. Parce que tout son être en réclamait encore plus, elle se cambra contre lui, pressant son intimité contre la sienne.

Primitif. Après une journée à lutter pour discerner une forme de logique au sein de la folie, elle avait envie d'un élan primitif.

Connors en voulait plus. Il lutta pour lui retirer son harnais et son chemisier en lambeaux. Mais Eve se redressa pour coller de nouveau ses lèvres aux siennes, jusqu'à lui enflammer les sangs.

Il marmonna quelques mots d'irlandais, perdu, perdu en elle, bouleversé par l'émotion, par le goût d'Eve, par ce désir qui émanait d'elle et se logeait en lui, l'envahissait et l'enflammait.

Il tira sur la ceinture d'Eve, qui lui arracha à son tour sa chemise.

À moitié nus et à moitié fous de désir, ils se débattirent avec leurs vêtements restants et, dans leur précipitation, roulèrent au sol. Connors heurta le tapis en premier et elle se retrouva à califourchon sur lui. Elle l'accueillit en elle, le souffle déjà court.

Une frénésie de coups de reins profonds et enfiévrés. Ils allaient et venaient comme si leur vie en dépendait.

Il emplit Eve, comme il avait comblé tant de vides en elle auparavant. Par-delà les fenêtres, les lumières de la ville rappelaient l'existence du monde qu'elle avait juré de protéger et de servir. Mais cet endroit, cet instant, n'était qu'à eux. Rien qu'à eux.

Connors se redressa et s'enroula autour d'Eve comme elle l'avait fait avec lui. Leurs bouches affamées s'écrasèrent de nouveau l'une contre l'autre. Lorsque Eve se cambra en arrière, lorsqu'il la fit s'envoler. Et quand son corps frissonna et qu'elle hurla son nom dans un cri de jouissance, il répondit de même et s'abandonna avec elle.

Ils retombèrent, emmêlés dans leurs vêtements ou ce qu'il en restait. Eve portait encore l'une de ses boots, sa jambe de pantalon coincée dans la chaussure. Connors, constata-t-elle, avait réussi à retirer ses deux richelieux et son pantalon.

— Je crois avoir bien deviné.

Même avec l'esprit encore embrumé par l'orgasme, elle se mit à rire.

— Je t'ai donné un indice plutôt balèze.

— C'est vrai. Et j'ai comme l'impression que tu m'as attiré sur le sofa pour profiter de moi.

— Ça a marché, et tout le monde y a trouvé son compte. C'était un très beau chemisier, avant. Pareil pour ta chemise.

— On en a plein d'autres. Par contre, nous avons bien mérité de récupérer notre grand lit. Galahad devra nous faire une place.

— On n'a toujours pas fait l'amour sur ce sofa.

— On refera une tentative. Très bientôt, promit-il.

Elle roula sur elle-même pour remonter son pantalon.

— Il faut se débarrasser des preuves.

— Les preuves ?

— Les habits déchirés. On ne peut pas se contenter de les mettre à la poubelle.

Il trouva étrangement charmant de la voir boutonner les deux seuls boutons qui restaient à son chemisier.

— Summerset les verrait, ajouta-t-elle. On doit les faire disparaître.

Il lui tendit sa deuxième chaussure avant de ramasser ses propres vêtements.

— Je peux t'assurer qu'il ne nous grondera pas. Il ne le mentionnera même pas.

— Mais il saura.

Dans un élan d'adoration, il la souleva de terre et se dirigea vers l'ascenseur.

— Tu es toujours nu. Ça ne te dérange pas de te balader à poil ?

— Je ne me balade pas, répondit-il. Je vais au lit avec ma femme.

— Après qu'on aura détruit les preuves.

L'enfant sans nom devait s'agenouiller sur la chaise pour atteindre toutes les jolies couleurs que la mère utilisait pour se faire belle. Elle avait envie d'être belle, elle aussi, parce qu'elle était maigrichonne, stupide et moche. Si elle devenait jolie, la mère serait gentille avec elle.

Elle trempa le pinceau dans une sorte de poudre rose qu'elle s'étala ensuite sur les joues, par petites touches. Le résultat la fit rire.

Jolie !

Elle joua avec certains des trucs à paillettes et tenta de s'en mettre sur les paupières. Ravie – ce qui ne lui arrivait pas souvent –, elle essaya d'autres couleurs. Elle n'était pas sûre de connaître tous leurs noms mais elle savait que les choses avaient des noms.

Pas elle.

Elle ne connaissait pas son âge, ni même le concept d'années. Le concept de douleur, par contre, lui était familier. Parce qu'elle avait mal quand la mère ou le père la giflaient. De même que le concept de faim quand ils oubliaient de la nourrir, ou la privaient de nourriture parce qu'elle avait été méchante.

Ce concept-là était flou. Elle savait seulement qu'elle était méchante, et souvent.

Elle connaissait le concept de peur parce qu'elle vivait dans la peur.

Mais parfois le père la chatouillait pour la faire rire. Et parfois ses chatouilles lui faisaient mal ou la plongeaient dans la peur et le dégoût.

Si elle pouvait être jolie, ce serait bien. C'était bien quand elle n'avait pas faim et quand ils ne l'enfermaient pas dans le noir, quand ils ne lui donnaient pas à boire quelque chose qui, au réveil, la faisait se sentir bizarre, et mal, et complètement perdue.

Les gens étaient gentils quand on était jolie. Quand la mère se faisait toute belle, le père souriait et disait des choses comme « T'es canon, Stella ! ».

Elle aussi pouvait être canon avec toutes ces jolies couleurs.

Elle joua un moment avec le tube de rouge à lèvres après avoir compris comment le sortir et le rentrer. Elle n'avait jamais eu de jouet mais ça l'amusa un temps avant qu'elle presse finalement le bâtonnet gluant sur ses lèvres.

Rouge !

Elle connaissait cette couleur : rouge, rouge, rouge !

Le goût était bizarre mais ça ne la dérangeait pas… parce que c'était joli !

Ce fut là que la mère entra. L'enfant, très fière, lui sourit dans le miroir. Mais la peur arriva vite. Ce n'était pas de la gentillesse qui se lisait dans le regard de la mère.

Elle cria les mots qui voulaient dire « méchante ».

Morveuse, petite garce, foutue traînée.

La gifle sur sa petite joue rose lui rejeta la tête en arrière. La douleur était cuisante. La deuxième gifle la jeta au bas de la chaise. Sa tête heurta le sol et la douleur fit jeu égal avec les vociférations de la mère.

Elle n'avait pas appris le concept de haine mais ce fut ce qu'elle vit dans les yeux de la mère quand elle l'agrippa à deux mains, les ongles plantés dans la chair de ses bras.

Elle la secoua, la secoua, puis l'enfant eut l'impression de voler. Lorsqu'elle s'écrasa, durement, en pleurant parce que ses larmes étaient tout ce qu'elle avait, elle se retrouva ailleurs.

Dehors. Mais elle n'avait pas le droit d'aller dehors, pas toute seule et quasiment jamais. Elle savait que l'extérieur existait car on le voyait par les fenêtres. Elle était assise sur quelque chose de coloré qui n'avait pas la dureté du sol.

Sans connaître leurs noms, elle vit des balançoires et des toboggans, des animaux rigolos montés sur ressorts, des barres sur lesquelles grimper et des tourniquets. Fascinée, elle oublia la douleur et la peur alors même qu'un filet de sang s'écoulait du coin de sa bouche barbouillée de rouge.

Elle se releva et s'élança sur le revêtement amortissant en direction des balançoires. Elle en poussa une, la regarda osciller d'avant en arrière.

Elle vit l'échelle qui menait au toboggan, même si les termes eux-mêmes lui étaient inconnus. Elle s'en approcha, monta les échelons et resta debout au sommet pendant un instant, ne sachant trop quoi faire.

Curieuse, elle s'assit et sentit qu'elle commençait à glisser. Brève décharge de peur suivie d'un frisson d'excitation. Ses fesses heurtèrent la surface souple et elle se redressa pour recommencer au plus vite.

À l'atterrissage suivant, une femme se tenait à côté d'elle. L'enfant eut un mouvement de recul mais ne songea même pas à s'enfuir. Ils la rattrapaient toujours quand elle fuyait. Et alors ils cognaient, cognaient...

Mais la femme s'accroupit.

— T'as compris toute seule comment ça marche, hein ? Logique, j'imagine.

L'enfant ne lut aucune méchanceté dans ses yeux. Elle y vit de la tristesse. Et se reconnut. C'étaient ses yeux.

— Il va falloir y retourner, et j'en suis désolée. Je ne peux pas l'empêcher, lui dit Eve, s'adressant à elle-même. Pas encore, en tout cas.

L'enfant ne dit rien. Elle ne devait parler à personne en dehors de la mère et du père. Jamais.

— Tu finiras par t'en sortir, et ça ira.

— Je n'aurais jamais dû laisser Richie me convaincre de te garder !

Eve se releva, pivota et s'interposa entre Stella et l'enfant qu'elle avait été.

— Ça, c'est ton problème, mais tu n'as pas attendu longtemps avant de te carapater. En le laissant me tabasser et me violer.

— Au bout du compte, c'était qu'un minable, tout comme toi ! Je t'ai filé à bouffer, j'ai changé tes couches dégueulasses. Mais toi, qu'est-ce que tu as fait pour moi ?

— Rien du tout.

N'était-ce pas curieux, étrange même, de voir que Stella portait des vêtements similaires – pas identiques, mais très proches – à ceux de la morte sur le banc ?

— Je te détestais déjà avant ta naissance. Une maigrichonne dans ton genre n'aurait jamais pu rapporter gros, comme le croyait Richie. Je m'en suis vite rendu compte. Et j'avais pas que ça à foutre.

Eve désigna le corps étendu sur le banc.

— Quelqu'un lui a tranché la gorge.

Stella lança un coup d'œil en arrière avant de hausser les épaules.

— Elle l'avait sûrement cherché.

— Pas du tout. Tu finiras de la même manière, la jugulaire tranchée. Certains diraient que tu le méritais, mais pas moi. Tu aurais plutôt mérité une longue, très longue vie derrière les barreaux.

— Tu voulais que je crève ! Si t'avais pu, tu m'aurais tuée comme tu as tué Richie.

— Tu fais erreur. Mais tout ce qui te concerne n'est qu'une gigantesque erreur. Refais un tour, petite, dit Eve à l'enfant figée derrière elle.

— Tu peux m'emmener chez toi ?

— Désolée, pas encore. Elle va faire de ta vie un enfer pendant un moment. Donc refais d'abord un tour de toboggan.

Tandis que l'enfant retournait en courant vers l'échelle, Eve reporta son attention sur Stella.

— Je viens de comprendre un truc, dit-elle. Ça devait arriver, de toute façon. Les raclées, les tourments, les viols. Mais au moins, tu n'étais pas là pour empirer encore la situation. Tu m'as fait une fleur en partant.

— Va te faire voir !

Alors que l'enfant laissait échapper un cri de joie en dévalant le toboggan, Eve vit arriver la gifle.

Elle ne bougea pas et la laissa l'expulser hors du rêve.

Connors avait passé un bras autour d'elle et lui caressait le visage de sa main libre.

— Reviens avec nous, murmura-t-il tandis que le chat pressait sa tête contre le flanc d'Eve.

— Ça va. Tout va bien, assura-t-elle.

Elle le laissa néanmoins la serrer contre lui et nicha son visage au creux de son épaule.

— Ce n'était pas si atroce. Ce n'était pas l'un des pires.

— C'est pas l'impression que j'ai eue. Qu'on a eue, se corrigea Connors comme Galahad tentait de se faufiler entre eux.

Il desserra son étreinte pour laisser un peu de place au chat et dévisagea Eve.

En comprenant qu'Eve affrontait un cauchemar, il avait allumé les lumières à dix pour cent de leur capacité. Il augmenta jusqu'à vingt.

— Tu pleurais dans ton sommeil.

Il chassa une larme du bout du doigt.

— Ce n'était pas moi. Enfin si, mais moi enfant.

— Tu vas me raconter ça. Je vais te servir un verre d'eau, puis tu me raconteras.

— D'accord. T'es habillé, constata-t-elle comme il se levait pour lui apporter à boire. Il fait nuit et tu es déjà en costume. Quelle heure il est ?

— Bientôt 5 h 30. J'ai un rendez-vous holographique avec Prague dans peu de temps.

— Prague. Bien sûr. OK.

— Je vais le décaler.

— Non, non. Ce n'était pas si dur que ça. Vraiment, dit-elle en acceptant le verre qu'il lui tendait.

— Raconte-moi, puis je déciderai si je participe à la réunion ou si je la reporte.

— D'accord, si tu veux. C'est lié à toutes ces histoires autour de la mère. J'ai rêvé de Stella.

Elle capta dans ses yeux – ses magnifiques yeux bleus – un mélange de culpabilité, de chagrin et de colère.

— J'aurais dû deviner que ça ferait remonter tout ça.

— Même toi, tu ne peux pas tout réparer. Je ne sais pas quel âge j'avais. J'étais plus vieille que Bella…, commença-t-elle avant de dérouler son récit. En fait, c'est une bonne chose que mon subconscient ait démêlé tout ça. Parce que le rêve s'est terminé sur une vérité, dans les mots que je lui ai dits. Elle m'a rendu service en s'en allant. Ça aurait été pire si elle était restée. Si elle était restée, je ne m'en serais peut-être pas sortie.

— Tu t'es emmenée sur l'aire de jeux.

— Oui. Avec une mère égorgée symbolique sur le banc. Et Stella, qui a fini de la même façon. C'est logique.

Si la culpabilité et la colère s'étaient apaisées au fil du récit d'Eve, le chagrin pour l'enfant qu'elle avait été demeurait. Connors posa ses lèvres sur son front pendant quelques secondes.

— Tu t'es offert un autre tour de toboggan.

— Oui. Je savais très bien ce qui allait suivre, alors pourquoi ne pas saisir l'occasion d'un instant joyeux ? Je ne vois pas vraiment ce qu'il y a d'amusant à se laisser glisser dans un tube en plastique mais ça semblait être le grand succès du moment.

Elle s'adossa quelques instants à la tête de lit. Elle aurait voulu que l'eau qu'elle avait fini de boire réapparaisse miraculeusement sous forme de café.

— Je penche de plus en plus vers l'idée que sa mère – celle du tueur, je veux dire – est morte ou l'a abandonné quand il était enfant. Mais c'est peut-être parce que la tienne est morte et que la mienne s'est tirée. Je vais devoir mettre ça de côté et me concentrer sur les faits et les preuves.

Elle semblait avoir retrouvé toute sa maîtrise d'elle-même mais Connors lui caressa les cheveux, comme incapable d'arrêter de la toucher.

— Ton instinct est au moins aussi précieux que les faits et les preuves.

— Habituellement, je dirais à peu près la même chose. Mais je dois garder une forme de distance cette fois. Toi, tu dois aller travailler… et tu n'as pas de cravate. Tu portes toujours une cravate, dit-elle en passant une main sur sa chemise de costume. Je vais bien, ajouta-t-elle en sachant qu'il allait protester. Je vais descendre à la salle de sport pour évacuer le reste de ce cauchemar. Va donc acheter Prague.

Il se pencha vers elle et effleura ses lèvres du bout des siennes.

— Je ne cherche pas à acheter toute la ville. Seulement un ou deux morceaux de choix.

Il ramassa la cravate qu'il avait lâchée en se précipitant auprès d'elle et la fit coulisser sous son col de chemise.

— À ton avis, que ferait Mavis si elle trouvait Bella en train de jouer avec son maquillage ? demanda Eve.

— Elle éclaterait de rire. Puis l'aiderait à s'en mettre un peu plus.

— Voilà. J'en ai pour une heure.

— Ça me va.

Elle resta au lit une minute de plus pour caresser le chat.

— Tu sais, entre Connors et toi, je me retrouve avec deux mères poules. Ce n'est pas une insulte, précisa-t-elle en lui offrant quelques papouilles supplémentaires avant de se lever.

Elle lui servit son repas. Et si celui-ci contenait du thon grillé, c'était qu'il l'avait bien mérité.

Après avoir enfilé un short et une brassière, elle descendit à la salle de sport.

Transpirer lui ferait du bien. À vrai dire, se revoir enfant, impuissante et apeurée, l'avait troublée.

Elle se programma une course d'obstacles de huit kilomètres et la situa, sur un coup de tête, dans les rues de Prague. Une fois l'épreuve terminée, en sueur et satisfaite, elle travailla sa résistance et souleva des haltères pendant quinze minutes de plus, suivies d'une série d'étirements.

Elle avait pensé terminer la séance en allant nager mais elle se surprit à entrer dans le dojo.

Elle n'aimait pas la méditation. En fait, ça l'agaçait même carrément. Mais elle décida, au vu de la situation, de refaire un essai.

Elle lança un programme de cinq minutes en compagnie du maître, s'assit sur le tapis de sol, croisa les jambes.

Elle respira en suivant les instructions pour relâcher la tension (ou du moins essayer). Elle laissa son mantra personnel tourner en boucle dans sa tête. À savoir – c'était son secret – « Fait chier, fait chier, fait chier ».

Elle se représenta un écran blanc. C'était généralement le mieux qu'elle puisse faire avant que son esprit se tourne de lui-même vers une affaire en cours, de la paperasse à remplir ou la question de savoir pourquoi le chocolat ne constituait pas l'un des groupes d'aliments majeurs.

L'écran blanc se teinta de bleu clair et se mit à ondoyer en douceur. Elle flotta au-dessus, flotta simplement jusqu'à ce que les clochettes retentissent.

— Très bien, lui dit le maître. Gardez ce calme et cette clarté en vous pour la journée.

Il joignit les mains à hauteur du cœur et s'inclina.

— *Namasté.*

Elle s'inclina en retour.

— *Namasté.*

Connors arriva dans son bureau au moment où elle sortait de l'ascenseur.

— Quelle synchronisation, commenta-t-il.

— Je suis allée à Prague, moi aussi. Course d'obstacles de huit kilomètres. D'ailleurs, tu as sans doute acheté certains endroits où je suis passée. Bon, je vais prendre une douche.

Elle repoussa ses cheveux en arrière et mit le cap vers la salle de bains.

— Oh, et j'ai réussi à méditer pendant, genre, cinq minutes. Bon, sans doute plutôt trois, le temps que j'y arrive. Mais ça fait deux minutes cinquante de plus que ce que j'arrivais à faire jusque-là.

Avant de refermer la porte derrière elle, elle lança :

— Et j'ai nourri le chat. Ne le laisse pas te faire son numéro larmoyant.

Connors échangea un coup d'œil avec Galahad.

— Il semble que le lieutenant ait retrouvé la forme.

Quand Eve réapparut, il était assis, tablette à la main et chat sur les genoux, face à l'écran mural où défilaient les chiffres de la bourse. Un petit-déjeuner composé par ses soins était disposé sur la table, sous cloche.

Elle se servit un café puis souleva le couvercle pour constater qu'il avait opté pour un menu irlandais complet.

— Tu as peur que je saute encore un repas.

— Si c'est le cas, répondit Connors en déposant le chat au sol, tu auras un solide petit-déjeuner dans le ventre.

— J'imagine qu'on ira voir les Irlandais le mois prochain, non ?

Il releva la tête et croisa son regard.

— Ça me ferait plaisir, dit-il.

— C'est bon pour moi.

Elle s'assit et s'attaqua au bacon.

— Le passage éclair pour appréhender Cobbe ne compte pas. Et après ça ?

Il lui caressa gentiment la cuisse.

— Où aimerais-tu aller ?

— Tu as une idée en tête. Tu as toujours une idée en tête.

— Je me disais que la Grèce pourrait te plaire. Jouer les touristes au milieu des sites antiques, profiter d'une villa à Corfou. Plages ensoleillées, vignes et oliveraies.

— Tu vois, tu as toujours un plan. La villa est à toi ?

— Pas encore. Attendons de voir si elle te plaît.

— Oui. C'est vrai que je suis difficile en villas grecques. Tu bossais sur quoi sur ta tablette ?

— Ce n'est pas pour le travail. Je regardais le concept final pour le studio de Mavis.

Il reprit la tablette et la lui apporta.

— Sérieux ? Ça a l'air tellement...

— Professionnel ?

— Oui, vraiment. Bon, on reconnaît tout de suite la signature de Mavis. Les couleurs. Il y a plein de couleurs dans ce... Je suppose que c'est un coin détente ?

— Question d'énergies, d'après Mavis.

— Il y a un espace de jeu pour la petite et le nouveau bébé.

— Là, c'est la cuisine, expliqua Connors en affichant l'image correspondante. Salle de bains avec baignoire et douche. Les loges, pour les fois où elle voudra enfiler ses costumes. Mais l'équipement, le studio proprement dit, c'est le top, le dernier cri. Elle maîtrise son sujet, et son art.

Au fond, Eve n'aurait pas dû s'étonner de voir que le tourbillon de couleurs et la légèreté de Mavis reposaient sur des fondations fiables et solides.

— Je n'ai jamais pensé qu'elle était sérieuse à l'époque où elle bossait à *L'Écureuil bleu*. Il faut dire qu'elle n'en parlait pas très sérieusement. Pas comme aujourd'hui.

— Ça correspondait à son public, ça lui a valu de l'attention. Elle a un style très personnel.

— Hobe a un poster dédicacé d'elle sur le mur de son appart. Je ne l'ai pas dit à Mavis.

— Ce n'est pas vraiment nécessaire, si ?

— Non. Mavis a tout à fait pu fréquenter le *Mike's Place*, c'est le genre d'endroit où elle va pour s'amuser. Elle a peut-être même rencontré Hobe. Mais ça n'a pas de lien avec l'affaire. Donc inutile de lui dire.

— J'aurai une liste des propriétés potentielles à un moment dans la journée, dit-il.

— Ce ne sera pas de refus. Je compte sur le labo pour nous fournir des pistes. En commençant assez tôt, je serai sur place avant que Harvo ou les autres techniciens s'attaquent à autre chose. Pour être sûre de passer en premier si besoin.

Elle termina presque toute la portion d'œufs.

— Il faut aussi que je parle de la strip-teaseuse avec Norman. Elle ne correspond pas, mais qui sait si le suspect n'ajustera pas ses critères ? Il me faut une base plus solide pour faire avancer l'enquête.

— Ça fait moins de vingt-quatre heures.

— Pas pour Hobe.

Elle se resservit en café et emporta la tasse dans son dressing. Elle s'attendait à moitié à voir Connors la suivre pour examiner la tenue qu'elle choisirait mais elle l'entendit mettre en garde leur gourmand de chat contre toute tentative de vol.

Elle opta pour un pantalon marron, une veste bleu marine et avisa un chemisier strié de fines rayures marron et bleu.

Comment pourrait-il critiquer un tel choix ?

Elle tomba sur des boots bleu marine à lacets marron qu'elle aurait juré n'avoir jamais vues dans le dressing.

Lorsqu'elle ressortit pour récupérer son harnais, son insigne et le reste, il attendait qu'elle ait enfilé la veste.

— Vous avez l'air prête à l'action, lieutenant.

— Parce que je le suis. Ces kilomètres de course m'ont remise en forme.

— Ou bien la méditation.

— J'espère que non, parce que je me vois mal réitérer l'exploit. Si tu veux mon avis, c'était… Comment vous appelez ça ? Une aberration. Envoie-moi les résultats de ta recherche. On commencera à faire le tri.

— Compte sur moi.

Il se leva, pointa un doigt d'avertissement vers Galahad qui s'approchait nonchalamment de la table puis attira Eve à lui et l'embrassa.

— Prends bien soin de mon flic préféré.

— Compte sur moi.

9

Partie trop tôt pour subir les annonces des dirigeables publicitaires, Eve navigua dans le calme relatif des seuls bruits de moteurs et d'avertisseurs. Elle garda les vitres ouvertes pour profiter de l'agréable fraîcheur de l'aube.

Les glissa-grils faisaient déjà des affaires, vendant du café vite avalé aux piétons sur le chemin du travail. Le tramway aérien transportait plus encore de travailleurs, dans un sens et dans l'autre, de même que les maxibus à l'allure toujours aussi lente.

Épiceries et boulangeries avaient ouvert leurs portes. Eve capta des odeurs de bagels et de viennoiseries, parfois parasitées par celle des sandwichs au substitut d'œuf des glissa-grils.

Elle croisa deux promeneurs de chiens, un joggeur qui faisait du sur-place en attendant que le feu passe au vert. Un homme en costume sur un airboard, aussi. Et la femme aux yeux braqués sur son communicateur qu'il aurait renversée s'il n'avait pas eu d'excellents réflexes.

Eve secoua la tête en voyant la passante faire un doigt d'honneur dans le dos de l'homme d'affaires.

« Ta faute, sœurette. Sois plutôt reconnaissante de ne pas être par terre et en sang. »

Le premier dirigeable publicitaire de la journée passa au-dessus de sa tête alors qu'elle s'insérait dans le trafic du centre-ville. En l'entendant vanter des soldes sur les maillots de bain, Eve se représenta des plages noyées de soleil quelque part en Grèce.

— Je t'ai dit que tu t'en sortirais, marmonna-t-elle en songeant à la petite fille qu'elle avait été dans son rêve. Que tout irait bien pour toi. Mais je ne t'ai pas dit qu'un jour, entre deux arrestations de malfrats, tu prendrais du bon temps dans une villa grecque. La vie est bizarre.

Arrivée au labo juste avant le changement d'équipe, elle réfléchit à la meilleure approche. Elle pouvait aller à la rencontre de Berenski, le chef du labo, et le harceler à propos du maquillage et du reste. Mais Berenski était surnommé « Dickhead[1] » pour une bonne raison et Eve n'avait pas pensé à apporter de quoi le soudoyer.

Elle commencerait par parler à Harvo, ce qui lui donnerait une bonne idée de l'avancée des analyses.

Elle la trouva en train de s'installer à son poste de travail. La chevelure violette de Harvo était émaillée de mèches vertes – peut-être un rappel de ses chaussures de sport violettes à lacets verts. Une combinaison de couleurs qu'elle avait étendue à sa tenue avec un pantalon violet et un tee-shirt vert décoré d'un grand *42* blanc dans le dos.

— Salut, Dallas. Je m'attendais à ce que vous passiez. On a été submergés hier mais j'ai commencé

1. Le terme argotique *dickhead* peut être traduit par « tête de nœud ». *(N.d.T.)*

à bosser sur les cheveux et je me suis occupée des vêtements.

— C'est ce que je pensais. Des résultats ?

— C'est toujours en cours mais je peux déjà vous dire qu'on lui a coupé les cheveux dans les douze heures suivant la mort. La taille est récente, aux ciseaux et au rasoir. Shampoing et après-shampoing sous le gel sculptant et la laque. Il faudra que je creuse avant de vous donner le détail des marques. Elle utilisait un éclaircissant et faisait des balayages mais le dernier remontait à environ deux semaines.

Elle se propulsa sur son tabouret à roulettes vers l'autre extrémité de son plan de travail.

— Sachez aussi que le jean est de la marque Hot Shot, modèle Diva, taille ultrabasse, en 36. Et que cette collection a été arrêtée en 2015. La marque Hot Shot – clairement du bas de gamme – a disparu en 2024. Je peux également vous dire que le jean avait été lavé avec une lessive écologique de la marque Keep It Green.

— Vous avez déjà beaucoup à me dire.

— Oh, ce n'est pas tout ! Son haut en polyester vient de chez Sexy Lady. C'est une marque de distributeur locale, ou plutôt ça l'a été entre 2002 et 2006, après quoi ils ont fait faillite quand la propriétaire a tiré sur son amant et la « *sexy lady* » qu'il voyait en cachette, qui n'était autre que la sœur de la proprio et la première ex-femme de l'amant en question. Le scandale a pas mal marqué les esprits à Greenville, dans le Tennessee, en 2005. Il n'y avait qu'une boutique, précisa Harvo. Dans un centre commercial à une trentaine de kilomètres au sud de Nashville.

— Dans le Tennessee…

— Le haut a dû être acheté là-bas à cette époque. Beaucoup plus récemment, quelqu'un a réparé et recousu les paillettes qui se décrochaient. J'ai aussi les infos concernant le fil utilisé mais c'est un modèle standard. Le travail de réparation est plus soigné que les coutures d'origine.

— Il a appris à coudre.

— Ça me paraît clair. Je dois aussi préciser que tous ces articles pourraient provenir d'une tonne de friperies à travers le pays. Ou du grenier d'une grand-mère. Mais une fois en sa possession, il en a pris soin. Pour ce qui est du ruban, poursuivit-elle, c'est du velours noir qu'on trouve dans n'importe quel bon magasin de tissu ou de mercerie.

— Le Tennessee, répéta Eve. C'est très, très loin de New York.

— C'est sûr, mais ce haut a fait le trajet.

Une mélodieuse série de bips se fit entendre. Harvo roula jusqu'à l'autre extrémité de son plan de travail.

— Montre-moi ça, gentil ordi ! Alors… Le shampoing est de la marque Pearl Drops, parfum Brise océane. Même chose pour l'après-shampoing. Une marque vendue en pharmacie depuis la fin du XXe siècle. Le gel pour les cheveux est de la même époque. Super Fixation de la marque Lowell's, comme la laque.

Harvo pivota sur son siège pour regarder Eve.

— Correct, pas cher et disponible partout. Ça ne va pas beaucoup vous aider, désolée.

— Chaque info vient s'ajouter au reste. Et du côté des chaussures ?

— C'est Dezi, notre jeune marié, qui s'en charge. Je n'ai jeté qu'un coup d'œil et il pourra vous en dire plus que moi. Mais je dirais que ça remonte à la même époque que le jean et le haut. Pas de grande marque là non plus.

— Je vais voir ça avec lui. Qui analyse le maquillage ?

— Ça, c'est mon collègue Dawber. Je sais qu'il a commencé hier. Écoutez, je me ferais bien un petit soda. Je peux vous emmener, son poste est sur le chemin des distributeurs.

— Merci. Je ne savais pas que vous étiez fan de base-ball.

Harvo pencha la tête sur le côté, visiblement déroutée.

— Euh, pas vraiment. Pourquoi ?

— Quarante-deux, lui répondit Eve en pointant son tee-shirt. C'est le numéro de Jackie Robinson[1].

— Oh, 42… Non, non, 42, c'est la réponse à toutes les questions de l'univers. Dans *Le Guide du voyageur galactique.*

Alors qu'Eve s'interrogeait sur le point commun entre le voyage, le numéro 42 et les questions universelles, elle reconnut le claquement des bottes de Peabody.

— Salut, Peabody ! lui lança Harvo. Ça roule du côté du chantier ?

— Impec. Tu devrais passer voir.

— C'est prévu mais j'ai eu du boulot par-dessus la tête ces derniers jours. Je vous ai identifié les

1. Célèbre joueur de base-ball de la première moitié du XXe siècle et militant de la cause égalitaire. Il fut le premier Afro-Américain à jouer en Ligue majeure après des décennies d'interdiction. Le numéro qu'il arborait, le 42, a été retiré de l'ensemble des franchises de base-ball de la Ligue majeure à partir de 1997, comme une manière de lui faire honneur. *(N.d.T.)*

produits capillaires et les vêtements. Les rapports arrivent sous peu. Là, on va chez Dawber pour le maquillage. Le mec est un pro de la chimie. S'il n'a pas encore les résultats, ce sera uniquement à cause de la surcharge de boulot.

Peabody emboîta le pas à Eve et Harvo.

— T'es fan de Douglas Adams[1], on dirait.

— Qui ne l'est pas ? répondit Harvo.

Elle tourna le coin d'un premier couloir puis d'un second avant de s'arrêter à l'extérieur d'un minilabo où un homme aux cheveux gris soigneusement tondus étudiait en marmonnant un écran couvert de formules, les mains sur les hanches.

— Salut, Dawby ! lança Harvo du seuil.

Celui-ci parut momentanément pris de court, fit tourner un doigt en l'air dans un geste qui semblait dire « Attendez une seconde » et inclina la tête sur le côté avant d'ordonner à l'ordinateur :

— Balance-moi tout ce que t'as.

Puis il se retourna vers Harvo, un vague sourire aux lèvres.

— Tu m'amènes du monde.

— Dallas et Peabody, dit Eve.

— Oui, je sais. J'ai témoigné dans plusieurs de vos affaires.

Eve le reconnut. Un rat de laboratoire qui avait de la bouteille et dont le boulot tenait la route au tribunal. Il portait des baskets d'un blanc immaculé, un pantalon en toile bien repassé, une chemise bleu pâle et une blouse blanche.

— Vous êtes là pour les produits de beauté et le parfum.

1. Auteur du *Guide du voyageur galactique*. *(N.d.T.)*

— J'ai expliqué qu'on avait un boulot de dingue, prévint Harvo.

Il les gratifia d'un petit sourire.

— Nous avons eu beaucoup à faire, c'est vrai. Mais j'ai une partie des résultats. J'espère vous fournir un rapport complet pour midi.

— Voyons ce que vous pouvez nous dire dans l'immédiat.

— Bien sûr.

— Je file me prendre un soda. Je vous en rapporte si vous voulez.

— Tu connais mon péché mignon, répondit Dawber. Mais non, merci.

— Dawber est très strict, s'amusa Harvo. Ni boisson ni nourriture dans son antre. Allez, salut la compagnie.

— Si vous voulez bien m'accorder une…

Dawber ne termina pas sa phrase, interrompu par un signal sonore. Il s'approcha d'une console, opina plusieurs fois du chef devant l'écran puis se pencha pour regarder quelque chose au microscope.

— Oui, oui, oui, ça se tient.

Il se redressa.

— Pardon. Nous avons plusieurs produits à identifier. Je suis fasciné par le fait que vous ayez été capable de capter le parfum. Une eau de toilette, pour être exact. Et l'avoir préservé nous a aidés, évidemment. Il n'y en avait qu'un petit échantillon, et déjà largement dissipé, mais nous avons pu l'identifier. Il s'appelle *Party Girl*. Comme je l'ai dit, c'est une eau de toilette, bien moins chère qu'un parfum.

— Disponible partout ?

— Oui, absolument. D'après mes données, il a existé une version parfum dans les années 1990 et au début des années 2000 mais seule l'eau de toilette à un prix plus raisonnable est actuellement sur le marché. Elle vise principalement les ados et les jeunes adultes, avec ses notes de bergamote, vanille et patchouli. Là, je viens de recevoir l'analyse détaillée du fond de teint. Celui utilisé sur l'ensemble du visage.

Il désigna l'écran de son plan de travail.

— Il s'agit en fait d'une crème hydratante et d'un rehausseur de teint, deux en un. De la marque À toute allure. Un jeu de mots, je suppose, ajouta-t-il avec un sourire et un petit haussement d'épaules.

— Une marque trouvable en pharmacie ? s'enquit Eve.

— Oui, tout à fait, dans les produits de beauté. Et dans d'autres magasins aussi. En supermarché, en parfumerie et en ligne, bien sûr. Il s'accorde avec la poudre bronzante de la même marque dans leur gamme Rayon de soleil. Le blush, par contre, provient de chez Betty Lou. Version rose.

— Hé, c'est le tout premier blush que je me suis acheté. J'avais pris la version pêche – la couleur me convient mieux – mais c'était bien un Betty Lou.

Peabody laissa échapper un soupir de nostalgie mais se reprit devant le regard glacial d'Eve.

— Accessible et pas cher, conclut-elle.

— Tout à fait, confirma Dawber. Je dois encore analyser le maquillage des yeux et le rouge à lèvres – je peux déjà vous dire que ce n'est pas une couleur permanente – mais j'ai dans l'idée que ce sera la même chose. Des produits bien établis, très largement disponibles et à un prix raisonnable. Populaires parce qu'ils sont fiables et peu chers.

Eve avait compris l'idée. Le tueur avait pu les acheter à peu près n'importe où. Ces produits n'avaient rien de particulier ni d'unique.

— On les récupérera chez lui lorsqu'on lui mettra le grappin dessus. Vous pourrez établir que les échantillons dont vous disposez proviennent précisément des produits que nous trouverons ?

— Absolument. Il me reste le highlighter, la poudre fixante, le crayon à sourcils, l'ombre à paupières – quatre teintes différentes –, l'eye-liner, le mascara, le crayon à lèvres et le vernis à ongles.

Il esquissa de nouveau son sourire hésitant.

— J'ai peur d'avoir été trop optimiste en disant midi, mais je vous promets de faire le maximum.

— Je prendrai ce que vous pourrez quand vous pourrez et je vous remercie pour vos efforts.

— Pas de quoi. C'est bien normal.

Eve n'espérait pas de révélations fracassantes du côté des chaussures. Le jeune marié chargé de leur analyse lui tint le même langage que Dawber. Un modèle sans marque, taille 39, fabriqué à Cleveland et vendu dans les solderies de chaussures à travers tout le pays entre 2002 et 2004.

Plutôt que de reprendre directement la voiture pour le Central, Eve pointa le doigt vers le trottoir d'en face.

— Une pharmacie. Je veux voir à quoi ressemblent leurs rayons.

— Les grandes chaînes de ce genre proposent souvent un large choix de maquillage et de produits capillaires, dit Peabody en s'avançant vers le passage piéton. Trina me fait un prix d'amie pour les soins de mes cheveux et je vais généralement en parfumerie pour les produits pour la peau et le maquillage. Mais je regarde toujours ce qu'elles ont et j'achète souvent un truc. Parce qu'on ne sait jamais.

— On ne sait jamais quoi ?

Elles se joignirent à la foule des piétons qui patientaient au feu rouge. Hommes et femmes d'affaires avaient l'air de s'ennuyer tandis que les touristes lève-tôt ouvraient de grands yeux ébahis.

— Si vous n'allez pas trouver la couleur parfaite pour vos lèvres ou la palette d'ombres à paupières de vos rêves.

— C'est vrai que c'est une quête permanente chez moi.

Au moment de traverser, Eve lança un regard d'avertissement à Peabody.

— Pas question d'acheter quoi que ce soit.

— Si je tombe sur le rouge parfait, je noterai le nom et l'achèterai plus tard. Même si cela signifie que je devrai priver mes lèvres de la perfection qu'elles méritent durant plusieurs heures, voire toute une journée.

— Les flics n'ont pas besoin de lèvres parfaites.

— Imaginez – la réalité dépasse parfois la fiction – que mes lèvres parfaites éblouissent tellement un criminel que j'aurais le temps de le menotter, de lui lire ses droits et de l'envoyer en cellule avant qu'il s'en remette ?

— Quand ça arrivera, je promets d'assurer personnellement votre approvisionnement en rouge à lèvres. À vie.

— J'attends une déclaration signée de votre part, répondit Peabody alors qu'elles franchissaient le seuil de la pharmacie. Par ici.

Elle guida Eve le long d'une succession de rayons qui n'avaient absolument rien à voir avec les médicaments. Sauf à considérer que les bonbons en faisaient partie. De même que les couches, les articles pour bébés ou les produits détergents.

Le fond du magasin était occupé par une vaste sélection d'accessoires censés améliorer l'apparence, l'odeur et le bien-être des consommateurs. Une promesse qui remplissait rayonnages, présentoirs tournants et têtes de gondole.

— Il y a toute une section pour les pieds, constata Eve, incrédule.

— Quand vos pieds sont beaux et détendus, vous vous sentez belle et détendue, proclama Peabody.

— C'est ça le truc avec les chaussures transparentes ? Ils ont un accord avec les fabricants de soins pour les pieds ?

— C'est une mode qui ne durera pas. Il suffit de se cogner un orteil ou d'avoir une ampoule pour que le look soit gâché.

Peabody, dans son élément, choisit une couleur pour les lèvres, scanna l'emballage et étudia le résultat à l'écran. Elle sourit, fit des mimiques, secoua la tête.

— Pas encore le rouge parfait, dit-elle.

Elle reposa l'article pour piocher un blush sur un présentoir et répéter le processus.

— La couleur est très sympa, estima-t-elle. Mais pas *perfecto*.

— Arrêtez ça.

Eve examina les produits, nota les noms de marques que Dawber lui avait fournis. Elle avisa une femme à un autre comptoir d'essai. La cliente avait un chariot rempli de couches et d'accessoires pour bébés, plus le bébé en question porté en écharpe contre sa poitrine.

La femme tourna vers Peabody un regard épuisé.

— Ça change quelque chose sur moi ? Genre, ça me redonne l'air d'un être humain ? Je suis prête à m'en contenter. Ça fait six semaines que je n'ai pas eu droit à une nuit de sommeil complète.

Peabody la rejoignit et examina l'écran.

— La couleur est jolie. Et joyeuse. Et vous savez quoi ?

Elle sélectionna un fard à paupières qu'elle scanna et tint en l'air afin de le transférer sur les yeux de la cliente.

— J'utilise toujours ça après une série de nuits difficiles. Ça éclaire le visage, vous ne trouvez pas ?

— Si, c'est vrai.

— Vous devriez vous faire ce petit plaisir. Regardez ce que vous avez accompli. Quel bébé adorable !

Peabody se pencha pour s'extasier devant l'enfant.

— Je l'aime tellement que mon petit cœur va exploser. Seulement, ce soir, c'est différent… Mon mari et moi comptons sortir au resto. Si on arrive à ne pas s'endormir avant le dessert. Ma mère va garder Jonah.

— Coucou, Jonah, roucoula Peabody.

La femme lui prit le bras.

— Je savais y faire avant, mais depuis le bébé, je suis en mode maternité. Vous voulez bien m'aider ? Ça fait tellement longtemps que je n'ai pas pris soin de moi. Je voudrais de nouveaux produits mais ma cervelle est tellement crevée que je ne sais pas par où commencer.

— Oh, c'est-à-dire...

Peabody tourna un regard penaud vers Eve. Celle-ci se contenta d'agiter la main avant de s'éloigner dans le rayon.

— Commençons par un exfoliant et un masque facial éclaircissant. De quoi partir sur de bonnes bases.

Eve retrouva les produits capillaires que Dawber et Harvo avaient identifiés et fit mentalement l'addition des divers articles que le tueur avait choisi d'utiliser sur Lauren Elder.

Tout en se déplaçant, en scrutant le rayon et en faisant ses calculs, elle observa les autres clients dans l'allée. Certains la longeaient lentement, comme elle. D'autres allaient directement vers les marchandises de leur choix. D'autres encore testaient les écrans puis reposaient les produits ou les ajoutaient à leur panier ou à leur chariot.

Lorsqu'elle en eut assez, Eve se retourna pour voir Peabody et la cliente qu'elle avait prise sous son aile se donner une accolade chaleureuse. Puis la femme s'éloigna avec son chariot et son enfant.

— C'était super ! s'exclama Peabody en sautillant sur place. Londa et son mari sont profs tous les deux. Elle est tombée enceinte pendant leur lune de miel. Ce n'était pas vraiment prévu mais ils ont décidé de foncer. C'est leur première sortie en couple depuis la naissance du petit Jonah, donc ils retournent au restaurant italien où ils ont eu leur premier rendez-vous officiel il y a trois ans.

— Elle vous a raconté tout ça et a acheté tous les trucs que vous lui avez recommandés alors même qu'elle ne vous connaît pas ?

— Je crois qu'elle avait simplement besoin d'un peu de soutien.

Eve ne répondit pas mais les conduisit d'un pas impérieux vers la sortie.

— Je n'ai vu que deux hommes dans cette partie du magasin, dit-elle une fois à l'extérieur. Le premier achetait du gel pour les cheveux, l'autre une crème pour la peau.

— Oh, il y a quand même des hommes. J'imagine qu'on croise plus de femmes dans ces rayons, mais…

— Je parie qu'on ne voit pas beaucoup d'hommes qui remplissent leur panier comme l'a fait votre nouvelle copine. Machins pour la peau, les cheveux, trucs pour le visage, les yeux, les lèvres, bidules qui sentent bon. Un homme qui ferait ça se ferait remarquer, ce serait inhabituel. Quelqu'un aurait aussi remarqué votre nouvelle amie parce qu'elle a fait le plein de produits et qu'elle se balade avec un bébé. Mais un homme avec tous ces articles dans son chariot ne pourrait pas passer inaperçu.

— Je vois où vous voulez en venir, dit Peabody tandis qu'elles retraversaient la rue. Donc s'il a fait ses courses en magasin, il n'a sans doute pas tout pris au même endroit. Un peu par ici, un peu par là. Ça prend plus de temps, mais qui fera attention à un type qui achète des vitamines ou un médicament pour le rhume en même temps qu'un fard à paupières ou un rouge à lèvres ?

— Ce truc que vous avez fait à l'écran, ça peut se faire en ligne ?

— Bien sûr. Il suffit d'aller sur un site qui propose cette technique et les produits voulus. Il n'y a qu'à les sélectionner pour les essayer virtuellement.

— Et une photo ? On peut les essayer sur une photo ?

Peabody monta en voiture et boucla sa ceinture.

— Oui, ce serait malin de sa part. Obtenir une photo d'Elder, peut-être même en avance. En la récupérant sur ses réseaux sociaux ou en en prenant une pendant une filature.

— Il l'aurait utilisée pour choisir les produits qui la feraient le plus ressembler à la mère.

— À la fois malin et dérangé. Il a pu tout commander en ligne de cette façon, ou en tout cas le plus gros, pour limiter le nombre de magasins visités.

— Une fois que le labo nous aura fourni la liste complète, on identifiera les sites dotés de la fonction d'essayage et qui les proposent tous à la vente. C'est un bon point de départ. Pour les vêtements, voyons du côté des friperies, des vendeurs de seconde main et des boutiques vintage.

Elle résuma rapidement le rapport que lui avait fait Harvo.

— Il sait donc coudre, dit-elle en conclusion.

— Pas tout à fait. Il sait faire une réparation. Une couture, précisa Peabody en se passant un doigt le long du cou. Resserrer des paillettes qui se détachent, sans doute recoudre un bouton. C'est très basique.

— Je ne sais pas recoudre un bouton. Comme beaucoup de gens.

Dans le cas contraire, se dit Eve, Connors n'aurait pas sur lui le bouton gris qui s'était détaché de son tailleur lors de leur première rencontre.

— C'est basique, assura de nouveau Peabody comme Eve négociait le dernier virage et s'engageait dans le parking du Central. Il est doué pour les réparations. Ses points sont précis. Mais c'est différent de fabriquer un vêtement. Ce haut, par exemple ? En s'y connaissant un peu, on peut acheter un tissu déjà pailleté et assembler ce genre de patron très simple en une petite heure. Si vous dénichez ce haut en friperie, ce sera sans doute plus avantageux que de le faire vous-même. En revanche, dans une boutique vintage, ce ne sera pas donné. Vous pourriez en fabriquer trois pour le prix qu'elle en demandera.

Eve se gara sur son emplacement.

— Pourquoi ? demanda-t-elle, sourcils froncés.

— Le vintage ajoute un certain panache, une touche d'originalité… et un coût.

— Ça ajoute du panache, de l'originalité et un coût à un vêtement dont quelqu'un s'est débarrassé après l'avoir porté si on l'appelle « vintage » plutôt que « d'occasion » ?

— Oui, dans le cas des vêtements un peu anciens.

Eve resta assise, pensive.

— Il va avoir besoin d'une nouvelle tenue dans la mesure où Elder n'a pas fait l'affaire.

Elle ouvrit la portière et poursuivit sa réflexion à haute voix sur le trajet vers l'ascenseur.

— Votre grand-mère meurt…

— Oh, ne dites pas ça.

— Pas la vôtre, Peabody. La grand-mère de quelqu'un d'autre. Qui a gardé des cartons de vêtements de cette époque. Où est-ce qu'on les emmène au moment de vider le logement ?

— Si c'était moi – et ce ne sera pas le cas puisque mes mamies vont vivre éternellement –, je garderais quelque chose pour le côté affectif et/ou j'en offrirais aux amis et à la famille qui veulent un souvenir. Puis je donnerais le reste à un foyer d'accueil.

— Vous donneriez un top en strass et des escarpins sexy à un foyer d'accueil ?

— Oh. Euh…

Peabody révisa sa réponse en montant dans l'ascenseur avec Eve.

— Si les vêtements étaient en bon état, quelqu'un – pas moi – pourrait les revendre ou les mettre en dépôt dans une boutique vintage. Un moyen de se faire un peu d'argent, voire une belle somme.

— Le haut est arrivé du Tennessee. Peut-être que sa propriétaire d'origine également.

— On peut acheter du vintage en ligne.

— Bon sang, grommela Eve.

Pas seulement parce que Peabody avait raison mais parce que d'autres policiers commençaient à envahir la cabine.

— C'est un peu un coup de poker, par contre, reprit Peabody. Impossible d'être sûr que ça vous va. Ni d'avoir une idée du ressenti sur la peau sans y avoir touché. Évidemment, les gens achètent des vêtements en ligne parce que c'est facile de les renvoyer. Mais beaucoup de magasins vintage n'acceptent pas les retours, ou avec des conditions draconiennes. Sinon les gens pourraient…

Elle s'interrompit pour suivre Eve qui se frayait un chemin hors de l'ascenseur.

— Ils pourraient s'acheter une robe de soirée vintage, par exemple. La porter pour une occasion particulière puis essayer de la renvoyer. Ce serait trop facile. Il ne suffit pas de dire « Ce pull me gratte » ou « Il me serre trop la poitrine » pour se le faire rembourser.

— Le jean était ajusté sur Elder.

— C'est ce qu'on attend d'un jean.

— Non, il était serré à la taille. La taille retombait très bas, dit Eve avec un geste de la main sur sa propre hanche. Harvo l'a qualifié de taille basse. Non, ultrabasse. Il a laissé une marque sur la peau parce que le tueur a dû forcer pour le boutonner. Elder était mince mais avec cette coupe si basse, le jean était un peu serré. De même que les chaussures, même s'il ne manquait pas grand-chose. Comment connaissait-il les mensurations d'Elder ? Est-ce un hasard si elles étaient presque identiques à celles de la mère ?

— Elder portait des chaussures quand il l'a kidnappée.

Eve pivota vers Peabody sur l'escalier roulant.

— Exact. Il a pu acheter cette paire par la suite… et ne la trouver que dans une pointure un peu plus petite. Même chose pour le reste de la tenue. Mais c'est la coupe du jean qui ne collait pas. On est plus fines à la taille qu'au milieu des hanches.

— On aura plus de chances de trouver le commerçant si le suspect a acheté ces vêtements durant ces deux dernières semaines.

— C'est certain. Et on va se mettre au travail. Commençons par les boutiques vintage en ville. Il ne veut pas simplement des vêtements, il a une époque et des tailles spécifiques en tête. Lancez une recherche et faites-moi passer la moitié des commerces identifiés. On les appelle d'abord puis on se rend sur place si besoin.

— Ça pourrait nous faire avancer. Son besoin de répliquer une image très précise, je veux dire. Ça le limite dans ses choix et ça réduit le champ de nos recherches. Je lance ça tout de suite.

Peabody fila droit vers son bureau. Eve remarqua l'absence de Jenkinson et Reineke.

— Où est la cravate ? demanda-t-elle à Baxter.

— Nouvelle affaire. Une femme tabassée à mort durant un possible cambriolage.

— Santiago et Carmichael ?

— Nouvelle enquête pour eux aussi. Un type tombé d'une fenêtre au dixième étage au sud de Midtown. Il s'est écrasé sur un camion de livraison.

— Un camion garé sur le trottoir ?

Baxter sourit.

— Non, lieutenant. Il stationnait normalement dans la 57e Rue Ouest. Donc, la physique et la gravité étant ce qu'elles sont, soit il a fait un saut de l'ange, soit il a été poussé.

— Au moins, il n'a pas atterri sur un piéton.

Eve se servit un café dans son bureau avant d'ajouter les données du labo au dossier et sur son tableau.

Elle envisagea de contacter la mère d'Elder, ou son conjoint, mais décida d'interroger d'abord l'amie et collègue. Un peu moins douloureux, peut-être.

Peabody réapparut au moment où elle terminait l'appel.

— J'ai la liste. Il y en a plus que je ne l'aurais cru rien qu'à Manhattan. Et beaucoup plus si l'on inclut les autres arrondissements et la banlieue. Sachant que certaines friperies classiques ont aussi un rayon vintage…

— Oui, il faudra les inclure. Elder faisait du 34 ou du 36 en fonction de la coupe, d'après sa collègue.

— La coupe fait tout, confirma Peabody. Si moi, je voulais essayer une taille ultrabasse ? Je ne veux même pas y penser… Franchement, si ce style revient à la mode, je passerai mon tour. J'ai regardé et c'est revenu pendant deux ou trois ans dans les années 2030. Mais avec des jambes qui s'élargissaient d'un coup à partir des genoux, donc pas le même look.

— Si j'ai bien compris, ça m'a l'air… affreusement moche.

— On est d'accord. Et avec ma silhouette ? Je ne veux pas y penser non plus. On a dix boutiques chacune, précisa Peabody.

Elle se retourna à l'arrivée de l'inspecteur Norman. Il portait le même costume que la veille, avec une cravate bleu marine.

— Désolé de vous interrompre. Je voulais vous informer que Becca Muldoon avait été retrouvée vivante et en bonne santé. Je viens d'aller m'en assurer et prendre sa déposition. Elle s'est envolée sans prévenir pour Las Vegas avec un client, s'est mariée, a joué au casino et fait la fête. Elle est revenue ce matin et va demander le divorce. Ou non. « Ça dépend », selon elle.

— D'accord. Bonne nouvelle. Je vais vous faire un point sur nos dernières avancées.

Elle s'interrompit en voyant une alerte s'afficher sur son ordinateur.

— Une seconde…

Elle lut le message et se passa les mains dans les cheveux.

— On a une nouvelle disparue, une femme qui correspond aux paramètres physiques. Mary Kate Covino, vingt-cinq ans. Elle bosse dans une agence de marketing, par contre, avec des horaires normaux. Ni bar, ni boîte, ni resto, pas de travail de nuit. Cela dit...

— Elle pourrait presque être la sœur d'Elder, Dallas.

— Oui. Elle a tout à fait le type. Norman, si vous êtes dispo, j'aimerais que vous commenciez à travailler sur une liste que Peabody a générée. On va aller parler à la colocataire mais je ne veux pas que cette liste attende trop longtemps. Elle pourrait nous permettre d'avancer.

— Je peux me libérer.

— Je vous raccompagne chez vous, dit-elle en se levant. On fera le point pendant le trajet. Et vous resterez dans la boucle concernant Covino, quelle que soit la direction que ça prendra.

— On peut espérer qu'elle est dans le même cas que Muldoon.

— On peut toujours, concéda Eve.

Mais elle en doutait.

10

Passé

Tout en donnant le sein à sa petite fille, Violet lui caressait la joue du bout du doigt. Une sensation merveilleuse. Et si cela réveillait en elle un sentiment familier, elle s'efforçait de ne pas y prêter attention.

De son point de vue, sa vie avait commencé au moment où elle avait ouvert les yeux sur la route, dans l'obscurité, et découvert le visage de Joe.

Joe était son univers à présent. Lui et Joella. Sa famille.

Elle était devenue Violet Fletcher, épouse et mère – oh, comme elle aimait ces deux rôles – et gardienne de Sweetwater, la vieille et charmante demeure bâtie près de deux siècles plus tôt.

Pendant des semaines après l'avoir trouvée, Joe avait soigneusement épluché les signalements de femmes disparues. Mais personne ne semblait la chercher. Et personne ne le ferait, elle en avait l'absolue conviction, car Violet n'avait pas existé avant Joe.

Au fond de son cœur, de son âme, dans chaque cellule de son corps, elle était persuadée que Joe l'avait ramenée à la vie. Il avait pris soin d'elle, lui avait donné un foyer et un cap.

« En commençant par un travail », songea-t-elle tandis que le bébé tétait et que le soleil répandait ses rayons par les fenêtres de la chambre de l'enfant.

Celle-ci était au départ la chambre d'amis où Violet avait dormi durant les premiers mois de sa convalescence, puis les jours et les nuits qu'elle avait passés à nettoyer la maison, entretenir le jardin et apprendre à cuisiner pendant que Joe travaillait.

Elle avait appris, elle avait trimé, reconnaissante et satisfaite de n'être que sa gouvernante alors même qu'elle était tombée éperdument amoureuse de lui.

Elle mettait du cœur dans toutes ses tâches ménagères – lessive, astiquage et même de la peinture quand il avait enfin accepté de la laisser faire. Elle était convaincue, sans le moindre doute, que cette mission, s'occuper de Joe et de la maison, l'aidait à guérir.

Par la suite, nouveau miracle, il l'avait désirée, puis il l'avait aimée. Elle n'avait pas imaginé que ce serait possible, ni que cela arriverait. Elle avait opté pour le nom de famille Blanche, parce que sa vie avant qu'il la sauve n'était que cela, une page blanche.

Mais lors d'une journée de printemps idéale, dans le jardin qu'elle avait contribué à faire fleurir, elle avait endossé son nom, enfilé son alliance et dédié sa vie à Joe.

Pour éviter les questions, il lui avait inventé un passé. Incomplet, bien sûr, mais utile.

Le passé, cela dit, n'avait aucune importance. Elle était à présent Violet Fletcher, épouse du Dr Joseph Fletcher, mère de Joella Lynn.

Lorsque l'enfant s'endormit, sa bouche parfaite relâchée et ourlée de lait, elle la déposa dans le berceau installé contre le mur qu'elle avait repeint d'un beau vert clair. Avec une caresse sur ses mèches de cheveux blonds tout doux, elle remercia Dieu, le destin ou la chance de l'avoir menée jusque-là.

Elle fit le vœu d'être une bonne mère, aimante, gaie, patiente et attentive.

— Je serai toujours là pour toi, chuchota-t-elle. Et ton papa aussi. C'est le meilleur homme du monde.

Pendant que le bébé dormait, elle changea les draps du lit conjugal et lança une lessive. Adorable qu'il était, Joe lui avait plusieurs fois proposé de faire appel à des professionnels pour le ménage. Mais elle aimait s'occuper de la maison, s'assurer que tout était propre et rutilant.

Elle était désormais femme au foyer.

Le soir, avec ses ombres qui transformaient la mousse accrochée aux branches des chênes en œuvres d'art modernes, la trouva assise dans l'un des fauteuils à bascule sous le grand porche, le bébé de nouveau pressé contre son sein. À l'intérieur, la maison était propre comme un sou neuf et un poulet rôti dorait dans le four.

Elle huma le parfum des roses et du magnolia en sirotant un verre de thé glacé. Et sourit en voyant un véhicule s'engager sur le chemin menant à la maison. Son cœur se gonfla quand Joe sortit de la voiture et s'avança vers elle.

— Bienvenue chez vous, docteur Fletcher.

— Je ne vois aucun autre endroit où j'aurais plus envie d'être, madame Fletcher.

Il se pencha, l'embrassa puis effleura du bout des lèvres le crâne de Joella.

— Elle a été sage aujourd'hui, maman ?

— La meilleure petite fille du monde, papa. Assieds-toi une minute, si tu veux bien. Le dîner ne sera pas prêt tout de suite et je t'ai sorti un verre.

Pendant qu'il s'installait et se servait un thé, elle plaqua le bébé contre son autre sein.

— Raconte-moi un peu ta journée, dit-elle.

Il lui prit la main et la garda dans la sienne tandis qu'ils se balançaient dans leurs fauteuils et profitaient de l'air du soir qui embaumait les roses et le magnolia.

Présent

Mary Kate s'éveilla dans l'obscurité. L'espace d'un instant, une bienheureuse seconde, elle se crut chez elle, dans son propre lit. Elle commença à se tourner pour se rendormir. Et la menotte autour de son poignet, arrivée au bout de sa chaîne, mordit dans ses chairs.

Elle se souvint.

L'espace d'un instant, une horrible seconde, elle sombra dans un absolu désespoir. Elle était seule, retenue prisonnière par un fou qui se prenait la moitié du temps pour un enfant.

Personne ne savait où elle était. Donc comment pourrait-on la retrouver ?

Elle était censée se dorer la pilule sur une plage au soleil et jouer au milieu des vagues avec Teeg.

Pas croupir enchaînée dans un endroit inconnu aux mains d'un vieux fou qui voulait sa maman.

Mais non, non, Teeg l'avait larguée. Le salaud. Et même s'il ne l'avait pas fait, même s'ils étaient bien allés à la plage, elle serait rentrée chez elle à présent. Ce cauchemar durait forcément depuis plus de quatre jours.

Ça lui faisait plutôt l'effet de quatre semaines. Voire quatre ans.

On devait être à sa recherche maintenant. Elle avait de la famille, des amis, des collègues, des gens qui tenaient à elle. La police allait remonter sa piste, c'était logique. Elle n'avait qu'à tenir bon jusqu'à ce qu'elle arrive.

Un souvenir lui revint et elle tapa des mains. Quand la lumière s'alluma, elle laissa échapper un long soupir. Elle vit que son petit-déjeuner était posé par terre. Des céréales non identifiées dans un bol, une petite brique de lait, une tasse de ce qui devait être – comme chaque fois – un jus d'orange et une autre de café, sans doute froid maintenant. Aucune importance. Elle ne le buvait jamais car il avait un goût âpre et amer sans doute dû aux drogues qu'il y versait.

L'homme la réveillait toujours en lui apportant le petit-déjeuner. Pourquoi ne l'avait-il pas fait cette fois ?

Elle fit mine de se lever et l'horrible mal de tête qui la saisit lui arracha un gémissement.

Son cerveau lui semblait trop gros et comme congestionné.

Mais elle se remémorait la soirée de la veille, du moins un peu.

Il lui avait apporté à dîner. Des nuggets de faux poulet avec des frites de soja et des haricots verts. Enfin, plus gris que verts. Un tube d'eau, une tasse de thé.

Puis il s'était assis sur la chaise boulonnée au sol.

Elle aurait voulu lui balancer son assiette au visage. Mais elle avait mangé le repas – il fallait rester forte ! – et l'avait même complimenté, ce qui lui avait valu un grand sourire ravi.

Elle avait essayé de lui expliquer que l'anneau à son poignet lui faisait mal. Mais il s'était contenté de sourire en déclarant qu'elle devait le porter pour sa sécurité. Elle avait un peu insisté, aussi prudemment que possible. Mais elle avait capté un changement dans son regard, cette lueur d'avertissement qu'elle avait appris à reconnaître.

Elle aurait préféré vider le thé dans l'évier mais il était resté là, en face d'elle, et ne lui avait pas laissé le choix.

Et elle avait senti le monde s'évanouir.

À présent, elle subissait le contrecoup de ce qu'il avait mis dans son thé. Elle avait mal au crâne et le ventre en vrac. Elle porta la main à son estomac et perçut une douleur sourde… ainsi que la bille argentée sertie dans son nombril.

Il lui avait fait un piercing ! Il avait profané son corps pendant qu'elle était droguée, inconsciente et sans défense.

Elle se releva d'un bond sous le coup de l'indignation et la douleur se réveilla d'un coup. Elle faillit arracher le piercing mais parvint à se contrôler, tremblante et haletante. Elle se ferait mal… et l'homme lui ferait pire. Avant de le lui remettre de force.

Ce fut à ce moment qu'elle vit les deux gobelets, semblables à ceux dans lesquels on servait les médicaments aux patients à l'hôpital. Le premier contenait une sorte de crème blanche, l'autre un liquide transparent. D'une main tremblante, elle saisit le petit mot à l'écriture appliquée posé à côté.

Maman, utilise la crème sur le joli papillon qui étend ses ailes sur ton dos. Utilise l'autre sur tes nouvelles boucles d'oreilles et ton piercing en les faisant tourner. Vas-y doucement !
Je savais que tu aurais besoin de repos, donc je t'ai laissé ton petit-déjeuner. Bonne journée !
Ton bébé chéri

— Mon Dieu, mon Dieu, quel papillon ?

Elle porta d'abord les doigts à ses oreilles. Il les lui avait percées. Plusieurs fois. Elle sentit que la chair était irritée autour des petits clous d'oreilles.

Les larmes lui montèrent aux yeux tandis qu'elle se passait les mains dans le dos. Elle perçut une légère différence sur le grain de la peau et fit de son mieux pour en tracer les contours.

— Merde, c'est énorme. Il m'a fait des piercings et un tatouage. Pour me faire ressembler à sa mère.

Mais il n'y arriverait pas. Elle refusait de devenir quelqu'un d'autre, quoi qu'il puisse faire.

Elle était Mary Kate Covino et personne d'autre.

Les larmes aux yeux, elle se récita la liste des membres de sa famille, de ses amis, de ses activités et de ses goûts. Elle badigeonna les piercings d'eau oxygénée et fit de son mieux pour étaler la crème sur le tatouage qu'elle ne pouvait voir.

Puis elle tapa sur la tuyauterie, inlassablement, jusqu'à entendre enfin une réponse.

Elle n'était pas seule.

Eve décida de commencer par la colocataire. Les gens avec qui on cohabitait savaient des choses. Et même souvent des choses que la famille ignorait.

Un logement de qualité, estima-t-elle. Dans le Lower West Side, encore une fois. Le terrain de chasse du tueur, clairement. Visiblement rénové avec soin, l'immeuble de brique rouge disposait de caméras à l'entrée. L'accès était protégé par un interphone pour les visiteurs et un lecteur de cartes associé à un code pour les autres.

— Elle se trouve à quelques stations de métro ou quinze à vingt minutes à pied de son lieu de travail, calcula Eve. Le bar de son petit ami n'est qu'à deux rues de là. Le suspect l'a sûrement suivie durant ses allers-retours au bar. Ce qui donne à penser qu'elle avait des habitudes routinières.

Elle s'approcha de la porte et l'ouvrit avec son passe-partout.

— Voyons si la colocataire confirme.

— Sixième étage, appartement 608.

Estimant que les ascenseurs du petit hall d'entrée – récemment nettoyé, à en juger par l'odeur – étaient sans doute conformes au reste de l'entretien de l'immeuble, Eve actionna le bouton d'appel.

— Sa famille habite dans le Queens, lui dit Peabody. Les données indiquent qu'elle vit ici depuis trois ans, sans changement de colocataire. Elle travaille depuis presque quatre ans dans la même agence de marketing. Elle a commencé en sortant de l'université. Pas d'antécédents.

Elles entrèrent dans la cabine – qui n'émit aucun bruit louche – et Eve sélectionna le sixième étage.

Peabody poursuivit sa lecture.

— La colocataire s'appelle Cleo Bette. Sous-chef chez Perfecto. Un établissement plutôt classe situé pas loin du bar.

Elles émergèrent au sixième.

« Bonne insonorisation », constata Eve.

Ou alors tous les résidents étaient sortis. Elle sonna au 608.

— Margie, je t'ai dit que je te préviendrais quand…

La femme qui venait d'ouvrir la porte se figea.

— Pardon. J'ai cru que c'était la voisine du dessous. Écoutez, le moment est mal choisi, donc…

Elle s'interrompit en voyant l'insigne d'Eve.

— Oh, Dieu merci !

Elle prit Eve par le bras et la tira presque à l'intérieur.

— Vous l'avez retrouvée ? Elle va bien ?

— Je suis désolée, nous venons tout juste d'avoir le rapport. Lieutenant Dallas, inspecteur Peabody.

— Oh. J'espérais… Attendez, je connais ces noms-là. On a vu le film. Mary Kate et moi. Oh non… Vous êtes de la Criminelle !

— Madame Bette, dit Peabody avec ce ton particulier qu'elle employait pour apaiser les témoins. Nous ne savons rien de ce qui a pu arriver à Mary Kate. Nous sommes ici pour aider à la retrouver. Peut-être pourrions-nous nous asseoir.

— OK, d'accord. Pardon.

Bette ferma les yeux quelques secondes. C'était une grande métisse avec une crinière de cheveux bouclés tirés en arrière. Elle portait un pantalon de sport gris et un débardeur noir. Et elle avait l'air terrifiée.

Mais elle leur désigna des fauteuils dans un séjour aussi minuscule que bien tenu et très féminin dans sa décoration.

— Je me suis fait un sang d'encre à force de ne pas savoir, reprit-elle. Là, j'ai cru qu'elle… Faut que je me reprenne.

— Pourquoi ne pas tout nous raconter ? proposa Eve. Depuis le début.

Bette joignit ses mains aux longs doigts fins et aux ongles courts et sans vernis.

— Mary Kate était censée partir au soleil pour quelques jours. Avec Teegan Stone. Ils sortent ensemble depuis quelques mois. Elle était un peu… Bon, elle avait vraiment flashé sur lui. Faut dire qu'il est canon. C'est le propriétaire du *Stoner*, un bar sur la Septième Avenue. Je ne l'ai pas vue partir parce que j'étais au boulot. Je travaille presque tous les soirs. Je sais qu'elle avait prévu d'emporter sa valise, de passer au bar et de dormir chez Teeg pour pouvoir décoller au petit matin.

— Quand était-ce ?

— Euh… Mmm… Le 3 juin. Le soir où elle est partie pour le bar, je veux dire. Je ne me suis pas inquiétée qu'elle ne m'appelle pas. Vu comme elle était sur son petit nuage, j'ai pensé qu'elle s'éclatait, qu'elle profitait à fond de son escapade amoureuse.

— Mais ce n'était pas le cas ? demanda Eve.

— Ils ne sont pas partis et elle n'a pas passé la nuit sur place. Si j'en crois cet abruti de Teeg. Le truc, c'est qu'elle était censée rentrer hier soir, pendant que je bossais au restau. En rentrant, j'ai vu qu'elle n'était pas là et je me suis dit qu'elle avait dormi chez lui. J'étais crevée, je suis directement allée me coucher. Mais j'ai essayé de la joindre au matin, sans succès. Même pas de sonnerie. Donc j'ai appelé Teeg. Il s'est énervé parce que je l'avais réveillé et m'a dit qu'il n'avait pas vu Mary Kate depuis qu'elle était partie du bar le soir d'avant leur départ programmé. Il m'a raconté qu'elle s'était montrée trop exigeante et trop collante et qu'il avait rompu. Il a ajouté que sa fichue valise était toujours là et que je devais lui dire de venir la chercher. Sans quoi il la balancerait dans la rue.

Les larmes lui montèrent aux yeux.

— Quel con...

— C'est l'impression qu'il donne, confirma Peabody.

— Je lui ai expliqué qu'elle n'était pas rentrée, mais d'après lui, ce n'est pas son problème. Alors je lui ai dit d'aller se faire voir, et j'ai appelé le proprio de l'appartement qu'elle avait réservé à la plage. C'est là que j'ai découvert qu'elle n'avait pas annulé la résa. Je connais Mary Kate. Elle aurait annulé, et elle serait rentrée pour pouvoir râler avec moi après ce con de Teeg et pleurer sur mon épaule.

— Vous êtes très complices.

Cleo parvint à sourire à Peabody.

— Super proches, oui. Un coup de chance. Je voulais cet appartement mais je n'avais pas les moyens sans colocataire. C'est tout près du boulot, c'est un chouette endroit dans un bon quartier. Elle a répondu à mon annonce et on s'est tout de suite bien entendues. Je travaille presque tous les soirs, comme je vous disais, mais dès qu'on avait un jour de congé en commun, ou quand je ne bossais pas, on allait au ciné ou en boîte. Parfois au *Stoner* pour prendre un verre. Puis Teeg s'est débrouillé pour l'embringuer là-dedans. Il sait y faire. Elle allait au bar quatre soirs par semaine, parfois cinq. Elle nettoyait les tables ou servait les boissons… gratuitement.

— Et elle dormait sur place ? s'enquit Eve.

— Non. Jamais. Il la faisait parfois monter – il habite au-dessus du bar – pour un petit coup rapide, mais pas question de passer la nuit. C'est l'une des règles de Teeg. Elle s'y rendait vers 20 heures et revenait aux alentours de minuit.

— Quatre ou cinq soirs par semaine.

— Ouais. Je vous avoue que ça ne me plaisait pas. Il se servait d'elle, mais elle était trop éblouie pour le voir, ajouta-t-elle en agitant les mains de chaque côté de son visage pour illustrer son propos. Le voyage était son idée et elle avait tout organisé elle-même. Elle était super enthousiaste et lui n'a rien trouvé de mieux que de la larguer. Pauvre mec.

— La rupture a eu lieu un soir où elle travaillait habituellement ?

— Ouais. Oui.

— Est-ce qu'il arrivait que Teeg la raccompagne ?

Cleo eut un reniflement moqueur.

— Non.

Elle pressa les doigts sur ses paupières, se frotta vigoureusement le visage.

— Pour être honnête, on n'est pas passées loin d'une vraie dispute le jour où je lui ai dit qu'il la traitait n'importe comment en citant plusieurs exemples. J'ai lâché l'affaire quand j'ai senti qu'elle allait péter un plomb. Aucun intérêt de s'engueuler avec une amie à cause d'un sale type comme lui.

Il fallait simplement qu'elle aille jusqu'au bout et tourne la page.

Un léger sourire joua sur ses lèvres.

— C'est la personne la plus sensée que je connaisse mais elle s'était mis dans la tête qu'elle était celle qui le ferait changer. Que les choses se passeraient différemment avec elle. Vous voyez ce que je veux dire ?

— Oui, acquiesça Peabody. On a toutes plus ou moins connu ça.

— Il a peut-être fait quelque chose à Mary Kate. Bon, je ne vois pas trop comment, mais…

— Nous irons lui parler, assura Eve. Avait-elle déjà mentionné un sentiment de malaise en revenant du bar ? Quelqu'un qui l'aurait embêtée ?

— Non. Et elle est prudente. Bien plus coriace qu'elle en a l'air. Teeg a trouvé un point faible mais ça ne lui ressemble pas de se laisser marcher dessus comme ça. Elle ne serait pas partie sans rien dire non plus. Vraiment. J'ai dû appeler sa mère, juste pour être certaine qu'elle n'était pas rentrée chez ses parents. Je voulais être sûre. Maintenant, les membres de sa famille sont à moitié fous d'inquiétude, eux aussi. Ils n'ont aucune nouvelle d'elle. Jamais elle n'aurait fait ça. J'ai appelé son patron et personne à son boulot ne sait quoi que ce soit.

— Compris. Pourrions-nous voir sa chambre ?

— Oh, bien sûr.

Les deux chambres à coucher se faisaient face dans un petit couloir qui se terminait sur la salle de bains commune. Cleo leur désigna la chambre sur la droite.

Eve y trouva un espace propre et bien organisé, très féminin lui aussi avec ses couleurs pastel et sa montagne de coussins moelleux empilés sur un dessus-de-lit bleu pâle. De fins rideaux couleur pêche encadraient l'unique fenêtre. Purement décoratifs, estima Eve. La table, peinte dans le même bleu que le dessus-de-lit, était positionnée face à la fenêtre. Y étaient disposés une miniconsole de communication, une photo de famille – à en juger par les visages souriants autour d'un arbre chargé de guirlandes et d'ornements divers – et un petit vase élancé aux tons pastel.

Un miroir ovale au cadre vert clair était accroché au-dessus d'une commode bleu pâle aux tiroirs peints alternativement dans des tons pêche et verts. On y avait aligné un trio de fioles sophistiquées, une boîte en verre facetté et un plateau étroit garni de petites bougies.

Aucun signe, remarqua Eve, des préparatifs d'un voyage, de tenues envisagées puis mises de côté.

— Diriez-vous que c'est l'aspect habituel de sa chambre ?

— Oui, tout à fait. Si une tornade la traversait, M.K. aurait tout remis à sa place en moins d'une heure.

Avec un bref éclat de rire, Cleo leur désigna la chambre colorée et joyeusement désordonnée de l'autre côté du couloir.

— La tornade, c'est moi. M.K., pardon, je veux dire Mary Kate, et sa sœur Tara m'ont aidée pour la déco de ma chambre et du reste de l'appartement. Elles avaient plein d'idées. Et Mary Kate a besoin d'ordre et, disons, de jolies choses autant qu'elle a besoin d'oxygène.

Eve songea que Mary Kate avait peut-être du mal à respirer à cet instant précis, mais elle ne fit aucun commentaire.

— Nous aimerions examiner ses affaires personnelles. Je sais que c'est intrusif, Cleo, poursuivit Eve en voyant l'air inquiet de la jeune femme, mais un simple détail pourrait nous mettre sur sa piste. J'aimerais également faire venir quelqu'un de la DDE pour prendre sa console de communication et en faire un examen complet.

— C'est pour son travail. Je veux dire, elle est très stricte là-dessus. Pour tout ce qui était personnel, elle se servait de son communicateur ou de sa tablette. Elle n'aurait même pas contacté sa mère sur son ordi professionnel.

— Ça ne change rien pour nous.

— D'accord, ouais. Tout ce que vous voudrez.

— Merci. Peabody, contactez la DDE, que quelqu'un vienne enlever la console.

Tout en parlant, Eve avait ouvert le placard.

Elles y passèrent une heure. Et si elles ne trouvèrent rien qui puisse indiquer où était retenue Covino ni l'identité de son ravisseur, Eve se fit une idée plus précise de la jeune femme.

Girly, ordonnée et – d'après un premier coup d'œil à son ordinateur – bosseuse. Tournée vers sa famille et ses amis, avec une personnalité suffisamment forte pour faire en sorte que sa colocataire moins soigneuse maintienne leur espace commun en bon ordre.

— Allons rendre visite au petit ami.

En ressortant de l'immeuble, Eve balaya la rue du regard.

— Il y a un paquet d'emplacements desquels surveiller l'immeuble, constata-t-elle. Magasins, restaurants et, avec cette météo clémente, des terrasses auxquelles boire un café. Cela dit, il a d'abord fallu qu'il la repère pour la choisir.

— Le bar, dit Peabody en lui emboîtant le pas. Elder et Hobe travaillaient dans un bar toutes les deux. Et Covino a pris l'habitude de passer du temps au *Stoner* pour faire plaisir à son profiteur de copain. Le suspect traîne dans les bars en quête de femmes conformes à ses critères.

— Ce qui veut dire qu'il est probablement sur la brèche depuis des mois. Pas seulement quelques jours ou quelques semaines. Tout cela prend du temps. Il a dû en croiser un certain nombre qui n'ont pas convenu, mais ça a pris du temps de les éliminer pour sélectionner celles qui lui allaient.

— Sans compter celles qui n'auraient pas été faciles à kidnapper, renchérit Peabody. Qui marchaient jusque chez elles ou jusqu'au métro avec quelqu'un par exemple. Ou qui portaient sur elles de quoi se défendre. Ou encore... Aucune des trois qui nous intéressent n'avait d'enfants. Bon, elles étaient un peu jeunes pour ça de toute façon, mais ça arrive.

— Bien vu. Sa mère est *sa* mère et celle de personne d'autre.

Eve s'arrêta devant une épicerie dont la devanture était agrémentée d'un stand de fleurs.

Faisant signe à Peabody de la suivre, elle entra.

Un commerce de proximité de base, constata-t-elle. Un petit rayon de fruits et légumes, un espace minuscule de produits laitiers complété par des rayons de laits végétaux et d'œufs déshydratés, plus des produits au soja. Friandises et en-cas divers, articles domestiques du quotidien.

Elle s'approcha de la vendeuse qui terminait l'encaissement d'un client.

— Bonne journée, souhaita-t-elle à ce dernier avant de se tourner en souriant vers Eve et Peabody. Je peux vous aider ?

— Peut-être.

Eve lui présenta son insigne et la photo de Covino sur son communicateur.

— Vous reconnaissez cette femme ?

— Pourquoi ?

— Elle est portée disparue. Nous sommes à sa recherche.

— Mon Dieu ! Non. Je veux dire, oui. Je la reconnais. C'est M.K., elle passe ici plusieurs fois par semaine. Une personne adorable. Mais attendez, la dernière fois – la semaine dernière, il me semble –, elle m'a dit qu'elle partait pour un petit voyage et ne repasserait pas tout de suite.

La vendeuse, une femme noire d'âge mûr, menue et au bras tatoué d'une pousse de lierre courant du coude jusqu'au poignet, laissa échapper un soupir de soulagement.

— Elle est juste partie en voyage, conclut-elle.

— Malheureusement non, répondit Eve. Elle venait régulièrement chez vous ?

— Ouais, ouais. Elle achetait des fleurs chaque semaine, plus quelques petits trucs de-ci de-là. Vous êtes sûre qu'elle n'est pas partie en vacances ? Elle semblait tout excitée par son projet.

— C'est une certitude, madame.

— Ivy, appelez-moi Ivy[1]. Je sais pas quoi penser… J'espère vraiment qu'il ne lui est rien arrivé. On fait pas plus gentille qu'elle.

---

1. *Ivy* signifie « lierre » en anglais. *(N.d.T.)*

— Avez-vous remarqué quelqu'un, une personne qui aurait pu entrer en même temps qu'elle par exemple ? Blanc, probablement, la soixantaine ?

— J'ai des clients de cet âge-là, bien sûr, mais aucun qui se serait spécialement fait remarquer. Si j'avais vu quelqu'un la regarder – de manière appuyée, je veux dire –, j'aurais dit quelque chose. C'est une vraie perle, cette fille. Elle prend toujours le temps de discuter un peu. La plupart des gens sont trop occupés, ou ils ne s'en donnent pas la peine. Elle, elle me demande de mes nouvelles. Mon petit-fils, qui vient parfois travailler après les cours quand j'ai une place pour lui, en pince un peu pour elle.

Une expression horrifiée se peignit sur le visage d'Ivy.

— Mais Zel n'aurait jamais...

— Pas d'inquiétude. Vous pensez que Zel aurait pu remarquer quelqu'un qui vous aurait échappé ?

— Je peux lui demander. Bien sûr, je peux lui poser la question. Il vient aujourd'hui. Il ne devrait pas tarder à arriver.

— Nous avons une autre visite à faire dans le quartier mais nous reviendrons ensuite. Nous aimerions lui parler à ce moment-là.

— Absolument. J'espère qu'il ne lui est rien arrivé, la pauvre. Je dirai une prière pour elle.

— Ça paraît logique qu'elle fréquente ce magasin, commenta Peabody une fois qu'elles furent ressorties. Et s'il l'espionnait pour connaître ses habitudes, il a pu la suivre à l'intérieur, au moins une fois.

— Elle parle aux gens. À la marchande, à son petit-fils. Et sûrement aussi au gars du glissa-gril où elle prend son café ou à la vendeuse de la boulangerie où elle achète ses bagels ou ses muffins. Faisons venir deux agents en uniforme pour interroger les tenanciers des boutiques et restaurants sur le trajet entre sa station de métro et son appartement, plus le trajet jusqu'au bar. Nous ferons de même à partir de son lieu de travail.

— Je les appelle.

Tandis que Peabody s'organisait avec leurs collègues, elles se dirigèrent vers le bar. Le quartier était fréquenté, constata Eve. Les piétons prenaient un café, entraient et sortaient des magasins ou se promenaient en profitant du beau temps.

— C'est la période idéale pour ça, fit-elle remarquer. Je me demande s'il a attendu que la météo soit clémente. Pour pouvoir s'asseoir dehors et observer sa cible, ou la suivre en toute discrétion. Pourquoi marcher péniblement dans le froid quand on peut filer sa proie sous le soleil ?

À leur arrivée au bar, Eve s'arrêta le temps d'examiner la façade.

— Un bar de nuit. Il n'ouvre pas avant 17 heures, pour les clients qui viennent prendre un verre après le boulot. On va voir à l'étage.

Elle se servit de son passe-partout pour franchir la porte menant aux appartements au-dessus du bar. Cette fois, elle n'accorda pas plus d'un regard à la porte grise de l'ascenseur, barrée d'un graffiti en forme de visage mal luné. Elles empruntèrent l'escalier jusqu'au troisième étage.

Elle nota que la porte de l'appartement de Stone était équipée d'un double verrou de sécurité et d'une caméra.

Elle sonna, attendit quelques secondes, sonna de nouveau et finit par garder le doigt appuyé sur le bouton.

— Il n'est peut-être pas chez lui, suggéra Peabody.

— La diode de la caméra est passée du rouge au vert. Il est là.

La porte s'entrouvrit d'à peine un centimètre, retenue par une double chaîne de sécurité.

— C'est quoi votre délire ?

— Ça, répondit Eve en brandissant son insigne. Nous avons à vous parler, monsieur Stone.

— Alors revenez quand je ne serai pas en train de pioncer.

— Avec plaisir. Nous apporterons un mandat de perquisition et nous pourrons avoir cette conversation au Central.

Eve se détourna comme pour repartir.

— Et merde. Attendez…

Il referma brusquement le panneau et on entendit un tintement de chaînes. Puis il leur rouvrit et se tint devant elles vêtu d'un caleçon noir qui mettait en valeur un corps bronzé et musculeux. Il passa une main dans le désordre de ses épaisses mèches couleur chocolat tachetées de reflets blonds.

— Je ne suis pas encore vraiment réveillé. Je bosse la nuit. Je tiens le bar au rez-de-chaussée. De quoi vous voulez me parler ?

— De Mary Kate Covino.

— C'est pas vrai ! Une meuf geignarde se tire pour bouder je ne sais où et on vient me gonfler avec ça ? Il va me falloir une sacrée dose de café.

— Nous aimerions entrer, monsieur Stone. Sauf si vous préférez avoir cette conversation dans le couloir. Ou au Central.

Il leur fit signe d'entrer, claqua la porte derrière elles, puis s'avança à grands pas vers la cuisine. Sans doute, supposa Eve, pour se préparer sa « sacrée dose de café ».

Si l'ascenseur et la cage d'escalier ne payaient pas de mine, Stone, lui, menait la belle vie.

Mobilier clinquant tout en tons bruns et noirs virils, élégant canapé extra-large à mémoire de forme, grands fauteuils en cuir, écran couvrant un mur entier.

Sa salle à manger accueillait une table noire vernie, décorée d'une espèce de centre de table en cuivre ouvragé. Le bar était garni de plusieurs carafes au look très chic et Eve aperçut des verres étincelants et une armoire à vins derrière ses portes en verre.

Stone revint vers elles, un grand mug blanc à la main.

— Écoutez, je vous dirai la même chose qu'à sa fouineuse de colocataire. Je ne sais pas où elle est, et je m'en moque. Vous savez quoi ? C'est pas mon problème.

Eve lui remit son insigne sous le nez.

— Vous savez quoi ? J'en fais votre problème.

11

Stone se laissa tomber dans l'un des fauteuils en cuir, but une longue rasade de café.

— Dans ce cas, allez voir l'espèce d'appart de vacances pourri qu'elle a loué sur la côte du New Jersey. Sa version perso d'un petit nid d'amour. Elle s'est sûrement réfugiée là-bas pour chouiner, la tête dans son oreiller.

— Oh, mais pourquoi n'y avons-nous pas pensé avant ? répondit Eve, sarcastique.

Stone se contenta d'un haussement d'épaules.

— Vous affichez beaucoup de mépris envers une femme avec qui vous avez récemment entretenu une relation, reprit Eve.

— Relation, faut pas exagérer. On couchait ensemble de temps en temps. L'histoire est arrivée à son terme et je lui ai montré le chemin de la sortie. Si c'est un crime, arrêtez-moi.

— S'il y avait une loi interdisant d'agir comme un parfait salaud, ce serait avec plaisir.

Eve haussa les sourcils en entendant la réplique de Peabody mais ne fit aucune remarque.

— Malheureusement, les contrevenants seraient tellement nombreux qu'on manquerait vite de place en prison, ajouta Peabody.

— Écoutez, miss…

Eve fit un pas vers Stone pour mieux le toiser.

— « Inspecteur », dit-elle. Inspecteur Peabody et lieutenant Dallas. Ma coéquipière vient de vous faire comprendre que vous n'avez rien d'extraordinaire. Vous entreteniez une relation avec Mme Covino.

— On couchait ensemble, c'était pas une relation.

— Elle travaillait plusieurs soirs par semaine dans votre bar.

— Elle me donnait un coup de main. C'était son idée. C'est elle qui s'est monté la tête toute seule avec ça. J'y suis pour rien.

— Vous avez pourtant accepté de partir séjourner avec elle dans ce fameux appart de vacances pourri sur la côte.

Il haussa les épaules.

— J'ai pas dit non tout de suite, c'est tout. Je voulais réfléchir. Bon, j'ai peut-être dit : « D'accord, allons-y, organise-nous ça. » J'ai changé d'avis et ça ne lui a pas plu. Elle s'est pointée au bar avec sa foutue valise et l'a posée dans l'arrière-salle comme si c'était chez elle. Ça m'a mis en rogne.

— Vous a-t-elle donné un coup de main dans votre établissement le soir où vous avez changé d'avis ?

— Ouais. J'étais très pris. Le bar marche très fort, donc j'ai pas eu l'occasion de lui parler avant un moment. J'ai essayé de faire ça en douceur. Je lui ai dit que je ne pourrais pas y aller. Elle a commencé à insister. Mais c'est pas mon problème si elle a posé des congés. Ou versé des arrhes. Là, j'ai vu qu'elle allait faire tout un foin donc j'ai écourté l'affaire. « C'est fini entre nous, tu sais où est la porte. »

Nouveau haussement d'épaules.

— Les femmes ne savent pas profiter du moment et tourner la page. On s'est bien amusés, c'est tout. C'est exactement pour ça que je n'en laisse aucune passer la nuit ici. Elles prennent trop leurs aises. Et après ça ? Elles vous laissent un truc. Une écharpe, une barrette, un rouge à lèvres ou je ne sais quoi, histoire d'avoir une excuse pour revenir. Pathétique. Comme si j'allais pas piger ?

En son for intérieur, Eve se demanda pourquoi tant de beaux visages dissimulaient des êtres laids.

— À quelle heure est-elle partie ?

— Comment voulez-vous que je le sache ? J'ai vaqué à mes occupations. Vers minuit, estima-t-il face au regard inquisiteur d'Eve. En laissant sa valise à la con.

— Vous avez essayé de la contacter pour qu'elle vienne la récupérer ?

— Pas question. C'est exactement ce qu'elles cherchent. Je leur donne une semaine et après je balance, quel que soit le truc laissé chez moi.

— Avez-vous remarqué quelqu'un dans le bar pendant qu'elle vous y aidait ? Un homme blanc d'une soixantaine d'années, probablement seul ?

— On a plein de clients de ce genre. Le bar est populaire. Je prête pas attention aux vieux tant qu'ils n'emmerdent personne. Écoutez, elle essaie simplement d'attirer mon attention. Elles font toutes ça !

— Ah oui ? Eh bien, dans le cas présent, elle a droit à *notre* attention. Où se trouve le bagage de Mme Covino ?

— Là où elle l'a laissé. Comme si j'allais le monter et lui donner une excuse pour venir toquer à ma porte.

— Habillez-vous et ouvrez le bar. On le prendra avec nous.

— Vous pensez que je vais m'habiller…

— Je ne peux pas vous arrêter pour comportement de parfait salaud mais je serais ravie de le faire pour outrage à la pudeur. Vous n'avez pas cessé de nous laisser entrevoir votre sexe depuis que vous êtes assis. Même s'il n'est pas très impressionnant, le motif d'arrestation reste valable. Enfilez un pantalon. La valise de Mme Covino constitue une preuve potentielle.

Jusque-là affalé, il se redressa dans une posture scandalisée.

— Rien ne vous permet de me parler comme ça ! Je paie votre foutu salaire.

— Dallas, lieutenant Eve. Déposez une plainte si vous voulez. Mais commencez par mettre un pantalon et me remettre la preuve.

Il se releva brusquement, fonça vers un placard dans le couloir près de la chambre et revint avec une valise.

— Une preuve, tu parles !

— Marrant, ça ne ressemble pas à l'arrière-salle de votre bar.

— Ouais, bon, j'avais oublié que je l'avais montée pour que ça ne gêne pas le passage. Quand elle reviendra la gueule enfarinée après son petit caprice, j'exigerai des excuses de votre part à toutes.

— Bonne chance pour les obtenir.

Eve déplia la poignée et fit rouler le bagage jusqu'à l'entrée.

— Merci pour votre temps et pour avoir fait la démonstration que vous étiez un parfait salaud.

Elle referma la porte.

— Informez la colocataire que nous avons la valise. Elle est désormais considérée comme une preuve mais nous la lui retournerons dès que possible.

— Je suis super remontée !

— Redescendez, répondit Eve.

Elle rentra la poignée et souleva le bagage – qui pesait son poids ! – pour le porter dans l'escalier.

— Ce type n'en vaut pas la peine. J'ai apprécié votre remarque sur le manque de place pour arrêter tous les sales types dans son genre.

— C'est sorti tout seul. La façon dont il la rabaissait… Dont il nous rabaissait toutes en tant que femmes, en fait.

— Ça finira par le rattraper. Un jour ou l'autre, il tombera sur celle qui le remettra à sa place. Mais dans l'immédiat, Mary Kate Covino est beaucoup plus importante que lui.

— Il a menti sur la valise juste pour le plaisir de nous emmerder. Je lui aurais bien balancé mon genou dans l'entrejambe, tiens. Plusieurs fois.

— La bonne cible, puisque c'est le centre de son existence. Je me dis qu'il y a une autre façon de faire. Comme lancer une recherche sur d'anciennes employées du bar qui auraient démissionné ou été licenciées. Ne serait-ce pas amusant de découvrir que certaines ont pu quitter leur emploi à la suite d'une attitude problématique de sa part, voire de harcèlement sexuel ?

Peabody demeura silencieuse pendant près de trente secondes.

— Lieutenant Dallas, vous êtes mon héroïne. Si j'osais, je vous embrasserais carrément sur la bouche.

— Abstenez-vous, sans quoi ça chauffera pour vos fesses.

— Ça en vaudrait peut-être la peine, mais là j'ai trop d'admiration envers vous pour vous mettre en colère. Vous voulez bien que je m'en occupe ? S'il vous plaît ! Je pourrais demander à McNab de m'aider. En dehors des horaires de boulot. Sur notre temps libre.

— Vous avez mon feu vert. Qu'est-ce qu'elle emportait dans sa valise, d'après vous ? demanda Eve au moment où elles émergèrent dans la rue. Elle pèse une tonne !

— Mince, je ne vous ai même pas proposé de la porter.

— Rattrapez-vous.

Eve déplia la poignée et poussa le bagage vers Peabody.

— Transportez-la jusqu'à la voiture, mettez-la sous scellés et étiquetez-la. Contactez la patronne de Covino pour la prévenir que nous allons passer. Je vais retourner à l'épicerie pour parler à Zel s'il y est.

Le jeune homme y était, aussi inquiet et coopératif que sa grand-mère. Mais il ne lui apprit rien de nouveau. Eve leur laissa néanmoins sa carte en leur demandant de la contacter s'ils se rappelaient quoi que ce soit.

Peabody et elle se rendirent ensuite à l'agence de marketing.

Une atmosphère dynamique régnait dans l'entrepôt reconverti. Beaucoup d'espaces ouverts éclaboussés de couleurs vives qui contrastaient, de façon probablement délibérée, avec le cadre industriel des lieux. Eve eut l'impression de retrouver l'ambiance de la DDE, à ceci près que les employés n'étaient pas habillés comme des artistes de cirque.

Ce qui tenait lieu de hall d'entrée ressemblait plus au salon accueillant d'une demeure chic. Sofas, fauteuils et tables organisés pour faciliter les discussions en groupe à côté d'un bar proposant différents types d'eau, de thé et de café ainsi que des boissons non alcoolisées entretenaient une impression – résolument délibérée – d'hospitalité détendue.

Un homme et une femme se tenaient derrière l'accueil, chacun menant une conversation via son oreillette. Avisant Eve et Peabody, la femme tapota la sienne après un « Patientez un instant, je vous prie » à son interlocuteur.

— Bonjour ! Que puis-je faire pour vous ? leur demanda-t-elle.

Eve présenta son insigne. La femme se releva d'un bond avant qu'elle ait pu dire un mot.

— Vous êtes là pour M.K. Elle va bien ? Sly ! C'est à propos de M.K.

Son collègue écarquilla les yeux et mit fin à son appel.

— Elle va bien ? s'enquit-il.

— Nous n'avons pas localisé Mme Covino. Nous aimerions voir son espace de travail et nous entretenir avec son supérieur immédiat.

— Je m'en occupe, Andi, proposa l'homme. Je vous y emmène. Nous n'avons appris sa disparition qu'il y a peu.

Sly les conduisit jusqu'à un monte-charge. Eve lança un regard presque triste vers les marches en fer menant aux étages supérieurs mais monta dans l'ascenseur.

— Vous étiez ami avec Mme Covino ?

— Nous sommes tous amis ici. On la croyait en vacances à la plage avec son petit ami pour quelques jours.

— Quelqu'un a-t-il demandé de ses nouvelles ou cherché à la joindre ici ?

— Sa colocataire, Cleo, a appelé ce matin. Ainsi qu'un inspecteur de police il y a peu.

— Et avant ça ? Durant les dernières semaines ?

— Non. Enfin, des clients ou des chargés de comptes, ce genre de personnes. Sa sœur, son frère, sa mère ou son père viennent parfois ici. Plus Cleo, la colocataire, de temps en temps. Linny est d'accord pour que la famille et les amis passent dire bonjour.

La porte du monte-charge coulissa bruyamment pour révéler de vastes espaces de travail. Pas de box ici, les équipes échangeaient et se mélangeaient en travaillant. Les portes des bureaux restaient ouvertes. Sly les guida vers celui qui occupait l'angle de l'immeuble.

La femme assise derrière le bureau avait posé les deux pieds, chaussés de baskets rouges, sur son plan de travail. Elle avait les yeux rivés sur un écran où ce qui ressemblait à une famille de quatre personnes profitait d'un joyeux petit-déjeuner.

— Pardon, Linny. La police est là.

— Pause vidéo.

Linny remit ses pieds par terre et redressa son bon mètre quatre-vingts. Elle avait une calotte de cheveux d'un noir d'encre au sommet de la tête, un minuscule clou rouge étincelant à la narine et d'énormes anneaux argentés aux oreilles.

Elle leur tendit la main.

— Linny Dowell. Merci beaucoup d'être venues. Je prends le relais, Sly. Merci. Et ferme derrière toi.

À peine la porte close, son sourire de bienvenue laissa place à un air angoissé.

— Je vous ai reconnues. Mary Kate... Je vous en prie, ne tournez pas autour du pot !

— Nous n'avons pas encore localisé Mary Kate, madame Dowell. Nous sommes ici parce que son potentiel kidnapping pourrait être en lien avec une autre affaire.

— Elle n'est pas morte ? Vous n'êtes pas ici parce qu'on l'a assassinée ?

— Le NYPSD la recherche activement.

— D'accord.

Dowell se massa brièvement les paupières.

— En vous voyant... Connors Industries constitue le graal de toute agence de marketing qui se respecte, donc je vous ai reconnue et j'ai cru... Asseyez-vous, je vous en prie. Puis-je vous offrir un café, une boisson ?

— Nous ne vous embêterons pas longtemps.

— Je suis à votre service. Nous pensions tous que M.K. profitait de ses petites vacances avec son copain.

— Dans le cadre de l'enquête, nous aimerions voir son espace de travail et discuter quelques minutes avec son supérieur hiérarchique.

— On pourrait dire que je supervise tout le monde ici mais vous voudrez sans doute parler à Jim. James Mosebly. L'un de nos chargés de comptes et un mentor pour M.K. Une minute.

Elle s'avança vers la porte et passa la tête à l'extérieur.

— Hé, Nat, va me chercher Jim, tu veux bien ? Ils venaient de finaliser une importante campagne de pub, dit-elle à Eve. Jim, M.K., Alistar et Holly. Jim a pris M.K. sous son aile quand elle est arrivée et il est à la tête de la plupart des projets sur lesquels elle travaille.

— Et en dehors du bureau ? s'enquit Eve. Vos employés se fréquentent ?

— Bien sûr, et même souvent. On entretient une ambiance amicale au sein de la boîte. Ma philosophie : communauté et coopération plutôt que compétition. Au moment des embauches, on ne regarde pas seulement le talent et le professionnalisme mais aussi la personnalité des candidats. Cette personne s'intégrera-t-elle au groupe ? Pas de dents qui rayent le parquet chez nous.

» J'ai bossé pendant huit ans dans une entreprise pleine de requins. Impossible de savoir si, du jour au lendemain, l'un d'eux n'allait pas vous foncer dessus pour vous bouffer la jambe. Je me suis sortie de là, j'ai joué les équilibristes avec les finances et convaincu la banque de me faire un prêt pour ma start-up. Et j'ai convaincu Jim et Selma de me rejoindre.

— On dirait que ça a marché, commenta Peabody.

— Nous sommes petits mais heureux. Salut, Jim. Jim Mosebly, le lieutenant Dallas et l'inspecteur Peabody.

Linny devait avoir environ cinquante-cinq ans et son collègue quinze de plus. Des cheveux gris en bataille sur un visage de chérubin. Une silhouette râblée. Il était vêtu d'un jean baggy et d'un polo bleu roi. Comme Linny, il portait des baskets. Usées, dans son cas.

— Mary Kate..., souffla-t-il d'une voix à l'accent très légèrement traînant. Vous l'avez retrouvée.

— Nous ne l'avons pas encore localisée.

— Que puis-je faire ? Que pouvons-nous faire ?

— Vous travailliez étroitement avec elle. Avait-elle déjà mentionné quelqu'un qui lui aurait causé des problèmes ?

— Non. Mais elle était complètement sous le charme d'un tenancier de bar craquant. Elle en avait des étoiles plein les yeux, ce qui ne lui ressemblait pas.

— C'est-à-dire ?

— Mary Kate a les pieds sur terre. Intelligente, stable. Ce type est une erreur de casting. Même si je ne le lui ai pas dit, bien sûr. Ce n'est pas le genre de conseils qu'on écoute quand on est sur son petit nuage.

— Vous l'avez rencontré ?

— Je suis allé deux fois au bar pour prendre un verre et me faire une idée du bonhomme. On se préoccupe les uns des autres ici. On est une grande famille. Il ne m'a pas plu. Il a tout du type qui profite des autres. J'espérais que ce voyage avec lui dissiperait l'illusion pour elle. S'il lui a fait du mal...

— Nous ne pensons pas que ce soit le cas. Quand avez-vous parlé à Mme Covino pour la dernière fois ?

— Euh… Le 3 juin, son dernier jour avant le début de ses vacances. L'équipe venait de terminer la campagne Nordo et j'emmenais tout le monde fêter ça. Mais elle nous a fait faux bond. Le type du bar et elle devaient partir le lendemain matin et elle voulait finir de faire ses bagages. C'est en tout cas ce qu'elle a dit, précisa-t-il avec un sourire. Croyez-moi, quelqu'un d'aussi organisé que Mary Kate avait sûrement déjà bouclé ses préparatifs. Mais elle n'est pas venue avec nous. On est tous partis ensemble, un peu après 17 heures, je dirais, et elle nous a quittés pour prendre le métro. Elle était tout excitée, ajouta-t-il. Ravie de partir.

Mosebly laissa échapper un soupir.

— J'espérais qu'elle le verrait tel qu'il est vraiment. Pas au point de lui souhaiter des vacances pourries, bien sûr. Elle méritait de faire une pause. Mais j'espérais qu'elle reviendrait débarrassée de lui. Et pendant tout ce temps… Mon Dieu, Linny !

— Elle a de la ressource et elle est forte. On va la retrouver.

— Nous aimerions voir son espace de travail et discuter un peu avec Alistar et Holly.

— Bien sûr. Je vous y emmène. Elle est super mignonne, leur dit Mosebly en les guidant vers l'escalier. Jeune, jolie. Je n'aimais pas trop l'idée qu'elle rentre chez elle à pied de ce bar, même si ce n'est pas loin.

— Vous connaissiez ses habitudes au bar ?

— Oui.

Il descendit les marches à vive allure ; sa condition physique laissait penser qu'il en avait l'habitude.

— Elle m'avait dit qu'elle aimait donner un coup de main là-bas, rencontrer du monde, passer un peu de temps avec Je-ne-sais-plus-son-nom.

— Teegan Stone.

— C'est ça.

Il se fraya un chemin au milieu d'un labyrinthe de stations de travail et d'employés en pleine activité, jusqu'à s'arrêter devant un poste vide.

— Je me souviens que Holly a fait des commentaires quand on a su que Mary Kate ne passait jamais la nuit sur place et qu'il avait la flemme de la raccompagner chez elle. Mais pour M.K. ça n'avait pas d'importance. Je ne voudrais pas avoir l'air de vous dire comment faire votre métier... mais je me dois quand même de vous dire ça. Je pense que non seulement ce mec se sert des femmes mais qu'il serait capable de leur faire du mal.

— Nous l'avons dans notre collimateur, monsieur Mosebly.

— D'accord. Très bien. C'est le poste de travail de Mary Kate. Il lui ressemble bien.

— Ah oui ?

— Organisé, efficace mais pas rigide.

Il effleura du bout des doigts un presse-papiers décoré d'une vache sautant par-dessus un croissant de lune.

Au-dessus de la console de communication de la jeune femme était accrochée une affiche qui disait : MIEUX BOSSER. MOINS RÂLER.

— Sa devise personnelle. Et comme vous le voyez, elle gardait son espace bien rangé. Conformément à un autre de ses dictons préférés.

— Nous voudrions faire enlever son ordinateur et tous les autres appareils de son bureau et les envoyer à la DDE pour analyse.

— Vous devrez obtenir l'accord de Linny – c'est elle, la patronne – mais je ne l'imagine pas faire de difficultés. Je vais vous chercher Alistar et Holly. Et n'hésitez pas à me faire signe si je peux faire autre chose pour vous.

— Merci. Vous habitez dans le coin ?

— En centre-ville, en fait. Mary Kate et moi prenions souvent le métro ensemble. J'en ai pour une minute.

— Lancez une recherche sur lui, ordonna Eve après qu'il se fut éloigné.

— Ouais, j'étais prête à le faire. Il coche plusieurs cases.

Elles s'entretinrent avec les collègues de Covino, organisèrent l'enlèvement des appareils et ressortirent avec un suspect sur leur liste.

— Il est terriblement impliqué vis-à-vis d'une subordonnée assez jeune pour être sa petite-fille.

— Et coche encore d'autres cases, renchérit Peabody tandis qu'elles montaient en voiture.

— Il vit seul, à deux pâtés de maisons de l'appartement d'Elder. Jamais marié, pas d'enfants. Aucun antécédent.

— Parlez-moi de sa mère.

— J'y viens. Adalaide Mosebly, née Rowen, morte en février dernier à l'âge de cent six ans. Elle résidait depuis seize ans au sein du Foyer Suskind de Long Island. Une maison de retraite et un établissement de santé pour personnes âgées. Prise en charge médicale complète, y compris mentale et émotionnelle.

» Avant ça, poursuivit Peabody, elle a été femme au foyer, secrétaire ecclésiastique et « assistante permanente » – c'est le terme inscrit au dossier – de son mari, le pasteur Elijah Mosebly, décédé en novembre 2038. Ils ont vécu dans le Kentucky jusqu'à sa mort. Deux ans après, elle a déménagé à New York. À l'adresse actuelle de James Mosebly.

— Difficile de l'imaginer s'habiller comme notre première victime. Mais le Kentucky n'est pas si loin du Tennessee d'où provient ce haut à paillettes. Et elle a pu avoir une existence très différente avant de fréquenter le pasteur. Quand se sont-ils rencontrés ?

— Mariés en mai 1985. Ah, donc elle avait environ trente ans. Elle a peut-être mené une autre vie durant la vingtaine, ce qui correspond à l'âge de notre victime et des femmes kidnappées.

— Une théorie, développa Eve tout en se frayant un chemin dans la circulation. Le petit Jimmy adore sa maman. Maman est plutôt stricte. Elle est femme de pasteur. Peut-être même qu'elle… C'est quoi l'expression qui parle de montrer son amour à coups de bâton ?

— « Qui ménage son bâton déteste son fils ; qui l'aime le corrigera de bonne heure. » Ça a beau venir de la Bible, je ne trouve pas ça très charitable.

— Peut-être qu'il met ça sur le dos de son papa, ou peut-être qu'il considère que ça fait partie de la vie. Mais à un moment, il apprend que maman aimait se faire belle et faire la fête. Que ressent-il ? Excitation, consternation, intérêt ? Quelle que soit sa réaction, sa mère en est le cœur. Peut-être qu'elle l'encourage, qu'elle le gâte… ou l'inverse, parce que certains enfants apprennent à aimer la maltraitance quand c'est tout ce qu'on leur offre.

— Il a emménagé à New York en 2004, à dix-huit ans. Je n'ai que des infos parcellaires sur les emplois et logements qu'il a occupés jusqu'en 2008. Inscrit à l'université communautaire, plus des cours du soir, un job à mi-temps dans ce qui ressemble à une pizzeria. Il a obtenu son diplôme en marketing avec option sociologie. Ça lui a pris cinq ans. Il a commencé en bas de l'échelle dans une boîte appelée Pub Illimitée où il a passé cinq ans. Après quoi il a été recruté chez Young & Bester Marketing. Sept ans là-bas, jusqu'à obtenir un statut de cadre, avant de passer chez Digby, où il a rencontré Dowell et bossé avec elle. Il a continué à gravir les échelons pour devenir chef d'équipe puis est parti pour rejoindre la start-up de Dowell. Attendez, il y a quelques trous dans la chronologie.

Eve s'engagea dans le parking du Central.

— Quel genre de trous et quand ?

— Trois mois sans emploi, d'après ce que je vois. D'avril à août en 2031, puis une autre fois en 2038.

— Quand son père est mort. On y regardera de plus près mais le père a pu tomber malade en 2031 et il sera allé donner un coup de main. Et il a de nouveau pris du temps au moment de son décès, en 2038.

— Digby l'a réembauché les deux fois mais... il a visiblement dû accepter une baisse de salaire. Bonjour les requins !

— Et quand Dowell est-elle arrivée ?

— En 2046.

— On va s'intéresser aux parents, faire en sorte d'avoir une bonne vision de la situation. Il remplit trop de critères pour qu'on ne creuse pas.

— « Mais » ? demanda Peabody au moment où elles montèrent dans l'ascenseur.

— Il travaille avec Covino, passe du temps avec elle en dehors du bureau, à l'occasion. Il connaît ses habitudes. Et pourtant il ne la kidnappe pas en premier. D'accord, son projet de vacances a pu lui fournir l'occasion qu'il attendait, mais il ne pouvait pas savoir que les plans de Covino allaient exploser en vol.

— Elle n'avait jamais passé la nuit chez Teeg la tique avant. Il comptait là-dessus.

— Mmm. Possible.

Eve fit tinter les pièces de monnaie au fond de ses poches.

— Quelque chose coince dans la chronologie. À quoi ressemblait sa mère ? Quand elle était jeune.

— Je vous trouverai ça une fois au bureau. Il n'y avait pas encore de carte d'identité nationale quand elle avait vingt ans, ou même trente.

— Ah oui. Creusez un peu. Je vais passer du côté de Hobe, voir si elle aurait pu croiser Mosebly d'une autre manière.

Elle devait aussi se pencher sur la liste de Connors. Ne serait-ce pas un don du ciel si la résidence de Mosebly en faisait partie ? Une autre case de cochée.

Alors qu'elles approchaient de la Criminelle, elles virent Jenkinson et Reineke qui revenaient d'interrogatoire, l'air satisfait.

— On en a coffré un, annonça Jenkinson.

Il leva le poing pour que son partenaire puisse y cogner le sien.

— Un bon gars qui voulait simplement donner une petite leçon à sa copine. Lui refaire gentiment le portrait.

— Et vous savez ce qu'elle a fait ? poursuivit Reineke. Cette méchante garce l'a repoussé, l'a même giflé et a tenté de s'enfuir. Que pouvait-il faire d'autre après ça que de la passer à tabac ?

— Tabassage durant lequel il lui a fendu le crâne comme on brise un œuf. Puis il s'est barré et l'a laissée agoniser à terre dans une flaque de sang et de vomi pour aller se payer des gaufres. De foutues gaufres ! répéta Jenkinson en levant les yeux au ciel.

Reineke reprit la balle au bond :

— À son retour, il constate qu'elle est morte. Il décide de couvrir le meurtre en cassant le verrou de la porte d'entrée – de l'intérieur – et appelle police secours en déclarant que quelqu'un s'est introduit chez eux et l'a cognée à mort.

— Il a encore des éclaboussures de sang sur ses chaussures, ajouta Jenkinson. Il a changé de chemise mais fourré l'ancienne dans le recycleur. Et ses phalanges sont en charpie. Sans oublier les marques de griffures sur sa joue, de l'œil jusqu'à la mâchoire.

— Alors il change son récit en ajoutant qu'il a vu le type sortir de chez lui, l'a poursuivi et s'est battu avec lui. Un colosse de presque deux mètres, d'après lui. Et lorsqu'il est revenu à l'appartement, il a trouvé sa petite amie morte.

Eve prit un air pensif.

— Il est passé aux aveux parce que vous lui avez fait peur avec cette cravate ?

Jenkinson esquissa un sourire et agita sa cravate orange couverte d'insectes violets aux yeux pédonculés.

— C'était un plus mais on l'a surtout fait céder grâce à notre talent exceptionnel pour mener les interrogatoires.

— Sa bêtise sans fond nous a bien aidés aussi.

Reineke leva le poing pour un deuxième geste de victoire.

— Donc vous êtes dispos.

— Dès que j'aurai rédigé mon rapport, répondit Jenkinson en lissant sa cravate.

— Allez-y. Puis sortez le dossier sur Anna Hobe. Une personne disparue qui aurait pu être kidnappée par le suspect qui a enchaîné et emprisonné Lauren Elder pendant dix jours avant de lui trancher la gorge.

— Le corps sur le banc près de la nouvelle maison de Mavis. Et la tienne, ajouta Jenkinson à l'intention de Peabody.

— C'est ça. Si c'est bien lui qui a enlevé Hobe, ça fait huit jours qu'il la retient. Elle n'a plus beaucoup de temps devant elle. Étudiez le dossier. Un regard neuf me sera utile.

— Comptez sur nous, lieutenant.

Reineke se tourna vers Jenkinson.

— On y va ?

— Je te suis.

— Creusez aussi profond que vous pourrez, dit Eve à Peabody. Et dès que vous aurez trouvé une photo de la mère dans la bonne tranche d'âge, envoyez-la-moi.

— Je sors ma pelle.

À peine eut-elle franchi le seuil de son bureau qu'Eve se programma un café sur l'autochef. Elle s'assit ensuite, tasse à la main, pour mettre à jour son dossier et envoyer un nouveau rapport à Mira en incluant un résumé des nouvelles données obtenues et l'impression que lui avait laissée James Mosebly.

— Tu coches beaucoup de cases, Jim, marmonna-t-elle.

Elle imprima sa photo d'identité et l'ajouta sur le tableau.

Une fois celui-ci à jour, elle se rassit et afficha la liste que Connors lui avait envoyée pendant qu'elle était sur le terrain.

L'occasion de cocher une nouvelle case. Le domicile de Mosebly était sur la liste.

Il emmenait son équipe fêter une fin de projet, songea-t-elle. Comme une famille. Sans doute pas pour la première fois. Il y avait fort à parier qu'en tant que manager, il devait inviter régulièrement son équipe à l'extérieur.

Sans doute le plus souvent dans le quartier où se trouvait l'agence. Mais peut-être aussi dans d'autres coins ? Son propre quartier, par exemple, qui comprenait *Arnold's*, le *Mike's Place* et le *Stoner*.

Elle n'avait pas interrogé les témoins sur un homme d'âge mûr qui serait venu en groupe plutôt que seul. Un oubli à rectifier.

Il aurait pu rencontrer Hobe de cette façon, la remarquer, développer une obsession pour elle. Même chose pour Elder.

« Il a pris soin de sa mère », se dit-elle en se levant pour faire les cent pas. L'a fait venir à New York pour vivre avec lui quand elle s'est retrouvée veuve. L'a installée ensuite dans un établissement pour personnes âgées...

Elle retourna à son siège pour chercher des informations sur l'établissement.

Coûteux. Ça se voyait rien qu'aux photos. Soins professionnels vingt-quatre heures sur vingt-quatre. Pour le corps, l'esprit et l'âme, prétendaient-ils. Des jardins, un espace de loisirs, des thérapeutes et des nutritionnistes.

Elle parcourut les options pour la location d'appartements.

D'accord, il n'avait pas lésiné sur les frais pour s'occuper de maman. Et pendant plus de dix ans.

Elle estima le temps de trajet jusqu'à Long Island et décida de tenter d'abord sa chance par communicateur.

Elle eut droit aux bâtons dans les roues auxquels elle s'attendait mais finit par avoir la directrice en ligne.

— Elise Grommet. Comment puis-je vous aider, lieutenant Dallas ?

— J'enquête sur un homicide et l'enlèvement de deux femmes. J'aurais besoin de quelques informations de base concernant une ancienne résidente chez vous.

— Ancienne ?

— Elle est décédée en février. Adalaide Mosebly.

— Je vois. Vous avez conscience que les lois sur la protection de la vie privée...

— Elle est morte et je n'ai pas l'intention, à ce stade, de vous poser des questions concernant ses traitements. Il serait utile à mon enquête de connaître son état général au moment de son admission. Ainsi que la cause de sa mort.

— Je peux vous dire que Mme Mosebly est morte d'un arrêt cardiaque.

— Elle avait une insuffisance cardiaque ?

— Non, lieutenant. Son cœur s'est simplement arrêté de battre. Elle avait cent six ans. Elle n'avait pas quitté nos locaux depuis plus de dix ans et, de ce fait, je ne vois pas en quoi elle pourrait être liée à votre enquête.

— Était-elle en bonne santé par ailleurs ? Elle semble avoir passé beaucoup de temps dans votre établissement.

— Beaucoup de nos résidents habitent à Suskind pendant une telle durée, voire plus.

— Pourquoi ? Je ne m'immisce pas dans leur vie privée, je pose la question en général. Pourquoi quelqu'un séjournerait-il chez vous pendant dix ans ou plus ?

Grommet avait cette forme de bouche qu'Eve qualifiait intérieurement de guindée. Petite, avec des lèvres si souvent pincées qu'elles arboraient facilement une moue.

Ce qu'elles firent à cet instant précis.

— Les raisons sont multiples. La personne peut ne plus souhaiter ou ne plus être en mesure de vivre seule.

— Et si elle ne vivait pas seule ? Si elle habitait avec un membre de sa famille avant d'arriver chez vous ?

— Il se peut que le proche en question ne se sente plus capable de fournir les soins et l'attention nécessaires. Nous offrons les deux.

— Pour un bon prix. Ce n'est pas une attaque. Je suis allée sur votre site et votre établissement a l'air d'être bien géré et de proposer tous les services.

Mais il me semble qu'il serait moins coûteux de faire appel, par exemple, à un service de soins à domicile. Mme Mosebly nécessitait-elle plus que ça ?

— Lieutenant…

— Deux femmes sont retenues contre leur gré. Il a déjà tué une fois et il recommencera. Je me dois d'explorer toutes les pistes qui se présentent pour les sauver. Ce que vous me direz pourrait m'y aider.

Grommet s'éclaircit la voix après une longue pause.

— Je m'exprimerai ici sous la forme de généralités, nous sommes d'accord ? Comme je pourrais le faire auprès de quiconque s'interrogerait avant de nous confier un être cher. Notre équipe est uniquement composée de professionnels attentifs et talentueux. Lorsque vous ne pouvez plus prendre soin d'un proche et que l'aide à domicile n'est plus une option, nous proposons un espace sûr, professionnel et bienveillant pour traiter des maladies cruelles telles que la démence avancée, qui implique souvent paranoïa et crises violentes. L'être cher peut ne plus vous reconnaître, faire preuve d'agitation ou de détresse. Nous prenons en charge à la fois la maladie et la personne et faisons tout pour l'aider à se sentir en sécurité.

— Compris. Dans ce type de situation, un proche aurait-il la possibilité de venir en visite ? Est-ce recommandé ?

— Bien sûr. Nous proposons également des thérapies individuelles et pouvons conseiller des groupes de parole aux proches aux prises avec la souffrance et la frustration d'un être cher qui ne les reconnaît plus, qui ne se rappelle plus – ou seulement par intermittence – la vie qu'ils ont menée ensemble.

» J'ajouterai, car je n'imagine pas que cela puisse faire du tort à quiconque, que Mme Mosebly avait la chance d'avoir un fils aimant et dévoué. Elle a reçu beaucoup d'affection de sa part, de même que de la part de nos soignants.

— Merci.

— Si vous en voulez plus, il vous faudra passer par un mandat et par notre équipe juridique.

— Compris. Je vous remercie.

— J'espère que vous retrouverez ces femmes.

— Moi aussi.

Eve raccrocha et se radossa à son siège, les yeux tournés vers son tableau.

Un fils dévoué. Une mère qui ne le reconnaissait plus, donc ne l'aimait plus. C'était assez pour vous retourner le cerveau, non ? Après quoi elle vous abandonnait en mourant.

De quoi vous donner envie de la faire revenir, mais telle qu'elle était dans vos souvenirs, jeune et pleine de vie.

Oui, ça se tenait.

12

Elle afficha un plan de la ville et mit en surbrillance les bâtiments de la liste de Connors. Le domicile de Mosebly – une maison de ville mitoyenne d'un étage dotée d'une grande cave – correspondait bien aux critères. Eve aurait pu espérer une maison strictement privée, sans voisins et/ou avec garage, mais ça collait.

Un tas d'autres bâtiments correspondaient : maisons de ville, petits immeubles, entrepôts, garages privés et même une ancienne église désormais transformée en résidence privée.

Et en s'intéressant aux propriétaires ou locataires, elle dut tirer son chapeau à Connors.

Tous auraient pu faire de bons suspects.

Ils n'étaient pas tous dans la tranche d'âge du profil établi mais tous vivaient seuls.

Elle lança une recherche d'antécédents sur chacun d'eux et entreprit de les classer dans l'ordre. Elle en plaça un au bas de la liste : un homme de trente-huit ans, commercial transféré de Chicago à New York cinq mois plus tôt, après un divorce.

Pas impossible mais peu probable.

Comme elle s'attaquait au suivant, sa boîte de réception bipa. Avant qu'elle puisse récupérer le message, elle entendit le pas de Peabody.

— J'ai trouvé la mère de Mosebly ! Je suis trop forte. Tellement forte que je mériterais un bon café.

Eve se contenta de lui désigner l'autochef et afficha les données et la photo que sa coéquipière lui avait envoyées.

— C'est une ancienne photo judiciaire. Vous disiez qu'elle n'avait pas de casier.

— Il a été expurgé, répondit Peabody en leur programmant deux cafés. Et vu que c'était il y a quatre-vingt-quatre ans dans l'Arkansas, le dossier avait quasiment disparu. Qui s'intéresserait à une brève arrestation pour possession de quelques grammes de cocaïne il y a huit décennies ?

— Possession et usage de stupéfiants, plus rébellion.

— Ouais, ouais. Elle faisait la fête, elle s'est défoncée, s'est fait choper et a tenté de coller une droite au policier. Elle a suivi la cure de désintoxication ordonnée par le tribunal. Ses parents avaient suffisamment d'argent et d'influence pour étouffer l'affaire.

— Comment savez-vous tout ça ?

— J'ai trouvé un article sorti à l'époque dans la presse à potins. Son père était conseiller municipal et la famille de sa mère avait une grosse fortune. Bref, voilà à quoi elle ressemblait.

— La couleur de peau correspond. La forme du visage est suffisamment proche. Les cheveux, par contre, ça ne va pas. Blonds, d'accord, mais… c'est quoi le terme ? Blond platine, avec les racines bien visibles. Et ils sont longs et frisés.

Eve continua à regarder le dossier, sourcils froncés.

— Pas de signes particuliers. Donc pas de tatouage.

— Elle a pu s'en faire faire un plus tard.

— Oui. Elle correspond. On peut dire que son allure générale correspond. Mais les vêtements, Peabody. Ça remonte à des années avant ceux qu'on a datés sur Elder. La photo est de 1977. Ils portaient le même genre de tenues que dans les années 2000 ?

— Honnêtement, j'en sais rien. Je parierais que non. Mais gardons à l'esprit qu'il ne naîtrait que neuf ou dix ans après. Auxquels il faut ajouter quelques années, le temps de se créer un souvenir durable. Ça remonte peut-être même à l'adolescence et il se la représente telle qu'il voit les femmes, dans une tenue de jeune femme.

Eve imprima la photo et l'article pour les ajouter au tableau.

— Est-ce que ça colle vraiment ou est-ce qu'on essaie de s'en convaincre ? Franchement, je ne sais pas, admit-elle. Bon, réservez-nous une salle de réunion.

— Vraiment ?

— Je voudrais mettre en place trois sections distinctes, une pour chaque femme. J'ai la liste des propriétés établie par Connors et j'ai lancé les recherches sur leurs occupants. J'enverrai Jenkinson et Reineke commencer à les interroger. Une salle nous permettra de nous étaler comme il faut.

— Je m'en occupe.

— Prévenez Jenkinson et Reineke que j'ai besoin d'eux sur notre affaire.

Par curiosité, elle fit une recherche sur la mode des années 1975 à 1985.

Elle en resta bouche bée.

— Vraiment ? Mais qu'est-ce qu'ils avaient dans la tête ?

Elle referma la fenêtre pour préserver ses yeux.

— Salle de réunion B, indiqua la voix de Peabody via le haut-parleur sur le bureau. Je transfère les fichiers.

— Je vous rejoins au plus vite.

Au cas où, elle envoya un mémo à Mira.

Briefing en SdR B si vous avez le temps. Nouvelles données, nouvelles questions.

Elle se retourna en entendant un pas rapide en approche et attendit que l'agent Carmichael apparaisse sur le seuil.

— Lieutenant. Je vais mettre par écrit le résultat du porte-à-porte dans les deux zones désignées. Mais je voulais déjà vous avertir qu'on a rencontré beaucoup de gens qui reconnaissaient Covino. Personne par contre ne se rappelle avoir vu quiconque la suivre ou rentrer en même temps qu'elle dans les commerces.

— Oui. Il est trop prudent pour ça. Ou il se fond trop bien dans le décor. Merci.

— Les gens disent beaucoup de bien à son sujet.

— Oui, j'ai pu le constater moi-même.

— Désolé de ne pas pouvoir vous apporter plus d'infos.

— Même les impasses aident à réduire les possibilités.

Il s'autorisa un petit sourire.

— C'est vrai.

Eve rassembla ce dont elle avait besoin, but le reste de son café et prit le chemin de la salle de réunion.

Elle y trouva Peabody déjà occupée à tout installer et Reineke et Jenkinson qui coulaient des regards pleins d'espoir vers l'autochef. Jenkinson se tourna vers elle.

— Vous n'auriez pas fait installer le même café que le vôtre ici, par hasard, lieutenant ?

— Qui ménage son café déteste ses collègues, répondit Eve, avant d'apostropher son équipière. Faites le truc que vous savez faire avec l'autochef, Peabody.

— Génial ! s'enthousiasma Reineke, poing levé. Pendant que Jenkinson s'occupait du rapport, je me suis familiarisé avec l'affaire Covino. Vous pensez qu'elle est la troisième victime de ce type.

— Lauren Elder, répondit Eve. Vue pour la dernière fois le 28 mai, sortant du bar *Arnold's* où elle travaillait, vers 2 h 30 du matin.

Elle leur lut le reste des détails pendant que Peabody poursuivait l'installation. Elle passa à Anna Hobe et était en train d'évoquer Mary Kate Covino quand Mira apparut.

— J'avais un moment de libre. Pas longtemps. C'est votre café que je sens ?

— Merci d'avoir pris le temps. Jenkinson, servez un café au Dr Mira.

— Non, restez assis, répondit Mira avec un geste de la main vers Jenkinson. Je m'en occupe. Je ne veux pas vous interrompre.

Eve termina son briefing en y ajoutant les dernières informations et dépositions.

— Notre unique suspect à ce stade, James Mosebly, correspond au profil, mais pas tout à fait. Il est parti de chez lui assez jeune, a paru chercher sa place à New York pendant deux ou trois ans avant de décider de reprendre ses études et de se bâtir une carrière. Ce qui me pousse à me demander où et comment il a passé cette période d'entre-deux. Une question que je compte lui poser.

» Son attachement envers Covino paraît tout à fait sincère. Elle est importante à ses yeux. Son attachement envers sa mère est démontré par les cinq millions et demi qu'il a payés pour elle durant les seize dernières années de sa vie, pour lui fournir soins et logement. Il aurait pu opter pour des solutions moins coûteuses mais ne l'a pas fait.

— Si sa mère souffrait de démence, comme la directrice a paru le sous-entendre, cela a dû être douloureux pour lui, estima Mira. Peut-être même traumatique. Si elle est décédée sans se souvenir de lui, sans être en mesure de lui dire au revoir – de mère à fils –, cela a pu mettre à mal son équilibre psychique.

— Et il avait une remplaçante sous le nez, termina Eve. Mais pourquoi ne pas être allé vers elle en premier ? C'est ma plus grosse interrogation. Elder constituait-elle une forme de coup d'essai ? Je n'en ai pas l'impression.

Eve fit les cent pas devant le tableau.

— Il y a aussi l'histoire du voyage de Covino. Elle ne lui avait peut-être pas dit qu'elle comptait – ou du moins espérait – passer la nuit chez le sale type du bar. Peut-être pas. Mais ça paraît bizarre qu'il ait attendu pile ce soir-là en sachant qu'elle avait prévu un voyage. Je ne vois pas la logique.

» Plus la question des vêtements. Vous avez vu ce qu'ils portaient à la fin des années 1970 et au début des années 1980 ?

— Vous croyez que j'ai quel âge, lieutenant ? demanda Jenkinson avec un reniflement moqueur.

Mira se contenta d'un éclat de rire.

— J'ai vu des photos, dit-elle.

— Le style de coiffure et de vêtements dont il a affublé Elder date de vingt ans plus tard, en termes de mode. Sa mère n'aurait pas eu la vingtaine mais la quarantaine à ce moment-là. Donc…

— Vous êtes en train de vous convaincre que ce n'est pas votre homme, conclut Mira.

— Je tâche de voir les défauts de l'hypothèse. Oui, il est blanc et dans la bonne tranche d'âge. Il était de toute évidence très attaché à sa mère et a pu être traumatisé par sa maladie – visiblement prolongée – et son décès. Mieux, il vit seul et n'a jamais été marié ni officiellement en concubinage. Il possède une maison de ville partiellement isolée.

» J'ai un plan de la ville, Peabody. Affichez-le-nous à l'écran.

» En rouge, les domiciles et lieux de travail des trois femmes. En jaune, les bâtiments habités conformes à nos paramètres.

— Il y en a un paquet qui correspondent, commenta Jenkinson.

— Exact. Celui en vert est le domicile de Mosebly.

— Bien placé, jugea Reineke. Très bien placé.

— C'est vrai. Plus que pas mal d'autres à mes yeux. Il aurait pu croiser les deux autres femmes dans la rue ou à leur travail. Il est du quartier, donc les autres habitants ont l'habitude de le voir. Ça ne retiendra pas leur attention.

» Il ne possède pas de véhicule. En tout cas aucun n'est enregistré à son nom. Mais son permis de conduire est à jour. Pas de garage, ce qui est décevant, mais il est costaud et se déplace avec aisance. Il pourrait transporter une femme de cinquante kilos depuis un véhicule garé le long du trottoir jusqu'à sa maison, tard le soir, en choisissant le bon moment.

— J'aimerais en savoir plus concernant sa relation avec ses parents. Pas de frères et sœurs ? s'enquit Mira.

— Non. Enfant unique.

— Oui, j'aimerais vraiment en savoir plus.

— Nous obtiendrons plus d'infos. En attendant, inspecteurs, je vous demande de rendre visite aux habitations identifiées sur la carte. Pénétrez à l'intérieur si vous le pouvez, faites-vous un premier avis sur leur occupant. Montrez les photos des trois femmes et jaugez leur réaction.

— Compris.

— Je m'occupe de Mosebly, ajouta Eve. Il me connaît et je pourrai présenter ça comme la suite normale de l'enquête. J'emmènerai Connors s'il est libre. Peabody, je voudrais que vous passiez sur Hobe. Il ne lui reste sans doute pas beaucoup de temps. Si nous avons raté quelque chose, trouvez-le. Retournez interroger ses collègues, reparlez aux voisins. Ça a été fait et refait mais remettez-en une couche. Prenez McNab avec vous s'il est disponible.

Elle regarda l'heure.

— J'autorise les heures supplémentaires. Tâchons d'accomplir le maximum ce soir. Peabody, envoyez la carte sur leurs mini-ordinateurs.

— C'est fait. J'appelle McNab et je me mets au boulot. Vous voulez qu'on garde la salle ?

— Oui, pour le moment. Bonne chasse !

Tandis que les autres quittaient la pièce, Mira se leva et vint se poster à côté d'Eve, face au tableau.

— Je vois pourquoi vous vous intéressez à lui, et pourquoi vous vous remettez en question. Il ne colle pas complètement au profil. Mais ce n'est pas toujours le cas. Il y a des zones d'ombre que vous souhaitez dissiper pour avoir une image plus claire du personnage.

— Quelle probabilité que ce soit lui, selon vous ?

— Mmm. Il me manque des informations, mais je dirais soixante pour cent.

— Oui, ça correspond à mon estimation. C'était plus élevé avant que Peabody trouve une photo de sa mère. Il y a des similitudes de base mais les trois femmes se ressemblent plus entre elles qu'elles ne ressemblent à Adalaide Mosebly jeune. À mes yeux, en tout cas.

— C'est son regard à lui qui compte. Je dois y retourner mais j'aimerais avoir vos impressions une fois que vous lui aurez parlé à son domicile.

— Comptez sur moi.

— Saluez Connors de ma part.

— Mmm ? Oui, merci.

L'esprit ailleurs, Eve gardait les yeux rivés sur le tableau, attendant de voir s'emboîter les pièces du puzzle. Comme celles-ci s'y refusaient, elle dégaina son communicateur.

Connors lui répondit en personne.

— Lieutenant.

— Salut. Je dois ressortir sur le terrain pour interroger un suspect d'ici à peu près une heure. Quelques trucs à régler ici d'abord. Ça t'intéresserait ?

— De passer du temps à regarder mon flic préféré cuisiner un suspect ? La question ne se pose même pas.

— Je ne vais pas le cuisiner. Pas encore. *A priori*.

— Dans tous les cas, je te retrouve dans le parking d'ici une heure.

— Bien. Super. Et je crois que j'aimerais te parler d'une potentielle affaire immobilière.

Il haussa les sourcils.

— Là, tu titilles carrément ma curiosité. Quel genre d'affaire ?

— On en parlera de vive voix. Et merci pour la liste.

— Avec plaisir. À dans une heure.

« Une heure », se dit-elle en rangeant le communicateur dans sa poche.

De quoi mettre de l'ordre dans ses pensées et trouver la meilleure façon d'aborder James Mosebly.

Il fallut à peine plus d'une heure à Eve pour terminer son travail. Baissant une dernière fois les yeux sur son bureau, elle le compara au poste de travail parfaitement rangé de Covino.

— Frimeuse, marmonna-t-elle avant de saisir son attaché-case et sa veste.

Elle enfila celle-ci en marchant. Sur le chemin de la sortie, elle aperçut Santiago et Carmichael qui discutaient devant le bureau de ce dernier. Sans doute en train de débattre de l'affaire du type ayant sauté ou été poussé par la fenêtre… ou du meilleur endroit pour prendre une bière après le travail. Eve ne s'arrêta pas. Elle était déjà en retard. Raison pour laquelle elle évita aussi les ascenseurs. À cette heure, les flux combinés des policiers qui prenaient leur poste, de ceux qui rentraient à la maison et de ceux qui, comme elle, retournaient sur le terrain garantissaient des cabines pleines à craquer qui s'arrêteraient à chaque étage.

Elle emprunta l'escalier roulant, accélérant l'allure dès qu'un espace suffisant s'ouvrait, puis dévala les marches menant au sous-sol où elle s'était garée.

Connors était appuyé contre la voiture d'Eve, occupé à régler quelque chose sur son mini-ordinateur. Ou à acheter l'un de ces fameux anneaux de Saturne, qui sait.

— Pardon. Ça m'a pris plus de temps que prévu.

Il glissa l'appareil dans sa poche.

— J'avais de quoi m'occuper, dit-il.

Il tendit la main pour lui caresser la joue.

— Vous avez l'air stressée, lieutenant.

— Peut-être un poil. J'ai l'impression qu'on a fait quelques pas dans la bonne direction mais ce n'est pas assez. Tu veux bien prendre le volant ?

Elle grimpa sur le siège passager et entra l'adresse de Mosebly sur la console.

— Ce n'est pas loin.

— Non, pas loin. James Mosebly, le supérieur hiérarchique de Mary Kate Covino et son soi-disant mentor. Elle est portée disparue depuis le 3 juin.

Elle lui résuma l'essentiel pendant qu'il se faufilait à travers la circulation du centre-ville.

— Ça fait donc trois disparues et ce Mosebly correspond à votre profil.

— Pour l'essentiel. Sa maison est sur ta liste. Hobe et Covino sont du même quartier que lui.

Je connais le coin. Si tu ne trouves pas de place dans la rue, tu...

Elle s'interrompit quand Connors passa à la verticale, opéra un élégant demi-tour dans les airs et atterrit sur un emplacement étroit entre une monoplace et une berline reluisante.

— Bien vu. Pourquoi est-ce que Peabody ouvre toujours des yeux grands comme des soucoupes quand je fais pareil ?

— Aucune idée.

Il lui tapota gentiment la main avant qu'ils sortent de l'habitacle.

— C'est à quelques dizaines de mètres, dit-il en lui prenant la main. Belle soirée pour une petite promenade.

— S'il n'est pas chez lui, on ira parler aux voisins. Ce qui nous fera une vraie balade.

Il y avait assez peu de touristes dans cette rue, constata-t-elle. Surtout des employés rentrant chez eux après un *afterwork*. L'endroit était presque exclusivement résidentiel, un alignement de jolies maisons de ville, certaines décorées de jardinières et pots de fleurs, d'autres de grilles ouvragées aux fenêtres.

Rien ne distinguait particulièrement la demeure de Mosebly. Des fleurs violettes et rouges débordaient de jardinières aux reflets cuivrés accrochées aux fenêtres.

L'aspect doux de la brique blanchie à la chaux contrastait avec la flamboyance de la porte d'entrée rouge dotée d'un cœur stylisé en cuivre en guise de heurtoir.

— Capteur palmaire, scanner, caméra, verrous solides. Vitres sans tain aux fenêtres. Il peut regarder au-dehors mais on ne peut pas voir à l'intérieur.

Elle s'avança sur le perron qui avait été peint pour ressembler à un paillasson. Une inscription en lettres rouges faisait savoir : TOUJOURS BIENVENUS !

— C'est ce qu'on va voir, maugréa Eve avant d'actionner la sonnette. Il a une grande cave sous la maison. Sans murs mitoyens. Et il a très bien pu voir Elder aller travailler à pied de ses fenêtres. La regarder passer du confort de son propre logement.

— Tu penses qu'il fait un bon suspect.

La maison, son emplacement… Ces pièces-là s'emboîtaient parfaitement.

— J'observe la disposition des lieux et ça fait pencher la balance, dit Eve.

Mosebly leur ouvrit la porte. Il portait toujours son pantalon ample et son polo mais avait enfilé des chaussures d'intérieur. Une lueur d'espoir s'alluma dans son regard.

— Lieutenant ! Vous avez retrouvé Mary Kate.

— Non, monsieur Mosebly. Nous la cherchons toujours activement. Pouvons-nous entrer quelques minutes ? J'ai quelques questions complémentaires à vous poser.

L'espoir s'évanouit dans les yeux de Mosebly qui recula pour les laisser passer.

— Bien sûr, bien sûr, je vous en prie. C'est un plaisir de vous rencontrer, ajouta-t-il en tendant la main à Connors. J'admire votre travail depuis longtemps, notamment cette école que vous venez d'ouvrir.

— Merci.

— Euh…

Mosebly passa une main dans sa tignasse indisciplinée.

— Entrez, asseyez-vous. Voulez-vous quelque chose à boire ?

— Ce ne sera pas nécessaire, assura Eve.

Elle comprit pourquoi Covino et lui travaillaient bien ensemble. Tout était parfaitement rangé dans la salle de séjour à la fois simple et agréable. Aucune trace du désordre souvent associé au logement d'un homme célibataire. Dans le coin salon, un sofa gris clair en demi-lune et deux fauteuils moelleux aux motifs du même gris parsemé de touches de bleu étaient disposés autour d'une cheminée chaulée garnie de fleurs et de bougies.

D'autres bougies, de fines chandelles dans des bougeoirs trapus en verre soufflé, décoraient le manteau de cheminée, intercalées entre la photo encadrée de cuir gris foncé d'un homme et d'une femme se tenant la main devant le clocher blanc d'une église et une sorte de vase ou d'urne en terre cuite.

Un tapis d'apparence ancienne et coûteuse recouvrait en partie le sol ciré.

Mosebly leur désigna les fauteuils puis s'assit sur le coin du sofa.

— J'espérais tellement que vous l'aviez retrouvée. Je sais à quel point vous bossez dur. Je n'avais pas vu *L'Affaire Icove* – tellement perturbant – mais après vous avoir rencontrée aujourd'hui, je l'ai téléchargé. J'ai tout juste commencé, évidemment, mais je comprends que vous êtes très forte dans votre domaine. Comment puis-je vous aider ?

— Mary Kate et vous êtes proches.

— Oui, nous formons un groupe très soudé chez Dowell. Ce qui rend le cadre de travail d'autant plus agréable.

— Et vous l'invitiez souvent à l'extérieur de l'agence, avec les autres. Pour fêter une campagne marketing réussie, par exemple.

— Exact. C'est fréquent chez les chefs d'équipe et on essaie de rassembler tout le monde. Toute l'équipe Dowell.

— Je me demandais si vous aviez emmené Mary Kate, ou d'autres employés, dans des établissements du coin, dans ce quartier, pour ce type d'occasions.

— Oui, de temps en temps.

— Et ici, chez vous ?

— Oui. Ce serait dommage d'avoir un foyer qu'on apprécie et de ne pas le partager.

Eve sortit son communicateur et y afficha la photo d'identité d'Elder.

— Vous connaissez cette femme ?

Il prit le communicateur, contempla l'écran quelques instants, sourcils froncés, puis laissa échapper un hoquet.

— C'est la jeune femme qui a été assassinée. J'ai vu les infos, ils ont montré cette photo. Ça m'a tellement chamboulé que j'ai éteint l'écran.

— L'aviez-vous déjà vue avant cela ?

— Je ne crois pas.

— Avez-vous déjà fréquenté *Arnold's* ? C'est un bar dans le quartier.

— Oui, je connais. J'y suis allé à quelques reprises mais c'est un peu… guindé, je dirais.

Eve reprit le communicateur et afficha le portrait de Hobe.

— Et cette femme ?

— Je ne sais pas… Oh, mais si ! Si, je la reconnais. Le *Mike's Place*. Elle a une super voix. Anne ? Annie ?

— Anna.

— C'est ça. J'ai tiré beaucoup de gens sur scène là-bas, dit-il avec un sourire. Pas guindé du tout, pour le coup, et c'est plus le genre d'endroit où j'emmènerais mon équipe pour passer une bonne soirée.

— Anna Hobe est portée disparue depuis sept jours.

Il eut un mouvement de recul.

— Quoi ? Non ! Comme Mary Kate ?

— Vous ne vous êtes pas rendu au *Mike's Place* la semaine passée ?

— Non, non, ça doit faire au moins quinze jours. On travaillait sur la campagne, je rapportais du travail à la maison. Qu'est-ce que ça veut dire ? La première fille…

Son visage devint soudain aussi gris que ses cheveux.

— Mon Dieu, vous pensez qu'il pourrait arriver la même chose à Mary Kate ?

— Ces trois femmes habitent toutes à quelques rues d'ici. Vous-même vivez ici depuis plusieurs années. Je suis certaine que les gens ont l'habitude de vous croiser, qu'ils ne vous remarquent plus. Vous avez une belle vue sur la rue de ces fenêtres.

Il tenait toujours le communicateur et elle vit sa main trembler comme il la regardait, éberlué.

— Vous pensez que je… Je suis un suspect ? Pourquoi ferais-je… Jamais je ne pourrais… Je… J'ai besoin d'un verre d'eau.

— Laissez-moi vous apporter ça, proposa Connors.

— Je… Merci. Euh, la cuisine est…

— Je vais trouver.

Connors s'éloigna et Mosebly ferma les paupières. Sa respiration s'était emballée, ce qui inquiétait un peu Eve. Elle n'avait aucune envie de devoir gérer une attaque de panique ou un problème cardiaque.

— Je n'ai jamais fait de mal à personne de toute ma vie.

Mosebly inspira brièvement à deux reprises, puis vida ses poumons.

— Pour être honnête, j'évite les conflits. Et les mauvaises nouvelles quand c'est possible. Jamais je n'aurais fait de mal à Mary Kate. Je l'adore.

— Parlez-moi de votre mère.

Il ouvrit brusquement les yeux.

— Ma mère ?

— Oui.

— Elle… elle est morte en février dernier, des suites d'une longue et pénible maladie. Je ne vois pas le rapport avec…

— Elle aussi, vous l'aimiez.

— Bien sûr. C'était ma mère.

— Elle a vécu ici avec vous pendant plusieurs années.

— Oui. Je l'ai convaincue de venir habiter à New York avec moi après le décès de mon père. Je ne saisis pas le lien avec le reste mais si ça peut vous aider…

— Vous avez quitté le foyer familial relativement jeune et la chronologie de vos premières années à New York est un peu décousue. Vous pourriez clarifier ?

Il ferma de nouveau les yeux.

— On n'y échappe jamais vraiment, n'est-ce pas ? On ne se libère jamais vraiment des péchés du passé.

Le regard d'Eve croisa une nouvelle fois le sien et elle y lut non de la culpabilité ou de la peur mais de la tristesse. Il se détourna lorsque Connors revint avec un verre d'eau. Mosebly le prit et remit le communicateur d'Eve à Connors.

Il but lentement avant de poser le verre sur la table.

— Je suis gay, dit-il simplement.

— D'accord. Ça ne change rien à...

— Vous vouliez que je lève le flou sur ces années. Mon orientation sexuelle n'a rien de remarquable pour vous mais c'était tout le contraire durant ma jeunesse dans le Kentucky rural en tant qu'enfant de pasteur.

» Si vous avez quelques notions d'histoire, vous vous souviendrez, lieutenant, que l'homosexualité n'était pas largement acceptée. À cette époque, dans cette région, j'étais une aberration, un péché sur pattes, une erreur de la nature. J'ai gardé le secret, par honte et parce que j'évitais d'instinct les confrontations. Quand j'ai finalement trouvé le courage d'en parler à mes parents, ils ont été choqués, blessés. Incapables de m'accepter ou de me soutenir. Mon père...

Il coula un regard vers la photo sur la cheminée.

— Il a dit des choses très dures. C'était une expérience humiliante, douloureuse, mais loin d'être rare à cette époque.

» J'ai quitté la maison avec cette honte et cette souffrance en moi. J'avais un peu d'argent, grâce à mes grands-parents maternels qui ont su m'accepter et m'aider. Je suis arrivé à New York, à mes yeux l'exact inverse de l'endroit où j'avais grandi. Mes réserves n'ont pas duré longtemps. J'étais en colère, désespéré et bien déterminé à ne jamais rentrer à la maison.

Il reprit son verre, but longuement.

— J'ai rencontré un homme. Quelqu'un de riche et d'influent avec beaucoup de contacts. Il dirigeait… on va appeler cela un service d'escort. J'espère qu'il y a eu prescription depuis parce que je ne voudrais pas aller en prison pour des choses que j'ai faites il y a tant d'années.

— Je n'ai aucune intention de vous inculper pour prostitution, laquelle est désormais légale et régulée.

— Elle ne l'était pas à l'époque, répondit-il en s'autorisant un petit sourire. J'étais beau garçon et mon inexpérience jouait finalement en ma faveur. J'ai gagné beaucoup d'argent et mes restes d'éducation de fils de pasteur faisaient que je menais une vie frugale. J'évitais les drogues, je ne buvais que rarement et toujours avec modération.

Il s'interrompit pour reprendre de l'eau et, devina Eve, ne pas se laisser déborder par l'émotion.

— J'ai appris la mort de mon grand-père une semaine après ses funérailles. Il me laissait de l'argent. Et il me demandait de m'en servir pour m'instruire.

Il reposa son verre.

— J'adorais mes grands-parents et mon grand-père était mort alors que je n'étais pas là. Ils m'avaient soutenu quand tout le monde me lâchait. Mon grand-père m'adressait une unique requête. Ma grand-mère et lui ne m'avaient jamais jugé et il ne faisait que cette demande-là.

— Vous vous êtes inscrit à l'université.

— C'est ça. J'ai pris conscience que j'avais su me vendre, et très bien, donc j'ai visé le domaine du marketing. J'ai quitté mon existence d'escort et je me suis formé. Une fois mon diplôme en poche, je suis rentré à la maison. Je n'avais pas l'intention de voir mes parents mais je voulais visiter la tombe de mon grand-père. Ma mère est venue m'y retrouver. C'est une petite communauté, lieutenant. Quelqu'un m'avait reconnu et avait prévenu ma mère. Elle m'a pris dans ses bras, en larmes, et m'a demandé pardon.

Mosebly porta les doigts à ses yeux embués.

— Je n'ai pas les mots pour exprimer ce que ça représentait pour moi. Elle a insisté pour que je l'accompagne et que nous parlions à mon père. Ça a été plus dur pour lui mais nous nous sommes réconciliés. Nous avons fait la paix l'un avec l'autre. Quand il est tombé malade, j'y suis retourné pour les aider. Et nous avons alors retrouvé plus que la paix, une véritable unité familiale. J'étais auprès de lui quand il est mort, de même qu'avec ma grand-mère quand son heure est venue.

» Ma grand-mère m'avait tout légué. La maison et le terrain, son assurance-vie. Tout. Donc à la mort de mon père et après avoir convaincu ma mère de venir vivre avec moi, je me suis servi de l'argent que j'avais économisé et de cet héritage pour lui faire une place où elle serait à son aise, où nous pourrions constituer une famille. Où je pourrais prendre soin d'elle.

— Vous lui avez offert un foyer, dit Connors. Ici, avec vous.

— Oui, et la ville lui a plu, bien plus que nous ne l'aurions cru. La culture, les restaurants, les parcs, le rythme trépidant. Jusqu'à… jusqu'à ce qu'elle tombe malade.

Il se tourna de nouveau vers la photo sur le manteau de la cheminée.

— Ça a commencé lentement. C'est une maladie discrète, sournoise. Quand est arrivé le moment où je ne pouvais plus m'occuper d'elle, son esprit… C'est tellement cruel quand l'esprit décline avant le corps. Je n'étais plus en mesure de prendre soin d'elle donc j'ai trouvé un endroit qui le pouvait et le ferait avec compassion. J'étais auprès d'elle quand elle est morte, même si elle ne me reconnaissait plus.

Il pinça les lèvres.

— Elle ne savait plus qui j'étais durant les huit dernières années de sa vie.

— Ça a dû être douloureux.

— Je repense au jour où elle est venue me voir devant la tombe de mon grand-père et m'a serré dans ses bras. Je repense aux soirées que nous avons partagées avant que son cerveau la trahisse, à jouer au gin rami, à l'écouter me raconter sa jeunesse de brebis égarée, comme elle disait. Des histoires à propos de mon père, de mes grands-parents. Les Noëls que nous avons passés ensemble, les dîners que nous avons organisés. J'ai plein de bons souvenirs.

Eve afficha une autre photo sur son communicateur et le tendit à Mosebly.

Il parut perplexe l'espace d'un instant, puis absolument ravi.

— C'est ma mère ? Oui, c'est maman ! Mon Dieu, souffla-t-il, c'est une photo prise au commissariat.

Des larmes coulèrent en même temps qu'il éclata de rire.

— Elle m'en avait parlé mais je ne l'avais pas crue… Elle était femme de pasteur, un rôle qui lui allait bien. Pas du genre sévère, ni prêchi-prêcha, une bonne femme de pasteur. Elle a su changer de vie. Devenir quelqu'un de meilleur. Mais regardez-la, si jeune, déjantée, en colère !

— Pourrions-nous jeter un coup d'œil à votre maison, monsieur Mosebly ?

— Vous voulez… Oh, fouiller plutôt que visiter, je suppose. Vous avez besoin de certitudes. Je vais vous faire visiter et vous pourrez regarder où vous voudrez. Et consulter le contenu de mes appareils, si ça peut vous être utile.

Il se leva.

— J'aimerais vous demander une faveur, une fois que vous m'aurez écarté de vos suspects.

— Quelle faveur ?

— Pourrais-je avoir une copie de la photo de ma mère ? J'ai conscience que ça peut paraître bizarre, vu le contexte de la photo. Mais elle immortalise un moment du passé. Je ne l'ai pas crue quand elle m'a raconté avoir été arrêtée et pour quelle raison. Que ça l'avait poussée à changer de vie.

Maintenant je la crois et j'aimerais avoir une trace de ce moment.

— Une fois que j'en aurai le cœur net, lui répondit Eve, je vous en ferai une copie.

13

Connors attendit qu'ils aient commencé à remonter la rue pour passer un bras autour de la taille d'Eve.

— C'est compréhensible que tu sois déçue.

— Ce n'est pas le bon terme. Enfin si, je suis déçue qu'on n'ait pas trouvé Hobe et Covino dans sa cave pour pouvoir les tirer de là. Mais pas que Jim Mosebly ne soit pas notre fils à maman dérangé et meurtrier.

— Il m'a fait bonne impression. Un type bien qui porte encore les cicatrices dues aux mœurs de l'époque à laquelle il a grandi.

— Même chose de mon côté. Pourquoi les gens s'excitaient-ils à ce point parce que quelqu'un craquait pour une personne avec la même anatomie ? Qu'il veuille l'épouser ou simplement coucher avec, d'ailleurs.

— Certains ont toujours trouvé et trouveront toujours le moyen de se montrer intolérants face à ce qu'ils considèrent comme « différent » ou en dehors de leurs normes.

— Le monde se porterait pourtant mieux si plus de gens s'occupaient de leurs affaires au lieu de vouloir mettre leur nez dans la vie des autres. Bref...

Elle chassa ces réflexions pour revenir à l'enquête.

— Avoir écarté Mosebly est une nouvelle étape mais ça ne m'aide pas à retrouver nos deux disparues.

Comme il l'entraînait un peu plus loin, elle leva les yeux vers lui.

— Tu as oublié où tu t'étais garé ?

— Non. Nous profitons d'une très agréable soirée de transition entre le printemps et l'été. Je me dis que Mosebly a débarqué à New York il y a toutes ces années pour des raisons très proches des nôtres. Nous étions tous les trois blessés et nous sommes venus ici pour y trouver notre place.

Eve désigna du doigt une petite rue.

— Le domicile d'Elder se situe par là. Et maintenant, l'homme qui l'aimait se retrouve seul. Hobe est de ce côté-là, Covino en remontant plus par ici. Hobe n'avait pas beaucoup de liens avec sa famille et aimait vivre seule. Le contraire pour Covino. Mais les chemins de ces trois femmes s'entrecoupent. Elles se sont sûrement croisées plus d'une fois dans la rue. Ou elles ont fait la queue dans un magasin au même moment. Et maintenant, sauf si je suis complètement à côté de la plaque, elles sont détenues au même endroit par le même homme pour la même raison.

— Tu n'es pas à côté de la plaque.

Il tourna le coin de la rue avec elle et continua à marcher.

— On va peut-être tomber sur Jenkinson et Reineke, commenta Eve comme les passants les doublaient, en chemin vers leur domicile, un dîner, une boutique. Ils trouveront peut-être quelque chose. Peabody et McNab vont interroger les voisins, donc…

Elle s'interrompit en découvrant où ils étaient. À quelques mères de la pizzeria de quartier où elle avait mangé sa première part de pizza lors de son premier jour à New York.

— Tu as toujours une idée en tête, murmura-t-elle.

— Oui. Toi.

Il lui embrassa doucement le sommet du crâne.

— On va s'accorder un bon repas, une carafe de vin et un moment de pause. Et une fois qu'on sera rentrés à la maison, tu pourras mettre à jour ton tableau et ton dossier.

Au lieu de se tourner vers la porte du restaurant, elle pivota vers lui.

— Merci, souffla-t-elle avant de l'embrasser.

Elle entra et s'avança au milieu des odeurs – levure, sauces, épices et viande grillée –, des bruits – le brouhaha des clients, le cri d'un enfant, le tintement des couverts… – et sentit se dissiper les tensions qui lui raidissaient la nuque.

Une serveuse vint à leur rencontre.

— Bonsoir. Ravie de vous revoir ! Votre box est prêt.

— Tu as appelé à l'avance.

— Toujours une idée en tête, répondit-il.

Ils s'installèrent face à face dans un box.

— Voulez-vous voir le menu ?

— Pas la peine. Une grande pizza au pepperoni, commanda Eve à la serveuse.

— Grande ?

Eve sourit à Connors.

— Tu en voulais une aussi ?

Il lui rendit son sourire.

— Une carafe de vin rouge et une bouteille d'eau gazeuse.

— Je vous apporte ça tout de suite.

Comme la serveuse s'éloignait, Connors se pencha en avant et prit les deux mains d'Eve.

— Maintenant, parce que je suis toujours aussi intrigué, parle-moi de cette affaire immobilière.

— C'était juste une idée comme ça, répondit Eve en riant.

— Qui comprend deux mots dont je suis très friand, « affaire » et « immobilière ».

— D'accord. Il y a cet immeuble. (Elle lui indiqua l'adresse.) Tu n'en es pas déjà propriétaire, j'ai vérifié.

— Compris. Devrais-je chercher à l'être ?

— Locaux commerciaux au rez-de-chaussée. Un bar stylé et un salon de coiffure qui semble plutôt classe. Au-dessus, ce sont des appartements. Huit par étage, sur six étages.

— Surface habitable, matériau extérieur, date de construction initiale et dates des réfections majeures ?

— Tu m'en poses, de ces questions…

— J'en ai beaucoup d'autres, mais je pourrai trouver les réponses.

L'employée revint avec l'eau et le vin et les servit.

— De la brique, indiqua Eve en saisissant son verre de vin. De la brique et ça m'a paru dater d'avant les Urbaines. Mesures de sécurité bidon pour l'accès aux appartements, ascenseur pourri, une seule cabine. Insonorisation correcte. C'est tout ce que je peux te dire.

— Je chercherai le reste. Une fois que tu m'auras dit pourquoi cette propriété t'intéresse.

Elle se carra dans son siège et esquissa un geste nonchalant de la main qui tenait le verre.

— Je me suis dit que si tu l'achetais, tu pourrais virer le sale type qui possède le bar et habite au-dessus.

Amusé, Connors fit le même geste en retour.

— Ah oui ? Il a commis un crime ?

— Si être une enflure était illégal, je devrais coffrer la moitié de New York. Et me mettre moi-même en état d'arrestation de temps à autre. C'est l'ex-petit ami de Covino, sauf qu'il ne méritait cette appellation que dans son esprit à elle. Faux jeton, coureur, imbu de lui-même. Une vraie enflure.

— Ah, tu m'as raconté qu'elle avait planifié un voyage à deux et que son petit ami avait annulé… le soir où elle a été enlevée. C'est le type en question.

— C'est ça. Il aurait fait un bon suspect mais il est couvert parce qu'il a bossé au bar jusqu'à 2 heures du matin. Et il est trop occupé à chercher son prochain plan cul pour perdre du temps avec Covino. Et, en dehors de lui-même, il ne s'intéresse pas suffisamment à qui que ce soit pour se donner autant de mal.

— Il n'est donc pas suspect.

— Non. J'ai récupéré le bagage de Covino en tant qu'élément de preuve. Elle y avait rangé plein de tenues de plage féminines et sexy, une bouteille de pétillant. Et ces espèces de petites bougies, là, ajouta-t-elle en formant un cercle avec son pouce et son index.

— Ça te rend triste.

— Peut-être. Un peu. Tout le monde s'entend pour dire qu'elle est intelligente, stable, sensée. Mais pas en ce qui concerne ce type. Enfin, elle n'est pas la première à dérailler à cause d'un mec avec de la tchatche et une belle gueule.

Voyant Connors sourire puis éclater de rire, elle secoua la tête.

— Tu ne te comportes presque jamais comme un connard, précisa-t-elle.

— C'est le genre de flatterie qui te rapportera une pizza au pepperoni.

Un commentaire parfaitement minuté, constata Eve, car au même instant la serveuse déposa la pizza sur le plateau central de la table. Elle installa ensuite leurs assiettes, les resservit en eau.

— Bon appétit ! Et faites-moi signe s'il vous faut autre chose.

Connors fit glisser une part sur une assiette qu'il passa à Eve, puis en prit une pour lui.

— C'est ça le plus dur, commenta Eve. Attendre qu'elle ait suffisamment refroidi pour ne pas se brûler le palais.

Elle balaya les lieux du regard.

— La première fois que je suis venue ici, assise au comptoir face à la vitrine, tout était nouveau, tout était possible. J'étais libre et je me formais avec l'intention de devenir un vrai bon flic.

— C'est ce que tu es. Un authentique bon flic.

— Je n'aurais jamais imaginé tomber sur toi. On peut parler d'un énorme bonus.

Elle saisit sa part, estima qu'elle avait encore vingt secondes d'attente pour s'éviter la brûlure.

— Alors, la maison de Mavis a passé l'inspection ? demanda-t-elle.

Il pencha la tête, l'air étonné.

— Je suis attentive, dit-elle.

— Plus que beaucoup ne le pensent. Oui, c'est bon. Donc les murs vont pouvoir être montés. Les paysagistes ont commencé à mettre certaines plantes en terre, même si les nouveaux propriétaires et locataires tiennent à en faire une grande partie. Et Peabody m'a envoyé d'impressionnants plans détaillés pour une fontaine en me demandant comment commander la pierre, la pompe et tout le nécessaire. Elle a l'intention de la construire pour remercier Mavis et Leonardo.

— Elle va vraiment faire ce truc avec la cascade ?

— Apparemment. Le design est créatif, la conception irréprochable.

— Je rends visite à un mafieux en retraite et mon équipière décide de dupliquer sa cascade artificielle. Et toi, tu rachètes son entreprise de construction.

Elle mordit dans sa pizza et se laissa envahir par une chaude et délicieuse sensation de réconfort.

— Parfait, dit-elle avant de croquer de nouveau dans sa part.

À leur retour chez eux, Summerset les attendait dans le hall.

— Avez-vous passé une bonne soirée à l'extérieur ?

— On te laissera juger par toi-même, répondit Connors en lui tendant une boîte en carton. Voilà un petit casse-croûte de fin de soirée que tu devrais trouver à ton goût.

— Je n'en doute pas. Merci.

Summerset baissa les yeux sur Galahad qui s'était redressé pour humer la boîte.

— Tu as déjà eu ton dîner mais quelqu'un te trouvera peut-être une petite friandise dans un moment.

Encore trop enchantée par la pizza pour lui décocher une pique, Eve se dirigea simplement vers l'escalier.

« Tableau et dossier pour commencer, se dit-elle. Puis café et rédaction de la déposition de Mosebly. »

Elle appellerait ensuite ses inspecteurs. Ils l'auraient prévenue s'ils étaient tombés sur une nouvelle piste, mais elle les contacterait pour faire le point.

Le chat vint se frotter contre ses jambes pendant qu'elle mettait son tableau à jour.

Elle s'accroupit pour le caresser et lui donner le morceau de pizza qu'elle avait gardé dans sa poche, enveloppé dans une serviette.

— Tu n'en auras pas plus.

Quand Connors arriva, vingt minutes plus tard, il avait troqué son costume contre un jean et un tee-shirt et elle était passée du tableau au dossier.

— Elder était la seule à être abonnée à une salle de sport, lui lança-t-elle en guise de préambule. Elles n'allaient pas dans le même salon de coiffure, n'avaient ni la même banque ni le même médecin et leurs cercles amicaux ne se croisent pas, d'après ce que j'ai pu voir.

— Et pourtant, quand tu as montré les photos à notre serveuse et aux collègues qu'elle a appelés à la rescousse, ils ont formellement reconnu Elder et Covino. Et certains pensaient avoir déjà vu Hobe.

— Leurs pizzas ont bonne réputation. Ce ne sera pas le seul endroit qu'elles auront toutes fréquenté. Je continue à penser que le tueur habite le quartier, ou pas loin. Et que cette piste sera payante. Mais il a pu les repérer ailleurs.

Elle pivota sur son siège.

— Le truc, c'est que Covino ne bossait pas dans le coin. Donc elle faisait sans doute des courses près de son travail. J'ai trouvé le petit magasin où elle achetait ses fleurs mais ils n'ont pas reconnu les autres femmes.

Elle se passa les mains dans les cheveux.

— Je vais revenir au maquillage. Elle était très, très maquillée.

— C'est le moment où je te suggère d'en parler à une certaine Trina...

Eve secoua la tête.

— Ce ne sont pas des cosmétiques de qualité. Plutôt le genre d'articles qu'on achète au supermarché. Trina regarderait ça de haut. Par ailleurs, comment a-t-il appris à appliquer ces produits de manière aussi précise ? Est-ce qu'il s'est entraîné ? Est-ce qu'il exerce un métier dans le domaine ? Au théâtre ou pour des spectacles ?

— Et ce haut dont tu m'as parlé, celui du magasin de Nashville ?

— Oui, il y a aussi ça. Impossible de remonter à son origine. On est repassées du côté des boutiques vintage mais...

— Va au bout de ta réflexion.

Parce qu'il la connaissait bien, il leur programma un café chacun.

— Son plan ne date pas d'hier, reprit Eve. Ni même de la semaine passée. Ça fait au minimum des semaines qu'il se prépare, si ce n'est des mois. Donc je ne crois pas qu'il ait acheté les vêtements, le maquillage ni même les chaînes et les menottes juste avant d'enlever Elder.

Connors lui tendit son café puis s'assit devant le terminal auxiliaire.

— Pendant quelques jours, il a eu trois prisonnières.

— Oui, j'y ai pensé plusieurs fois, et ça me pèse. Maintenant il en a deux. A-t-il besoin des trois ? Va-t-il enlever quelqu'un d'autre ce soir ? J'ai renforcé les patrouilles dans le quartier, au cas où. Mais je ne pourrai pas les maintenir indéfiniment.

Elle laissa échapper un soupir.

— Et puis retenir trois femmes implique de les nourrir, de leur donner accès à des toilettes.

Elle se releva pour faire les cent pas.

— McQueen retenait plus de victimes, mais lui se foutait complètement qu'elles s'alimentent. Il ne cherchait qu'à les avoir en son pouvoir pour les violer et les tuer. Celui-ci poursuit un autre objectif.

— Est-ce qu'il les détient ensemble ou séparément ?

— McQueen les gardait toutes ensemble, enchaînées, désespérées, terrifiées. Mais là, c'est différent.

Elle fit plusieurs fois le tour du tableau.

— Il ne peut pas les enfermer au même endroit. Comment maintenir l'illusion que l'une d'elles est sa mère – ou le deviendra – si elles sont ensemble, si elles peuvent se parler ? Il doit les maintenir séparées, isolées, à la fois pour elles et pour lui. Ce qui implique un espace suffisamment grand.

Elle se tourna vers Connors.

— Tu as bien fait de pointer cet autre angle d'attaque. Il a peut-être un grand sous-sol, ou alors il les a enfermées à des étages séparés. Mais il doit disposer de toilettes. On ne peut pas garder des personnes enchaînées pendant des jours sans leur proposer un moyen de faire leurs besoins. Qui voudrait avoir à nettoyer ça ? Et il aime la propreté. Elder était propre. Son corps, ses cheveux, ses ongles, sa tenue. Tout était impeccable.

Elle refit le tour du tableau.

— Aucun signe de déshydratation chez Elder. Elle avait eu un bon dernier repas. Quand on mange et on boit, il faut pouvoir éliminer.

Elle retourna à son fauteuil.

— C'était planifié. Il a enlevé ses trois victimes de façon trop rapprochée pour ne pas avoir planifié au moins trois kidnappings. Il a peut-être été obligé de faire installer ces toilettes. Mais elles pouvaient être déjà en place. Pour le coup, il a même pu en enfermer une dans des toilettes. Tant qu'il n'y a pas de fenêtre. Mais...

— Je peux faire quelques recherches du côté des permis. Regarder quelles maisons parmi celles de la liste ont fait faire des travaux de plomberie sur... Qu'est-ce qui t'arrangerait ? les douze derniers mois ?

— Oui, oui, bonne idée. L'hypothèse est solide.

— Je vais faire ça ici, dans ce cas.

Elle reprit la tasse de café qu'elle avait oubliée.

— Il est deux personnes, dit-elle à voix haute.

— Tu penses qu'il collabore avec quelqu'un ?

— Non, ce n'est pas ce que je veux dire. Deux personnes à l'intérieur d'un seul homme. L'adulte qui calcule et planifie et l'enfant colérique et en manque d'affection. Les deux sont des tueurs, les deux sont fous. Mais l'adulte maintient une façade, il sait se contenir, il peut avoir l'air sain d'esprit et agir comme tel. Il est bien obligé, non ?

Elle s'inclina en arrière, les pieds posés sur le bureau.

— Oui, forcément. Au pire, les gens le trouveront un peu excentrique. Mais pas trop, puisque personne ne fait attention à lui. Est-ce que ça l'énerve ou est-ce que ça l'arrange ?

Elle remarqua que Connors l'observait.

— Quoi ? Pardon. Je réfléchis à haute voix.

— Et c'est fascinant. Tu es en train de le reconstruire sous mes yeux.

— Une version potentielle. Toujours plus hypothétique.

— Ne t'arrête pas pour moi. Continue.

— Alors s'il a bien dans les soixante ou soixante-dix ans comme notre profil le suggère, on dira qu'il a la maturité de son âge et de son expérience. Mais ce gamin qui vit en lui n'est que coups de tête et coups de colère. Beaucoup de ressentiment aussi chez l'adulte parce qu'il n'a pas ce qu'il veut, parce qu'il a été déçu, voire maltraité. Sans doute, même. Mais il a un certain contrôle.

Elle donna libre cours au flot de ses réflexions, les yeux rivés sur le tableau.

— Mosebly a été déçu et maltraité. Il s'est échappé… en emportant une bonne dose de colère. Mais il avait ses grands-parents. Sans ce message l'invitant à s'instruire et évoluer, il aurait pu connaître une trajectoire bien plus difficile. Quand sa mère lui a demandé pardon, il lui a pardonné.

Et, des années plus tard, il a reformé la cellule familiale.

» Notre homme n'a rien de tout ça en lui. Quand j'ai vu Stella, que je l'ai reconnue…

— Eve…

— Non, pas de culpabilité dans ce que je dis. Jamais je ne lui aurais pardonné, et jamais je n'aurais repris contact. Mais je n'ai pas souhaité sa mort. Je côtoie la mort au quotidien, je travaille avec elle et je ne la souhaite à personne. Ce type, lui, ressent le besoin de tuer. Il tue ce qui… le déçoit de nouveau.

Elle inclina la tête, étrécit le regard.

— Il voit, il imagine, il est saisi d'un besoin. Et donc il planifie. Chaque étape. Ce qui demande du temps et de la patience… et des moyens financiers, au passage. Il doit investir intelligemment. Il observe, il attend et puis il s'empare de ce qu'il veut.

Elle but une gorgée de café.

— Il n'agresse pas, ni physiquement ni sexuellement. Ce serait… irrespectueux, inconvenant ? Elles doivent l'implorer de les laisser partir, c'est la nature humaine. Et ça va le mettre en rogne.

— Pourquoi ?

— Une mère veut être auprès de son enfant. Ça le blesse qu'elles le repoussent. Mais il ne se déchaîne pas sur elles pour autant. C'est pour ça qu'il ne se contente pas d'une seule. L'une d'entre elles finira par comprendre. L'une d'entre elles deviendra celle qu'il faut et restera pour l'aimer.

— Il peut faire en sorte qu'elles ressemblent à son modèle. Physiquement parlant, ajouta Connors. Le tatouage, les piercings.

— C'est ça. Et c'est important. Mais il ne peut pas changer qui elles sont ou les transformer en quelqu'un qu'elles ne sont pas. Donc il finira par être de nouveau déçu.

Elle se détourna du tableau pour regarder Connors dans les yeux.

— Mais derrière tout ça, il ne lui pardonne pas ce qu'elle a fait, ou du moins ce qu'il estime qu'elle a fait. Alors il la tuera et continuera à la tuer.

— Vous allez le trouver. L'arrêter.

— On va le trouver. On va l'arrêter. Mais je ne sais pas si on le fera à temps pour sauver ces deux femmes sur le tableau.

Elle se remit au travail, échangea avec Peabody et Reineke. Quand Connors identifia sur sa liste une maison ayant reçu un permis de rénovation de la buanderie, avec ajout d'une salle d'eau, elle transmit l'info à Reineke et Jenkinson.

— Nous n'obtiendrons jamais un mandat pour ça, dit-elle à Connors. C'est trop léger. Mais on peut voir comment l'occupant réagit quand deux flics viennent lui demander s'ils peuvent jeter un coup d'œil à son sous-sol.

— À cette heure tardive, il pourrait se montrer assez peu hospitalier.

Elle fronça les sourcils.

— Il n'est pas si tard que ça.

— Il est 23 h 10, Eve.

— Voilà, pas si tard. Et je leur ai dit que ce serait le dernier de la soirée. Ils pourront poursuivre les visites demain. Ils ont déjà fait un bon tiers de la liste ce soir.

Elle se leva et retourna se poster face au tableau.

— Si ces propriétés ne donnent rien, il faudra élargir la zone de recherche. Je sais que je ne me trompe pas sur le type de maison. Bon, et s'il était propriétaire de l'endroit mais sans qu'il soit à son nom ? Au nom de sa mère, peut-être, ou d'un membre de la famille ou d'un lieu particulier.

— Je veux bien programmer une nouvelle recherche et la lancer en mode automatique si tu acceptes de t'arrêter là pour la nuit.

— Je m'arrêterai dès que Reineke et Jenkinson m'auront fait leur rapport.

— Ça marche.

À minuit, parce qu'une promesse était une promesse, elle se glissa sous les couvertures.

— Je n'arrive pas à croire que je fais une fixette sur des toilettes.

Connors lui passa un bras autour de la taille.

— C'est une nécessité. Comme l'a très bien compris l'homme à qui Jenkinson et Reineke ont rendu visite et qui en avait fait installer dans son sous-sol transformé en *home cinema*. Je me demande au passage si on devrait s'en faire aménager un.

— J'aime bien regarder des films ici en m'étalant de tout mon long sur le canapé.

— Moi aussi. Raison pour laquelle cette idée me fait hésiter depuis longtemps. Bon, maintenant éteins ton infatigable cerveau de flic et dors.

D'ici une minute. Ou deux.

— S'il se remet en chasse ce soir et que les patrouilles le repèrent…

Connors roula sur lui-même de façon à se retrouver au-dessus d'elle.

— Aux grands maux les grands remèdes.

— Le sexe n'est pas la solution à tout.

— Mais il règle une multitude de problèmes. Maintenant, détends-toi, dit-il avant de plaquer sa bouche sur la sienne.

Il opta pour une approche lente et langoureuse. Elle connaissait sa méthode.

Très efficace, en l'occurrence.

Elle entendit le bruit mat du chat qui sautait au bas du lit, l'imagina s'éloigner d'un air agacé. Puis l'oublia complètement comme la langueur l'envahissait.

Tendre et lent, paresseux et doux. Connors l'aida à se détendre, un muscle après l'autre. Il trouva tout ce qui, chez elle, était en quête d'apaisement, et tout ce qui n'attendait que d'être pris en main.

Centimètre par centimètre, il fit glisser sa chemise de nuit par-dessus sa tête puis au sol.

Elle se laissa aller avec lui, corps contre corps, pouls contre pouls, bouche contre bouche.

Il la sentit s'abandonner, pas seulement à lui, mais à l'instant présent. Façon pour le flic infatigable de laisser place à la femme amoureuse. Il l'imita bientôt, s'offrant aux caresses des mains d'Eve sur sa peau, à la chaleur de ses lèvres répondant aux siennes.

Au moment où il se glissa en elle, elle était chaude et moite. Et lorsqu'elle se mit à onduler sous lui, il leva la tête pour la regarder le contempler.

Il lui murmura quelques mots en irlandais, l'entendit soupirer en retour. Elle lui posa une main sur le visage et il tourna la tête pour lui embrasser la paume sans cesser de se mouvoir contre elle.

Lenteur et douceur, douceur et lenteur, ni précipitation, ni pression, ni préoccupation. Tandis que le désir enflait, que la chaleur se répandait en eux, que leur pouls s'accélérait, ils s'agrippèrent l'un à l'autre, et à l'instant présent.

Et ils s'étreignirent avec force alors même que le présent se dilatait vers l'infini.

Ce fut ainsi qu'Eve se laissa aller au sommeil. Une fois certain qu'elle s'était endormie, Connors la rejoignit.

Elle rêva. Elle était plongée dans le noir, fouillant l'obscurité, guidée par des appels à l'aide.

Dès qu'elle s'en approchait, les voix s'évanouissaient. Lorsqu'elle les appelait à son tour, elles résonnaient d'une autre direction.

Où qu'elle cherche, elle n'arrivait pas à les trouver.

La sonnerie de son communicateur la réveilla en sursaut.

— Merde !

Elle s'extirpa du rêve et saisit l'appareil.

— Blocage vidéo, ordonna-t-elle pendant que Connors actionnait l'éclairage à dix pour cent de son intensité. Ici Dallas.

— *Dallas, lieutenant Eve, communication du Central. Rendez-vous auprès des agents au 21 Leonard Street. Homicide potentiel.*

Eve bondit hors du lit en direction de son dressing.

— Victime de sexe féminin ? demanda-t-elle.

— *Affirmatif.*

— Bien reçu, dit-elle. Dallas, terminé.

Elle enfila précipitamment un pantalon et récupéra un chemisier.

— Merde, merde, merde. Ça va être Hobe. C'est elle qu'il détenait depuis le plus longtemps. Quelle heure il est ?

— Il est 4 h 30.

Eve chaussa des boots avant d'attraper une ceinture et une veste.

Lorsqu'elle ressortit du dressing, un Connors entièrement habillé lui tendait un café.

— Comment tu fais ?

Elle vida sa tasse d'un trait avant de se munir de son harnais réglementaire.

— Je t'accompagne. Je peux conduire, proposa-t-il.

— Tu n'es pas obligé de...

— Je t'accompagne, répéta-t-il. Je te conduis sur place puis je me débrouillerai pour repasser ici.

Il y serait contraint, estima Eve, parce que son tee-shirt noir et son jean étaient loin de son look habituel d'empereur du monde des affaires.

— Ça te permettra d'appeler Peabody et d'alerter Morris, dit-il.

Eve n'argumenta pas ; c'était exactement ce qu'elle avait prévu de faire.

Connors enfila un blouson en cuir noir. Elle fit de même.

— Au moins tu ne peux pas te plaindre que je m'habille en noir puisque tu fais pareil.

Elle fourra dans ses poches le reste de ce dont elle avait besoin.

— Bon sang, Connors, il ne lui a même pas laissé dix jours.

Le chat les suivit au pas de course dans l'escalier puis fila vers les quartiers de Summerset tandis qu'eux sortaient par la porte d'entrée pour rejoindre la DLE garée devant la maison et prête à partir.

— 21 Leonard Street.

— Oui, j'ai entendu.

Elle actionna le gyrophare et la sirène. Connors mit les gaz.

Elle appela Peabody tout en affichant un plan de la ville sur l'écran du tableau de bord.

— Ici Peabody, répondit son équipière, vidéo bloquée. Qu'est-ce qui se passe, Dallas ?

— 21 Leonard Street, victime de sexe féminin. On dirait qu'il s'est légèrement écarté de la zone qu'on avait circonscrite pour le dépôt du corps. Levez-vous, habillez-vous et rejoignez-moi.

— Compris. J'arrive.

Eve contacta ensuite Morris.

Il ne prit pas la peine de bloquer la vidéo et Eve le distingua assis sur son lit sous une lumière tamisée. Le drap d'une blancheur neigeuse couvrait – de justesse – les parties de son anatomie qu'elle n'était pas censée voir.

Il cligna brièvement des yeux avant de secouer sa longue chevelure dénouée.

— Qui donc a croisé la mort cette nuit ?

— Je n'en suis pas encore sûre, je suis en route. Mais la victime est une femme et l'endroit laisse imaginer un lien probable avec Elder. C'est notre homme, Morris. J'ai besoin que vous preniez aussi cette dépouille en charge.

— Je serai prêt à la réceptionner. Donnez-moi l'adresse et j'organiserai son transport dès que vous aurez terminé votre examen de la scène de crime.

— Merci. Désolée de vous avoir appelé si tôt.

— Flics et médecins au service des morts. Le temps ne signifie rien pour nous.

Elle s'empressa de couper la communication en le voyant repousser les couvertures :

— Dallas, terminé.

Elle leur programma un café pendant que Connors traversait la ville à vive allure.

— J'ai vu les fesses de Jake Kincade, dit-elle.

— Hein, pardon ?

— Pas volontairement. Quand Nadine était en tournée, je l'ai appelée... et il y avait cette histoire de décalage horaire là où elle était, donc elle était au lit. Avec lui. C'est au moment où j'ai voulu qu'elle enquête sur le salopard en Oklahoma, l'ex violent de Quirk. Elle n'avait pas bloqué la vidéo. Jake est sorti du lit et j'ai vu ses fesses au moment où il est sorti de l'image.

— Je vois.

— Il a un très beau cul, c'est vrai, mais... Et ce matin, c'était Morris. Il n'a pas bloqué la vidéo alors qu'il était clairement nu dans son lit. Et il allait repousser le drap qui le recouvrait quand j'ai raccroché. Je sais bien que ce n'est pas un pervers exhibitionniste. Mais, comme Jake, il n'accorde pas beaucoup d'importance à la nudité.

Connors tendit la main pour serrer gentiment celle d'Eve.

— J'adore les petites choses sur lesquelles tu choisis d'être prude.

— Je ne joue pas les prudes. Maintenant je sais que Morris a la Faucheuse tatouée sur le haut de sa cuisse. Est-ce une information que je devrais avoir ? Bref. Laisse tomber.

Elle vit sur le plan qu'ils n'étaient qu'à quelques minutes de la scène de crime. Elle décida de reprendre ses appels et réclama une équipe de techniciens de la police scientifique.

Connors se gara derrière la voiture de patrouille déjà sur place.

Le duo mixte d'agents en uniforme avait établi un cordon d'environ deux mètres de large autour du corps. La femme se tenait auprès de la victime. L'homme était assis à l'écart sur un perron en compagnie d'un autre individu. Un adolescent, constata Eve.

Elle présenta son insigne.

— Lieutenant. Je suis l'agent Kotter, dit celui-ci en se levant.

C'était un métis costaud d'une cinquantaine d'années. Il avait gardé une main posée sur l'épaule du garçon très pâle qui s'était levé en tremblant.

— Voici Kylo Grishom. C'est lui qui a découvert le corps et nous a appelés.

Kylo serrait nerveusement un tube d'eau entre ses doigts.

— Je vais avoir des ennuis ?

— Avez-vous tué cette femme ?

Il ouvrit des yeux grands comme des soucoupes.

— Moi ? Non. Pas du tout !

— Alors pourquoi auriez-vous des ennuis ?

— Euh, parce que j'ai… Bon, en fait je suis sorti en douce. J'habite juste à côté, là-bas, et je suis sorti pour, euh, voir ma copine. Ses parents sont pas là. Alors, on… Vous voyez, quoi.

— Vous êtes passé ici en chemin vers le domicile de votre copine ?

— Ouais.

— À quelle heure ?

— Vers minuit, je dirais.

— À quelle heure avez-vous quitté votre amie ?

— Un peu après 4 heures. Ma mère se lève vers 5 heures et réveille mon grand frère parce qu'ils bossent tôt. Elle vient toujours me secouer avant de partir parce qu'on n'a pas école et que je dois surveiller mon petit frère, tout ça. Donc je voulais être revenu avant qu'elle se réveille.

— Où habite votre petite amie ?

— Sur Duane Street, à côté de Broadway. Elle n'est pas censée faire entrer qui que ce soit quand ses parents sont absents mais on, euh... Ouais.

— J'ai bien saisi, Kylo.

— Je voudrais vraiment pas lui causer d'ennuis. Et à moi non plus, d'ailleurs. Mais quand j'ai vu cette dame...

Ses yeux avaient retrouvé leur taille normale mais il était aussi tendu qu'une corde de guitare.

— Vous rentriez à pied de chez votre copine quand vous avez vu le corps ?

— Ouais, c'est ça. Je marchais et au début je me suis dit que c'était seulement une clocharde. Mais elle en avait pas l'air, vu les vêtements qu'elle portait. J'ai pensé qu'elle était peut-être tombée dans les pommes après avoir trop bu ou pris de la drogue. Mais un truc clochait. Elle avait les yeux ouverts, le regard fixe. Là, je me suis dit : « Merde, elle est, genre, morte. »

Il avait les doigts si crispés sur son tube qu'Eve s'attendit à voir le bouchon s'envoler.

— J'allais m'enfuir en courant. Franchement, j'ai même commencé à reculer, mais...

— Vous avez bien agi.

— J'espère.

— Vous avez fait ce qu'il fallait, Kylo. Avez-vous touché le corps ?

— Ouh là, non. Négatif. Pas question.

Eve consulta sa montre.

— Votre mère doit être levée à cette heure-ci. Si j'étais vous, je lui raconterais exactement ce qui s'est passé.

— Elle va me priver de sortie pendant un mois.

— Peut-être.

Eve tira une carte de visite de sa poche.

— Donnez-lui ceci et dites-lui que je la contacterai pour la féliciter d'avoir élevé un fils qui agit de manière responsable.

Il écarquilla de nouveau les yeux, de stupeur mêlée de joie cette fois.

— Vous feriez ça ? Sérieux ?

— Oui.

Il esquissa un petit sourire.

— Ça, c'est le genre de truc qu'elle va adorer. Merci.

— Rentrez chez vous. Nous vous contacterons. Et merci pour votre coopération. Agent Kotter, vous voulez bien raccompagner Kylo sur la fin de son trajet ?

— Oui, lieutenant. Allons-y, Kylo.

Eve se détourna d'eux pour examiner le corps. Elle prit le kit de terrain que Connors lui tendit et s'accroupit pour se glisser sous le cordon de sécurité.

14

Eve contempla le cadavre d'Anna Hobe.

« Je crois que tu m'as appelée dans l'obscurité. Et je crois qu'une part de moi savait que je ne te retrouverais pas à temps. »

Elle se tourna vers sa collègue en uniforme dont la casquette bien calée par-dessus sa coupe au bol lui rappelait la façon dont Peabody était coiffée à ses débuts en tant que simple flic.

— Agent... ?

— Pinsky, lieutenant. Nous avons répondu à un appel automatisé du Central à 4 h 19. Nous faisions partie des patrouilles associées à votre enquête mais c'était en dehors du secteur.

— J'en ai bien conscience.

— Oui, lieutenant. À notre arrivée, environ deux minutes plus tard, le témoin était assis là-bas sur le trottoir, la tête sur les genoux. Il était secoué, lieutenant, et mon équipier est resté avec lui pendant que je vérifiais qu'on avait affaire à un cadavre. Après quoi on a sécurisé la scène et prévenu le Central.

— D'autres personnes dans les parages ?

— Non, lieutenant.

— D'accord. Quand votre coéquipier reviendra, commencez à toquer aux portes.

— Bien, lieutenant.

Eve leva les yeux vers la pancarte au-dessus du portail en acier. DESTINATION EXPLORATION

— Vous connaissez cet endroit, Pinsky ?

— Tout à fait. C'est un complexe éducatif pour les enfants. Des tout-petits jusqu'aux adolescents. Apprentissage par la pratique. Un endroit très sympa, mes enfants adorent.

— Merci.

Une fois son kit de terrain ouvert, Eve se tourna vers Connors.

— C'est Hobe.

— Oui. Et, d'une certaine façon, une autre aire de jeux.

Eve isola ses mains et ses pieds avant de s'approcher du corps.

Le tueur avait allongé sa seconde victime dans l'embrasure de la porte d'entrée, dans une pose identique à la première. Il l'avait recoiffée et maquillée de façon similaire, mais Eve capta quelques subtiles différences, dont un autre choix de couleurs pour les yeux et les lèvres.

Il l'avait vêtue d'une jupe très courte, en jean, avec des fleurs brodées sur un côté. Taille basse, là aussi, constata Eve, pour bien exposer la bille rouge qui décorait son nombril. Le haut, rouge lui aussi, lui dénudait les épaules et s'arrêtait juste en dessous des seins.

Il avait de nouveau opté pour des escarpins, rouges cette fois, à bouts ouverts et pointus. Le vernis à ongles, lui, était d'un bleu foncé presque noir.

Il avait inscrit son message au crayon gras rouge sur une feuille de papier blanc cartonné.

MÉCHANTE MAMAN !

Eve reconnut le claquement des bottes de Peabody et le pas rapide de McNab sur le trottoir derrière elle. Elle entendit Connors les saluer.

Elle s'accroupit, dégaina sa tablette d'identification pour reconnaître officiellement la victime via ses empreintes.

— La victime est identifiée comme étant Anna Hobe, vingt-quatre ans, caucasienne. Sa disparition avait été signalée le 1er juin de cette année.

Peabody s'accroupit derrière elle.

— Passez-vous les pieds et les mains au Seal-It, Peabody.

— C'est fait.

Eve glissa le mot du tueur dans un sachet de collecte de preuves.

— Examinez ce qu'il y a sous le ruban autour de son cou, dit-elle en sortant ses jauges.

— Gorge tranchée puis recousue. Points de suture précis. Même genre de fil et de ruban que ceux utilisés sur Elder. À confirmer par le labo.

Elles poursuivirent leur travail, le geste efficace et la voix dénuée d'émotion.

— Heure du décès : 20 h 46. Les contusions et lacérations au poignet droit et à la cheville gauche indiquent que la victime était entravée.

Eve se pencha tout près du corps.

— Du parfum. Le même que celui employé sur Elder.

Quoique certaine de son fait, elle en fit un prélèvement.

— Piercing au nombril, multiples piercings aux oreilles, les mêmes que sur Elder. Le corps est propre. Aucun signe d'autres lésions défensives ou offensives. On la retourne, Peabody.

Cela fait, Eve inspecta le papillon qui étirait ses ailes au creux du dos de la victime.

— Même tatouage, même travail soigneux, mais...

Elle passa un doigt protégé sur les contours.

— Ce n'est pas tout à fait cicatrisé. Elle n'a pas eu autant de temps de récupération qu'Elder.

Elle se décala pour regarder de plus près la blessure à la gorge.

— L'angle est différent. Vous voyez ? L'attaque est venue... par-derrière.

Eve empoigna Peabody par les cheveux, lui inclina la tête en arrière et mima le geste de lui trancher la gorge.

— Pas d'agression impulsive cette fois, en admettant que la première l'ait été. Là, c'est certain. C'était prémédité. Par-derrière. Vous voyez la façon dont la plaie remonte ?

— Maintenant oui.

— Pas de dispute, pas de face-à-face. Il est arrivé dans son dos, lui a tiré la tête en arrière pour exposer la zone visée. Gorge tranchée. Il en avait fini avec elle. Il voulait passer à autre chose. Soit il en a kidnappé une autre dont nous n'avons pas encore connaissance, soit Covino lui donne satisfaction jusqu'à présent. Peut-être les deux.

— J'ai l'impression qu'il y a plus d'hématomes et que les entailles au poignet sont plus profondes que celles d'Elder.

— Exact. Pourquoi, à votre avis ?

— Elle s'est peut-être plus débattue. Je dirais...

Peabody sorti ses microlunettes.

— On dirait que les entailles les plus marquées sont les plus récentes. Comme si elle s'était agitée avec plus de virulence dans, en gros, les dernières vingt-quatre heures.

— Pour quelles raisons, selon vous ?

Peabody s'accroupit sur ses talons.

— Elle avait peut-être compris qu'elle ne s'en sortirait pas vivante à moins de s'échapper.

— Soit ça, soit elle et Covino avaient trouvé un moyen de communiquer. L'espoir nous fait souvent redoubler d'efforts. Ou peut-être avait-elle identifié un moyen de s'en sortir. Autant d'hypothèses envisageables.

— Je préviens la morgue et la police scientifique ?

— Je l'ai fait sur le trajet. Pour que Morris soit au courant tout de suite. Vous voyez ça ? La jupe, les chaussures ? Un tout petit peu trop grandes pour elle, alors que le jean et les escarpins étaient un peu serrés pour Elder. Ça se joue à pas grand-chose, cela dit. Notre suspect a l'œil.

» Restez auprès d'elle. Je dois m'entretenir avec la mère du témoin qui a appelé police secours. Il habite juste à côté.

— D'accord. Pourquoi sa mère ?

— Il doit avoir quinze ou seize ans, était sorti en douce pour retrouver sa copine. Mais ça ne l'a pas empêché d'appeler nos collègues et de veiller sur le corps, donc je vais parler à sa mère.

Elle se releva et repéra McNab et Connors qui buvaient un café, adossés à sa voiture.

— À votre service, Dallas, dit le geek de la DDE.

— Pas d'appareils électroniques sur elle, répondit-elle en rangeant son kit de terrain dans le coffre. Il y a une caméra au-dessus de la porte mais il est assez malin pour avoir brouillé le signal. Quoi qu'il en soit, faites venir le gérant ou la gérante de cet endroit pour vous ouvrir et vous donner accès à la vidéo.

— C'est comme si c'était fait.

— Il faut que j'aille parler une minute à la mère du témoin.

— Je t'accompagne, dit Connors en se redressant.

Il ne lui prit pas la main pour essayer de la réconforter ; elle n'aurait pas apprécié. Mais il profita de leur courte marche pour l'interroger du regard.

— Ai-je besoin de te rappeler que tu as fait tout ce que tu pouvais ?

— Ça n'a pas suffi.

Elle secoua la tête.

— Et je sais que faire le maximum ne suffit pas toujours. Forcément. Mais je ne peux pas m'empêcher de penser que je me suis plantée avec Mosebly et que j'ai perdu du temps.

— Non. Tu l'as éliminé de la liste des suspects potentiels, ce qui était nécessaire.

— C'est vrai. Tu as raison. Il faut regarder les choses en face. J'avais conscience que s'il accélérait son programme ne serait-ce que d'une journée, nous n'aurions pas assez de temps. C'est ce qu'il a fait, et le résultat est là.

Elle se retourna pour regarder la scène de crime dans la rue derrière eux. Le véhicule de la morgue venait d'arriver. Quelques voisins observaient la scène de leurs portes entrebâillées.

— Juste en dehors de la zone de patrouille. C'est un coup de malchance pour moi ou un plan habile de sa part ? J'irai directement au Central une fois que j'aurai terminé ici.

— J'ai commandé une voiture.

— Je m'en doutais. Oh, tu avais lancé une recherche durant la nuit…

— Et je t'en enverrai les résultats.

Eve resta silencieuse quelques instants, consulta sa montre.

— Mince, il est 5 h 30 passées. Pas loin de 6 heures. Je parie que tu as loupé l'occasion d'acheter un gros morceau de l'univers ce matin.

— Ce qu'il y a de merveilleux avec l'univers, c'est qu'il est toujours là. Prends bien soin de mon flic préféré, lui dit-il comme une élégante berline se garait le long du trottoir. Et n'oublie pas de la nourrir.

— Promis.

Il se dirigea vers la voiture, elle vers chez Kylo.

Dix minutes plus tard, Eve revint sur la scène de crime, un gros muffin aux myrtilles encore chaud à la main.

McNab discutait avec l'un des techniciens de la police scientifique qui avaient, semblait-il, débarqué pendant qu'elle était à l'intérieur.

— J'ai pu joindre la directrice des lieux, lui annonça-t-il.

Il huma l'air de manière exagérée.

— Il y a une boulangerie dans le coin ?

Eve, qui savait à quoi s'attendre, avait déjà divisé le muffin en trois morceaux.

— Non, dit-elle. Apparemment, la mère du témoin les prépare durant le week-end et les stocke dans l'autochef pour que ses garçons ne meurent pas de faim en se levant le matin.

— Merci. Super bon, assura-t-il après avoir dévoré sa part. La directrice est en route. Très perturbée à l'idée qu'il y ait un corps devant son établissement. À cause des enfants.

Eve désigna du menton Peabody qui s'entretenait avec l'équipe de la morgue.

— Il n'y restera plus très longtemps.

Elle croqua dans sa part de muffin. McNab avait raison. Très bon.

— Tenez-moi au courant si les dieux nous sourient et qu'il y a quelque chose d'utile sur la vidéo.

— C'est un vieux modèle de caméra, facile à brouiller. Mais on ne sait jamais.

Eve rejoignit Peabody et lui remit le dernier morceau de gâteau. Elle s'entretint ensuite avec le responsable de la police scientifique et le conducteur de la morgue. Elle échangea quelques mots avec les deux agents en uniforme quand ils ressortirent d'un immeuble voisin.

Jusqu'à présent, les dieux ne souriaient pas assez pour lui fournir un témoin.

— Il a déposé le corps après minuit et avant 4 heures, dit Eve au moment de remonter dans sa voiture. À mon avis, plutôt vers 4 heures que vers minuit. Il a fallu du temps pour la nettoyer, l'habiller, la maquiller. Et vers 3 heures du matin, ça semble la fenêtre idéale : l'essentiel des bars sont fermés, la plupart des gens qui restent jusqu'à la dernière tournée ou font la fermeture sont rentrés se coucher.

— Il y a toujours le risque de croiser un insomniaque, quelqu'un avec un enfant ou un bébé qui passe une mauvaise nuit. Ou une personne comme notre témoin qui rentre chez elle après une session de jambes en l'air.

— Un risque calculé. Il se doit de faire passer son message. Soit maman l'emmenait dans ce genre d'endroits, soit elle aurait dû le faire.

— Il a changé de nuances pour le maquillage, fit remarquer Peabody.

— Oui, j'ai remarqué ça. Le vernis à ongles n'est pas le même, le piercing au nombril non plus et pareil pour les boucles d'oreilles. Il dispose d'un stock.

— Taille S sur les étiquettes du haut et de la jupe. Je n'ai pas reconnu la marque. Les étiquettes sont délavées.

— Des vêtements anciens. Comme les précédents. Là aussi, il a un stock. Pour les habits, les chaussures, tout. Il est suffisamment en prise avec la réalité pour comprendre qu'il ne tombera pas du premier coup sur celle qu'il cherche. Et il s'est préparé à faire autant de tentatives que nécessaire.

— Il a pu kidnapper une nouvelle victime. Quelqu'un dont la disparition n'a pas encore été signalée.

— Possible. Il faudra contacter Norman. Laissez-lui encore une heure puis informez-le des derniers événements.

— Mosebly cochait beaucoup de cases, dit Peabody.

Elle commença à bâiller, se reprit.

— On va trouver quelqu'un d'autre. Quelqu'un qui cochera toutes les cases.

Eve s'engagea sur la rampe d'accès au parking du Central.

— Connors a lancé une nouvelle recherche pendant la nuit pour élargir la liste des lieux potentiels. Notre suspect connaît la zone. Un peu trop bien pour ne pas y habiter.

Elle sortit de la voiture et se dirigea vers l'ascenseur. Pour une fois, elles ne se retrouvèrent pas serrées comme des sardines dans la cabine. L'avantage d'avoir dû reprendre si tôt le service. Eve profita du trajet pour exposer à Peabody sa théorie des toilettes.

— Bien vu ! Il doit leur accorder la possibilité d'aller aux toilettes. Et il ne doit pas vouloir les enfermer ensemble. Elles se parleraient, mettraient en commun leurs idées sur la meilleure manière de s'enfuir. Il pourrait utiliser des toilettes chimiques, cela dit. Le genre de dispositif que les gens emportent pour faire du camping.

— Pourquoi un être humain sain d'esprit voudrait-il dormir dehors dans une tente ou dans une capsule ?

— Nous, on se préparait nos propres biscuits, chocolats et guimauves qu'on faisait griller sur le feu. C'est plutôt marrant de s'asseoir autour du feu pour grignoter et raconter des histoires.

— Des histoires sur le bonheur qu'il y a à dormir dans un endroit où l'on se retrouve à la merci du premier ours venu qui vous trouverait à son goût ?

— Eh bien…

— Ou des histoires trop marrantes sur les bestioles qui décident de se glisser dans votre tente pendant que vous dormez pour s'enrouler autour de votre cou ? Ces histoires-là ? demanda Eve avec un regard plus que sceptique.

— À l'époque où je campais, petite, c'était plutôt des histoires de fantômes.

— Sûrement les fantômes d'idiots dévorés par des ours ou étranglés par des serpents parce qu'ils aimaient l'idée de dormir dans une tente.

— Par exemple… Mais là, j'ai bizarrement perdu toute envie de refaire du camping.

— Vous ne vous en porterez que mieux. La mère de Hobe habite dans le nord de l'État et son père dans l'Ohio. Je me charge de les avertir.

» Envoyez un mémo au labo, reprit Eve au moment où elles entrèrent dans la salle commune. Je veux que ce soit traité en priorité. Et informez aussi Mira.

Arrivée dans son bureau, elle se servit un café. Étant donné l'heure, elle estima qu'elle pouvait attendre encore un peu avant d'informer les parents d'Anna Hobe du décès de leur fille.

Elle se remit au travail sur le tableau et le dossier, rédigea son rapport et en envoya une copie à Mira en complément du mémo de Peabody.

Puis elle s'assit et contempla quelques instants le tableau avant de fermer les yeux.

S'était-elle focalisée sur Mosebly parce qu'elle voulait qu'il colle au profil ? Ou parce qu'il avait des points communs avec le tueur… ou du moins l'idée qu'elle s'était faite de lui ?

Pas la fibre meurtrière, mais d'autres critères.

La bonne tranche d'âge, célibataire, jamais marié ni officiellement en couple. Enfant unique. Brouillé avec ses parents ou ayant eu une histoire familiale difficile. Occupant seul son logement.

Pouvait-elle y ajouter un bon métier, un poste à responsabilités ? Acheter ou louer un espace de ce type et l'entretenir nécessitait certains moyens.

Un héritage, peut-être ?

Elle rouvrit les paupières.

— Est-ce que maman serait morte en te laissant une grande maison et un gros paquet de fric ?

« Possible, estima-t-elle. Très possible. »

Mais dans ce cas, pourquoi était-il en colère ?

Car derrière l'obsession, le besoin, se cachait une forme de rage. L'enfant en lui était furieux.

Et pourquoi ce besoin de la remplacer par une femme dans la vingtaine ?

— Parce que c'est à ce moment-là que le tournant a eu lieu. Quoi que ce puisse être. Elle t'a peut-être abandonné à cette époque-là, ou a tellement fait n'importe quoi que les services sociaux t'ont emmené. Elle a pu se retrouver en prison, tomber malade, mourir.

Eve se releva pour faire les cent pas.

— Mais si elle était morte, pourquoi attendre aussi longtemps avant d'agir ? L'hypothèse ne colle pas. Sauf…

Elle pivota vers le tableau.

— Tu es barjot. Mais tu as de l'argent, des moyens. Si ça se trouve, elle t'a fichu en rogne, tu l'as tuée et c'est là que tout le reste s'est brisé. Tu cherches seulement à la récupérer. Renouer avec l'époque plus heureuse de tes souvenirs.

Elle secoua de nouveau la tête.

— Tu n'habilles pas maman de cette façon pour te remémorer une époque joyeuse. C'est du pas cher, des tenues de prostituée bas de gamme. C'est peut-être ce qu'elle était.

Elle retourna s'asseoir, bottes appuyées sur le bureau, ferma les yeux et laissa son esprit faire le tri.

Elle entendit le pas lourd de Peabody et son hésitation sur le seuil.

— Je ne dors pas, dit-elle. Je réfléchis.

— D'accord. Je suis venue vous quémander une tasse de café.

Eve lui fit signe d'entrer.

— Il doit avoir entre soixante et soixante-quinze ans. Je penche plutôt pour la soixantaine à ce stade. Blanc, ou peut-être métis puisque nous n'avons aucune info sur son père. Il vit seul dans un logement et occupe sans doute un poste bien payé. Tout dérangé qu'il est, il est aussi intelligent. Et compétent. Il est précis, soigneux, capable de planification et de sang-froid. On n'imagine pas un dingue ou un tueur en le voyant. Je parie qu'aucun de ceux qui bossent avec lui ou pour lui, ni ses voisins, ne le décrirait comme colérique. Et j'en reviens à ce que je me demande depuis le départ.

» Est-ce qu'elles le connaissaient ? Peut-être pas son nom mais son visage. Un client âgé et sympa qui vient de temps en temps au bar, ou qui fait sa petite balade tous les soirs, qu'on aperçoit faire ses emplettes au marché ou aux glissa-grils.

— Un personnage familier.

— D'apparence assez familière et inoffensive pour qu'elles ne soient pas sur leurs gardes même si elles l'ont vu juste avant qu'il les capture.

Peabody déposa un café noir tout chaud sur le bureau d'Eve.

— Je suis votre raisonnement.

— Alors je continue, répondit Eve. Pas de crimes similaires, rien qui ressorte. Donc, comme l'a supposé Mira, quelque chose a récemment provoqué un séisme en lui. J'ai le sentiment qu'il n'avait non seulement jamais tué auparavant mais même pas enfreint la loi. Ce qui colle au profil d'un type précis et prudent. Jusqu'au moment où il a basculé, il était peut-être du genre à bien respecter toutes les règles.

— Il est carrément fort pour un novice.

— Il a pris son temps, a pensé à tout. Intérieurement, c'est un enfant brisé, un morveux, mais l'autre partie de sa personnalité sait réfléchir, contrôler l'enfant, parer à toutes les éventualités et prendre le temps de se préparer.

— Peut-être que, comme vous le disiez concernant Mosebly, il visite les bars avec d'autres personnes ?

— Peut-être, mais... Je crois que je faisais fausse route là-dessus. C'est un solitaire. Au plus profond de lui. Sans doute relativement amical envers ses collègues et ses voisins, s'il en a. Mais pas du genre sociable. Il mène une vie tranquille, particulièrement ces derniers mois. Il lui a fallu beaucoup de temps seul pour planifier tout ça, pour tout mettre en place.

Elle récupéra son café et se leva pour marcher jusqu'à la fenêtre tout en passant en revue différents angles et aspects de l'affaire.

— Il a étudié leurs habitudes mais il ne les connaissait pas, pas personnellement. Dans le cas contraire, il n'aurait pas tendu une embuscade à

Covino cette nuit-là. Il aurait su qu'elle prévoyait de rester chez son blaireau de petit ami, ou en tout cas l'envisageait. Ce n'est donc pas un ami pour elles, mais oui, sa présence est familière.

Elle reporta son attention sur le tableau.

— Yancy m'a fourni des projections de ce à quoi la mère devrait ressembler à quatre-vingts, soixante-dix, soixante ans. Et il travaille sur les décennies précédentes. Rien de concluant au niveau reconnaissance faciale pour le moment.

Elle se tourna pour faire face à Peabody, une hanche appuyée contre le rebord du bureau.

— Il faut admettre que les chances sont très minces de toute façon. Pas seulement parce qu'il s'agit de projections – malgré tout le talent de Yancy – mais parce que ces femmes ne sont pas la mère. Elles correspondent simplement à un physique type.

— Ça reste une piste valable.

— C'est vrai, et on va laisser le programme tourner. Mais nous devons identifier la mère. Si nous avons vu juste et qu'Elder était sa première victime, le déclencheur a eu lieu durant l'année écoulée. Ce ne serait pas logique que ça remonte à plus loin.

Elle désigna du doigt les photos des deux messages laissés sur les dépouilles.

— Quelle que soit la nature de l'événement déclencheur, il est focalisé sur cette période particulière. L'enfance. La première partie de l'enfance. Même moi, je sais qu'il ne s'agit pas de l'écriture d'un gamin de dix ou douze ans.

— Plutôt quatre ou cinq, je dirais. Peut-être six.

— Il est donc arrivé quelque chose durant cette période de sa vie, impliquant sa mère. Pourquoi veut-il y retourner, abandonner la liberté et les possibilités de choix de l'âge adulte ?

— Peut-être pour ça, justement. Être un petit enfant signifie ne pas avoir à prendre de décisions ni à travailler pour vivre. Quelqu'un d'autre s'en charge et s'occupe de tout. Quelqu'un vous nourrit, vous habille, vous protège.

— Très bien, mais si cette personne gère ça n'importe comment ? Beaucoup de parents ou de figures parentales s'y prennent très mal, voire pire. Que sa mère ait fait du bon ou du mauvais boulot, il veut retourner à cette époque. L'enfant plein d'attentes est toujours là, sauf que maintenant, c'est lui qui habille et nourrit. Les prisonnières en l'occurrence. C'est la partie adulte de sa personnalité qui prend les décisions.

— Vous pensez à un dédoublement de personnalité ? Un trouble de la personnalité multiple ?

— Ce trouble est rare, très rare, et je ne pourrais y croire que s'il n'avait pas su garder son poste depuis l'événement déclencheur, la crise. Ce n'est pas impossible, admit-elle, mais on ne le saura qu'après avoir retrouvé la vraie mère.

Elle tapota de nouveau les photos du bout des doigts.

— Trouver une femme non identifiée d'âge indéterminé, soit vivante, soit morte, lieu de naissance inconnu et adresse actuelle tout aussi inconnue, en admettant qu'elle en ait une. Il nous faudra beaucoup de chance ! assura Peabody en repoussant en arrière quelques mèches aux pointes rouges.

— Oubliez la chance, on continue à enquêter. Elle ressemblait suffisamment à ces femmes – telles qu'il les a mises en scène – pour nous donner une bonne idée. On peut en déduire qu'elle était au début de la vingtaine, comme ses victimes, quand lui-même avait entre quatre et six ans. Ce qui signifie, si c'est bien sa mère biologique, qu'elle lui a donné naissance entre, disons, l'âge de dix-sept et vingt-deux ans pour voir large. Il l'a habillée comme une fille un peu délurée, c'est un autre indice. Il trouve ses victimes dans des bars, donc on peut supposer qu'elle travaillait dans un établissement de ce genre, ou en fréquentait suffisamment pour qu'il en garde des images. Nous avons aussi le tatouage, et c'est important. Pourquoi consacrer tant de temps et d'attention à leur tatouer ce visuel précis s'il ne l'avait pas vu sur la mère ?

— Certains appelaient ça un « tattoo de pouffe », expliqua Peabody. J'ai découvert ça pendant mes recherches. Les tatouages au bas du dos chez les femmes étaient souvent moqués à l'époque.

— Vraiment ? C'est franchement sexiste mais ça peut être une bonne piste à explorer. Ce qu'on va faire, puisque c'est ce qu'on a. Elle augmentait peut-être ses revenus via la prostitution, mais si elle s'est fait arrêter, nous n'avons pour l'instant trouvé personne avec ce tatouage.

— On remonte loin dans le passé et dans beaucoup d'endroits différents. Et à cette époque, tout n'était pas forcément intégré à une base de données.

— Très juste, dit Eve.

Elle consulta sa montre.

— Je dois informer les proches. Après quoi nous irons à la morgue.

— Je peux m'occuper de l'un de ses parents.

— Non, je m'en charge. Prévenez Jenkinson par mémo que Reineke et lui vont recevoir une liste étendue des bâtiments à vérifier. Et entamez une recherche sur un petit garçon entre quatre et six ans – non, montez jusqu'à sept – confié à l'adoption, abandonné ou retiré à sa famille par les services sociaux durant la période qui nous intéresse. Mère d'une vingtaine d'années, blanche. Commencez par New York, tous les arrondissements.

— Waouh.

— Oui, mais ce sera ce genre de situation. C'est le plus logique.

— Je vais lancer ça. Je pourrai garder un œil dessus quand on sera sur le terrain et envoyer des alertes si l'ordi trouve quelque chose.

— Très bien.

Eve s'assit et saisit son communicateur de bureau.

Anna Hobe n'avait peut-être pas gardé des liens très étroits avec ses parents, mais Eve en ressortit avec la certitude d'avoir brisé le cœur de deux personnes. Une fois le compte rendu de ces deux appels aux proches rédigé, elle se passa les mains sur le visage et mit ses émotions de côté.

À son arrivée dans la salle commune, Peabody leva immédiatement la main pour lui faire signe.

— Deux secondes, je transfère la recherche sur mon mini-ordinateur. J'ai déjà des résultats, indiqua-t-elle en pianotant avant de se lever. Donc je filtre les alertes en lien avec des barmaids, des problèmes d'alcool ou autres addictions, un passif de prostitution. Je regarderai le reste à notre retour, mais ces filtres devraient resserrer les résultats.

— Bien vu.

Eve reprit le risque d'emprunter l'ascenseur.

— Je doute que Morris trouve de nombreuses différences par rapport à la première victime, en dehors de la plus évidente. Il a tué Hobe par-derrière. Covino lui convient mieux et j'espère, pour son bien, qu'elle continuera sur cette voie.

— Pas de récente disparition correspondant au profil. C'est trop tôt pour le dire, mais peut-être que si elle lui convient mieux il n'enlèvera personne d'autre.

— Les enfants sont du genre à en vouloir toujours plus, non ?

— Oh, euh, je ne sais pas si je dirais ça, répondit Peabody.

— Mais si. C'est un fonctionnement naturel jusqu'à ce qu'on nous apprenne le partage, tout ça. L'homme planifie, le petit garçon réclame. Et l'enfant vit à l'intérieur d'un homme qui sait comment obtenir ce qu'il veut. Covino ne lui donnera pas satisfaction plus de quelques jours, parce qu'elle n'est pas sa vraie maman. Mais elle peut nous aider en retardant l'échéance.

Elle sortit son communicateur qui carillonnait.

— C'est Mira, souffla-t-elle à Peabody.

Elle répondit au moment où l'ascenseur arrivait au parking.

— Ici Dallas.

— Je viens de lire votre rapport. Je peux venir plus tôt, d'ici trente minutes, pour une consultation.

Eve se demanda depuis combien de temps Mira était levée et combien de temps il lui avait fallu pour obtenir cette coiffure impeccable.

— Je suis déjà en route vers la morgue, puis le labo, dit-elle. Ça pourrait prendre plus d'une heure.

— D'accord. Pourquoi ne pas… ?

La profileuse s'interrompit quand Dennis Mira apparut à l'écran et pressa sa joue contre celle de sa femme. Il sourit, cheveux en bataille et regard encore ensommeillé. Eve accepta de se sentir fondre.

— Bonjour !

— Bonjour. Navrée de perturber votre matinée.

— Oh, ce n'est rien. Je descends nous faire des œufs brouillés, Charlie, dit-il avant d'embrasser Mira sur la joue.

— Très bonne idée, Dennis. Je te rejoins tout de suite.

— Ne travaillez pas trop dur, dit-il à Eve.

Puis il s'éloigna dans son peignoir vert qui semblait avoir accompagné une bonne dizaine d'années de réveils matinaux.

— Vous n'aurez qu'à m'appeler à votre retour au Central, reprit Mira. Je trouverai un moment pour vous recevoir.

— Merci, répondit Eve en montant dans sa voiture. Vous pourriez nous rejoindre en salle de réunion quand je vous appellerai ? Je pense que ce serait plus utile pour vous de voir le tableau et d'entendre ce que Peabody aura pu trouver.

— Faites-moi signe et je viendrai.

Eve la remercia de nouveau puis raccrocha.

Alors qu'elles émergeaient du parking, elle fronça les sourcils puis se tourna vers Peabody :

— Il est encore tôt. Programmez donc des œufs pour Morris. Et un café. Je l'ai sorti du lit avec cette histoire.

— Sympa. Et, euh, moi aussi j'ai dû sauter hors du lit, donc…

— Oui, oui, prenez ce que vous voudrez. Mais mangez-le vite.

— Et vous ?

— Je ne...

Elle se souvint de sa promesse à Connors. Et elle doutait qu'un tiers de muffin soit considéré comme suffisant.

— Un sandwich aux œufs, dit-elle.

15

Eve arpentait de nouveau le tunnel blanc de la morgue, cette fois en compagnie d'une Peabody munie d'une boîte de repas à emporter.

— J'avoue que je ne sais pas comment on peut manger dans une salle avec des corps sur les tables d'autopsie et dans les tiroirs.

Eve lui lança un rapide coup d'œil.

— Vous mangez dans notre salle commune ?

— Euh, oui, mais...

— Le boulot, c'est le boulot. Vous ne voyez pas les corps en mangeant mais vous œuvrez pour eux.

Elle poussa les portes de la salle dévolue à Morris, lequel était penché – et à l'œuvre – sur Anna Hobe.

— On dit souvent que l'avenir appartient à ceux qui se lèvent tôt, dit-il en guise de salutation.

— Alors j'ai bien peur que bosser pour la Criminelle soit un métier d'avenir, enchaîna Eve, ce qui le fit rire.

— Sans doute, oui, malheureusement. Le sien, d'avenir, lui a été brutalement arraché, dit-il en désignant la jeune femme décédée.

— On vous a apporté un petit-déjeuner.

Peabody contourna largement le corps étendu sur la table d'examen pour déposer la boîte sur le poste de travail de Morris.

— C'est très prévenant de votre part et j'en profiterai avec plaisir quand nous aurons terminé. Vos premières observations quant aux lacérations au poignet sont confirmées par mes examens. Vous noterez également que les entailles et contusions les plus récentes ne se situent pas au niveau de la cheville.

— Oui, c'est ce que je pensais, fit Eve en levant un poing victorieux. Elle a pu se les faire en tapant sur quelque chose. On ne dirait pas que c'est en essayant de libérer sa main qu'elle s'est fait ça.

— Tout à fait. Bang, bang, bang. Des mouvements rapides, qui ont causé des chocs répétés des menottes sur le poignet. Elle tambourinait peut-être contre une porte, ou un mur. Le tout dans les trente-six heures précédant la mort.

— Pourquoi a-t-elle attendu ? C'est la question qui se pose. On s'attendrait plutôt à ce qu'elle commence par s'agiter et taper partout – « Laissez-moi sortir ! » – puis qu'elle abandonne progressivement. Elle a tenté de forcer les menottes, de sortir sa main, on voit les marques. Mais elle a laissé tomber pour se mettre à taper sur quelque chose.

— Je sens que vous avez une théorie.

— Je me demande si nous constaterons le même type de lacérations sur Covino quand nous la retrouverons. Elles ont peut-être commencé à taper sur une porte, un mur ou autre pour essayer de communiquer l'une avec l'autre. Le suspect les a certainement maintenues séparées mais dans le même endroit. C'est la seule explication que je vois.

— Une hypothèse solide.

Sa cape protectrice rabattue sur un costume gris pâle aux fines rayures d'un bleu plus vif, Morris examina le corps.

Il n'avait pas natté ses cheveux, remarqua Eve. Pas le temps – ce devait être long – parce qu'il était venu au plus vite. Il s'était contenté de les rassembler en une longue queue-de-cheval.

— Elle a pris un repas aux alentours de 19 h 30. Pâtes et petits légumes à la crème, un demi-verre d'eau et un peu de soda au gingembre. Je n'ai pas encore les résultats de l'analyse toxicologique. J'ai envoyé des échantillons – maquillage, cheveux, etc. – au labo en demandant une prise en charge par les techniciens qui se sont occupés d'Elder.

— Merci. À quand remontent, selon vous, le tatouage et les piercings ?

— Pas plus de cinq jours. Un travail toujours aussi précis, de même que les points de suture à la gorge. Je dirais que c'est le même fil, mais ce sera au labo de le confirmer. La plaie, par contre…

— Par-derrière.

Eve leva la main gauche, l'inclina vers l'arrière, et fit un geste tranchant de la main droite.

— Une main qui lui tire la tête en arrière pour exposer le cou et l'autre – la droite – qui tranche la gorge.

— Oui, une fois encore, je suis d'accord avec vos observations sur le terrain. Par-derrière, en léger surplomb. Je dirais qu'il a frappé vite et avec précision là aussi. Elle n'a pas eu le temps de se débattre.

Ou, s'il l'avait droguée, elle était trop passive pour le faire.

— Je pencherais pour la seconde option. Il drogue ses victimes pour mieux les contrôler. Sachant qu'il allait l'approcher d'aussi près, une arme à la main, il aura fait en sorte qu'elle soit dans les vapes. Sans doute en mettant quelque chose dans sa nourriture. Elle avait une main libre, puisqu'il ne leur en attache qu'une. Pourquoi prendre le risque qu'elle se défende et puisse, dans le pire des cas, saisir la lame de sa main libre et la retourner contre lui ?

Elle tourna son regard vers Hobe.

— Il savait qu'il allait la tuer mais il lui a donné à manger.

— À peine une heure entre le repas et l'heure du décès, confirma Morris.

— Du gâchis, à moins de considérer le repas comme un véhicule pour la drogue à lui faire avaler afin qu'elle ne résiste pas. Il a quelque chose de lâche. Il ne se contente pas de leur attacher une main pour les garder prisonnières, il les drogue et il les enchaîne aussi à la cheville. De quoi s'assurer de rester hors de leur portée, de ne pas recevoir un coup de poing dans la figure.

— Je vais faire accélérer l'analyse toxicologique pour vous. En dehors de cela, je peux vous dire qu'elle était en bonne santé. Aucun signe de problème d'alcool ou de stupéfiants. Elle s'était rongé les ongles.

— Elle quoi ?

— Elle s'était rongé les ongles récemment, postérieurement à son enlèvement. Jusqu'au sang.

Morris souleva l'une des mains d'Anna et présenta à Eve l'ongle de l'index.

— J'ai retiré l'un des faux ongles qu'il avait appliqués et vernis. Et je l'ai envoyé au labo par la même occasion.

— Je ne m'étais pas rendu compte de ça sur la scène de crime.

— La pose était soigneuse et parfaitement exécutée. Un professionnel n'aurait pas fait mieux à mon avis.

— Il ne pouvait pas savoir qu'elle se rongerait les ongles. Et il voulait les lui vernir, qu'elle ait de belles mains.

Eve sentit une fissure s'ouvrir dans le mur auquel elle se heurtait depuis le début de l'enquête.

— Il a dû acheter les faux ongles dans la semaine écoulée, sans doute même dans les dernières quarante-huit heures. C'est une piste.

Elle se tourna vers Peabody.

— Une piste à exploiter.

Motivée par les propos d'Eve – « Le boulot, c'est le boulot » –, Peabody s'approcha du corps pour inspecter la main.

— Les neuf autres sont parfaits et ont l'air complètement naturels. Trina propose ce type de service dans son salon. Je pense que pour obtenir ce niveau de précision, il a dû employer des prothèses pour professionnels. Pas le genre de faux ongles qu'on achète en grande surface. J'en ai déjà porté, ils ne sont pas de cette qualité.

Eve avait sorti ses microlunettes pour un examen plus minutieux.

— Ils ne sont pas seulement bien posés. Ils sont comme vous le disiez, Morris : parfaits.

» Une erreur, assura-t-elle en se redressant. Une grosse erreur. Il avait besoin de perfection et elle s'est rongé les ongles.

— Je retirerai les autres par la suite mais, comme vous pouvez le voir sur celui-ci, il a taillé les parties mordues et limé le lit de l'ongle.

— Ouais, c'est ce qu'il faut faire pour obtenir une bonne adhésion, dit Peabody. Après quoi, du moins sur les modèles pas chers à poser soi-même, on applique la colle et on met l'ongle en place. Il faut laisser à la colle le temps de sécher puis vous pouvez tailler l'ongle comme vous voulez avant d'ajouter de la couleur.

— D'accord. Tâchons d'accélérer les choses du côté du labo. C'est une avancée majeure, Morris. Merci d'être venu vous occuper d'elle. Ses parents vont prendre contact avec vous. Ils sont divorcés mais tous les deux en route pour New York.

— Je veillerai à ce qu'elle soit prête pour qu'ils puissent lui faire leurs adieux. Merci pour le petit-déjeuner.

— Vous l'avez plus que mérité. Allons-y, Peabody.

Sa coéquipière lui emboîta le pas après avoir salué Morris d'un geste de la main.

— Les ongles de salon de beauté piquent fort.

— Ils font mal ?

— Au portefeuille, expliqua Peabody. Ce que je veux dire, c'est que les marques de grande surface auraient fait le boulot. Ce n'est pas comme si elle risquait de les abîmer, si ?

— En quête de perfection et prêt à y mettre le prix. Ajoutons qu'il a pu penser qu'on ne verrait pas que c'étaient des faux. Je n'avais rien remarqué sur le terrain. S'il emploie du maquillage et des produits capillaires bon marché, c'est à mon avis parce que sa mère faisait pareil. J'ai dans l'idée qu'elle ne se rongeait pas les ongles et n'en achetait pas des faux pour les cacher.

— Logique. Je vais commencer par appeler Trina pour lui demander où on en trouve. Je ne sais pas si les salons en vendent aux non-professionnels.

— Ça a dû se faire ces derniers jours. Forcément. Les ongles d'Elder...

Eve ouvrit la portière et visualisa mentalement son tableau.

— Plutôt courts, soignés et bien taillés parce qu'il lui avait fait une manucure après l'avoir tuée. Ceux de Hobe étaient plus longs. Pas exagérément, mais plus longs, parce qu'il a pu utiliser les faux, avec plus de surface à vernir. Ce n'est donc pas la longueur mais l'apparence qui compte.

Eve fit abstraction de la conversation entre sa coéquipière et Trina pour se joindre à la circulation qui s'était densifiée. Elle se gara de nouveau et Peabody continua à parler en sortant de la voiture.

— Ce serait super, d'une très grande aide.

— Pas de souci, assura la voix de Trina pardessus le tumulte du centre-ville. Arrêtez ce dingue meurtrier, Peabody. Et dites à Dallas – je sais qu'elle m'entend – qu'elle est en retard pour faire rafraîchir sa coupe. Et que son dernier soin du visage remonte à plusieurs semaines. On n'a qu'un seul visage, faut en prendre soin !

Eve continua sa route sans un mot.

— Bien reçu. On se voit à la maison, peut-être ce week-end. Ciao, Trina.

Comme la fois précédente, Eve passa devant le bureau de Berenski pour rejoindre directement celui de Harvo.

Le violet était toujours à l'honneur mais Harvo l'avait marié à du rose bonbon sur un pantalon ample aux revers violets qui remontait au-dessus des chevilles pour mettre en valeur des baskets violettes à lacets roses.

Elle aspira dans la paille d'un gobelet taille XXL et leur fit signe d'entrer.

— Je m'attendais à vous voir. Je m'y suis mise dès que j'ai posé les fesses sur ma chaise. C'est allé tout seul vu que j'avais déjà de bonnes bases niveau produits capillaires grâce à Elder. C'est la même chose pour votre nouvelle victime.

Eve hocha la tête, les pouces calés dans ses passants de ceinture. Rien d'étonnant jusque-là.

— Et pour les vêtements ?

— J'ai pas mal craqué pour la jupe. Elle date pas d'hier, c'est sûr, mais elle a un truc. C'est du quatre-vingt-quinze pour cent coton, avec trois pour cent d'élasthane et deux de viscose. Ça donne un petit côté élastique, vous voyez ? La broderie est faite à la machine, avec du fil polynéon. Pour que les couleurs ressortent à fond. Taille S. Je bosse pour reconstituer l'étiquette. Le texte est très estompé mais je devrais pouvoir vous donner la marque.

» Pour le haut, on est sur du quatre-vingt-douze pour cent de rayonne et huit d'élasthane. Élastique et moulant. J'ai jeté un rapide coup d'œil et, à cette époque, c'était plutôt facile à trouver, et sans se ruiner.

— Relativement peu cher et facile d'accès.

— Et récemment lavé, là aussi. Taille S. L'étiquette indique « Looloo », soit, d'après un autre rapide coup d'œil, une marque des magasins AllMart. Ils marchent toujours très fort, notamment dans les banlieues, mais ils ont arrêté la gamme Looloo en 2009.

— Ça nous fait beaucoup d'infos utiles, Harvo. Merci d'avoir bossé si vite. Bravo.

— C'est que j'ai une réputation à entretenir. Vous avez besoin que je vous accompagne pour voir Dawber et Dezi ?

— Non, c'est bon. Merci encore.

Eve et Peabody repartirent.

— On creuse les boutiques vintage en priorité, reprit Eve. Les deux tenues me semblent en trop bon état pour être passées par les friperies ou les marchés aux puces.

Elle marqua un arrêt devant le poste de Dawber. Celui-ci était penché sur son ordinateur, l'air studieux. Eve toqua contre le montant de la porte.

— Pardon de vous interrompre, dit-elle.

— Pas du tout. Je vous envoie justement le rapport terminé sur Lauren Elder. Il y avait tellement de produits et de couleurs différentes.

— Compris. Vous avez commencé à travailler sur Anna Hobe ?

— Tout juste. J'ai lancé des analyses pendant que je finissais le rapport. Laissez-moi juste…

Il pivota sur son siège et le propulsa en douceur vers un autre poste de travail. Il passa le doigt sur le moniteur, tapa un code sur le clavier, puis émit des sons inintelligibles en étudiant l'écran.

— D'accord, oui, voilà. Deux en un crème hydratante et rehausseur de teint. La même marque que pour Elder et, oui, la même teinte. On dirait… Oh, je vois. On a un anticernes. De chez À toute allure, là aussi. Appliqué sous les yeux de la victime et sur la joue gauche, à côté du nez. Par-dessus une série de vaisseaux sanguins éclatés, comme on le voit sur la photo de la morgue fournie par le Dr Morris.

— Utilisé pour les recouvrir ?

— Oui, exactement, pour masquer des imperfections mineures et les cercles noirs sous les yeux.

— Stress et mauvais sommeil.

— Euh, possible, en effet, mais ce n'est pas quelque chose que je peux confirmer. J'analyserai les autres produits.

— Je voudrais que vous fassiez passer l'ongle en priorité.

— L'ongle ?

— Le faux ongle envoyé par la morgue. Mettez-le tout en haut de votre liste.

— Oh. D'accord, répondit-il, l'air un peu dérouté. En général, je vais au bout de la catégorie en cours mais je peux interrompre l'analyse du maquillage.

— Faites-le. J'aurai besoin de tout ce que vous pourrez m'apprendre sur cet ongle, le plus tôt possible. Harvo et vous faites une bonne équipe, ajouta-t-elle sur un ton moins autoritaire.

— Oh, elle est brillante et tout à fait charmante. Deux qualités qu'on ne trouve pas toujours chez une seule et même personne.

— Sans doute. Nous vous sommes reconnaissantes pour tout le travail que vous abattez, Dawber.

— Et moi pour le vôtre, bien entendu.

Eve ressortit, pivota en direction de la salle où travaillait le type chargé des chaussures… et tomba sur Berenski, planté sur le seuil, les mains sur les hanches.

Tête d'œuf et sourcils froncés, il dardait sur elle un regard perçant. La moustache qu'il avait décidé de se laisser pousser ressemblait à une chenille écrasée juste au-dessus de ses lèvres pincées de mécontentement.

— On espérait m'éviter pour aller directement harceler mes équipes ?

Dans le dos de Berenski, Eve vit Dezi faire des grimaces et agiter les mains en imitant son chef.

Eve conserva une expression aussi impassible que celle de Dickhead.

— Appelez ça comme vous voudrez. J'avais des questions sur les fibres et les cheveux, donc je suis allée voir la reine en la matière. Vers qui vous m'auriez envoyée de toute façon. Je nous ai fait gagner du temps à tous les deux.

— Après quoi vous comptiez tomber sur le râble de Dawber, puis de Dezi.

Dezi plia les doigts pour mimer des pistolets et se mit à tirer dans toutes les directions avant de s'affaisser, comme victime d'un ricochet.

— Harvo m'a indiqué que Dawber et Dezi avaient reçu les échantillons liés à l'enquête.

— C'est moi le responsable de ce labo, insista Dickhead, un pouce pointé vers sa poitrine.

— Et moi la responsable de cette enquête. Deux mortes et une troisième victime déjà en danger.

— Soit vous venez me voir, soit vous attendez gentiment de recevoir nos rapports.

Dezi fit comme s'il étranglait quelqu'un puis s'enroula une corde imaginaire autour du cou pour se pendre. Après quoi Eve crut bien le voir se faire hara-kiri.

— Votre équipe s'est plainte ?

— Ce n'est pas le sujet. Nous avons un système. Et ce système, c'est moi. Et vu que c'est moi qui ai les bijoux d'Anna Hobe, vous n'aurez pas votre foutu rapport tant que je ne l'aurai pas fini et envoyé, gronda-t-il.

Eve vit son regard vaciller brièvement quand elle fit un pas vers lui.

— Mary Kate Covino, vingt-cinq ans, portée disparue depuis six jours. Prisonnière de menottes qui lui blessent le poignet et la cheville. Le suspect a détenu Elder pendant dix jours avant de lui trancher la gorge. Il a attendu une journée de moins avec Hobe. Si vous faites traîner ce rapport, ou n'importe quel autre en lien avec cette affaire, je vous arracherai les yeux avec mes pouces et vous les ferai bouffer comme des billes de chewing-gum.

— On se calme, on se calme ! Personne ne fait rien traîner ici. Mais je refuse que mes équipes se fassent harceler parce que vous essayez de resquiller.

— Mary Kate Covino, vingt-cinq ans. Disparue depuis six jours. Elle n'aura pas six jours de plus. Si vous ne voulez pas que je parle à vos équipes, qui pourtant travaillent elles aussi pour les citoyens de New York, soit. À vous de me parler des chaussures qu'Anna Hobe avait aux pieds quand a retrouvé son corps.

— C'est Dezi qui s'occupe des chaussures, marmonna Berenski.

Une fraction de seconde avant qu'il se retourne vers lui, le technicien interrompit une série de grimaces outrancières pour adopter une expression studieuse, tranquillement assis à son bureau.

— Où ça en est sur les chaussures, Dezi ?

— Je viens de terminer, chef.

— Donnez-lui les infos dont elle a besoin. Mais j'aime pas vos petites manœuvres, ajouta-t-il en pointant un doigt accusateur vers Eve avant de repartir d'un pas lourd.

— Vous êtes un sacré numéro, Dezi.

— Il faut savoir se distraire tout seul, par ici. Mais, hé, même si Dickhead peut littéralement se comporter comme une tête de nœud, on bosse vite et bien dans ce labo. Et il s'assure que tout roule.

— Je sais. Qu'est-ce que vous pouvez me dire ?

— Escarpins pointure 39, bouts ouverts, talons aiguilles de dix centimètres, semelle externe de deux centimètres, dessus en polyuréthane, semelle intérieure en synthétique. Je vous mettrai toutes les données dans le rapport. Le modèle s'appelait Andrea, issu de la marque City Styles. Ils donnaient des noms féminins à leurs chaussures, apparemment. Celles-ci ont été vendues entre 2002 et 2004 dans cette couleur – rubis – et en noir. Pour une paire aussi ancienne, elles sont en excellent état. Un peu d'usure sur la semelle, mais pas grand-chose. Je dirais qu'elles n'ont pas été beaucoup portées. Ça doit faire super mal aux pieds.

— Merci pour tous ces détails. Et pour le spectacle.

— Hé ! lui lança Dezi comme Eve s'éloignait. Repassez quand vous voulez, le show change tous les jours !

— Pourquoi est-ce qu'on parle de « numéro » quand quelqu'un est drôle ? s'interrogea Eve. Qu'est-ce qu'il y a de moins drôle que les chiffres et les maths ?

— J'avoue, je ne sais pas, répondit Peabody.

— Bref… Hobe a dû éviter les aliments drogués dès qu'elle le pouvait, reprit Eve. Ses cernes sous les yeux provenaient peut-être d'un manque de sommeil si elle a réussi à ne pas se laisser intoxiquer. Ce qui concorde avec les ongles rongés. On ne fait pas ça quand on est endormie ou assommée par les drogues. Sans oublier les marques qui laissent penser qu'elle cognait sur quelque chose.

— La pointure des chaussures était la même que pour la première victime mais elles étaient un peu larges, comme vous l'aviez noté sur le terrain. Elle faisait du 38, Elder plutôt du 40. On peut donc en déduire que la mère faisait du 39.

— Il a pris soin de lui appliquer de l'anticernes… Elle devait être parfaite. Sans défaut. Mira et les autres psys vont adorer ce type quand on l'aura arrêté.

Une fois sorties du labo et de retour dans la voiture, Eve et Peabody y demeurèrent assises quelques instants.

— Ajoutons tout cela au tableau de la salle de réunion. Je veux que Mira ait toutes les infos.

Eve démarra et s'engagea dans le sillage d'une camionnette de livraison. À la première occasion, elle doubla le véhicule et accéléra, franchissant le feu suivant une seconde avant qu'il passe au rouge.

Deux piétons qui s'étaient risqués à avancer avant l'apparition du signal agitèrent le poing sur son passage.

— Trina m'a écrit pendant que Dickhead faisait son show. J'ai une liste de fournisseurs qui vendent en direct aux salons de beauté. D'après elle, il faut posséder un compte.

— On n'a pas encore tous les détails sur l'ongle mais ce sera un compte récent. Créé il y a moins d'une semaine. Disons deux pour voir large. Attaquez-vous à ça, je me charge de compléter le tableau.

Elle s'engagea dans le parking.

— Ce ne serait pas génial si on bouclait l'affaire grâce à un faux ongle ?

Le communicateur d'Eve bipa alors qu'elle émergeait de la voiture.

— Connors nous envoie la liste des bâtiments supplémentaires.

— Il m'a mise en copie, indiqua Peabody avec un hochement de tête vers son mini-ordinateur. Je transmets à Jenkinson et Reineke.

Elles montèrent dans l'ascenseur et Eve égraina mentalement la liste des tâches à venir. Flics et personnel administratif montaient et descendaient à chaque étage. Tout en affinant sa liste, Eve calcula qu'elle pourrait tenir encore deux arrêts avant d'opter pour l'escalier roulant.

Quand les portes s'ouvrirent de nouveau, elle repéra le regard écarquillé d'un camé complètement défoncé. Elle capta une odeur d'urine rapidement étayée par la tache sombre qui s'élargissait sur l'entrejambe de l'individu et les petites flaques visibles dans son sillage. Voyant les deux agents en uniforme qui l'encadraient faire mine de le pousser vers l'ascenseur, Eve leur barra le passage.

— Non.

Le camé sourit.

— Allez, lieutenant..., maugréa l'un des agents, l'air mécontent.

— Il vient de se pisser dessus, ajouta Eve.

Quand les portes se refermèrent sur les gloussements aigus du junkie, les autres passagers applaudirent. Mue par ce succès, Eve toléra le reste du trajet en ascenseur.

— Je ferai la mise à jour dans mon bureau puis j'appellerai Mira avant de faire le point avec tout le monde en salle de réunion. Consacrez dix minutes de plus aux fournisseurs des salons de beauté avant de me rejoindre là-bas.

Elle se programma d'abord un café – la base – puis, mug à la main, mit ses notes au propre et son dossier à jour avant de s'attaquer à son tableau. Elle prit un moment pour se familiariser avec la liste étendue fournie par Connors puis adressa un texto à Mira.

En traversant la salle commune, elle lança un « Dix minutes, Peabody » sonore et poursuivit sa route vers la prochaine tâche de sa liste.

Passé

Violet avait trois enfants et son amour pour eux lui serrait le cœur autant qu'il le gonflait de fierté. Il lui arrivait d'observer sa fille et ses deux fils pendant qu'ils dormaient. Quel que soit le nombre de disputes qu'elle avait eues à gérer durant la journée, ces moments lui procuraient une telle paix.

Durant les douze années qui s'étaient écoulées depuis qu'elle s'était effondrée sur la route, perdue, effrayée et sans nom, pour y être secourue par Joe, elle avait trouvé la paix, sa place, le but de sa vie.

Elle croyait de tout son être que Joe était destiné à la trouver.

Elle était devenue une passionnée de jardinage et une bonne cuisinière. Une employée de maison venait deux fois par semaine pour l'aider dans les tâches ménagères, mais Joe et elle étaient tombés d'accord pour ne pas engager de personnel qu'ils hébergeraient sur place.

La maison, qu'ils avaient réparée, préservée et dorlotée, n'appartenait qu'à eux.

À présent que leur plus jeune fils avait commencé l'école, elle consacrait plus de temps au bénévolat. Nommée à la tête du club de jardinage, elle y prenait beaucoup de plaisir et se réjouissait des amitiés qu'elle avait pu nouer par ce biais. Elle organisait chaque année un défilé de mode dont les profits étaient destinés aux femmes dans le besoin. Et elle était très, très fière du travail accompli.

Joe occupait le poste aussi essentiel que difficile de chef du service des urgences. Une autre source de fierté pour elle. Elle avait un temps envisagé de travailler à l'extérieur mais s'occuper de son foyer et de ses enfants lui procurait une telle satisfaction, une telle joie.

Deux chiens, un chat et trois poissons rouges gagnés dans une fête foraine étaient venus agrandir la famille.

L'été précédent, ils avaient acheté une résidence secondaire à Hilton Head, dans laquelle elle avait hâte de se constituer des années de joyeux souvenirs.

Elle menait exactement la vie qu'elle désirait.

En dehors de ses cauchemars occasionnels. Elle n'en avait pas parlé à Joe. Elle ne voulait pas l'inquiéter quand elle se réveillait en tremblant, les tempes battantes.

Ces rêves étaient terrifiants, même si elle n'arrivait jamais à se les rappeler clairement. La sensation de se noyer. Les cris d'un enfant. Qui l'appelait ?

Et un sentiment, terriblement puissant, d'absolu désespoir.

Mais ça passait. Ça passait toujours. Et au matin, tout était parfaitement à sa place.

Elle avait une vie bien trop remplie et lumineuse pour se soucier de ces rares plongées dans les ténèbres.

Présent

En s'éveillant dans une pièce différente, Mary Kate crut un instant qu'elle émergeait d'un horrible cauchemar. Mais ce n'était pas sa chambre. Ce n'était pas son appartement.

L'horrible cauchemar restait sa réalité.

Mais l'homme l'avait déplacée, comprit-elle. Il l'avait droguée et transportée vers un nouvel endroit.

Pas de fenêtre ici non plus, mais un espace plus large avec plus de meubles et un petit coin cuisine. Qu'elle ne pouvait pas atteindre : la chaîne qui l'attachait au mur était trop courte.

Mais elle pouvait marcher jusqu'à un sofa – boulonné au sol – et constata qu'elle était à présent couchée sur un vrai lit. Fixé au sol lui aussi.

Plus d'éclairage, également. Une partie au plafond, et des lampes vissées à terre.

Les ampoules au plafond étaient réglées sur une faible puissance. Mais quand elle ordonna l'éclairage maximum, rien ne se produisit. Elle tapa des mains et les trois lampes s'allumèrent.

Elle disposait aussi d'un tapis étalé sur le sol de béton et d'un fauteuil semblable à ceux qu'affectionnait son grand-père. Elle pouvait également atteindre le sofa, ainsi que des livres sur une étagère.

De vieux livres jaunis par les années, dont pas mal d'ouvrages pour enfants.

Il y avait un coin salle de bains, avec toilettes, lavabo et douche. Elle sentit les larmes lui monter aux yeux à l'idée d'une douche. Une serviette, un gant de toilette, des flacons de savon liquide, shampoing et après-shampoing.

Pas de porte, mais la pudeur était désormais une idée lointaine. Dans tous les cas, elle attendrait d'avoir entendu son geôlier partir avant de tester la douche.

Et de chercher de quoi s'armer.

Elle vit des vêtements pliés sur une table mais son cœur s'emballa en découvrant un escalier.

Un escalier menait forcément vers une sortie. Elle devait trouver un moyen d'atteindre ces marches, trouver de quoi briser ces foutues chaînes et remonter cet escalier.

La porte serait fermée à clé, forcément, mais si elle parvenait jusque-là, pas question de se laisser arrêter par une simple porte close.

Elle entendit le cliquetis des serrures de la porte, suivi du claquement d'un verrou, et l'homme descendit les marches, un plateau à la main.

Le petit-déjeuner, supposa-t-elle. Elle dissimula sa colère, sa peur, ses espoirs, et lui sourit.

— Bonjour, mon bébé chéri ! Quelle jolie chambre.

— Je savais que ça te plairait. J'en étais sûr !

Radieux, il posa le plateau sur la table à côté du fauteuil.

— On pourra passer plus de temps ensemble maintenant, et manger des trucs ! Là, je peux pas rester mais on dînera ensemble ce soir. Et tu pourras me lire une histoire avant que j'aille au dodo.

— Avec plaisir. Tu t'absentes longtemps ?

Il étrécit les yeux et une lueur méfiante s'alluma dans son regard. L'homme avait remplacé le petit garçon.

— Pourquoi tu demandes ça ?

— Parce que tu vas me manquer, bien sûr.

— J'ai des obligations à remplir mais on passera plein de temps ensemble à mon retour. Je t'ai préparé un bon petit-déjeuner.

— Tu es tellement prévenant avec moi…

« Espèce de sale enfoiré. »

— On doit s'occuper l'un de l'autre. Une maman et son bébé chéri prennent soin l'un de l'autre.

Il repartit vers l'escalier, gravit les premières marches, se retourna. C'était l'homme qui la regardait, un sourire sournois aux lèvres.

— Tu es la numéro trois et la troisième fois, c'est la bonne.

Elle entendit les serrures cliqueter et le verrou se fermer.

Et elle attendit. Longtemps. Elle l'entendit marcher quelque part au-dessus d'elle et, tendant l'oreille, crut capter un claquement de porte. Mais elle n'entendit pas le bourdonnement motorisé habituel.

Une autre partie du sous-sol, conclut-elle.

« Il est parti, se dit-elle. Je sais qu'il est parti. »

Mais elle résolut d'attendre, compta cinq fois jusqu'à cent avant de se lever pour examiner tous les coins de la pièce auxquels elle avait accès.

Elle repéra un tuyau, assez semblable à celui de sa première prison, qu'elle pouvait atteindre.

Elle commença à faire tinter dessus la menotte de son poignet avant de repérer des éraflures, de minuscules impacts sur le métal. Comme ceux qu'elle-même avait laissés sur le tuyau dans l'autre pièce.

— Mon Dieu… Mon Dieu, Anna.

Elle tapa, tapa, hurla, supplia.

Aucune réponse.

— Il l'a déplacée, elle aussi, et elle ne peut plus m'entendre. C'est tout, souffla-t-elle.

Mais elle baissa la tête, le front pressé contre le tuyau. Au fond, elle savait que ce n'était pas le cas.

« La troisième fois, c'est la bonne », avait-il dit.

Il avait fait quelque chose à Anna.

— Ne perds pas la tête. Et ne perds pas espoir. Tiens bon, M.K., tiens bon !

Elle tâcha de respirer lentement. Elle trouverait le moyen de prendre une douche malgré les chaînes. Et elle mangerait, parce qu'elle devait rester forte. Et si elle ne trouvait pas d'arme, eh bien elle *deviendrait* une arme.

Elle refusait de finir ses jours ici. Elle ne le laisserait pas mettre un point final à sa vie dans cet endroit sordide.

— Je le tuerai s'il le faut, marmonna-t-elle, les yeux fixés sur la porte. Je ne reculerai devant rien.

16

À l'arrivée de Peabody dans la salle de réunion, Eve avait presque terminé la mise à jour du tableau.

— Affichez la carte, dit-elle à son équipière. Ajoutez-y la deuxième scène de crime et laissez-la à l'écran.

— J'ai identifié plusieurs comptes récemment créés. L'un des fournisseurs en a enregistré quatorze durant la semaine passée. Le truc, expliqua Peabody tout en se mettant au travail, c'est qu'on ne peut pas se contenter d'un kit de faux ongles et de quelques produits. Il y a un minimum d'achat. Mais la liste de Tina comprend aussi des boutiques physiques. Il faut être propriétaire ou employé qualifié d'un salon pour y accéder mais on peut y faire ses courses en personne. Et sans minimum d'achat.

— On se concentrera sur elles dès qu'on aura identifié la marque. Il a très bien pu s'y rendre avec une fausse licence et acheter ce dont il avait besoin. Une erreur de sa part – très stupide, même – mais ça va de pair avec son obsession.

Eve se retourna vers Mira qui venait d'entrer.

— Question, dit-elle. Jusqu'où va son besoin de précision, de perfection ?

— C'est l'un des moteurs de sa psychose.

— Je vois. Il se trouve que la deuxième victime s'est rongé les ongles. Pour dissimuler ce détail, il s'est servi de ce que nous pensons être de faux ongles de qualité professionnelle. Posés avec une grande précision. Une précision telle que je n'ai rien remarqué au départ. Pour les obtenir, il aura été obligé de se fabriquer une fausse licence, puis d'ouvrir un compte et de commander… Quel était le minimum, Peabody ?

— Chez les grossistes que j'ai contactés, deux mille dollars pour la première commande sur un nouveau compte et mille cinq cents ensuite.

— Il aura dû faire ça, reprit Eve, ou se rendre en personne chez l'un des revendeurs ayant pignon sur rue et qui n'exigent pas de minimum d'achat.

Mira s'approcha du tableau sur ses talons aiguilles à bouts et talons ouverts coordonnés avec son tailleur jaune canari.

Ses ongles, nota Eve, étaient vernis dans un bleu azur qui rappelait la dentelle entraperçue sous sa veste de tailleur.

— Un tel kit doit coûter entre cent et cent cinquante dollars.

— Selon la marque et la gamme, ils vont de quatre-vingt-quinze à trois cent cinquante au prix de gros, lui indiqua Peabody.

— Le minimum d'achat serait donc source de gâchis. Un gâchis difficilement supportable pour lui, à moins qu'il ne puisse atteindre ce montant minimum en ajoutant d'autres produits utiles.

— Il dispose déjà des autres produits, mais… Peabody, on peut acheter des produits bon marché chez ces vendeurs ?

— Pas chez les plus renommés mais je vais vérifier.

— Oui. On va s'en assurer mais je pense qu'il y est allé en personne. Il lui a fallu se procurer les ongles rapidement et prendre le temps d'étudier la manière de les poser.

— Je suis d'accord avec vous sur ce point. Elle s'est rongé les ongles, dit pensivement Mira. Ça a dû lui déplaire. Une très mauvaise habitude à ses yeux. Assez pour rompre l'illusion. Même un détail aussi mineur a pu le pousser à la tuer.

— Une erreur de sa part. L'illusion, comme vous dites, est cruciale. Les vêtements, les chaussures sont à la taille de la mère. Les escarpins et le jean étaient un peu serrés sur Elder et les autres chaussures et la jupe un peu trop grandes pour Hobe. Donc soit il connaissait les mensurations de sa mère, soit il a décidé de ce qu'elles devaient être.

Mira leva un doigt comme pour valider les propos d'Eve.

— Très juste, l'idée qu'il ait décidé lui-même. Ça pourrait tout à fait être le cas. Il a déposé la deuxième victime dans un autre endroit destiné aux enfants. Elle avait rompu l'illusion ; elle s'était disqualifiée et devait donc être éliminée. Mais il l'a laissée dans un endroit associé à cette illusion, où les parents… où, selon lui, les mères emmènent leurs enfants.

Mira s'approcha de l'autochef pour se programmer son thé fleuri de prédilection.

— Il la rend belle – à ses yeux – puis la dépose près d'une aire de jeux, d'un centre pour enfants. Parce qu'il y a de l'amour. Mais il fait tout cela parce qu'il y a aussi de la haine, de la colère, et de la souffrance. Qui peut nous causer plus de souffrance que les gens qui nous ont mis au monde ?

Mira récupéra son thé et pivota sur son siège pour faire face à Eve et au tableau.

— L'enfant veut de l'amour, à la fois envers elle et de sa part. L'homme est animé par la colère et la souffrance. Il est incapable d'interrompre sa quête de recréer la mère telle qu'il la souhaite. Mais les femmes qu'il kidnappe ne pourront jamais lui donner satisfaction.

— Quelles sont les chances de Covino ?

Comme Eve, Mira scruta la photo d'identité de Covino.

— Elle pourrait retarder l'inévitable. L'illusion pourrait tenir un moment, mais elle finira par se briser. Et quand cela arrivera, il la tuera.

— Il veut la tuer autant qu'il veut la recréer. Il punit la mère chaque fois qu'il enchaîne l'une de ces femmes, chaque fois qu'il tue.

— Oui, confirma Mira. Créer et détruire, c'est le cycle. En tant qu'homme, il peut regarder qui elle était à cet âge-là et la juger. « Méchante maman ! » Quels que soient les échecs, déceptions ou difficultés qu'il a connus dans sa vie, tout selon lui vient de là. Un événement traumatique s'est produit à ce moment particulier de leur existence à tous les deux. Et aujourd'hui, après qu'un incident en lien avec elle, avec eux, avec le traumatisme a causé la rupture de son équilibre psychique, il est poussé à retourner vers ce moment. Ou plutôt juste avant.

Avant le traumatisme. Avec cette seconde victime, son fonctionnement apparaît clairement.

— Examinons la carte.

Mira se tourna sur son siège pour regarder l'écran que lui indiquait Eve.

— Les endroits en surbrillance correspondent aux deux scènes de crime ainsi qu'aux domiciles et lieux de travail des victimes, y compris ceux de Covino. Les lignes en pointillé représentent leurs trajets habituels jusqu'à leur travail, ou jusqu'au métro dans le cas de Covino.

» Ordinateur, montre-nous les habitations de la première liste fournie par Connors, en rayant celles qui ont été écartées. Vous voyez ici des maisons individuelles et autres bâtiments correspondant aux paramètres, dit-elle à Mira. Possédés, loués et/ou occupés par un homme seul. Nous faisons du porte-à-porte et avons éliminé ceux qui sont rayés.

— Un travail de terrain considérable, commenta Mira.

— C'est pour ça que les flics portent de bonnes chaussures. Ordinateur, montre-nous les habitations de la seconde liste générée par Connors. Nous avons élargi la recherche, expliqua Eve. Toujours un seul occupant mais des biens possédés ou occupés – d'après les registres officiels – par une femme, un couple, une famille, un groupe ou une entreprise. Nous avons lancé une nouvelle tournée de porte-à-porte.

— Il ne fait aucun doute qu'il s'agit de son terrain de chasse. C'est là qu'il vit ou travaille, voire les deux.

— Je pense…

Eve s'interrompit en voyant entrer Nadine, accompagnée de Quilla, sa stagiaire adolescente.

— Nous sommes en plein milieu d'une consultation, Nadine.

La journaliste repoussa en arrière quelques mèches de son élégante coiffure.

— C'est ce qu'on m'a dit quand j'ai posé la question en salle commune. Nous avons quelque chose qui viendra enrichir votre échange.

Eve connaissait suffisamment bien Nadine pour identifier sa petite expression satisfaite. Elle faillit objecter à la présence de Quilla mais mit ses réserves de côté.

— Vous avez trouvé des infos sur la mère du suspect.

Nadine sortit un disque de son immense sac à main.

— Je l'ai trouvée, *elle*.

— Nom d'un... Peabody !

Celle-ci se hâta de récupérer le disque.

— En retour, j'apprécierais un café, et pas l'ersatz de la salle commune, dit Nadine. Ma jeune apprentie préfère le Coca.

— Vous attendrez une minute.

Au même moment, Jamie fit son entrée dans la salle, l'air fanfaron.

— C'est fait ! Bonjour, docteur Mira.

— Fait quoi ?

— J'ai identifié votre maman tatouée, répondit-il en brandissant un disque.

— Bon sang. Peabody !

— Je suis dessus, je suis dessus ! Je peux les lancer ensemble, en écran partagé. Donnez-moi une seconde...

— Bonjour. Vous êtes Nadine Furst, non ? J'ai beaucoup aimé vos livres. Et le film était trop top, s'enthousiasma Jamie.

— Merci. Quilla, je te présente Jamie Lingstrom, le filleul du capitaine Feeney.

— Salut, dit Jamie. Cool, la coiffure.

Quilla passa les doigts dans sa chevelure brune à la frange rose bonbon.

— Merci. Je suis, euh, la stagiaire de Nadine.

— Ah ouais. Ça aussi, c'est cool. Moi, je fais un stage à la DDE.

— Où est mon café ?

— Une seconde ! s'agaça Eve. Je ne sais pas comment le faire transiter de mon autochef à celui-ci et Peabody est occupée.

— Je peux m'en occuper, assura Jamie. Vous voulez le vrai café de Dallas ?

— C'est ça. Avec un soupçon de lait, merci, répondit Nadine. Et un Coca pour Quilla.

— Je vous programme ça tout de suite.

— Comment l'as-tu trouvée ? s'enquit Nadine.

— Ben...

Eve apprécia qu'il cherche son accord du regard plutôt que de répondre sans réfléchir.

— Vas-y. Elle l'a identifiée, elle aussi.

— Ah ouais ? Bien joué. Ça a demandé pas mal de boulot vu le peu de données dont on dispose. J'ai dû remonter jusqu'en 1994.

— Arrêtée pour racolage à l'âge de seize ans, à Arcadia dans le Tennessee. Condamnation placée sous scellés et casier effacé après des travaux d'intérêt général et un parcours de soutien psychologique ordonnés par le tribunal.

Tandis que Quilla leur récitait les informations, Jamie lui offrit un Coca accompagné d'un sourire.

— Elle avait déjà le tatouage, ajouta-t-il. Et cette petite ville au milieu de nulle part a su préserver les archives de l'époque.

— Comment as-tu trouvé les infos ? lui demanda Eve.

— J'avais une intuition, à la fois sur le lieu et sur l'époque. Et une fois que j'ai trouvé sa photo, celle de son permis de conduire, son look m'a paru coller. Donc j'ai fait mes recherches puis j'ai trouvé un juge sur place et je lui ai fait un petit topo. Il n'a pris sa décision que ce matin. Il voulait consulter le dossier, tout ça... Mais il a accepté de lever les scellés et boum. Son tatouage était cité comme signe particulier.

— Et vous ? demanda Eve à Nadine.

Quilla s'apprêtait à répondre mais Nadine lui posa une main sur le bras.

— Quelque chose dans le même genre, dit-elle avec un grand battement de cils.

— N'en dites pas plus. Qu'est-ce que vous fichez, Peabody ? gronda Eve.

— Ça vient. La machine a un peu de mal à afficher les deux flux.

— J'arrive.

Jamie s'approcha, tapa quelques commandes sur le clavier. Les deux images – identiques – s'affichèrent chacune sur une moitié de l'écran.

La photo d'identité judiciaire laissait voir une jeune fille blonde au visage étroit et au regard empreint de défi. Son mascara et plusieurs couches des trucs qu'elle s'était appliqués sur les paupières avaient coulé pour s'agglutiner en flaques sombres sous ses yeux.

La photo de profil révélait ses multiples piercings aux oreilles.

— Te voilà, Lisa McKinney. Plus jeune ici que la tranche d'âge qui nous intéresse aujourd'hui, mais oui, elle correspond au type de femmes qu'il a kidnappées. Taille, poids, couleur de cheveux. Qu'avons-nous appris d'autre ?

Jamie faillit reprendre la parole mais se tourna vers Nadine.

— Je vous laisse faire.

— C'est gentil. En fait, c'est Quilla qui, en tant que membre de l'équipe de recherche sur ce dossier, va vous faire son rapport.

— Je commence et tu pourras enchaîner, proposa la jeune fille à Jamie.

— Ça marche.

— Bon, voici Lisa Evangeline McKinney, née à Bigsby en Alabama le 8 septembre 1978. Parents : Buford McKinney et Tiffany Boswell McKinney, dix-huit ans tous les deux, ce qui au passage est dingo. Tiffany venait d'Arcadia mais a déménagé à Bigsby quand elle était enfant. Et ils ont divorcé en 1984, *quelle surprise*[1], hein ? Bref, ils sont décédés aujourd'hui mais ils se sont remariés tous les deux – elle deux fois – et lui a eu deux autres enfants de sa seconde femme.

Quilla marqua une pause, le temps de boire une gorgée de soda.

— Tiffany est retournée à Arcadia en 1991 avec Lisa. C'est là qu'elle s'est mise avec le mari numéro

1. En français dans le texte. *(N.d.T.)*

trois en 1993. Le mariage a explosé en 1995 mais entre-temps, Lisa a beaucoup manqué l'école, a fugué plusieurs fois, s'est fait arrêter. Elle a eu son bac, de justesse, et a exercé une série de petits boulots, jamais plus de quelques mois. Puis en novembre 1998...

Elle s'interrompit et se tourna vers Jamie.

— Si tu veux prendre la suite ?

— Merci. C'est là qu'elle a eu un enfant, poursuivit Jamie. Un petit garçon. Pas de nom, pas de père identifié. Vous avez eu l'accident de voiture ?

— Quoi ? Non, admit Quilla en soufflant sur sa frange avec agacement. Qu'est-ce qu'on a loupé ?

— Elle a été impliquée dans un accident de voiture en 1999. Ce n'est pas elle qui tenait le volant mais le conducteur, un dénommé Marshall Riggs, a été condamné pour conduite en état d'ivresse. Elle s'en est sortie avec un traumatisme crânien, une épaule déboîtée, un poignet cassé et deux côtes fêlées. Elle a vécu à Arcadia – l'adresse est celle de sa grand-mère maternelle – jusqu'en 2000, date à laquelle elle semble être partie sur les routes. De ce que j'ai pu retrouver, elle a bossé comme barmaid, serveuse, strip-teaseuse. Puis plus aucune adresse ni profession connue à partir de début 2002. Mais elle avait une voiture à son nom. Sûrement une vieille caisse pourrie.

— Des infos les concernant, elle ou l'enfant, dans les archives de la protection de l'enfance ? s'enquit Eve. Ou des services sociaux ?

— Je n'ai rien trouvé. Et il n'y a plus rien du tout après 2002, Dallas. Pouf, disparue ! J'ai trouvé cette photo, une pub pour un club de strip-tease de Nashville en 2002. Ordinateur, affiche-nous le document McKinney 3-A.

— *Affichage en cours.*

La jeune femme renversait la tête en arrière, le bras enroulé autour d'une barre de *pole dance*, vêtue seulement d'un string et de cache-tétons. Eve lui trouva l'air usé.

— Zoom sur son visage.

Jamie s'exécuta et Eve scruta le résultat.

— Oui, il y a une ressemblance, un type, d'autant plus prononcé avec les cheveux plus courts. Elle devait prendre des trucs. Je vois des signes d'addiction chez elle. Elle avait, quoi ? Moi et les maths…

— À peu près vingt-quatre ans, dit Quilla.

— Oui, à peu près. Elle a un enfant de trois ou quatre ans et elle fait du strip-tease et vit en marge pour éviter les services sociaux. Elle ne doit pas rester longtemps au même endroit. Elle avait déjà tenté de se prostituer à seize ans, il est probable qu'elle ait recommencé. Mais soit elle a pris l'enfant sur les routes avec elle, soit elle lui rendait régulièrement visite.

Mira opina du chef.

— L'absence de la mère aurait pu nourrir son obsession et servir de point de départ à cette illusion qu'il pourchasse, mais il y a trop de détails authentiques dans ses tentatives de reconstitution. Le traumatisme s'est produit après qu'elle a quitté Arcadia. Ils avaient une vraie relation. Et je dirais qu'à sa manière, elle aimait son fils. Il aurait été largement plus facile de s'en aller en le confiant à la grand-mère.

— Assurons-nous que ce n'est pas ce qu'elle a fait.

Nadine posa sa tasse de café.

— D'après le demi-frère de Lisa, qui réside encore à Bigsby, elle avait bien embarqué le gamin. Je l'ai appelé tôt ce matin. Il se souvient d'un appel de la mère de Lisa à son père après le départ de Lisa et de son enfant. Il ne se rappelle pas le nom du petit. Le fils de cette demi-sœur qu'il ne connaissait pas vraiment ne faisait pas partie de sa vie. Mais il se souvient que ses parents se sont disputés à ce sujet, que sa mère était très affectée par la situation.

— Vous n'avez pas que ça. Qu'est-ce qu'il savait d'autre ?

— Sa mère n'appréciait pas que son père ait coupé les ponts avec sa fille. Et son père n'appréciait pas qu'elle insiste pour qu'il renoue avec Lisa. Et avec son petit-fils. D'après le père, Lisa était une camée et une prostituée et il ne voulait plus la voir. Le demi-frère de Lisa s'en souvient très nettement parce que son père a employé des termes beaucoup plus forts. Donc je pense que vous avez raison, elle était sans doute sous l'influence de stupéfiants sur la photo que nous a présentée Jamie.

» J'ai aussi les coordonnées de sa sœur mais je ne l'ai pas encore appelée parce qu'elle vit en Oregon et qu'il est trop tôt.

— L'info est sur le disque ?

— Oui.

— On s'en occupera. Beau travail, vous tous.

— Et mon tête-à-tête ?

— Dans l'immédiat, on essaie de sauver une vie. La sienne, dit Eve en pointant le doigt sur le portrait de Covino. Si on s'exprime publiquement avant de l'avoir retrouvée, il la tuera. Mais vous aurez votre interview. Et si j'étais vous, une fois l'affaire terminée, je ferais un sujet sur la façon dont deux jeunes stagiaires ont aidé à résoudre une enquête, sauver une vie et identifier un tueur.

Nadine sourit.

— C'est déjà sur ma liste. Tu serais d'accord pour une discussion filmée avec Quilla, Jamie ? Sur la façon dont vous avez contribué à rassembler des informations ayant donné lieu à une arrestation ?

Il parvint à avoir l'air tout à la fois surpris, ravi et embarrassé.

— Je... Ouais, d'accord. Ouais. Ça pourrait être cool. Il me faudra l'accord du capitaine.

— Je pourrais l'interviewer, suggéra Quilla. Je me dis que peut-être, en tant que journaliste, je ne devrais pas faire partie du sujet. En discutant de la façon dont nous menons nos recherches, on risque un peu trop de compromettre le secret des sources. En quelque sorte.

— Exactement ce que je voulais entendre, s'enthousiasma Nadine. Qu'est-ce qui ressemble à un poisson sans branchies, Quilla ?

— Un journaliste sans intégrité. Les deux boivent la tasse et coulent comme des pierres. Sauf que le journaliste, lui, avait le choix.

Nadine passa un bras autour des épaules de sa stagiaire.

— Elle a tout compris. Alors faisons notre métier de journalistes. Tête-à-tête, dit-elle à Eve. Et interview du stagiaire, ajouta-t-elle à l'intention de Jamie. Arrêtez vite ce malade ! lança-t-elle à la cantonade avant de ressortir avec Quilla.

Celle-ci jeta un coup d'œil à Jamie par-dessus son épaule.

— Ravie de t'avoir rencontré, tout ça.

— Moi aussi. Faut que j'y retourne. Vous me tiendrez au courant, hein ? demanda-t-il à Eve.

— Absolument. Excellent travail, Jamie. Maintenant, file.

— Je file.

Et il ressortit d'une démarche toujours aussi assurée.

— Quilla avait l'œil qui frisait, commenta Peabody, ce qui fit rire Mira.

— Oui, j'ai vu ça. Ce n'est qu'une gamine, dit Eve.

— C'est une adolescente intelligente et en pleine santé, la corrigea Mira. Si j'en étais une moi-même, j'aurais aussi l'œil qui frise face à Jamie. Il est adorable. Mais revenons à notre affaire.

La profileuse alla se poster devant le tableau, à côté d'Eve.

— Une triste existence. Lisa McKinney n'a pas eu une vie facile. D'après les archives, ses parents se sont mariés six mois avant sa naissance. Certains jeunes dans les mêmes circonstances s'en sortent et se construisent une vie stable. Mais la plupart n'y arrivent pas. La mère a déménagé pour un autre État avec l'enfant sans que rien indique un quelconque conflit autour de sa garde. S'il y en avait eu un, nos enquêteurs en herbe l'auraient trouvé.

— Effectivement.

— Le père s'est remarié, a eu d'autres enfants. Pour une raison ou pour une autre, il a coupé les ponts avec sa fille aînée. Elle a fait de mauvais choix à répétition. Quant à son addiction, elle a pu commencer ou s'intensifier après l'accident de voiture.

Étant donné l'époque, je pencherais pour des antidouleurs comme l'oxycodone.

Mira coula un regard vers Eve.

— On pourrait comparer ça au Bliss vendu dans la rue. Dans tous les cas, la mère de Lisa est passée d'un homme à un autre. Et si Lisa vivait avec la grand-mère, c'est que la relation avec sa mère n'était pas très étroite, et sans doute pas très saine. Un passif d'absentéisme, de fugue, puis la grossesse. Lisa était une jeune femme malheureuse.

— Qui n'a par contre pas mis fin à sa grossesse.

— Celle-ci représentait quelqu'un – un petit être rien qu'à elle – qui l'aimerait, dit Peabody.

Eve tourna la tête dans sa direction.

— Continuez.

— D'après les infos que nous avons pu rassembler, j'ai l'impression qu'elle a pu vouloir cet enfant parce que ce serait le sien. Un enfant qui l'aimerait. Ce n'était pas le cas de son père, en tout cas pas assez. Il y a aussi un souci du côté de la mère. Une gamine peut très bien fuguer une fois sur un coup de tête, mais elle a récidivé. Et elle s'est fait arrêter pour prostitution dans sa propre petite ville.

— Elle voulait se faire prendre, en déduisit Eve.

— Une forme d'appel au secours. Possible, confirma Mira. Auquel elle a estimé, à tort ou à raison, qu'ils n'avaient pas répondu. Je pense que l'enfant et elle s'aimaient, à leur façon. Mais c'était une jeune femme en difficulté, une toxicomane, visiblement en rupture avec sa propre famille. Ils n'étaient que tous les deux.

» Le traumatisme s'est produit après 2002, à un moment où l'enfant était encore dépendant et attaché à elle. Ils n'étaient que tous les deux, répéta Mira.

— Si elle avait fait une overdose, il y aurait un certificat de décès. Bon, elle a pu finir morte et abandonnée quelque part sans que son corps soit retrouvé ou identifié. C'est possible. Ou, du fait de son addiction, elle a pu choisir la drogue au détriment de l'enfant et se débarrasser de lui.

— Si c'était le cas, il y aurait une trace de lui dans le système, à commencer par son nom. Et il n'y a pas été inscrit par quelqu'un de sa famille, d'après ce que l'on en sait.

— Je vais tâcher de le confirmer. Il était peut-être trop jeune pour connaître son nom. Elle était simplement « maman ». Ou alors le traumatisme a effacé le nom de sa mémoire. Dans tous les cas, nous avons assez d'infos pour creuser. Nous connaissons son âge : il aura soixante-trois ans au mois de novembre. Voyons si Yancy peut réaliser une nouvelle projection puisque nous avons à présent le visage de la mère.

» Je vais contacter la demi-sœur à Portland, voir si elle a quelque chose à ajouter. Peabody, appelez Norman pour le mettre au courant et commencez à faire le tour des revendeurs ayant une boutique physique pour les faux ongles. Et insistez auprès de Dawber pour qu'on ait rapidement les détails.

Eve se tourna vers Mira.

— Merci. Entre ces nouvelles infos et ce que vous m'avez apporté, j'ai une vision plus claire du personnage.

— Moi aussi. Je crois que nous pouvons nous attendre à des antécédents de maladie mentale, très probablement non traités. Quelque chose a déclenché une facette violente de sa maladie.

— Il recevra un traitement quand je l'aurai arrêté, dit Eve.

Et elle en avait bien l'intention. Avant qu'il fasse une nouvelle victime.

Elle retourna directement à son bureau, d'où elle appela Yancy.

— Je vous envoie une photo judiciaire de la mère du suspect à l'âge de seize ans. Vous pourriez nous la vieillir ? Disons autour de trente-cinq, cinquante-cinq et quatre-vingt-cinq ans.

— Je peux m'y attaquer, oui.

— Envoyez-moi les résultats dès que vous les aurez, sans attendre qu'ils soient tous terminés. Je lancerai les recherches d'identification.

— Les autres n'ont rien donné ?

— Non, mais vous verrez qu'il y a des différences assez nettes. La ressemblance est générale, au mieux on les prendrait pour des cousines.

— Envoyez-moi la photo. J'ai du temps libre ce matin.

— Merci. Je vous revaudrai ça.

Une fois le fichier transmis, elle consulta les informations sur la demi-sœur de Lisa McKinney.

Irene Jasper, soixante-quatorze ans, mariée à Phillip Jasper, deux enfants. Photographe indépendante.

Irene répondit dès la deuxième sonnerie. C'était une femme aux traits taillés à la serpe, avec une couronne de cheveux bordeaux en désordre.

— La police de New York, dit-elle d'une voix rauque à l'accent traînant. Ça doit être à propos de Lisa et de son gamin.

— C'est ça, madame.

— Mon frère vient de m'expliquer. Une bonne chose que je me lève tôt. Mais je ne vois pas en quoi je pourrais vous aider. Je n'ai rencontré Lisa qu'une seule et unique fois, le jour où ma mère a insisté pour faire la route jusqu'au Tennessee afin que Harry – qui devait avoir trois ans – et moi fassions la connaissance de notre demi-sœur. Je ne me souviens pas de grand-chose si ce n'est que j'ai entendu beaucoup de cris et de mots qui ne m'étaient pas familiers à l'époque.

Elle eut un petit sourire.

— Je me rappelle que nous avons passé la nuit dans un motel doté d'une piscine, le summum du luxe pour moi. Et que ma mère s'est laissée aller à pleurer en pensant que Harry et moi étions endormis. Il l'était, moi non.

— Vous n'avez plus jamais été en contact avec Lisa ?

— Non. Ma mère a plusieurs fois poussé en ce sens quand Lisa a eu son enfant mais mon père était inflexible. Et, pour être honnête, ça ne m'a pas dérangée.

— Connaissez-vous le nom de son fils ?

— Non. Si je l'ai su un jour, ça fait longtemps que je l'ai oublié. Mon père est mort il y a dix ans. Maman nous a quittés l'hiver dernier. Eux devaient le connaître, je pense. Mais c'est trop tard pour le leur demander. Ce qui est clair, d'après ce que j'ai entendu raconter en grandissant et les ragots typiques d'une petite ville comme celle où j'ai grandi, c'est que la première femme de mon père était du genre à faire les quatre cents coups. Des problèmes en classe, un goût pour l'interdit et les mauvais garçons, et un penchant pour l'alcool et la drogue dès qu'elle pouvait s'en procurer. À peu près l'exact inverse de ma mère. Maman était une personne au cœur tendre qui suivait les règles à la lettre. Son cœur tendre souffrait de voir le lien entre mon père et sa fille aînée rompu.

— Lisa a-t-elle tenté d'exploiter ce sentiment ?

Irene plissa les lèvres.

— C'est une idée et je dois admettre que ça n'aurait pas été difficile. Mais je ne crois pas. Maman me l'aurait dit. Peut-être pas quand j'étais petite, mais plus tard. Aujourd'hui, je sais que la grand-mère de Lisa avait divorcé de son grand-père avant la naissance de Lisa. Il était porté sur la boisson et courait tous les jupons qui passaient, alliance au doigt ou non. Il avait même fait de la prison pour avoir tabassé un type. Et si l'on en croit la rumeur, il avait la main leste avec sa femme aussi.

Irene porta à ses lèvres un mug rouge vif et prit une gorgée, la tête penchée en arrière, l'esprit tourné vers le passé.

— J'ai entendu pas mal d'histoires à propos de Big Beau Boswell. Après sa seconde incarcération – pour avoir agressé une femme qui avait dit non –, il aurait fini battu à mort en prison.

» Lisa devait encore être bébé au moment où sa grand-mère s'est remariée avant de repartir dans le Tennessee. Donc quand mon père a divorcé de la mère de Lisa – qui n'a pas traîné pour se remarier et divorcer dans la foulée –, elle a enfilé ses hauts talons pour aller s'installer là-bas à son tour. Histoire de laisser la petite ville de Bigsby derrière elle. Elle s'est remariée, à ce qu'on m'a dit, et ça n'a pas pris. Pas vraiment étonnant que Lisa ait été une enfant difficile.

Irene marqua un temps d'arrêt avant de croiser le regard d'Eve.

— J'imagine que vous soupçonnez son fiston d'être plus qu'un peu difficile.

« Un fiston désormais âgé de plus de soixante ans », songea Eve.

— Il est suspecté de deux meurtres et de trois enlèvements au moins.

— Navrée de l'entendre. Ça me désole de penser que quelqu'un issu du sang de mon père ait aussi mal tourné. Papa était quelqu'un de bien, un bon père. Marrant et bosseur. Il pouvait se montrer sévère mais aussi adorable. Je sais que ce premier mariage a eu son lot de moments moches. Des choses dont il ne parlait jamais... mais les petites villes ont de grandes oreilles et de plus grandes bouches encore. Pour tout vous dire, la rumeur voulait que la petite ne soit peut-être pas de lui. Elle n'en faisait qu'à sa tête, la maman de Lisa, et avait apparemment testé pas mal de banquettes arrière dans le coin. Mais papa l'avait épousée et a tenu son rôle de père envers cette fille jusqu'à ce qu'elles se tirent.

» Il me semble que la première femme de papa est morte il y a trente ans, voire plus. Mélange d'alcool et de médicaments, à ce qu'on m'a dit.

— Savez-vous s'il existait des photographies de Lisa et de son fils ?

— Je n'en ai jamais vu. Honnêtement, je ne pourrais pas vous dire à quoi elle ressemblait, même après cette brève rencontre. Je me rappelle la piscine du motel et les larmes de ma mère cette nuit-là mais impossible de me représenter le visage de cette fille.

— Il y avait d'autres personnes dans la famille à votre connaissance ? Tantes, oncles, cousins ?

— Je n'ai jamais entendu parler d'autres membres de leur famille, donc je ne sais pas ce qu'auraient pu devenir d'éventuelles photos ou souvenirs. Les dernières nouvelles que j'ai eues, c'est que Lisa était partie avec le petit. Il ne devait pas avoir plus de trois ou quatre ans, je dirais. Ça remonte à loin. Elle avait dix ans de plus que moi, lieutenant Dallas. Et quand quelqu'un mentionnait son nom, une ambiance de plomb s'abattait sur la maison.

Elle laissa échapper un soupir.

— Je vais vous faire une confession. Quand mon père est tombé malade et qu'on a su qu'il n'en avait plus pour très longtemps, maman a tenté de retrouver Lisa. Elle a même évoqué l'idée d'embaucher un détective privé et tout. J'ai pris le parti de mon père. Je veux dire, ce qu'il aurait répondu s'il avait su ce qu'elle avait en tête. Je lui ai dit « non », de façon très ferme, et j'ai tenu des propos un peu durs. Elle a laissé tomber. Je devrais peut-être m'en vouloir mais je n'ai aucun regret.

— Il me semble que je n'en aurais pas non plus à votre place. Si quoi que ce soit d'autre vous revient, même un détail, merci de me recontacter.

— Je n'y manquerai pas. Désolée de ne pas pouvoir vous en dire plus. J'espère que vous retrouverez le fils de Lisa. Avant qu'il s'attaque à quelqu'un d'autre.

— Merci.

Eve coucha par écrit l'essentiel de l'échange.

Puis elle rassembla des données sur les nouveaux personnages qu'Irene lui avait présentés.

L'arrière-grand-père maternel : alcoolique et dragueur, mari violent, condamné. Tué durant son deuxième séjour en prison.

Grand-mère maternelle : couchait à droite et à gauche, aimait boire et se droguer. Arrêtée pour vandalisme, consommation d'alcool sans avoir l'âge requis, possession de stupéfiants, trouble à l'ordre public, tapage. Décédée à soixante et un ans d'une overdose de barbituriques mélangés à de la vodka.

La mère : arrêtée pour racolage alors qu'elle était mineure, a eu un fils à l'âge de vingt ans (sans mention du père). Potentiellement accro aux antalgiques. Parcours professionnel et de domiciliation imprécis. Plus aucune trace après 2002.

Elle avait pu travailler au noir, estima Eve. Faire le trottoir. Se déplacer d'un endroit à l'autre sans jamais se fixer. Et peut-être se débarrasser de l'enfant. Mais pas de façon officielle, sans quoi il y aurait des traces.

Elle avait pu le vendre, l'abandonner quelque part, mourir en le laissant seul, livré à lui-même.

Mais puisqu'elle ne l'avait pas confié à la grand-mère au moment de partir, pourquoi l'aurait-elle fait par la suite ?

Eve se replongea dans ses notes. Un sang sombre et dur coulait dans les veines des membres de cette famille, un ADN empreint de brutalité.

Violence, addiction et autodestruction.

Mais le meurtre restait un choix. C'était toujours un choix.

Et le tueur avait fait le sien.

17

Eve fit d'abord le point avec Jenkinson. Rien de neuf sur le terrain. Elle s'apprêtait à appeler Peabody pour un briefing quand elle entendit le claquement de ses bottes dans le couloir.

— Je n'ai pas encore identifié le kit de faux ongles, lui dit Peabody, mais j'ai parlé à Dawber au labo. Il y a eu un petit retard à la suite d'un bug informatique mais il est de nouveau dessus. Il pense pouvoir identifier l'échantillon d'ici trente minutes.

— J'ai demandé à Yancy de travailler sur des portraits vieillis de la mère et j'ai discuté avec la demi-sœur de McKinney. Il y a des antécédents du côté maternel de McKinney pour des problèmes d'alcool et de drogue, plus des éléments qui pourraient donner du poids aux suppositions de Mira concernant la maladie mentale. Je vous envoie à toutes les deux une copie de mes notes. Mais il reste un truc qui me tracasse…

Eve se radossa à son siège et désigna l'autochef pour faire comprendre à Peabody qu'elle pouvait leur programmer des cafés.

— La demi-sœur vit en Oregon, reprit-elle. Mais mes recherches montrent qu'elle est la seule de la famille à avoir déménagé au-dessus du Tennessee. Comment et pourquoi le fils de McKinney se serait-il retrouvé à New York ? Est-ce qu'elle l'aurait amené jusqu'ici, en rompant les habitudes géographiques familiales ?

— Possible, estima Peabody. Elle donne l'impression d'être une vagabonde, sans réelles compétences ni ambitions professionnelles et sans attaches familiales. Elle a pu se dire : « Ras le bol de la cambrousse, j'ai besoin d'action, des lumières de la ville ! »

— Ça se tient, admit Eve. Mais il faut des tripes pour effectuer un changement aussi radical. Passer de petites villes du Sud à une énorme métropole du Nord. Et de l'argent, aussi. Vivre à New York revient beaucoup plus cher, en particulier avec un enfant. Même les gens malheureux se raccrochent à ce qui leur est familier.

Eve se leva pour faire les cent pas, café à la main.

— Rien n'indique qu'elle ait eu New York dans son viseur, ni même le Nord. Elle a fait plusieurs fugues durant l'adolescence sans jamais prendre un bus ou faire du stop vers une grande ville ni sortir de cette zone familière. Chaque fois, elle a été récupérée dans un rayon de soixante-quinze kilomètres autour de son domicile.

— Et pourtant le fils est ici.

— Oui, il est ici. Elle l'a abandonné ou elle est morte. Ce sont les deux options que je retiens. Elle s'est débarrassée de lui en voyant qu'elle n'arrivait plus à s'en sortir. Ou elle a fait une overdose, une mauvaise rencontre ou s'est suicidée.

Eve s'arrêta devant le tableau pour plonger son regard dans celui de la jeune Lisa McKinney. Rebelle et énervée.

— Elle aurait aussi pu le vendre. Ce qui craindrait pour nous parce qu'on n'aurait aucune chance de le retrouver dans les archives officielles. Or c'est déjà assez dur de retrouver un mineur entre quatre et six ans et à l'identité inconnue dans le sud-est du pays. Sans compter qu'il faudrait élargir d'un an de chaque côté pour couvrir d'éventuelles approximations et erreurs de calcul.

— Mais si elle l'avait abandonné ou était morte, il aurait donné son nom aux flics, aux assistantes sociales.

— Pas s'il ne le connaissait pas. Il avait très certainement un prénom ; elle devait bien s'adresser à lui d'une manière ou d'une autre, même par un simple « petit con ». Mais son nom de famille ? J'étais plus âgée que lui et je ne connaissais pas le mien. Ce n'était pas qu'une question de traumatisme, ajouta Eve. Ils ne m'avaient pas donné de prénom et le concept de nom de famille m'était inconnu. On a donc ce gamin sans doute âgé de moins de sept ans qui se retrouve abandonné sur un pas-de-porte quelque part. Ou récupéré par quelqu'un après que la mère est morte ou n'est jamais revenue.

Eve se rassit.

— C'est notre nouvelle cible. J'ai une recherche en cours dans huit États entre 2002 et 2006 pour un mineur de nom inconnu de cet âge et pris en charge par le système. On n'a rien trouvé auparavant via la recherche élargie mais on aura peut-être plus de chance avec des paramètres restreints.

— Ça se tente, confirma Peabody. Les archives de cette époque sont si peu fiables… Mais avec des critères plus resserrés, ça se tente.

Elles se tournèrent toutes les deux vers l'ordinateur d'Eve qui venait de signaler l'arrivée d'un message.

— Dawber a fait plus vite que prévu ?

— Non, c'est Yancy. On a sa première image. Lisa McKinney à l'âge de trente-cinq ans.

— Waouh, c'est super bien fait !

Peabody se pencha pour examiner le portrait de plus près.

— On voit tous les petits détails par lesquels il l'a vieillie. Il a même changé un peu la coiffure. Pour correspondre à la mode du moment, j'imagine.

— C'est du bon boulot.

Eve scruta les traits du visage, les signes subtils d'une décennie accumulée autour des yeux, de la bouche.

— Le suspect n'aurait jamais pu recréer aussi précisément sa mère. Nous ne l'aurions jamais retrouvée à partir des photos des victimes. Elles ne sont pas ses sosies, il a seulement fait de son mieux pour s'en rapprocher.

» Ordinateur, lancement du programme de reconnaissance faciale sur l'image affichée. Recherche d'équivalences sur les années 2012 à 2022.

— *Bien reçu. Recherche en cours…*

— On va rester sur du restreint, marmonna Eve. Sans dépasser dix ans d'amplitude de recherche sur chacune des images que nous fournira Yancy. Ça donnera forcément quelque chose. À moins qu'elle ne soit morte depuis le départ.

— Et si j'entamais une recherche secondaire ? À partir de la même image mais en passant direct à 2023 pour, disons, cinq ans de plus ?

— Oui. Allez-y, voyons ce que ça donne. Et si Dawber n'a pas fourni de réponse dans la demi-heure, insistez.

Une fois Peabody repartie, Eve se leva de nouveau pour se poster devant la fenêtre, le reste de son café à la main.

Il était là, dehors, se dit-elle. Dans la rue, un bureau, une maison, un marché, une réunion. Peut-être en train de boire du café comme elle le faisait elle-même. Mais il était là.

Et elles se rapprochaient. Eve le sentait. Les pièces du puzzle étaient en train de s'assembler. La mère avait toujours été la clé. À présent, elles avaient son nom, son visage, sa ville de naissance.

— Où es-tu allée, Lisa McKinney ? Qu'as-tu fait ?

Eve se revit, enfant, errant dans les rues de Dallas, ensanglantée, brisée, trop traumatisée pour se remémorer le dernier viol, la dernière raclée ou quoi que ce soit de son passé.

— Mais ce n'est pas ce qui t'est arrivé, murmura-t-elle à l'intention du tueur. Non, rien de ce genre. Sinon tu ne chercherais pas à retrouver ta mère. Elle ne te battait pas, sans quoi tu aurais battu ses remplaçantes. Elle te nourrissait, t'habillait… Et tu fais de même pour elle, pour la projection que tu as d'elle.

« Elle l'a largué quelque part ou vendu, ou elle est morte », songea de nouveau Eve.

Autant d'options qui, dans son esprit à lui, signifiaient qu'elle l'avait abandonné. La méchante maman avait laissé tomber son petit garçon.

Eve reporta son attention sur l'ordinateur toujours au travail. Si Lisa McKinney était morte alors que son fils était encore très jeune, la recherche ne mènerait nulle part.

L'absence d'enregistrement du décès signifiait qu'aucun corps n'avait été retrouvé ou qu'il n'avait pas été identifié. Mais elle disposait d'un véhicule et d'un permis en 2002, donc…

Ça laissait quand même beaucoup de possibilités pour une personne de mourir sans être découverte ou de rester sans identité connue.

Le carillon d'arrivée d'un nouveau message la fit sauter sur l'ordinateur.

— Bien joué, Dawber. Contente de ne pas devoir retourner au labo pour vous secouer un peu.

Elle parcourut très vite ce qui, à ses yeux, tenait du bla-bla scientifique incompréhensible pour aller droit à l'essentiel.

— Ongle Sublime de chez Adora, gamme pour salons, usage réservé aux professionnels. Couleur Nuit sans lune… Qui invente des noms pareils ? monomère acrylique (liquide), poudre cristalline ultra et Colle Parfaite de chez Adora. Bla-bla-bla, termina Eve.

Peabody apparut sur le seuil.

— Il m'en a envoyé une copie, lui dit Eve.

— J'ai ajouté les infos à la recherche. C'est l'une des marques les plus cotées et un kit haut de gamme. Plus de quatre cents dollars au prix de gros.

— Tout ça pour des faux ongles ? Qui voudrait tous ces trucs collés au bout des doigts ?

— Ça vous coûterait le double de vous les faire poser en salon. Il a dû acheter la couleur à part, elle n'est pas incluse dans le kit.

— Quatre cents dollars et on ne vous file même pas le vernis ?

— Et il faut utiliser le produit Adora conçu pour le kit. J'avais confirmé ça auprès de Trina au moment de ma première recherche. Donc j'ai inclus à la fois le kit et la couleur. Même s'il a réglé en liquide – ce qui est probable –, ils en auront une trace. Cette piste va payer.

— Tout ça parce qu'elle s'est rongé les ongles. Convoquons certains de ces revendeurs pour les interroger en direct.

— Je vais demander à l'ordinateur de m'avertir de tout résultat positif..., commença à dire Peabody quand l'ordinateur d'Eve se fit de nouveau entendre.

— *Résultat positif de la recherche, probabilité de quatre-vingt-dix-huit virgule deux pour cent.*

— Affiche-le sur l'écran principal, ordonna Eve. Dans le mille ! C'est elle. Elle a changé de nom mais c'est elle. Violet Blanche Fletcher. Et elle est fichée dans le système. Permis de conduire, passeport et même un numéro de sécurité sociale. Trente-quatre ans en 2014. Épouse d'un certain Dr Joseph Fletcher, trois enfants, deux fils et une fille. Mais pas le bon âge par rapport à notre homme. Trop jeunes, nés après qu'elle a disparu. Disparue en direction de Sylvan, en Louisiane. Ordinateur, affiche-nous une carte de la Louisiane et indique-nous où se trouve Sylvan.

— Oh, oh, regardez ! C'est pas loin de La Nouvelle-Orléans ! On va à La Nouvelle-Orléans ?

— Calmez-vous, Peabody. Ordinateur, affichage complet des données concernant Violet Blanche Fletcher.

— *En cours.*

— Elle a épousé son médecin en mai 2004. Aucune mention de son lieu de naissance, de ses parents, de sa profession... ni d'un quelconque enfant avant les trois qu'elle a eus avec le médecin.

— Parce que Violet Blanche Fletcher n'en avait pas, conclut Peabody.

— Comme vous dites. On a aussi sa date de décès, en septembre dernier. Overdose accidentelle de somnifères. Et si, étant donné son passé et son histoire familiale, ce n'était pas un accident ? Et que d'une manière ou d'une autre, sa mort avait joué le rôle de déclencheur pour le suspect ?

— Il n'apparaît pas. Aucun enfant né avant son mariage.

Eve hocha la tête, le regard étréci. L'excitation de la chasse bouillonnait dans ses veines.

— De quoi rendre fou son aîné. Elle épouse un médecin, fonde une autre famille et il n'en fait pas partie. Nous découvrirons pourquoi et comment. Elle l'a abandonné, a changé de nom.

— Vous aviez aussi vu juste au niveau géographique. Elle est restée dans le Sud.

— Regardez ces données-ci, Peabody. Le mari n'était pas un simple médecin mais un urgentiste reconnu. Ils disposaient d'une fortune familiale. Une très jolie fortune, même. Elle est morte riche, réellement riche. Le mari est décédé en premier, à peine six mois avant elle.

Eve afficha les données concernant Joseph Fletcher sur la seconde moitié de l'écran.

— D'accord. Une grosse fortune familiale... Et c'est un conducteur en état d'ivresse qui l'a tué, fit remarquer Peabody.

— Prévenez Yancy que nous l'avons trouvée et que je lui en dirai plus par la suite.

Eve rassembla les informations concernant les enfants de Violet Fletcher.

— Voyez-vous ça, dit-elle pendant que Peabody contactait Yancy. La fille est chirurgienne en chef dans l'hôpital où son père dirigeait les urgences. Le fils aîné est écrivain. À succès, on dirait.

— Chasen Q. Fletcher ? Gros succès, même. J'ai lu ses livres. C'est super bien.

— Le plus jeune fils a étudié le droit et est aujourd'hui le sénateur de Louisiane. Tous les trois sont mariés – une seule fois chacun –, ont des enfants et vivent toujours dans la région. L'écrivain et sa famille résident dans la maison où ils ont tous grandi.

Elle examina leurs photos d'identité.

— On va avoir un certain nombre de conversations à mener, Peabody.

— C'est sûr. Mais je suppose que ça ne se fera pas à La Nouvelle-Orléans ?

— Non. Ne lâchez pas la recherche des faux ongles. On retourne sur le terrain après ces conversations. Mais voyons d'abord ce que savaient les demi-frères et la demi-sœur du suspect. Commencez par l'écrivain. Je m'occupe de la fille. Le politicien sera sans doute plus fuyant s'agissant de l'ancienne vie de sa mère. Mais on le fera parler aussi.

— Ça bouge, commenta Peabody en ressortant d'un pas rapide. Là, ça bouge vraiment !

« Merci Yancy », songea Eve avant d'appeler le bureau du Dr Joella Fletcher.

Ils tentèrent de la faire poireauter, comme elle s'y attendait, mais elle refusa de lâcher le morceau.

— Le Dr Fletcher sauve peut-être des vies là-bas, dit-elle à la troisième personne que l'on venait de lui passer, mais moi, j'essaie d'en sauver une ici. Demandez-lui si elle souhaite être responsable du meurtre de Mary Kate Covino, vingt-cinq ans, parce qu'elle est trop occupée pour répondre à son communicateur.

La femme à l'écran eut un sourire crispé.

— Il n'est pas nécessaire d'être impolie, madame, déclara-t-elle avec un accent du Sud exagérément mielleux.

— Vous direz ça à Mary Kate. Et c'est « lieutenant », pas « madame ». Soit elle me parle tout de suite, soit je prends la prochaine navette pour un petit tête-à-tête en direct. Et une inculpation pour entrave à la justice.

Le sourire disparut.

— Patientez, je vous prie.

L'écran devint bleu et une musique d'attente sirupeuse se fit entendre. Cette fois, la chirurgienne elle-même reprit la communication.

— Qu'est-ce que c'est que cette histoire ? J'ai dû quitter une réunion cruciale sur…

— Je m'en moque. J'enquête sur deux meurtres et trois enlèvements.

La femme en élégant tailleur rouge dévisagea Eve avec les yeux de Lisa McKinney.

— Vous êtes au courant que je ne me trouve pas à New York ?

— Mais votre demi-frère, si. Et c'est mon principal suspect.

Joella Fletcher écarta une mèche de ses cheveux auburn parfaitement coiffés de son visage étroit – comme celui de sa mère – et leva les yeux au ciel.

— Je n'ai pas de demi-frère. J'ai deux frères et ni l'un ni l'autre ne sont à New York. Maintenant, lieutenant…

— Votre mère est bien Violet Fletcher ?

— Oui.

— Avant de devenir Violet Fletcher ou Violet Blanche, elle était Lisa McKinney, née à Bigsby, Alabama, en 1978. Et elle avait donné naissance à un fils en 1998.

— C'est ridicule.

— C'est un fait.

— Lieutenant, ma mère, Violet Blanche Fletcher, est née dans le Tennessee. Ses parents étaient souvent sur la route en quête de travail en tant que femme de chambre ou jardinier. Des petits boulots. Ils ont trouvé la mort durant l'ouragan Opal.

— Ses parents étaient Buford et Tiffany McKinney. Violet Blanche n'existait pas avant 2004. Comment vous a-t-elle dit que ses parents s'appelaient ?

Eve entendit Joella faire tinter impatiemment ses ongles sur son bureau.

— Je ne m'en souviens pas.

— Où est-elle allée à l'école ?

— Je ne sais pas. J'ignore si elle y allait régulièrement du fait des déplacements constants de ses parents. Elle n'aimait pas en parler. Elle répétait souvent que sa vie n'avait vraiment commencé qu'au moment de sa rencontre avec mon père.

— Je n'en doute pas. Et comment se sont-ils rencontrés ?

— Il l'a embauchée pour l'aider à entretenir la maison et le jardin. Il s'agit d'une vieille demeure de plantation qui lui venait de ses grands-parents.

Ils sont tombés amoureux, se sont mariés, y ont élevé leurs enfants. Une famille heureuse qui n'a rien à voir avec des meurtres à New York.

— Votre mère est morte à l'automne dernier d'une overdose.

— Accidentelle, répliqua sèchement Joella. Elle était en deuil de son mari, mon père. Son décès soudain nous a fait mal. Et nous fait toujours mal. Elle n'arrivait pas à dormir, elle s'est retrouvée désorientée et a pris trop de cachets.

— Docteur Fletcher, j'estime que vous m'aviez jusqu'à maintenant dit la vérité telle que vous la connaissez. C'est une version fabriquée de toutes pièces, mais c'est ce qu'on vous a raconté, donc pourquoi en auriez-vous douté ? Mais là, vous venez de me mentir, ce qui m'indique que votre mère s'est bel et bien suicidée.

— Je n'ai rien de plus à vous dire.

— Je pense qu'elle a pris contact avec cet individu, son premier enfant, peut-être pour tenter de se racheter d'une manière ou d'une autre. Et ce contact a déclenché chez lui une décompensation. La meilleure profileuse et psychiatre de New York, si ce n'est de toute la côte est, vous le confirmera. Il a tué deux femmes ayant une forte ressemblance avec votre mère au même âge.

» Vous êtes une scientifique. Il y avait beaucoup de blancs dans son passé, avant votre père. Sans oublier le nom qu'elle s'était choisi. Blanche. Vous ne vous étiez jamais questionnée à ce sujet ?

— Elle voulait tourner la page de son enfance malheureuse.

— Son enfance a effectivement été malheureuse, mais ce n'était pas celle qu'elle vous a racontée.

Et d'après ce que j'ai appris aujourd'hui, elle s'est créé une nouvelle vie. Une belle vie, où elle était une bonne mère, une bonne épouse. Elle vous aimait. Elle vous a laissé un message avant de prendre ces somnifères.

— C'était un accident.

— Docteur Fletcher, en essayant de préserver le souvenir de votre mère, en niant son suicide pour ne pas entacher sa mémoire, vous entravez l'accès aux détails qui pourraient m'aider à retrouver et à arrêter cet homme. Regardez ceci.

Elle pivota sur elle-même pour filmer les photos de la scène de crime d'Elder.

— Elle s'appelait Lauren Elder. Elle avait un compagnon qui l'aimait, une famille qui l'adorait. Voilà ce qu'il lui a fait parce qu'elle avait un air de ressemblance avec votre mère.

— Ma… ma mère n'a jamais ressemblé à ça. Jamais.

— Elle avait un papillon tatoué dans le dos, avec les ailes déployées. Au bas du dos.

— Un caprice durant son adolescence. Je ne vois pas…

— Attendez.

Eve passa à la photo du dos d'Elder.

— Voici le tatouage qu'il a apposé sur Lauren Elder, ainsi que sur Anna Hobe, sa deuxième victime. C'est le même, n'est-ce pas ?

Eve vit Joella pâlir.

— Beaucoup de femmes se font tatouer des papillons.

— C'est exactement le même, non ?

— Oui. Oui. Je ne comprends pas pourquoi.

— Voici Mary Kate Covino. Elle est en vie. Retenue prisonnière mais en vie. Il lui a sans doute tatoué le même dessin à ce stade. Vous êtes médecin. Aidez-moi à lui sauver la vie.

— Je ne vois pas ce que je pourrais faire.

— Elle vous a laissé un message d'adieu. Y avait-il quoi que ce soit dans ce message, ou dans ses propos, qui résonne à présent que vous savez qu'elle avait eu un autre enfant ?

— Je ne peux pas vous aider.

— Si vous refusez de le faire, je vous promets de lancer une enquête sur la mort de votre mère. Vous pourriez y perdre votre droit d'exercer la médecine et vous le savez. Votre frère le sénateur se retrouverait avec un scandale sur les bras. Aidez-moi et nous la laisserons reposer en paix.

— Vous menacez de...

« Ça suffit », songea Eve.

— Cela fait presque une semaine que Mary Kate Covino est retenue prisonnière, enchaînée comme un animal. Le moment où il décidera de l'égorger approche à toute vitesse. J'ai besoin que vous me disiez la vérité. Donc je vous assure que ce que je ferai si vous continuez à mentir n'est pas une menace. C'est une réalité. Elle a vous laissé un message.

Joella pinça les lèvres.

— Elle en a laissé un pour chacun de nous. Moi et mes deux frères. Nous avons décidé de ne pas en informer les autorités et de parler d'une overdose accidentelle.

— Je n'ai pas de problème avec ça et je ne vois aucune nécessité à changer la cause officielle de sa mort. Ce qui m'importe, c'est ce qu'elle a pu vous dire ou vous écrire.

— Son passé était plein de zones d'ombre, c'est vrai. Mais je pensais – nous pensions tous – que c'était du fait d'une enfance difficile. Probablement associée à des maltraitances, à mon avis. Qu'elle avait su dépasser.

— Je pense que c'était le cas.

— Elle était joyeuse, active, généreuse. Il lui arrivait d'avoir des difficultés à dormir. Presque toute sa joie l'a quittée à la mort de mon père. Elle a été victime d'insomnies chroniques, de maux de tête, d'une grande fatigue. Puis son état a paru s'améliorer, elle allait un peu mieux. Elle est allée passer une semaine dans notre maison de Hilton Head. Elle disait qu'elle voulait marcher sur la plage, avoir un peu de temps pour elle.

— Elle s'y est rendue seule ?

— Oui, elle a insisté. Mais ce n'était que pour quelques jours et on se parlait quotidiennement. Elle avait l'air d'aller mieux. Nous avons organisé un grand dîner de famille quelques semaines après son retour. Elle semblait en meilleure forme, plus stable. Plus heureuse.

Joella marqua une pause, visiblement émue.

— J'ai cru, comme le reste de la famille, qu'elle avait trouvé la paix. Mon mari et moi sommes restés dormir sur place. C'est moi qui l'ai trouvée au matin. Ainsi que ses lettres d'adieux. Dans celle qui m'était adressée, elle m'a écrit qu'elle était désolée, qu'elle savait que j'aurais du chagrin, mais qu'elle était avec papa désormais. Qu'elle ne pouvait pas continuer sans lui ni faire face à ce qu'elle avait traversé avant lui. Qu'elle avait fait de son mieux pour tous ses enfants. Qu'elle aimait tous ses enfants et leur demandait pardon. Elle en appelait à notre compréhension. Sa vie, disait-elle, avait commencé la nuit où mon père l'avait sauvée. Elle assurait qu'elle était désormais en paix, avec lui.

— Elle indiquait spécifiquement « tous ses enfants » et non, par exemple, qu'elle avait fait de son mieux et vous aimait, vos deux frères et vous ?

— Oui. Elle a bien écrit « tous mes enfants ». Oh… Mon Dieu…

— Et elle a mentionné avoir été sauvée une nuit par votre père.

— Oui. J'ai pensé qu'elle avait l'esprit embrouillé. Puisqu'il l'avait embauchée pour jardiner et entretenir la maison et…

— Je comprends que ce soit difficile mais ça m'est très utile. Si votre père avait croisé la route d'une personne en détresse, blessée ou ayant besoin d'aide, qu'aurait-il fait ?

— Il l'aurait secourue.

Les yeux de Joella, si semblables à ceux de sa mère, étaient brillants de larmes.

— Il aurait fait tout ce qu'il pouvait pour lui porter assistance. Ce n'était pas seulement un médecin, c'était un guérisseur. Il avait dédié sa vie à aider et à guérir son prochain. Lieutenant, si ma mère avait eu un enfant avant nous, mon père l'aurait accepté et élevé comme son propre fils. Jamais il ne lui aurait tourné le dos.

— Il ne l'a peut-être jamais su.

— Non. Je ne vois pas comment ce serait possible. Il faut que vous compreniez à quel point ils étaient proches. Pas de secrets entre eux. Ils étaient profondément unis. Et ma mère ? Les enfants constituaient sa plus grande joie. Impossible de l'imaginer rompre ses liens avec un enfant. Il doit y avoir une erreur, une autre explication.

— S'il y en a une, je la trouverai. Je vais vous demander deux dernières choses. D'abord, ma coéquipière doit actuellement s'entretenir avec votre frère cadet. Si cela peut faciliter les choses, j'aimerais que vous contactiez votre plus jeune frère et le persuadiez de me parler en toute honnêteté. Ensuite, si vous voulez bien m'envoyer une copie de la lettre que votre mère vous a laissée. Je ne la porterai pas au dossier. Vous avez ma parole.

— J'aurai besoin d'avoir des réponses. De connaître la vérité.

— Quand j'aurai les réponses, vous les aurez aussi.

Eve résuma leur conversation par écrit et en envoya une copie à Mira. Puis elle se leva et fit mine de retourner en salle commune… mais s'arrêta en entendant arriver Peabody.

— Vous avez parlé à l'écrivain.

— Il n'a fait aucune difficulté. Il est toujours sous le coup de l'émotion ; la perte de ses deux parents en moins d'un an. Ça a pu l'inciter à s'ouvrir. Il a déclaré qu'il ne savait pas que sa mère avait eu un autre enfant, qu'elle avait changé de nom, ni quoi que ce soit d'autre. Je le crois.

— Même chose avec sa sœur. A-t-il admis qu'elle s'était suicidée et mentionné les lettres d'adieux qu'elle a laissées ?

— Oui, et il va nous envoyer une copie du message qui lui était destiné. Mais rien qui rappelle Lisa McKinney dans tout ce qu'il avait à raconter sur sa mère. Ni traumatisme, ni addiction, ni goût du risque. Rien qu'une famille très stable et très heureuse.

— J'ai eu droit à la même chose.

Eve faillit ajouter quelque chose mais s'abstint.

— Votre analyse ? demanda-t-elle.

— Ils n'étaient pas au courant. Elle était Violet Fletcher. Leur mère. Au vu de ce qu'il m'a rapporté, on s'attendrait à ce qu'elle en ait parlé à son mari. Mais d'après tout ce qu'il m'a dit, rien n'explique qu'ils n'aient pas gardé le fils de Lisa ni cherché à le retrouver si elle l'avait perdu ou déposé quelque part. C'est le truc qui me perturbe. En dehors de ça, il paraît clair qu'elle s'est réinventée, qu'elle a profité d'un mariage solide, d'une famille aimante, d'un foyer heureux et fait beaucoup de bien autour d'elle.

Eve resta silencieuse un instant avant de demander :

— Et ?

— Si j'en crois ce que Chasen Fletcher m'a raconté de la lettre qu'elle lui a laissée, c'est comme si sa vie, son monde, avait débuté avec son mari Joe et pris fin quand il est mort. Presque soixante ans de mariage, ça fait long pour maintenir une illusion. Mais si c'est vraiment ainsi qu'elle vivait les choses, ce décès a peut-être rompu le charme. Et si durant les six mois entre la mort de Joe et son suicide, elle avait contacté notre suspect, son premier enfant ? Le fils de Lisa McKinney.

— Lequel, reprit Eve, apprend que la mère qui l'a d'une façon ou d'une autre abandonné a connu presque six décennies de bonheur, sans parler de la richesse et de trois autres enfants. Des enfants qu'on bordait chaque nuit, alors que lui non. Des enfants que l'on aidait à faire leurs devoirs, alors que lui non. Des enfants qui avaient droit à l'amour et à l'attention d'une mère, qui soufflaient des bougies d'anniversaire et ouvraient des cadeaux à Noël dans une grande maison au jardin fleuri. De quoi ressentir une profonde colère, non ?

— Il l'habille telle qu'elle était quand elle était avec lui.

— Et la tue. Sa maman est la méchante maman. Il l'enchaîne ; elle n'ira nulle part cette fois. Il veut ce qu'elle a donné aux autres durant toutes ces années.

— On pourrait s'attendre à ce qu'il s'attaque à ses demi-frères et sœur, qu'il tente de les tuer.

Eve secoua la tête.

— Si on lui en laissait le temps. Mais c'est lui l'aîné. Elle est *à lui*. C'est elle qui compte le plus. L'amour et la fureur s'affrontent chez lui. Envoyez vos notes à Mira, vous pourrez rédiger un compte rendu détaillé à notre retour.

— Les ongles ?

— Les ongles, confirma Eve. Vous prenez le volant.

Peabody dut récupérer sa mâchoire tombée au sol avant de rattraper Eve.

— Vous voulez que je conduise ?

— Je vais reprendre toute l'histoire avec le troisième enfant. Un sénateur des États-Unis ne cédera peut-être pas facilement. Donc à vous le volant.

Elle délaissa complètement les ascenseurs en faveur de l'escalier roulant.

— Commençons dans Brooklyn. Si j'étais un tueur dérangé et obsédé par sa mère désireux de ne pas trop laisser de traces en achetant un kit de faux ongles hors de prix, je ferais mes courses de l'autre côté du pont.

— Je vais conduire jusqu'à Brooklyn ! s'exclama Peabody.

Et comme Eve marchait légèrement devant elle, elle prit le risque d'un déhanchement suggestif.

— Je vous vois.

— Vous n'avez pas pu me voir. Seules les mamans ont les fameux yeux métaphoriques derrière la tête.

— Les mamans sont simplement des flics pour enfants.

Peabody s'apprêtait à protester mais révisa sa réaction première.

— Euh... C'est assez vrai, convint-elle. Je me demande comment Lisa/Violet vivait les choses. Est-ce qu'elle repensait parfois à sa première vie ? Est-ce qu'elle gardait un œil sur l'enfant qu'elle avait eu alors ? Est-ce qu'elle a vraiment pu effacer tout son passé ?

— Pourquoi pas ? Il y a l'hypothèse cynique. Elle est fauchée, furax, avec un gamin à gérer, obligée de vendre son corps et de danser dans des boîtes minables. Elle décide qu'il est temps de penser à elle et se débarrasse du gamin. Ça simplifie les choses mais elle doit trouver le moyen de s'extirper de cette vie. C'est là qu'arrive ce jeune médecin, riche et beau. Elle se débrouille pour se faire une place dans sa vie, en astiquant sa maison, en arrachant les mauvaises herbes ou que sais-je. Elle s'arrange, change de look, fait le nécessaire pour qu'il craque. Peut-être le vieux numéro de la demoiselle en détresse. C'est un médecin, un guérisseur d'après sa fille. Plus qu'à faire en sorte qu'il ait envie de la guérir.

— Ce n'est pas l'impression que j'ai eue, dit Peabody tandis qu'elles passaient de l'escalier roulant aux marches menant à leur niveau dans le parking. Ça avait l'air d'une histoire romantique et tendre.

— Possible. Ça a pu commencer de façon cynique et devenir réel. Si c'était un jeu pour elle, et lui une simple cible, elle aurait ramassé tout l'argent qu'elle pouvait avant de s'envoler. Mais elle n'a rien fait de tel.

Eve s'installa côté passager pendant que Peabody calait fièrement son postérieur au creux du siège conducteur.

— C'était une fille sans attaches qui menait une vie à la dure. On ne guide pas trois enfants jusqu'au succès et on ne reste pas avec le même homme pendant des décennies sans en avoir envie ou y être forcée. Et il n'y a rien qui indique qu'elle ait été forcée à quoi que ce soit. Elle a voulu cette vie, cet homme, ces enfants, et elle s'y est impliquée à fond. On ne peut pas simuler l'amour durant un demi-siècle.

» Il le sait, ajouta Eve. Le fils numéro un le sait, sait qu'elle a donné cet amour à d'autres plutôt qu'à lui.

Tandis qu'Eve sortait son communicateur, Peabody termina d'entrer leur itinéraire et les différents arrêts.

— Ça vous dit une bonne boisson fraîche ?

Sans attendre de réponse, elle leur programma deux tubes de Pepsi. Light et classique.

— *Road trip !* s'exclama-t-elle.

Eve leva les yeux au ciel.

— On n'est même pas sorties du parking que je regrette déjà ma décision.

18

Eve devina que la sœur aînée du sénateur avait dû lui faciliter les choses car elle n'eut à se coltiner que trois employés avant de l'avoir en ligne.

S'il se montra plus évasif sur certains points, et malgré le fil tortueux de la conversation, il finit par confirmer toutes les déclarations de son frère et de sa sœur. Il évoqua une enfance heureuse, des repas familiaux pleins d'animation, ses parents surpris en train de s'embrasser dans la cuisine, sa mère qui poussait un cri stupéfait suivi d'un grand rire en voyant leur vieux chien Cecil réussir à voler un rôti entier sur le plan de travail.

— Notre porte était toujours ouverte pour la famille et les amis. La maison était le centre de nos vies, ajouta-t-il. Et notre mère en était le cœur. Elle était toujours présente. Le métier de notre père l'empêchait parfois d'être des nôtres mais nous savions qu'à défaut de pouvoir nous tourner vers lui, nous pouvions aller vers elle.

Il marqua une courte pause.

— C'était beau de les voir ensemble. Leur dévotion et leur respect mutuels ne vacillaient jamais.

Leur arrivait-il d'être en désaccord, voire de se disputer ? Bien sûr, mais jamais avec rancœur. Il était son héros. Elle me l'a dit plus d'une fois.

» Chaque fois que mon père se montrait trop dur, trop strict, attendait trop de moi – et j'ai souvent eu ce sentiment durant mon adolescence –, elle m'expliquait que ses attentes étaient proportionnelles à son amour. Il était ce que je devrais aspirer à être. Un homme bon, compatissant, toujours prêt à tendre la main aux autres. Elle me disait qu'il était la fondation de ce que nous allions tous devenir, tout comme il l'avait été pour elle.

— La fondation de ce qu'elle était devenue ?

— Comme vous le savez, ma mère avait connu une enfance difficile. Un sujet que nous n'abordions pas, du moins pas souvent. Ça semblait si loin. J'ai toujours eu l'impression qu'à ses yeux, c'était mon père qui lui avait permis de tourner la page.

Tandis qu'Eve poursuivait l'échange, Peabody – qui selon Eve conduisait comme une mamie en retard sur l'évaluation bisannuelle de sa vision – s'arrêta devant le premier fournisseur en cosmétiques.

Après leur troisième visite, Eve finit de consigner la conversation par écrit et commença à échafauder une nouvelle théorie.

Elle eut le temps de la considérer sous différents angles, de faire un point avec Reineke – toujours rien de neuf – et d'étudier les rapports du labo sur le chemin du retour, avec deux arrêts supplémentaires sur le trajet.

— Il a peut-être commandé le kit en ligne, suggéra Peabody, qui roulait au pas derrière une file de voitures. Vous voulez qu'on continue ? Il y a plusieurs autres boutiques à Manhattan, une dans le Bronx, d'autres encore dans le Queens, et…

— Avec votre façon de conduire, on ne sera pas dans le Bronx avant mardi.

— Je prends ça pour un non.

— Retour à la maison. On arrive à la fin de notre rotation et c'est l'horaire de fermeture de la plupart de ces revendeurs. On en appellera quelques autres via communicateur.

Dans son for intérieur, Eve s'imagina doubler brusquement le tout-terrain devant elles puis zigzaguer entre les taxis et les berlines.

— Vous avez remarqué que je n'ai pas mentionné les travaux de la maison de toute la journée ? demanda Peabody. Pas une fois.

— Ce qui me fait craindre que vous ne décidiez de vous rattraper maintenant.

— Rien qu'une minute. Le placo se monte tellement vite qu'on dirait de la magie. Et nos meubles de cuisine arriveront d'ici la fin de semaine. Mon beau mobilier de cuisine rouge vif !

— Rouge ? Je croyais que vous aviez choisi… Vous aviez parlé d'un bleu pastel. Ou d'un vert. Un truc pastel.

— Vous m'avez écoutée ! Je voulais voir si vous étiez attentive et vous l'êtes ! Mes placards bleu pastel sont en route. Ceux de Mavis arriveront un peu plus tard, donc ils commencent l'installation d'une partie de son matériel de studio.

Consciente de n'avoir qu'une minute devant elle, Peabody parlait beaucoup plus vite qu'elle ne conduisait.

— D'après Connors, elle pourra même le tester la semaine prochaine, faire un essai au cas où elle déciderait de changer quelque chose. Et puisque Leonardo veut garder les poutres apparentes dans son grand studio du grenier, ils vont entamer l'installation là-haut. Et McNab et moi avons promis de prendre notre décision sur le carrelage de la salle de bains et de la salle d'eau des invités ce soir. Juré, craché.

— Je vois. Connors me dit que vous avez commandé une tonne de cailloux ?

— Oh, la pierre pour la cascade artificielle.

— Selon lui, les plans sont très bien conçus.

— Il vous a dit ça ?

Le visage de Peabody s'illumina comme une bougie de Noël, mais sa conduite demeura désespérément raisonnable.

— Il m'a aussi dit que c'était bien, précisa-t-elle. Mais j'ai pensé que c'était peut-être par politesse, entre amis. Alors que s'il vous l'a dit à vous, c'est qu'il le pense. Je voudrais que ce soit top. Je sais que Mavis rêve d'un truc de conte de fées, avec les fleurs, le potager, les arbres, tout ça. Je voudrais vraiment contribuer à lui offrir ce qu'elle attend. Leonardo et elle ont tellement fait pour nous ! On va avoir une maison avec jardin et une tonne d'espace. Le genre de choses qu'on aurait mis des années à obtenir, et encore, sans garantie. Et là, ils…

— Stop. Oui, ils font beaucoup pour vous. Et vous faites beaucoup pour eux. Vous leur offrez la sécurité, et c'est énorme. Vous leur offrez la camaraderie dont vous semblez tous avoir constamment besoin, pour une raison qui m'échappe. Mavis n'avait jamais rien planté de sa vie avant de vous connaître et maintenant elle est à fond.

Ils sont sur le point d'avoir leur deuxième enfant et qui auront-ils sur place, déjà installées ? Deux personnes à qui ils font entièrement confiance et qui ne trouveront rien à redire si Bella traverse en courant leur séjour à la recherche d'un cookie.

— J'aurai toujours des cookies à disposition. Et merci.

Les yeux embués, Peabody cligna plusieurs fois les paupières.

— Je me sens parfois un peu – beaucoup – débordée par tout ça. Ravie, dépassée, au bord des larmes, tout à la fois. C'est comme quand je suis tombée amoureuse de McNab. Je n'arrête pas de me répéter : « C'est vraiment en train d'arriver ? Je peux vraiment vivre ça ? »

— On dirait bien que oui. Et que le cul malingre de McNab n'ira nulle part.

— Au lit, hier soir…

— Oh non. Non !

L'air sombre, Eve repoussa le pan de sa veste et porta la main à son harnais réglementaire.

— Je vais dégainer mon arme, vous la coller entre les deux yeux et tirer. Vu l'allure à laquelle vous conduisez, personne ne remarquera qu'on s'est arrêtées.

— Je ne parlais pas de *ça*. C'était après. Il m'a raconté qu'il avait l'impression d'avoir frotté une lampe et qu'un génie lui avait accordé trois vœux. Le premier étant son boulot, parce qu'il l'a décroché avant qu'on se connaisse. Moi en deuxième vœu, donc. Le meilleur, évidemment. Et puis le troisième en train de se réaliser, avec la maison, le foyer qu'on se construit ensemble.

Peabody laissa échapper un énorme soupir.

— C'est parce qu'il dit ce genre de choses que j'adore son petit cul tout plat, souffla-t-elle.

Enfin, enfin, Peabody s'engagea dans le parking du Central. Elle se gara méticuleusement puis se tourna vers Eve avec un grand sourire.

— Après ça, on a refait l'amour, dit-elle. Lentement. Délicieusement.

Et elle bondit hors de la voiture avant qu'Eve puisse mettre sa menace à exécution.

— Bref, reprit-elle en tentant de sourire de nouveau. Je suis déçue, admit-elle. Je pensais vraiment que la piste des ongles allait marcher, qu'on allait sauver Covino, choper ce salopard, le cuisiner en salle d'interrogatoire et rentrer chez nous une fois le devoir accompli.

» Bon, il me reste encore un peu d'entrain parce que McNab et moi allons passer à la maison tout à l'heure pour voir l'avancée des travaux.

— On va le trouver, assura Eve. Mais avant d'aller où que ce soit, contactez encore quelques fournisseurs avant qu'ils ferment pour la soirée. Je vous aiderai. Je n'imagine pas notre suspect commander en ligne. On ne peut pas payer en liquide et ça laisse beaucoup plus de traces. Si c'est vraiment ce qu'il a fait, on le retrouvera par ce biais. On se mettra dessus dès que les magasins physiques seront fermés.

Elles montèrent dans l'ascenseur.

— Il n'avait pas ces faux ongles sous la main, il a dû les acheter ou les commander ces derniers jours. Cette marque et cette couleur spécifiquement. Il se souvient que sa mère aimait avoir les ongles vernis. Et pas du vernis rose, rouge ou transparent. Des teintes plus audacieuses, plus bizarres.

Il se remémore beaucoup de choses. Elle est gravée dans son esprit. Une image indélébile de sa mère à un moment très précis de sa vie.

— Cinq ans. Assez vieux pour que les images, les souvenirs s'ancrent dans la mémoire. Je me rappelle une fois, je devais avoir à peu près cinq ans, où je pleurais parce que Zeke avait cassé les roues d'un petit camion bleu que j'aimais beaucoup. Il ne l'avait pas fait exprès. Mon père m'avait hissée sur ses épaules et fait rebondir jusqu'à ce que j'éclate de rire. Ça marchait à tous les coups.

» Ses cheveux sentaient la sciure. Il les portait longs à l'époque. J'avais tiré dessus comme sur des rênes et il s'était mis à galoper dans le jardin en imitant un cheval pendant que ma mère réparait le petit camion.

Peabody se décala vers le fond de la cabine pour laisser entrer d'autres policiers.

— Je revois exactement à quoi ils ressemblaient. Je me souviens que le soleil tapait et que ma mère portait un short taillé à partir d'un vieux jean.

À l'arrêt suivant, Eve s'échappa de la cabine, Peabody dans son sillage.

— Moi, je n'ai aucun souvenir de mes cinq ans, dit-elle.

— Je ne voulais pas…

Eve l'interrompit alors qu'elles sautaient sur un escalier roulant.

— Non, dit-elle. C'est pas le problème. Vous avez une bonne mémoire et beaucoup de souvenirs. Vous aimez les revivre. De beaux moments vécus au sein d'une belle famille. Les enfants de McKinney m'ont raconté le même genre de choses. Ce qui fait du bien peut immortaliser certaines scènes dans notre mémoire, de même que ce qui est traumatique. Un traumatisme peut aussi les effacer. Ou les refouler.

— C'est vrai. Ma cousine Janis est tombée d'un arbre quand elle avait sept ans. Elle s'est assommée et cassé un bras. Elle ne se souvient pas d'avoir grimpé à l'arbre, sans même parler d'avoir fait une chute.

— Qu'est-ce qui semble le plus probable ? Une femme qui se cache derrière une fausse identité, une nouvelle vie, une nouvelle famille pendant une soixantaine d'années sans jamais, semble-t-il, commettre la moindre erreur ? Ou cette même femme n'ayant plus aucun souvenir de la vie qu'elle menait avant ?

— Une amnésie ? Je n'y avais pas pensé, j'avoue. Ça fait un peu téléfilm du dimanche soir.

— Moi, j'y pense, répondit Eve.

Scénario de mauvais téléfilm ou non, elle avait connu cette situation.

— Un traumatisme, dit-elle. Un client qui l'aurait passée à tabac. Ou alors une overdose à laquelle elle aurait survécu de justesse. Un accident de voiture. La vente de son gamin. Il s'est passé quelque chose. Il pourrait s'agir d'une tentative de suicide ; c'est comme ça qu'elle est partie au bout du compte. Rien ne dit que c'était son premier essai. Quoi qu'il en soit, sa vie d'avant est une grande page blanche, comme le nom qu'elle s'est donné. Table rase, comme on dit. Et peut-être que ça lui convient très bien. Peut-être que ce qui reste d'elle y voit une seconde chance.

Elles changèrent d'escalier roulant. Eve se tourna vers Peabody.

— Là-dessus arrive un médecin – un urgentiste – qui d'après tous les témoignages est un homme dévoué et empathique. Il essaie de l'aider. Le genre de fausse pièce d'identité qu'elle possédait coûte très cher. La vente de l'enfant aurait pu couvrir un tel coût. Mais peut-être que c'est le jeune et riche médecin tombé amoureux d'elle qui a réglé l'addition.

— Ça se tiendrait.

— Rien dans ses antécédents ne laisse penser qu'elle aurait pu mener une arnaque au long cours, manipuler le médecin pour qu'il l'épouse et l'entretienne. C'était une pauvre fille, vagabonde et droguée. Mais si tout ça est oublié, si elle ne se souvient de rien, alors la voilà capable de se réinventer.

Elles descendirent à l'étage de la Criminelle.

— Salle de réunion, dit Eve, doigt pointé. Je veux voir toutes les infos à plat, une grande vue d'ensemble… Elle mène une vie heureuse, reprit-elle. Une vie réussie. Elle *est* Violet Fletcher. Peut-être qu'elle a parfois des flashs de McKinney ou de l'enfant. Des souvenirs qui remontent mais ne durent pas. De quoi l'empêcher de dormir, déclencher des cauchemars ou des suées nocturnes, mais elle met ça de côté et elle continue à vivre. Parce qu'elle n'est pas prête à revenir en arrière et n'en a aucune envie.

À leur arrivée dans la salle de réunion, Peabody se racla la gorge.

— Vous voulez un café ?

— Pas encore. Et arrêtez de vous en faire pour moi. Nos expériences personnelles sont utiles et j'explore cette piste parce que je sais comment ça fonctionne. Imprimez sa photo d'identité, celle du permis de McKinney. Même chose pour la plus ancienne et la plus récente des photos de Violet Fletcher. Je veux les avoir sur le tableau.

Eve se mit à faire les cent pas.

— Personne ne cherche McKinney. Quel intérêt ? Elle a passé un an ou deux à errer avec son gamin. Un gamin que personne ne connaît. Elle est tout ce qu'il a.

— On devrait peut-être demander à Mira de monter ?

— Pas encore, répéta Eve. Pour ma part, je n'essayais pas de m'enfuir parce que comment savoir si ce qui se trouve de l'autre côté de la porte n'est pas pire ? Surtout si on n'arrête pas de vous dire que c'est le cas. Elle lui disait peut-être la même chose. Ou alors, parce que c'est aussi ce qu'elle est, elle a fait de son mieux pour s'occuper de lui. Peut-être qu'elle l'aimait et qu'il le sentait. On sait quand on est aimé, de la même manière qu'on sait quand on ne l'est pas, non ?

— Ouais. Oui, je pense qu'on le sent.

— Elle l'a abandonné pour donner cet amour à d'autres enfants. Elle l'a planté là et n'est jamais revenue. Elle le faisait peut-être déjà quand elle tapinait ou dansait. Elle lui donnait peut-être un petit truc pour le faire dormir, ou elle payait une autre strip-teaseuse pour le garder quelques heures. Mais elle revenait toujours. Jusqu'au jour où elle n'est pas réapparue.

Eve s'approcha du tableau, tapota du doigt les photos.

— Elle est passée de ça à ça, pour terminer comme ça, dit-elle en désignant le portrait d'une jolie femme âgée au regard joyeux et au sourire tranquille.

» Traumatisme final. L'homme qu'elle aimait depuis plus d'un demi-siècle, celui qui l'a aidée à devenir Violet, lui a donné un foyer et une famille – tous les vœux du génie de la lampe – n'est plus. Alors les fondations craquent sous elle, son monde s'effondre. En même temps que le blocage traumatique. Elle se souvient. Elle se rappelle tout, y compris l'enfant qu'elle a abandonné.

— Elle s'est rendue à Hilton Head, elle a passé environ une semaine dans leur maison de vacances. Elle les appelait chaque jour et j'ai vérifié ses activités. Elle a réservé une navette depuis La Nouvelle-Orléans jusqu'à Hilton Head.

— Un aller-retour rapide. J'ai creusé un peu pendant que vous retourniez au Central à votre allure d'escargot. Elle a réservé une autre navette de là-bas jusqu'à New York. Elle s'est envolée le soir de son arrivée à Hilton Head. Retour trois nuits après. Elle a passé trois jours à New York.

La théorie d'Eve commençait à prendre forme dans l'esprit de Peabody.

— Elle est venue à New York... Je n'y aurais jamais pensé, dit-elle.

— C'est pour ça que je suis lieutenant et vous inspecteur. On lancera une recherche sur les hôtels mais la question est : est-elle allée le voir, lui parler ? Au minimum, elle a retrouvé sa trace et est venue découvrir quel genre de vie il menait, comment il allait. C'est sa mère, elle devait au moins voir à quoi il ressemblait, quel homme il était devenu.

Rattrapée par une envie de café, elle désigna l'autochef.

— Mon stock est toujours dedans ?

— Oui, Jamie l'a programmé pour toute la durée de la réservation de la salle. Je nous en sers un chacune.

— D'après les déclarations des enfants, elle semblait aller mieux à son retour. Ce qui n'aurait pas été le cas si elle avait découvert que son aîné était un pauvre type, un criminel, un drogué ou un loser.

— Donc elle a trouvé un homme adulte avec une situation correcte. Il s'en est bien sorti sans elle.

Peabody tendit un café à Eve.

— Vous pensez que c'est là qu'elle l'a contacté, qu'elle est allée le voir pour lui raconter ce qui s'était passé ? S'excuser ?

— Je l'ignore, mais elle l'aura fait avant d'avaler des somnifères pour mettre fin à ses jours. C'est obligé. Elle n'a pas pu en finir en se disant en paix sans avoir d'abord essayé d'obtenir le pardon de son premier enfant. Et c'est là que lui a pété les plombs. Même si elle ne lui a pas tout raconté, il a pu découvrir le reste simplement à partir de son nom. La vie qu'elle s'est bâtie sans lui. Loin de lui apporter une forme de réconfort ou d'apaisement, ça a réveillé sa fureur. Une fureur qui dormait en lui depuis le début. Mais maintenant, sa mère n'est plus là… et complètement hors d'atteinte.

— Donc il doit la récréer.

— C'est ça. Jusque dans les moindres détails, dont son vernis à ongles. Il nous reste un peu de temps pour avancer sur cette piste. On dégaine les communicateurs. Priorité aux boutiques qui s'apprêtent à fermer, précisa Eve comme elles ressortaient de la salle de réunion. On insiste pour que les employés restent sur place et vérifient leur registre. Si ça ne donne rien, on testera de chez nous l'hypothèse d'un achat en ligne.

— Jenkinson et Reineke n'ont rien de concluant pour l'instant, mais ça ne veut pas dire qu'ils ne trouveront pas.

— À défaut d'un bâtiment résidentiel, ça pourrait être une entreprise. Dont il serait éventuellement le propriétaire, avec la possibilité d'interdire l'accès à une partie. Un entrepôt, un espace de stockage.

« Trop de possibilités, soupira intérieurement Eve. Et le sablier n'est pas en faveur de Covino. »

— Je m'occupe des trois premières qui nous restent, vous prenez les trois suivantes. Le temps de les appeler toutes, on aura dépassé les horaires d'ouverture habituels. Voire avant.

Une fois dans son bureau, Eve s'assit, afficha la liste et se mit au travail.

Le troisième fournisseur lui répondit quelques minutes avant l'heure officielle de fermeture. Elle mit la pression à l'employé malchanceux… sans rien obtenir d'utile en retour.

— Merci du temps que vous m'avez accordé, dit-elle. Vous avez mes coordonnées. Si quelque chose vous revient, merci de me rappeler.

Connors apparut sur le seuil au moment où elle raccrochait.

— Tu es censé être là ? On a un truc important ?

— On a plein de trucs importants.

Il s'approcha, lui inclina le menton en arrière et l'embrassa.

— Dont cela, dit-il. J'avais une réunion dans le quartier et j'ai décidé de tenter ma chance au cas où je pourrais rentrer à la maison avec toi. Mais je constate, en te trouvant ici et Peabody à son poste, que vous n'avez pas encore terminé.

— J'ai presque fini. On pensait tenir une piste majeure grâce à des ongles. Des faux ongles. Mais c'est un échec.

— Je ne sais pas si c'est un échec mais ton tableau s'est considérablement enrichi.

Il s'approcha pour regarder de plus près.

— Vous avez retrouvé la mère.

— Oui. Lisa McKinney, rebaptisée Violet Blanche puis devenue Violet Fletcher quand elle a épousé un riche médecin. Elle a passé les soixante dernières années en tant que Violet, à vivre dans une grande maison ancienne aux abords de La Nouvelle-Orléans avec son mari et ses enfants. L'un de ses fils n'est autre que le sénateur de Louisiane, Edward Fletcher. Je te raconterai le reste mais le plus important, c'est qu'elle est morte – en avalant une grande quantité de médicaments – six mois après la mort de son mari dans un accident de voiture. Son autre fils, en plus d'une fille elle aussi médecin, est un écrivain visiblement connu et c'est lui qui habite aujourd'hui la grande maison avec sa famille.

— Chasen Q. Fletcher ? Il est excellent.

— Si tu le dis.

Eve s'agita sur son siège, frustrée.

— Elle a dû contacter son premier enfant. Forcément. Je pense qu'elle avait peut-être refoulé tout souvenir de son ancienne vie. Il s'est passé quelque chose, un traumatisme majeur, qui a tout bloqué, lui a fait oublier le gamin. J'ai des raisons d'y croire, je t'en dirai plus après. Mais elle a forcément repris contact. Là, je pense à cette grande maison ancienne. Un lieu qu'elle a investi pendant plus d'un demi-siècle. Ça fait beaucoup à examiner, un paquet de trucs. Il y a peut-être quelque chose là-bas qui fait le lien. Elle a écrit une lettre à chacun de ses enfants, ceux qu'elle a eus avec le médecin. Elle a pu laisser aussi un mot pour son premier enfant. Peut-être qu'il en reste une copie quelque part. Ou alors elle lui a parlé. Ils ont peut-être encore son communicateur.

Elle siffla et se releva pour faire les cent pas.

— Je ne veux pas perdre de temps – Covino n'en a plus beaucoup devant elle – mais peut-être qu'on devrait descendre jusqu'à La Nouvelle-Orléans, après tout.

— Laissez les bons temps rouler[1].

Eve se figea et le dévisagea.

— Quoi ?

Il sourit.

— Il faudra qu'on y fasse un tour pour Mardi gras un de ces jours.

— Oui, il ne faudrait pas rater ça. Faire la fête avec des gens bourrés, des pickpockets et des individus à moitié nus accrochés à ces trucs roulants dont le nom m'échappe.

— Des chars. Je nous organise un vol ?

Elle se frotta les yeux.

— Merde… Je dis tout le temps à Peabody qu'il ne faut négliger aucun détail, mais là j'ai l'impression qu'on risque de perdre un temps précieux sans avancer d'un poil.

— Que te souffle ton intuition ?

---

1. Expression souvent employée par les Cajuns de Louisiane, équivalente à « Que la fête commence ! ». *(N.d.T.)*

— Je ne… Une minute, dit-elle comme son communicateur sonnait. Ici Dallas.

— Oh, euh, bonsoir lieutenant Dallas, ici Darci de chez Salon Pro. L'inspecteur Peabody et vous êtes passées cet après-midi. J'étais toute nerveuse parce que je suis méga fan du film sur l'affaire Icove.

Eve se remémorait parfaitement les petits cris qu'avait poussés la directrice adjointe, la vingtaine, impeccablement apprêtée, aux immenses yeux d'un vert émeraude sous stéroïdes.

— Je m'en souviens. Vous avez retrouvé la trace d'une vente de ce kit de prothèses ongulaires ?

— Non. Enfin, je n'ai rien trouvé, je veux dire. Pardon, je perds encore mes moyens ! Nous n'avons pas vendu de kit Adora dans cette couleur récemment. Mais je viens d'en discuter avec mon amie Carrie, fraîchement élue vendeuse du mois chez nous. Elle aussi a adoré le film et elle était toute triste d'avoir pris sa pause pile au moment de votre visite. Elle aurait trop aimé vous rencontrer et…

Eve l'interrompit pour préserver sa propre santé mentale.

— Darci. Avez-vous des informations à me communiquer ?

— OK, alors, voilà le truc. On papotait au moment de la fermeture, Carrie et moi. Je lui raconte mon histoire et là elle me dit que c'est trop bizarre parce qu'elle-même a récemment vendu à un vieux – à un monsieur d'âge mûr, je veux dire – un kit de faux ongles Lovelle Pro Deluxe avec présélection. C'est un deal où vous pouvez obtenir soit une couleur Lovelle standard parmi une sélection, soit une réduction sur la gamme Super. Et il a pris la Super, nuance Folie de minuit.

Eve pointa le doigt vers Connors et articula silencieusement : « Peabody. »

— Elle m'a avoué avoir pensé « Oh non » en le voyant arriver parce qu'on n'était pas loin de fermer. Mais il savait précisément ce qu'il voulait, la marque et la couleur. Une vente facile. Bon, c'est pas le kit ni la couleur que vous aviez mentionnés, reprit Darci, mais le truc, c'est qu'il n'y a pas une si grande différence en termes de produit. Je veux dire par là que c'est, euh, comparable. Donc on s'est demandé s'il y avait pu avoir erreur sur la marque.

— C'est possible, admit Eve.

« Le bug informatique », se souvint-elle.

Commode.

— Quand s'est-il présenté ? Quand a-t-il acheté ce kit ?

— Oh, c'était hier d'après Carrie. Je suis allée vérifier les reçus. Il a payé en liquide à, euh, 16 h 58. Il avait une licence professionnelle et tout.

Peabody arriva au pas de course, Connors et McNab sur ses talons. Eve leva une main pour les arrêter.

— Vous avez un système de vidéosurveillance, dit-elle.

Elle avait vu les caméras.

— Oh. Oui, bien sûr. C'est obligatoire.

— Avez-vous la vidéo du moment où il était présent hier ?

— Oui, oui.

Eve ne se souvenait pas que deux petites syllabes lui aient un jour procuré autant de plaisir.

— On réenregistre par-dessus toutes les quarante-huit heures, donc…

— Il faut que je voie ces images, Darci. Je préférerais ne pas perdre de temps sur le trajet, donc je vais vous demander de m'envoyer la vidéo.

— Oh, euh… Je sais que ma boss me dirait de faire tout ce que vous demandez, mais je ne sais pas comment m'y prendre. Il n'y a que moi et Carrie dans les locaux, là, et…

Une deuxième femme plaqua son visage contre celui de Darci et agita frénétiquement la main.

— C'est Carrie. Et c'est juste qu'on n'y connaît rien en technique.

Connors prit le communicateur des mains d'Eve avant qu'elle commence à s'arracher les cheveux.

— Bonsoir, Darci. Et si je vous expliquais en détail comment répondre à la demande du lieutenant ?

— Oh ! Mon ! Dieu !

Des piaillements d'excitation retentirent en stéréo. Connaissant le seuil de tolérance de sa femme en la matière, Connors sortit dans le couloir.

— Vérifiez les antécédents de Dawber, Peabody. Il a l'âge requis.

— Vous pensez… Bon Dieu, Dawber ? On a son nom complet ?

— Merde…

Eve ferma les yeux, visualisa son passage au laboratoire, d'abord chez Harvo, puis le trajet jusqu'au poste de Dawber.

— Andy. Essayez Andrew. Andrew Dawber. Voyez s'il a été adopté ou placé en famille d'accueil.

— Dallas, si vous me donnez accès à votre terminal de bureau, je peux le régler de façon à recevoir ce que Connors les aide à vous envoyer.

— Il est à vous, dit-elle à McNab. Nom d'un chien, ça pourrait être lui ! Là, sous mon nez. Un chimiste de la police scientifique. Il sait exactement quoi faire et comment le faire. Comment ne pas laisser de traces sur le corps, comment sélectionner des produits et des vêtements dont la piste sera presque impossible à remonter. Excepté les ongles.

Elle se remit à faire les cent pas malgré la présence de ses collègues qui rendait le bureau exigu.

— Il lui fallait le kit parfait, le modèle exact, et sans avoir le temps de dissimuler ses traces. Il est allé jusqu'à Brooklyn mais ce n'était pas suffisant. Il nous a donné les mauvaises infos, nous a fait perdre une journée, mais il ne nous échappera pas.

Elle pivota brusquement vers McNab.

— Ça va prendre combien de temps ?

— Vous êtes parée et ce n'est pas si compliqué de leur côté. Mais elles ne connaissent pas le système, donc ça pourrait prendre quelques minutes, le temps que Connors les guide pas à pas.

Elle regarda sa montre.

— Il a déjà dû quitter le labo. Il est avec elle, ou en chemin. Je n'ai pas su le voir. En voyant Dawber, je me suis dit : « Ce serait ce genre de type. » La bonne tranche d'âge, une personnalité discrète, perfectionniste, le genre de type qui se fond si bien dans le paysage qu'on ne le remarque pas vraiment. L'enfoiré.

— Dallas, il a été pris en charge par les services sociaux sous le nom de John Church[1] en 2003, à Baton Rouge en Louisiane. Il avait cinq ans, sans parents ni tuteurs légaux, retrouvé errant seul dans

1. *Church* signifie « église » en anglais, soit l'endroit où il a été retrouvé. *(N.d.T.)*

la cour d'une église. Adopté en 2005 par Elyse et Lloyd Dawber. Je vois son parcours scolaire, son dossier médical, son casier. Rien qui ressorte au premier regard. Il a emménagé à New York en 2016 pour étudier à Columbia. Il a obtenu son diplôme en chimie médico-légale et bosse au labo du NYPSD depuis 2025.

— Son adresse ?

— Dans le Lower West Side. Il pourrait aller au labo à pied.

— Quel genre de logement ?

— Donnez-moi une minute.

Connors réapparut, le communicateur d'Eve toujours à la main. Il interrogea du regard McNab qui opina du chef en retour.

— Vous vous en êtes très bien sorties. La vidéo est désormais sur votre écran, réglée sur l'horaire dont nous avons parlé.

— Oui, oui. Parfait. C'est tellement cool. Et votre accent me fait fondre !

— Carrie et vous nous avez été d'un grand secours. Le code du terminal du lieutenant s'affiche dans le coin pour la réception. Vous n'avez plus qu'à cliquer sur Envoyer.

— Je le fais ! Ça a marché ? Ça a marché ?

— Absolument. Merci. Le lieutenant va être occupée pendant un moment mais elle vous recontactera demain.

— C'était trop bien !

Eve se détourna de Connors qui ressortait pour terminer la conversation et se concentra sur la vidéo.

— L'enfoiré, répéta-t-elle en voyant Andrew Dawber entrer dans le champ de la caméra.

Il avait l'air inoffensif avec son visage rond, son pantalon en toile bien repassé, son sourire timide de chérubin. Il se dirigea directement vers le rayon des faux ongles, sans se laisser distraire par les autres produits. Eve le vit se faire accoster par Carrie, la vendeuse du mois.

« Vous avez besoin d'aide ? l'imagina-t-elle dire. Je peux vous conseiller ? »

Après un échange bref et amical, elle lui trouva la couleur qu'il cherchait. Eve la vit gesticuler un peu, sans doute dans une tentative de le pousser à un achat supplémentaire, mais il se contenta de secouer la tête en souriant.

Retour à la caisse. Vérification de sa licence. Échange de politesses : elle qui parle, lui qui sourit. Elle prend l'argent, rend la monnaie, emballe le produit.

— Achat effectué en moins de quatre minutes. Il n'est pas du genre à perdre du temps. Sympathique mais pas mémorable. Ce qui n'a pas empêché Carrie de se souvenir de lui.

— Il est en appartement, Dallas. Un immeuble avec plusieurs logements, un restaurant et une épicerie au rez-de-chaussée. Lui est au cinquième étage. Je ne vois pas comment il aurait pu y monter et y enfermer trois femmes.

— Une cave. Il a peut-être accès à la cave. Qu'il louerait pour pouvoir en contrôler l'accès.

Mais Eve elle-même n'était pas convaincue.

Elle dégaina sa radio pour contacter Jenkinson.

— Yo, dit-il.

— Nous avons identifié le suspect. Andrew Dawber, qui habite au… Peabody ?

Celle-ci récita l'adresse.

— Hé, on parle quand même pas d'Andrew Dawber, le mec du labo ?

— Lui-même.

— L'enfoiré. Il bosse au NYPSD depuis aussi longtemps que moi, voire plus. Vous voulez qu'on aille le choper, lieutenant ?

— Non. Je veux que vous soyez présents en renfort quand nous entrerons dans l'immeuble où il habite. Il est possible qu'il ait transformé la cave en prison. Ce qui implique qu'il ait pu y faire des allées et venues avec ses victimes et y détenir trois d'entre elles.

— Difficile à croire.

— C'est vrai, mais on doit vérifier. Où êtes-vous ?

— Au resto. On vient de se commander des burgers. On va annuler et vous retrouver sur place.

— Dix minutes.

Elle raccrocha.

— McNab, mettez-vous en tenue et récupérez un gilet de protection pour notre consultant civil pendant que vous y êtes.

Elle réfléchit un instant avant d'appeler Feeney.

— Yo, dit-il à son tour.

— J'ai identifié notre barjot. Dans l'enquête sur laquelle j'ai fait bosser Jamie.

— Le gamin a fait du bon boulot.

— Mieux que ça, même. Il me faut l'une de vos camionnettes. J'ai deux geeks avec moi. Il va aussi me falloir des yeux et des oreilles au domicile du suspect. J'ai une adresse mais elle ne colle pas. Il faudra surveiller les lieux.

— Je vais te trouver ça. Après qui on court ?

— Dawber. Andrew Dawber qui bosse au labo.

— Andy ? Tu déconnes ? Bon sang... Je te retrouve dans le parking d'ici dix minutes avec la camionnette.

— J'ai Connors et McNab avec moi. Tu n'as pas besoin de...

— J'ai bossé avec cet enfoiré, répondit-il avec colère.

Et l'écran s'éteignit. Eve haussa les épaules.

— D'accord, on aura trois geeks avec nous. Dix minutes, marmonna-t-elle en appelant Mira.

— Que puis-je faire pour vous, Eve ? demanda celle-ci.

— Nous avons une identification fiable du suspect. Une équipe va se rendre sur son lieu de résidence d'ici dix minutes. Mais c'est un immeuble et il habite au cinquième étage.

— Dispose-t-il d'une entrée privée, de suffisamment d'espace ?

— Peu probable au cinquième étage, mais on vérifiera. Il s'agit d'Andrew Dawber.

— Pourquoi ce nom me dit-il quelque chose ?

— C'est un chimiste du médico-légal au NYPSD.

— Ah, c'est ça. J'ai vu son nom sur de nombreux rapports. Chimiste médico-légal. Précis, méticuleux et même s'il collabore avec une équipe, il travaille principalement seul. Il saurait comment préparer un corps en retirant tout élément de preuve susceptible de mener jusqu'à lui. Vous voulez que je revienne au Central ?

— Pas avant qu'on l'ait appréhendé. J'espère que ce sera dès ce soir. S'il nous échappe, nous l'arrêterons à son arrivée au labo demain matin. Mais je voudrais que ce soit ce soir.

— Je l'espère également. Et je serai là quand vous l'aurez arrêté. Covino aura indéniablement besoin d'un soutien psychologique. Bonne chance à vous et à votre équipe !

— Merci, répondit Eve avant de couper la communication. Allons-y ! ordonna-t-elle.

Elle se tourna vers Connors.

— Tu vas devoir faire un petit détour avant que je te ramène à la maison.

19

Elle profita du trajet jusqu'au parking pour contacter la substitut du procureur Cher Reo.

— Il me faut des mandats. De perquisition et d'arrestation.

— L'affaire Elder et Hobe ?

— Oui. On a identifié le suspect et nous sommes en route vers son domicile.

— C'est du solide ?

— Très. Nous avons de nouvelles preuves à ajouter aux rapports que je vous ai envoyés. Notre homme a été trouvé abandonné à l'âge de cinq ans à quelques kilomètres de l'endroit où la mère a fini par vivre le restant de ses jours. Il correspond parfaitement au profil. Et il a été filmé par des caméras de sécurité en train d'acheter le kit de prothèses ongulaires et le vernis auprès d'un magasin de Brooklyn à l'aide d'une fausse licence. On a retrouvé la trace de l'achat même s'il nous a fourni des données incorrectes sur les faux ongles en question.

— Comment ça, il vous a fourni des données ?

— C'est l'un des chimistes du labo.

— Non !

— Si, assura Eve en tâchant de faire abstraction de la foule de policiers qui se pressaient dans l'ascenseur. Andrew Dawber.

— Dawber ? Vraiment ? Nous l'avons fait témoigner pour nous je ne sais combien de fois. Et sans doute même avant que je sois embauchée. C'est l'expert parfait pour passer devant le juge. Bon sang, on va se prendre une flopée d'avocats de la défense qui vont exiger que son témoignage soit déclaré invalide !

— Ce sera un problème pour plus tard.

— Et loin d'être mineur. Mais je m'occupe de vos mandats. Dawber… L'enfoiré !

— Ça semble être le terme consacré ce soir, opina Eve.

Mais l'écran s'était déjà éteint.

— Elle n'a pas l'air ravie. Merde, je vais devoir informer Whitney.

Elle adressa un coup d'œil à Peabody qui rentra immédiatement la tête dans les épaules avec un regard de chiot suppliant.

— C'est bon, je m'en occupe, grommela Eve.

Mais elle prit d'abord le temps de vider ses poumons et de respirer à fond avant de passer l'appel.

Elle vit immédiatement que Whitney se trouvait dans un bar, un endroit classieux. Elle capta le brouhaha des clients autour de lui, les rires à la table qu'il occupait.

Il avait l'air détendu mais son habituelle aura d'autorité était toujours là.

— Lieutenant ? Excusez-moi, dit-il à ses compagnons. Je n'en ai que pour une minute.

Elle le vit se pencher pour embrasser sa femme sur la joue. Elle non plus n'avait pas l'air ravie.

Whitney se leva et traversa le bar, grande silhouette aux larges épaules et aux cheveux noirs coupés très court et saupoudrés de gris.

— Navrée d'interrompre votre soirée, commandant.

— J'imagine que vous avez une bonne raison.

— Oui, commandant.

Elle attendit qu'il ait quitté le bar attenant à un restaurant dont les convives étaient tous très élégants. Un homme en smoking lui ouvrit la porte donnant sur une terrasse où d'autres clients bien habillés sirotaient des boissons ambrées.

Whitney s'isola.

— Et quelle est cette raison ? s'enquit-il.

— Nous avons identifié le suspect des enlèvements et des meurtres d'Elder et Hobe et de l'enlèvement de Covino. J'ai une équipe prête à passer à l'action et la substitut du procureur Reo s'occupe d'obtenir les mandats nécessaires. Je compléterai rapidement le rapport que je vous ai envoyé avec les nouveaux éléments de preuve ayant mené à l'identification du suspect.

Il hocha la tête.

— Très bien. J'en informerai le chef Tibble. Nous allons justement prendre un verre ensemble. Y a-t-il une raison pour que vous ayez jugé bon de me prévenir à ce moment particulier ?

Eve s'extirpa enfin de l'ascenseur et s'engagea dans le parking.

— Oui, commandant, dit-elle. Nous avons des preuves multiples – et selon moi concluantes – que la cible est Andrew Dawber.

— Pardon ?

— Dawber, commandant. Un chimiste de notre laboratoire médico-légal. Chargé en l'occurrence d'analyser les prélèvements dans le cadre de cette enquête.

— L'enfoiré ! gronda Whitney.

Connors attendit qu'elle ait terminé et qu'ils aient rejoint la camionnette stationnée derrière la voiture d'Eve. Il lui massa brièvement l'épaule.

— Ça ne s'est pas si mal passé, estima-t-il.

Elle roula les épaules, étira les muscles de son cou.

— En tout cas, c'est fait.

Elle avisa Feeney avec son costume marron trop large, sa cravate tachée et de travers, son visage de basset et ses cheveux roux coiffés à la dynamite.

Et Jamie debout à côté de lui, dans sa tenue fluo.

— Vraiment ?

— Il l'a mérité, assura Feeney avec un geste du pouce en direction d'un Jamie tout sourire.

— C'est vrai, concéda Eve. Je me retrouve avec quatre geeks et quatre flics supplémentaires pour appréhender un unique scientifique dérangé avec une relation compliquée à sa mère.

— Où sont les deux autres ? demanda Feeney.

— Sans doute déjà en train de surveiller l'appartement. Jenkinson et Reineke. Tous en voiture, on y va. Dawber et Covino ne seront pas là-bas, ajouta-t-elle en grimpant dans le van. Ça ne colle pas. À moins que...

Elle secoua la tête tandis que Feeney s'asseyait au volant. Jamie monta à côté de lui et les autres s'installèrent à l'arrière, McNab et Connors aux manettes des équipements de surveillance.

— Non, attendez. Jamie, passe à l'arrière pour gérer la surveillance avec McNab. Connors, programme une nouvelle recherche pour les propriétés. Mêmes critères pour le bâtiment mais ajoutes-y les noms suivants et leurs dérivés : Lisa McKinney, Violet Blanche, Violet Fletcher, John Church, Andrew Dawber. Il a aussi pu utiliser des noms de lieux. Bigsby, Arcadia, Tennessee, Alabama, Louisiane. Peabody, retrouvez-nous le nom de l'église où elle l'a laissé, on l'inclura dans le lot. Il a pu employer Andrew McKinney ou Lisa Church, n'importe quelle combinaison de ce genre. Tu vois le principe ?

— Compris. Je m'y mets tout de suite.

— Je veux voir les sources de chaleur au sein de l'immeuble. Concentrez-vous sur la cave s'il y en a une, ce qui est assez probable dans ce quartier. Attention particulière également sur l'appartement de Dawber. S'il y a quelque chose, il nous faudra des yeux et des oreilles sur place. Le but sera de l'éloigner de Covino… ou de toute autre femme qu'il aurait pu kidnapper depuis. On protège les civils et on appréhende le suspect.

— Le trajet ne sera pas long, annonça Feeney. Je nous arrête à la distance maximale pour les caméras thermiques. Il saurait reconnaître un véhicule de la DDE et risquerait de se méfier s'il nous voit.

» À toi de jouer, Jamie. Occupe-toi du scanner.

— Génial !

— Tes inspecteurs approchent des portes arrière, ma fille, annonça Feeney.

Eve se leva pour leur ouvrir.

— Montez.

— Pas de mouvement aux fenêtres de l'appartement, dit Jenkinson en se posant sur l'un des sièges. On est là depuis à peu près cinq minutes. J'imagine que vous êtes sûre que c'est lui.

— Absolument.

Il secoua la tête.

— On pense connaître les gens...

Parce que les pastilles criardes sur un fond blanc aveuglant de la cravate de Jenkinson lui faisaient mal aux yeux, Eve concentra son attention sur Jamie.

— Il y a quelque chose ?

— Une cave. Avec une source de chaleur dans le coin nord-est. Qui se déplace en marchant vers l'ouest... en portant un truc, vu la position du bras.

— Il doit y avoir un coin laverie ou un débarras, supposa Reineke. Ou les deux.

— La source de chaleur est en train de remonter. Elle se déplace à la verticale. Sûrement dans un ascenseur. Elle sort. Troisième étage, direction nord, elle tourne. Dans un espace avec trois autres sources. Dont deux sont sûrement des enfants, vu leur taille.

— Il n'a pas emprisonné des femmes dans un endroit aussi facilement accessible. Passe à son appartement.

— Cinquième étage, indiqua Jenkinson à Jamie. En façade, sur la droite par rapport à l'épicerie. Deuxième et troisième fenêtres.

— Scanner redéployé. Personne à l'intérieur.

— Les mandats sont arrivés. Peabody, vous venez avec moi. Jenkinson, postez-vous aux portes de l'immeuble avec Reineke, au cas où. Feeney, si tu le repères en train de rentrer chez lui, fais sonner ma radio deux fois.

— Compris.

Elle sauta à terre de l'arrière de la camionnette puis se retourna, un doigt pointé vers Jamie.

— Équipe-toi d'un enregistreur. Et prends une bombe de Seal-It avec toi.

Il ouvrit de grands yeux.

— J'y vais aussi ? Waouh !

— Si tu considères ça comme un jeu, passe-moi le Seal-It et reste dans la camionnette.

L'enthousiasme de Jamie, digne d'un enfant le matin de Noël, laissa place à une expression plus solennelle.

— Bien compris… lieutenant.

Eve avait rapidement saisi que le suspect n'était pas sur place. Il disposait donc d'un autre endroit, un espace plus vaste et plus isolé. Cette perquisition devenait par conséquent un bon exercice d'entraînement.

— Début de l'enregistrement. Nous disposons d'un mandat d'arrestation pour Andrew Dawber, ainsi que des autorisations pour perquisitionner d'abord son lieu de résidence puis son labo le moment venu. L'entrée est munie de serrures à code et de caméras. Dont nous récupérerons les images.

Elle déverrouilla la porte à l'aide de son passe-partout et s'engagea dans l'escalier sans accorder un regard à l'ascenseur au fond du petit hall d'entrée.

— Le scanner thermique n'a pas montré d'occupants dans l'appartement de Dawber. Il nous a aussi permis d'observer un sous-sol constitué d'un espace commun et donc peu propice à la détention de prisonnières. Conclusion ?

— Moi ? demanda Jamie, décontenancé. D'accord. J'en conclus que le suspect n'est pas sur place et qu'il a accès à une autre propriété où il détient Covino et avait précédemment enfermé Elder et Hobe.

« Il les appelle par leurs noms, nota Eve tandis qu'ils passaient le deuxième étage. Bien. »

— S'il n'est pas là, pourquoi y allons-nous ?

— Pour voir l'espace où il habite, comment il y vit et, plus important, pour chercher des preuves des enlèvements et des meurtres. Surtout, pour trouver tout ce qui pourra nous mener à l'endroit où il séquestre Covino. La retrouver et la mettre en sécurité est notre objectif prioritaire.

— Affirmatif.

Une fois sur le palier du cinquième étage, Eve se tourna vers le jeune homme.

— On frappe à la porte, on décline notre identité. Et on entre exactement comme on le ferait si le suspect était à l'intérieur. Ce qui signifie que Peabody et moi nous occupons de la porte et que tu entreras derrière nous.

— Parce que les stagiaires ne sont pas équipés d'armes.

— Affirmatif. Tu resteras derrière Peabody pendant qu'on sécurisera les lieux pièce par pièce.

Face à la porte, Eve garda une main sur son arme et toqua de l'autre. La porte de l'autre côté du couloir s'ouvrit sur une femme qui portait un petit chien grassouillet aux yeux exorbités et aux oreilles en pointe.

L'animal émit un jappement en agitant son petit bout de queue.

— Il vous dit juste bonjour.

De derrière elle provenaient des voix d'enfants visiblement en pleine dispute.

— Nos garçons et leur engueulade du soir. Pugs et moi préférons nous échapper en laissant le champ de bataille à leur père. Bref, Gina et Jan ne sont pas là. Elles sont allées dîner chez des amis.

— Nous cherchons le domicile d'Andrew Dawber.

— M. Dawber ?

Jamie craqua et s'accroupit pour caresser le petit chien qui s'était approché pour lui renifler les baskets.

— Il a déménagé il y a plusieurs mois, expliqua la voisine. Très gentil. Discret. Il ne s'est jamais plaint du bruit que peuvent faire les jumeaux. Et il avait toujours une petite friandise pour Pugs.

— Il n'habite plus à cette adresse ?

— Plus depuis…

La femme passa une main dans sa chevelure brune en désordre.

— Euh, depuis avant Thanksgiving, en tout cas, dit-elle.

— Savez-vous où il est allé ? Il vous a laissé sa nouvelle adresse ?

— Non.

Prenant soudain conscience de la situation, la voisine referma la porte derrière elle avant de demander, sourcils froncés :

— Pourquoi ?

Eve sortit son insigne.

— NYPSD. Nous devons parler à M. Dawber.

— Mais il bosse pour la police, non ? Des trucs scientifiques.

— C'est exact. Et il est officiellement domicilié ici.

— Oh, il n'a pas dû penser à faire le changement. Bizarre, parce qu'il a l'air très organisé. Désolée, je sais seulement qu'il a déménagé. Ça devait même être avant Halloween, maintenant que j'y pense. Ouais, c'est ça. Parce que Gina et Jan s'étaient déguisées et ont donné des bonbons aux jumeaux avant de partir faire la fête ailleurs.

— Vous ne l'avez pas vu ou ne lui avez pas parlé depuis qu'il a quitté l'immeuble ?

— Non. Je... je ne lui ai pas parlé mais je l'ai croisé dehors une fois. Il devait revenir du travail. Il aimait bien se balader dans le quartier. Il était sur le trottoir d'en face, cela dit, donc on ne s'est pas parlé.

— Il dispose d'un véhicule ?

— Vous n'allez pas me dire qu'il a des ennuis avec la police, quand même ? Un homme aussi gentil.

Le chien, désormais allongé de tout son long sur le dos, se faisait papouiller le ventre par Jamie.

— Madame... ? demanda Eve.

— Sherry. Sherry Wozinski.

— Madame Wozinski, il est important que nous localisions M. Dawber aussi vite que possible. Dispose-t-il d'un véhicule ?

— Non. En tout cas, je ne l'ai jamais vu conduire. Je ne vois pas pourquoi il aurait une voiture vu qu'il peut se rendre à son travail en deux minutes à pied. Et sinon, il ne sortait pas beaucoup en dehors de ses balades ou pour aller à l'épicerie, ce genre de choses.

— Recevait-il des visiteurs ?

— Je… Non, pas vraiment. Je ne me souviens pas d'avoir vu des gens entrer ou sortir de chez M. Dawber. Qu'est-ce que vous pensez qu'il a fait ? Je l'imagine mal faire quoi que ce soit d'illégal.

— À votre connaissance, avait-il des liens amicaux avec des personnes de l'immeuble ou du voisinage ? Quelqu'un qui pourrait connaître sa nouvelle adresse ?

— Non, pas vraiment. Il était du genre calme et discret et…

Tout en elle parut soudain passer de l'incompréhension à la panique.

— Mon Dieu, c'est le genre de choses que disent les voisins de tueurs en série.

— Pourrions-nous parler brièvement au père des jumeaux, au cas où il aurait des informations ?

— Oui, bien sûr. Je doute qu'il en sache plus, mais…

Elle sortit une clé de sa poche, rouvrit la porte et passa la tête à l'intérieur.

— Brad, tu peux venir une minute, s'il te plaît ?

Eve posa les mêmes questions et reçut les mêmes réponses.

— La mère est morte en septembre, dit-elle comme ils redescendaient l'escalier. Une mère fortunée, une mère rongée de culpabilité, une mère suicidaire. J'imagine qu'elle a laissé de belles sommes aux trois enfants qu'elle a eus en tant que Violet. Et je parie qu'elle a fait de même pour son premier-né.

— Elle lui a donné assez pour qu'il s'achète une maison. Un endroit où il ne serait pas dérangé, ajouta Peabody. Un espace doté d'une cave, d'un grenier ou d'une zone qu'il pourrait aménager en prison.

— Ça va réduire le champ des recherches. Il a emménagé avant Halloween et sa mère est morte le 18 septembre. C'est notre nouvelle fenêtre.

Eve fit signe à Jenkinson sur le chemin du retour à la camionnette. Elle se posta à l'arrière et réfléchit quelques instants, le temps que Connors, Feeney et McNab se joignent à eux.

— Il a déménagé avant Halloween. Les voisins ne savent pas dans quel coin mais la résidente de l'appartement d'en face l'a croisé dans la rue, sans doute au sortir du travail, après son déménagement. Il n'a pas dû s'installer trop près, sans quoi ils l'auraient revu plus d'une fois. D'après eux, il aimait se promener dans le quartier et eux-mêmes ont un chien, donc ils sortent souvent.

Elle balaya du regard les immeubles alentour.

— Ce ne sera pas juste à côté de son ancien logement mais suffisamment près pour lui permettre d'aller travailler à pied s'il le souhaite. Et ça reste un endroit familier, toujours dans le Lower West Side. Il s'est trouvé un nouvel endroit, un lieu rien qu'à lui, entre le 18 septembre et la fin octobre.

— Maman lui a légué du fric, commenta Feeney.

— C'est mon hypothèse. Il s'est dégoté une nouvelle maison. Il pourrait s'agir d'une échoppe, d'un entrepôt. Mais pourquoi ? Pourquoi ne pas profiter d'un certain confort ? L'idée d'une maison reste en tête de liste mais cette fois on cherche une propriété rachetée à partir de septembre.

— Je vais ajuster ça, promit Connors.

— Restez tous prêts au cas où on trouverait quelque chose ce soir.

— Vous allez travailler de chez vous ? s'enquit Peabody.

— Du Central pour le moment. Je vais commencer…

— Direction le Central, déclara Jenkinson. Si vous bossez sur l'affaire, on bosse aussi sur l'affaire, lieutenant. Ça fait une semaine que cette pauvre fille est prisonnière. Si on a une chance de la retrouver ce soir, il faut qu'on la saisisse.

— Allez chercher vos burgers. Je vous tiendrai informés.

Alors que Jenkinson croisait les bras avec une expression qui semblait dire : « Essayez donc de me faire changer d'avis », ce fut Connors qui intervint.

— Il se trouve qu'on possède un pub un peu plus loin, au coin de la rue là-bas. Je présume que personne n'a encore dîné. Donc je pourrai bosser sur ma recherche, le lieutenant pourra faire ce qu'elle a à faire et tout le monde pourra manger un morceau. Ensemble, ajouta-t-il avec un coup d'œil à Eve. Afin de gagner du temps quand on localisera le suspect.

Feeney le gratifia d'un coup de poing amical dans l'épaule.

— Le *Dubliner* ? C'est à vous ? Pourquoi tu ne me dis pas ce genre de choses ? demanda-t-il à Eve. La bouffe est top, les bières encore plus. C'est le plus pratique, petite. On gagnera du temps.

— Très bien. Les véhicules restent sur place. En service. Il n'est pas ici. Si on n'a rien trouvé une fois le repas terminé, tout le monde rentre à la maison.

— Hé. Et s'il était toujours au labo ?

Eve coula un regard vers Peabody.

— Il a quitté le travail à 16 h 43. J'ai vérifié auprès de l'agent de sécurité avant notre départ du Central.

— Oh. Bien sûr. D'accord.

— Le pub, c'est la meilleure solution pour tout le monde, estima Jenkinson.

Il se tourna vers Connors.

— J'imagine qu'ils ne servent pas de la vraie viande de bœuf ?

— Si, si, répondit Feeney. Ça coûte un rein mais ils en ont. Et ils font un super *fish and chips*.

— C'est mon pub, c'est moi qui régale, assura Connors comme ils se mettaient en route.

— Vous devriez venir plus souvent en opé avec nous.

— Mais bien sûr ! lança Eve. Il n'a rien de mieux à faire. Il va nous falloir une grande table pour pouvoir plancher sur les nouvelles infos qui tomberont. Et il faut que je mette à jour mon…

— Pas de problème, assura Connors en saisissant la main d'Eve dans la sienne avant qu'elle puisse l'en empêcher. Ils ont un salon privé spacieux à l'arrière.

— Y a des salons privés dans les pubs irlandais ? s'étonna Jamie.

Feeney secoua la tête.

— T'as encore beaucoup à apprendre, gamin.

Ils tournèrent le coin de la rue.

— Et je pourrais avoir une bière ?

— Non ! répondirent Eve et Feeney comme un seul homme.

— Tu n'as pas l'âge. Trop jeune, ajouta Feeney. Et tu le sais très bien.

— On travaille, rappela Eve. Personne ne boira de bière.

Ce qui fit soupirer Feeney.

— Tellement dommage, dit-il.

Les tables en terrasse étaient prises d'assaut et de nombreux clients se pressaient à l'intérieur. La musique qui sortait des enceintes fit naître un grand sourire sur le visage de Feeney. Et les effluves qui flottaient dans l'air mettaient l'eau à la bouche.

Une serveuse avec une longue tresse rousse et un visage constellé de taches de rousseur s'arrêta auprès d'eux, un plateau garni de pintes appuyé contre sa hanche.

— Bonsoir ! On vous a préparé le salon privé, monsieur. Je vous y emmène dès que j'aurai servi ces bières.

— Je connais le chemin, merci.

— D'accord, dans ce cas je passe très vite prendre votre commande.

— C'est son vrai accent ? demanda Eve tandis que Connors se frayait un chemin entre les tables et contournait le bar tout en longueur et très animé.

— Absolument, répondit-il. Elle est de Cork, si je me souviens bien.

Il ouvrit une porte, les fit entrer et referma derrière eux. Le volume sonore baissa de moitié.

Le salon était effectivement spacieux. On avait mis trois tables bout à bout pour n'en former qu'une. La pièce comprenait une station informatique individuelle, un écran mural, un fauteuil bergère et un sofa proche du sol. Le genre de sofa qui semblait vous inviter à la sieste.

La table était déjà garnie de plateaux avec des tranches de pain complet, des soucoupes de beurre, trois grandes bouteilles d'eau et des quarts de citron et de citron vert.

— Sympa, commenta Jamie en piochant immédiatement un morceau de pain. À quoi servent ces salons en temps normal ?

— Ça permet de profiter d'un espace confortable, répondit Connors. Et en toute discrétion. À une certaine époque, c'était l'endroit où se retrouvaient ceux qui ne voulaient pas être vus en train de lever le coude. Une vieille tradition qui n'a plus beaucoup de sens aujourd'hui. Mais j'aimais bien l'idée d'une arrière-salle de ce genre pour ce pub.

— Cool.

Jamie beurra sa tartine, la dévora et gratifia son parrain d'un grand sourire.

— Excellent.

Eve s'assit, sortit son mini-ordinateur et se mit au travail.

— Je peux rédiger le rapport, proposa Peabody.

Eve secoua la tête.

— Je m'en occupe.

— Dans ce cas, est-ce que je peux prendre cinq minutes pour consulter McNab à propos du carrelage ? Histoire de pouvoir passer commande pour ne pas trahir notre promesse.

Sans relever la tête, Eve tendit cinq doigts en l'air pendant que les autres policiers – et le stagiaire – se plongeaient dans le menu.

La serveuse réapparut.

— Je m'appelle Morah. C'est moi qui vous servirai ce soir, avec mon collègue Jack qui arrive. Dites-moi, qu'est-ce que nos chères forces de l'ordre voudront boire en cette belle soirée ?

— Du café. Noir, lança Eve toujours sans se redresser.

Pendant que Morah prenait les commandes en présentant les différents plats du jour, Jamie se laissa tomber sur le siège à côté d'Eve.

— Bon, c'est qui, cette Quilla ?

— Pourquoi ?

— Je me demande.

Cette fois, Eve leva les yeux de son écran.

— T'es trop vieux pour elle.

— Allez... Trop jeune pour boire une bière mais trop vieux pour la fille mignonne ?

— C'est ça. Va-t'en. Je bosse.

Le temps qu'elle termine son rapport et envoie la mise à jour à Mira, au commandant et à Reo, les employés du pub avaient non seulement servi le café mais apporté plusieurs thermos pour que chacun puisse facilement se resservir. Et ils se chargeaient de prendre le reste de la commande.

— Et qu'est-ce qui vous ferait plaisir ce soir, lieutenant ?

Eve n'avait pas pris le temps d'y réfléchir, ni même de jeter un coup d'œil au menu.

— Un burger, ça fera l'affaire. Avec des frites. Merci... Il a dû s'entourer de mesures de sécurité dernier cri, dit-elle à Feeney. Quel que soit l'endroit où il a emprisonné ces femmes, il n'aura pas pris de risques sur ce plan. Il a pu faire installer un nouveau système ou ajouter des appareils supplémentaires.

— On va faire des recherches là-dessus. Jamie, vois ce que tu peux trouver comme permis émis après le 18 septembre pour l'installation de systèmes de sécurité. Commence par le haut de gamme puis descends progressivement. Avec une priorité sur ce secteur géographique.

Eve tourna la tête vers Connors qui, à l'autre bout de la table, menait avec Reineke une conversation sans lien apparent avec l'affaire.

— La nouvelle recherche ? lui rappela-t-elle.

— En cours. Tu devrais tester les beignets de palourde en entrée, lui conseilla-t-il. C'est un délice.

Eve posa les yeux sur le trio de grandes assiettes presque vides puis se rappela à quoi ressemblaient les palourdes avant d'être frites.

— Ça ira. Il y a aussi la piste de la plomberie.

Connors se resservit en eau.

— Si je voulais ne pas laisser de traces, agir le plus discrètement possible tout en faisant installer un nouveau système de sécurité et de nouvelles canalisations – et si j'avais les ressources de quelqu'un qui travaille pour la police depuis quarante ans –, je ne passerais pas par les canaux officiels. En admettant que je ne puisse pas faire le boulot moi-même, j'engagerais des gens qui ne s'embarrasseraient pas d'histoires de permis et autres réglementations.

— Très juste, dit Jenkinson avant de croquer dans une palourde frite.

— Effectivement.

Tellement juste qu'Eve se sentit obligée de se lever pour faire les cent pas.

— Oui, oui, il sait s'y prendre pour ne pas laisser de traces, ou en tout cas les rendre difficiles à suivre. Et oui, il travaille avec la police, il nous a observés, il sait comment on fonctionne. Mais il n'est pas flic. Et c'est un novice en tant que meurtrier. Il a commis une erreur avec les faux ongles et a dû improviser pour essayer de nous orienter sur une fausse piste.

Elle reprit sa tasse pour aller la remplir.

— S'il a commis ce genre d'erreur, il en a sûrement fait d'autres, assura Jenkinson. C'est juste qu'on n'est pas encore tombés dessus.

— Absolument. C'est un perfectionniste, un obsessionnel prisonnier de ses petites habitudes. Il planifie tout ce qu'il fait, avec soin, mais ses plans sont tributaires de son côté obsessionnel. Il a repéré ces femmes *à cause* de ses habitudes routinières. Il aime marcher. Étant donné la proximité du domicile de Covino avec son appartement et son lieu de travail, il a eu d'innombrables occasions de la croiser. Les deux autres sont aussi dans le Lower West Side mais représentent des promenades plus loin vers l'est. Elles n'étaient peut-être pas sur son radar avant qu'il déménage.

— Ce qui signifie que son nouveau QG est plus éloigné du labo, ajouta Feeney.

— Il aime marcher et sa décompensation en septembre lui aura fourni la meilleure motivation pour ça. Il s'est mis en chasse.

Elle s'apprêtait à demander à Connors d'allumer l'écran mural pour qu'elle puisse afficher un plan de la ville et y regarder de plus près. Mais les plats arrivèrent.

« Laisse ça mariner, se conseilla-t-elle intérieurement. Laisse les infos tourner dans ta tête jusqu'à ce que quelque chose ressorte. »

Pendant quelques minutes, tandis que les employés les servaient, le salon privé devint aussi bruyant que le reste du pub. Et Eve dut admettre que la simple odeur des plats ravissait déjà son estomac vide.

Elle se rassit, sala généreusement ses frites avant de croquer une bouchée de son burger. Elle pointa un doigt vers Feeney qui s'attaquait à son poisson frit.

— Tu connais Dawber. Professionnellement. Quel est le premier mot qui te vient pour le décrire ?

Feeney trempa le morceau de poisson au bout de sa fourchette dans la sauce tartare.

— « Empoté ».

— Empoté ?

— Oui, dans le genre geek timide et maladroit. Tu me demandes, je te réponds.

— D'accord. Même question, Jenkinson ?

— « Fiable ». Il fournit toujours le travail attendu. Je comprends le choix d'« empoté » parce qu'il n'est pas bien dégourdi en société, mais ça évoque aussi la maladresse. Timide et gauche, oui, mais pas maladroit. D'où « fiable ».

— Compris.

Elle mangea une frite, la trouve absolument succulente et en piocha une deuxième.

— Et vous, Reineke ?

— Les deux premiers mots sont déjà pris donc j'opterais pour « rigoureux ». Impossible de lui faire accélérer la manœuvre, mais une fois le boulot terminé, ses rapports étaient hyper détaillés.

— Et Reo le considère comme un excellent témoin au tribunal. Peabody ?

Peabody suspendit sa main au-dessus de son propre *fish and chips*.

— Je ne l'ai rencontré que deux fois mais je dirais « doux ».

— Doux ?

— Des yeux doux, un sourire doux, une voix douce, des manières plutôt douces. Et pas d'accent. Il vient du Sud mais ça ne s'entend pas du tout.

— On ne se fond pas aussi bien dans le décor avec un accent.

— Je suppose. Et votre mot à vous ?

— « Seul ». Vu son trouble quand Harvo a pénétré dans son espace avec son exubérance habituelle, il a l'habitude d'être seul. Donc... un solitaire un peu empoté, rigoureux et fiable.

— Il doit détenir ces femmes dans des pièces séparées, avança Jamie.

Il avait presque terminé son burger de la taille du Kansas et sérieusement entamé sa montagne de frites.

— En mettant tous ces mots ensemble, reprit-il, on se dit qu'il ne peut pas partager son lieu de vie avec elles. Il a besoin de son espace vital. Il a sûrement mis en place une routine avec elles. Les horaires de repas, tout ça. Et il doit passer du temps avec elles. Quel intérêt, sinon ? Mais elles ne sont pas dans son espace personnel. L'idée de la cave reste la plus probable.

Feeney sourit fièrement au-dessus de son assiette.

— On est d'accord, dit-il. C'est une foutue maison avec une foutue cave et un foutu système de sécurité.

Connors saisit le mini-ordinateur qu'il avait posé sur la table et scruta l'écran.

— Je pense que c'est effectivement le cas. Et nous avons le lieu qui correspond.

— Tu l'as trouvé ?

— Oui. J'étais de ton avis. Un individu aussi obsessionnel aurait pu se servir du nom de sa mère, ou d'une variante sur ce thème-là. Mais ça n'a rien donné. Puis, reprit-il en se levant pour synchroniser son appareil avec l'écran mural, je me suis dit que quelqu'un comme lui, tel que vous l'avez tous décrit, était peut-être assez malin pour cacher ce choix de nom. Via une anagramme. J'ai cherché des anagrammes du nom de naissance de sa mère.

— Anagramme ? C'est quand on mélange des mots pour en composer d'autres ?

— Et Lisa McKinney est devenue Cami et Ken Snily. Un couple, donc, plutôt qu'une personne seule.

Il afficha la carte.

— Cami et Ken Snily sont désignés comme les propriétaires officiels, le bien ayant été transféré à ces noms le 25 septembre d'un trust géré par le cabinet juridique… McKinney et fils !

— Il a imaginé l'anagramme et lui ou sa mère a trouvé le nom du cabinet. Sans doute lui.

Eve examina le plan à l'image.

— Mets en surbrillance les autres endroits clés : scènes de crime, domiciles des victimes. Sa mère a voulu se rattraper auprès de lui. Elle est venue à New York, a acheté cette maison pour lui et lui a envoyé les documents avant de vider son flacon de somnifères. Je parie que Cami et Ken disposent aussi d'un compte en banque bien rempli ouvert à la même période. Elle aura tenu à lui donner assez d'argent pour entretenir la maison et compenser toutes ces années d'absence.

— Je suis déjà là-dessus, lui dit Feeney. À mon avis, elle ne voulait pas qu'il ait des taxes immobilières à régler, poursuivit-il tout en travaillant. Ni qu'il doive attendre le versement de son héritage pour prendre possession de la maison.

— Et elle ne souhaitait pas que ses autres enfants le sachent, termina Eve. Elle ne se sentait pas capable d'assumer, même durant ses derniers jours. Tu peux nous trouver un plan détaillé des lieux ? demanda-t-elle à Connors.

Il adressa une moue blessée à Reineke.

— Vous voyez comment elle m'insulte, même après un repas aussi délicieux ?

— Aucune demande de permis à cette adresse, dit Jamie. Connors a sûrement vu juste. Le suspect évite de laisser des traces.

Quelques instants plus tard, les plans de la maison s'affichèrent à l'écran.

— Waouh, regardez-moi la taille de cette cave ! De quand datent ces plans ?

— Mars de l'année dernière, à l'occasion d'une rénovation, répondit Connors. Pour une mise en vente, je suppose. Je parie que la maison aura été mise sur le marché pile au bon moment pour que la mère l'achète. On voit qu'il y a une petite cuisine au sous-sol, de même que deux salles de bains et deux pièces d'eau avec douche. L'une des salles de bains devait être reliée à une chambre pour en faire une suite. Aucune fenêtre en dehors de celle du mur côté est. Il en faut au moins une, c'est la loi. Ça constitue une sortie en cas d'incendie, par exemple. Et aussi un point d'entrée pour vous, en l'occurrence.

— Il a pu en bloquer l'accès. Ou en tout cas sa prisonnière ne peut pas l'atteindre. Au minimum, il l'aura protégée par des panneaux occultants, c'est certain. Il ne faudrait pas que des curieux puissent voir ce qui se passe à l'intérieur. L'escalier vers le rez-de-chaussée est placé au centre du sous-sol. Portes d'entrée en façade, à l'arrière et de chaque côté. Une autre porte pour accéder à une véranda ou à une terrasse à l'étage. Et un escalier à l'arrière vers ce qui ressemble à un petit jardin privatif.

— Oui, c'est une belle propriété.

— OK. Attendons-nous à ce qu'il ait des caméras et de solides mesures de sécurité. Il est dérangé mais pas stupide.

Eve demeura debout un moment, mains dans les poches, à examiner les plans pour établir mentalement l'opération à venir.

— Très bien, dit-elle enfin. Voilà comment on va le neutraliser…

20

Passé

Elle n'arrivait pas à dormir, pas avec cette place si vide dans le lit à côté d'elle.

En tant que femme de médecin, elle avait souvent dormi seule quand le devoir de Joe l'obligeait à veiller tard dans la nuit. Mais il était toujours rentré et elle s'était toujours réveillée, du moins le temps de se tourner vers lui, de lui prendre la main.

Il était toujours rentré.

Jusqu'à cette horrible soirée.

Comment pourrait-elle dormir, sachant qu'il ne lui reviendrait plus jamais ?

Rien ne s'était jamais bien passé pour elle avant Joe, elle en avait désormais bien conscience. Toutes ses fautes, toutes ses mauvaises actions, toutes ses erreurs – et il y en avait tant ! – étaient revenues la submerger. Et d'une manière si brutale, si réelle, comme les eaux du lac où elle avait tenté, en vain, de mettre fin à ses jours.

Elle avait abandonné son petit garçon. Elle avait même pensé à le tuer, à l'envoyer dans les ténèbres avec elle. Mon Dieu, qu'est-ce que cela faisait d'elle ?

Son pauvre petit bébé chéri qu'elle avait trahi de tellement de manières…

Non, de toutes les manières possibles, se corrigea-t-elle en contemplant par la fenêtre de la chambre le jardin que Joe et elle, puis leurs enfants avec eux, avaient entretenu pendant si longtemps.

Tant d'années au milieu des fleurs, sous la mousse espagnole, dans cette belle demeure ancienne. Les petits-déjeuners dans la cuisine… « C'est l'heure de partir pour l'école, apprenez plein de choses aujourd'hui ! »

Thé glacé dans la véranda, pique-niques sur la pelouse.

Nuits passées à aimer Joe pendant que les enfants dormaient.

Anniversaires et genoux éraflés, disputes et histoires du soir.

Cérémonies de remise de diplômes et mariages, puis les magnifiques bébés de ses bébés.

Et elle avait laissé son petit garçon livré à lui-même.

Elle lui avait lavé le visage et les mains dans les toilettes puantes d'une station-service parce qu'elle avait troqué son corps contre des pilules au lieu d'une chambre de motel.

Il se montrait si colérique et si capricieux qu'elle avait l'impression que son crâne allait se fendre en deux.

Mais comment aurait-il pu en être autrement alors qu'au lieu d'une douche et d'un bon lit elle avait opté pour quelques pilules d'oxycodone et de quoi faire un plein pour pouvoir poursuivre sa fuite en avant ?

Comment avait-elle pu à la fois aimer son fils – car, oui, elle avait vraiment aimé son petit garçon – et se comporter en mère aussi indigne ?

Parce que rien n'allait chez elle à l'époque.

Elle l'avait compris, l'avait enfin accepté et avait décidé d'y mettre fin.

Mais elle n'avait pas emmené son fils. Elle l'avait laissé devant cette église. Une lueur d'espoir persistait. Elle n'avait pas tué son enfant.

Elle s'était contentée de l'abandonner. Et de l'oublier. Elle avait tout oublié comme si ce n'était jamais arrivé, comme si Lisa McKinney n'avait jamais existé.

Elle avait connu une deuxième naissance. Grâce à Joe, pour Joe.

Et à présent, il n'était plus là. Et toutes ces années, tant d'années, où elle avait été une bonne épouse, une bonne mère, une bonne personne, une femme attentionnée, aimante et productive ? Disparues en même temps que lui.

Violet s'était délitée pour laisser place à Lisa. Lisa qui ne méritait pas ces années de joie, de confort et d'amour. La fille égoïste, imprudente et irréfléchie qui avait abandonné son propre enfant ne méritait rien de tout cela.

Et ce qui restait de Violet ne pouvait pas vivre avec ce poids. Comment pourrait-elle annoncer à ses enfants, et à leurs enfants, qu'elle avait bâti leurs vies sur un mensonge ?

Peut-être que si elle s'était souvenue de tout cela du vivant de Joe, ils auraient trouvé un moyen. Joe trouvait toujours un moyen. Mais il n'était plus là, elle avait perdu son étoile polaire et était incapable de se repérer désormais.

Elle tourna en rond dans la chambre, à caresser les photos et les souvenirs qu'elles ravivaient.

Les chandeliers ayant appartenu à la grand-mère de Joe, une femme forte et fière qui avait offert d'antiques boucles d'oreilles en diamant à Violet pour son mariage. Le vase qu'elle avait rapporté de leur voyage de noces à Venise. La boîte à bijoux délicieusement kitsch reçue en cadeau pour la fête des mères il y avait bien longtemps.

Des objets précieux, témoignages de la vie qu'elle avait menée. La vie de Violet. Mais Violet ne pouvait pas exister, pas vraiment, sans Joe.

Elle avait arpenté la maison un peu plus tôt, avant que ses enfants la rejoignent tous pour le dîner. Un ultime repas de famille, avait-elle songé. Elle ne pouvait pas ressortir de la chambre, pas alors que Joella dormait sur place. Si Joella l'entendait, elle s'inquiéterait, tenterait de réconforter sa mère.

Mais elle avait profité de la maison et du jardin dans la journée, pour faire ses adieux. Elle avait nourri ses enfants au cours d'un grand et joyeux repas. Elle les avait pris dans ses bras, les avait serrés tout contre elle.

Elle sortit les lettres qu'elle avait écrites pour chacun d'eux. Ils auraient du chagrin, elle le savait. Mais ils lui pardonneraient. Pardonneraient à leur maman. Et leurs vies se poursuivraient. Elle pouvait en être fière, fière d'avoir eu en elle quelque chose de fort et de bon, quelque chose en elle que Joe avait su faire ressortir pour l'aider à élever d'aussi merveilleux enfants.

Il n'y avait rien de Lisa en eux, se dit-elle. Uniquement Joe et Violet.

Elle avait aussi écrit à son fils, son aîné, le petit garçon qu'elle avait abandonné.

C'était si étrange, si bizarre et déconcertant, de le découvrir adulte, avec des cheveux gris.

Un scientifique !

Elle avait songé à aller le voir, lui parler, tout lui raconter les yeux dans les yeux. Mais elle n'en avait pas eu le courage.

Elle se devait néanmoins de lui transmettre quelque chose, de faire au mieux pour compenser toutes ces années perdues, la peur qu'il avait dû ressentir en se réveillant seul sur les marches de cette église.

Elle avait acheté une maison. Pas aussi grande que celle dans laquelle ses autres enfants avaient grandi. Mais une élégante demeure ancienne, saine et proche de l'endroit où il travaillait.

Elle lui avait ouvert un compte bancaire et avait tout organisé pour qu'il puisse facilement déménager… ou revendre la maison si cela ne lui convenait pas.

Elle avait envoyé tous les documents ce matin-là, avec une lettre où elle confessait et expliquait ses actes… ou du moins essayait de le faire.

Lui pardonnerait-il ? Un jour, peut-être.

Mais elle avait le sentiment que Violet avait fait tout ce qu'elle pouvait pour le bébé chéri de Lisa.

En tant que femme de médecin, elle savait combien de pilules prendre. Elle retourna dans son lit, le lit qu'elle avait partagé toute une vie avec Joe, et entreprit de les avaler. Une par une, pour éviter tout rejet.

Lorsqu'elle commença à se sentir vaseuse, elle augmenta la dose. Une fois la bonne quantité prise, elle reposa son verre.

Elle s'allongea et tendit le bras du côté de Joe, en imaginant qu'il lui prenait la main.

Elle poussa un soupir, prononça un dernier « Joe » et s'endormit enfin.

Présent

Mary Kate entendit des bruits de pas au-dessus de sa tête. Il était revenu.

Avec des gestes posés, elle s'installa dans le fauteuil de lecture et prit un livre.

Elle s'était faite à l'idée qu'Anna avait disparu pour de bon. Il l'avait emmenée ailleurs, ou il l'avait tuée.

Il en ferait de même avec elle, tôt ou tard, à moins qu'elle ne trouve le moyen de s'enfuir – et elle n'avait pas avancé d'un pouce sur ce plan – ou qu'elle ne parvienne à retarder suffisamment l'échéance pour que quelqu'un la délivre.

Ce qui impliquait d'apaiser son ravisseur, de se prêter à son manège, de jouer un rôle. Et c'était exactement ce qu'elle allait faire.

Si l'occasion se présentait, elle tenterait de le tuer ou de le neutraliser, en priant pour qu'il ait sur lui les clés de ses chaînes ou un communicateur pour appeler à l'aide.

Elle avait de quoi manger, de quoi boire et même une salle de bains correcte.

Et surtout, se répétait-elle constamment, un cerveau et des tripes.

Elle s'était donc assise, vêtue d'un tee-shirt rose et d'un pantacourt. Pas son style, un look un peu trop bourgeois pour elle, mais confortable. Elle avait des baskets blanches… sans lacets.

Sinon elle aurait pu les nouer ensemble et tenter de l'étrangler avec.

Il y avait sans doute pensé.

Lui aussi avait un cerveau, quoique sérieusement déséquilibré.

Elle se doutait qu'il avait grandi dans le Sud. Il n'avait pas d'accent mais lorsqu'il retombait en enfance, le petit garçon en avait un. Geignard et nasillard.

Elle pourrait peut-être l'exploiter à son avantage. Peut-être.

Ce qu'elle avait décidé d'utiliser, c'était sa propre mère. La façon dont celle-ci avait su gérer Mary Kate et ses frères et sœurs. Patience, fermeté, une touche d'humour et beaucoup de « Ne pousse pas le bouchon trop loin ou gare à toi ».

En entendant claquer les verrous, elle raffermit sa prise sur le livre, s'efforça de respirer à fond. Et de sourire.

Il affichait un air maussade, mais elle conserva son grand sourire.

— Bonjour ! Contente que tu sois rentré. Ta journée s'est bien passée ?

Il la dévisagea, la mine de plus en plus renfrognée.

— J'ai eu une journée très difficile.

— Oh, désolée pour toi.

Elle mit son livre de côté, comme si parler avec lui était sa priorité.

— Raconte-moi tout, dit-elle.

— Je vois pas en quoi ça t'intéresse.

— Bien sûr que ça m'intéresse, mon bébé chéri. Tu sais ce qu'il te faut ? Un bon petit truc à grignoter. Laisse-moi te préparer...

Elle fit mine de se lever, suspendit son mouvement puis se rassit avec un petit rire d'autodérision.

— Pardon. Tu sais quoi ? Et si tu nous préparais à tous les deux un petit quelque chose à manger et tu pourras me dire ce qui t'a contrarié ?

Elle agita sa main libre de gauche à droite, index dressé.

— Mais pas de sucreries avant le dîner, prévint-elle.

Il continuait à la dévisager sans rien dire mais elle aperçut une lueur d'intérêt dans son regard, en même temps qu'un éclat rusé.

— Je veux un cookie !

Elle laissa échapper un grand soupir.

— C'était vraiment une mauvaise journée ?

— Vraiment.

Elle dressa de nouveau son doigt.

— Un cookie. Un seul.

L'expression renfrognée s'évanouit.

Il se rendit à la cuisine, ouvrit l'un des placards. De là où elle était, elle put voir qu'il y avait entassé toutes sortes d'en-cas pour enfants : biscuits, chips, barres chocolatées. Il sortit un sachet de cookies.

— Qu'est-ce que tu dirais d'un bon verre de lait frais pour aller avec ? proposa-t-elle.

Il réagit avec une grimace féroce... et le retour de l'accent du Sud.

— J'veux un soda !

Elle sentit la peur lui nouer le ventre mais s'inspira de sa mère pour lui lancer un regard glacial.

— Je comprends bien que tu as passé une mauvaise journée mais ne prends pas ce ton avec moi, jeune homme !

Tandis qu'il la regardait fixement, elle inclina la tête sur le côté, comme aurait pu le faire sa mère.

— Fais-moi tes excuses et demande poliment.

— J'veux pas.

— Alors la discussion est close.

Le cœur battant la chamade, elle reprit son livre et fit semblant de lire les mots devenus flous sur la page.

Elle l'entendit respirer de plus en plus rapidement dans le silence et tint bon sans relever la tête.

— Excuse-moi, maman.

Elle se tourna vers lui. Il se tenait là, tout penaud.

— Je peux avoir un soda ? S'te plaît. S'te plaît.

Elle resta silencieuse quelques secondes de plus, la gorge nouée.

— C'est bon pour cette fois, parce que tu as eu des moments difficiles aujourd'hui.

— Youpi !

Il ouvrit le miniréfrigérateur. Elle aperçut des jus de fruits, une bouteille de lait de soja et un large choix de sodas.

— Tu m'en rapportes un ?

Il sautilla sur place comme un enfant.

— Tu veux quoi, maman ? On en a plein de différents !

Elle pencha de nouveau la tête et se tapota le menton du bout du doigt. Elle gardait les yeux rivés sur lui, guettant les moindres de ses gestes et expressions.

— Bon, puisqu'on s'autorise un petit plaisir avant le dîner, je vais prendre ma boisson préférée.

— Coca-Cola Cherry ! C'est ce que t'aimes le plus.

Elle détestait ça.

— Un délice, dit-elle.

Elle alla s'asseoir sur le lit et désigna la place à côté d'elle.

— Allez, prépare-nous un joli petit plateau puis viens t'asseoir là et me raconter tout ça.

— D'ac. Sale journée. On continue à me poser des questions. Pourtant, j'ai tout fait comme il fallait.

— Je n'en doute pas.

L'homme était de retour et il lui faisait beaucoup plus peur.

— J'ai tout géré à la perfection. Pourquoi est-ce qu'elles s'intéressent à ce faux ongle ? Comment se fait-il qu'elles l'aient remarqué alors que mon travail était parfait ? Il faut que la reproduction soit exacte. Je suis très soigneux dans mon travail.

— C'est évident.

De quoi parlait-il ? Autant l'inciter à en dire plus.

— Tu es tellement doué, ajouta-t-elle. C'est toi le meilleur.

L'homme l'observait de ses yeux brillants.

— Qu'est-ce que tu en sais ? Tu es partie. Tu m'as abandonné.

— Je suis vraiment désolée, mon bébé chéri. Vraiment navrée d'être partie. Mais maintenant je suis là.

— Tu m'as laissé et je n'ai pas réussi à te retrouver, dit-il en commençant à marteler le plan de travail de son poing fermé. Tu m'as oublié ! Tu n'as jamais essayé de me récupérer !

— J'ai tellement honte.

Se mettre à pleurer n'était pas difficile.

— Je ne me le pardonnerai jamais, souffla-t-elle. Comment le pourrais-je ? Tout ce que je peux faire, c'est essayer de me rattraper auprès de toi. Essayer d'être une gentille maman et de m'occuper de toi, d'être présente, de t'écouter quand tu traverses des moments pas faciles.

— J'ai dû faire semblant d'avoir commis une erreur. Or je ne fais jamais d'erreurs.

— Mais tu as fait semblant. C'est pas grave de faire semblant.

— Je ne fais jamais d'erreurs, répéta-t-il. Donc elles ne s'apercevront de rien parce qu'elles croiront ce que j'ai dit.

— Absolument.

— Elles seraient méchantes avec moi si elles savaient. Mais les autres, elles n'allaient pas. *Elles* ont fait des erreurs, donc j'ai bien vu qu'elles n'allaient pas.

Il l'examina comme un échantillon étalé sur une lame de microscope.

— Peut-être que toi non plus tu ne vas pas. Il y en a une autre. Je l'amènerai ce soir. Ça pourrait être la bonne.

Guidée par son instinct, Mary Kate décida de prendre le risque.

— C'est blessant de dire ça ! Je me suis excusée, j'essaie de me rattraper. Mais là, tu me blesses. Je suis la seule, la vraie.

Elle essuya une larme de son index replié.

— J'ai commis une horrible erreur mais je fais de mon mieux.

— Pleure pas, maman.

— Je... je voudrais qu'on soit de nouveau heureux tous les deux, que tu me croies, que tu me laisses te préparer une collation quand tu rentres à la maison.

Elle tourna son regard vers lui.

— Ne nous fâchons pas. Profitons de ce moment ensemble. Tu n'as pas à me raconter ta mauvaise journée parce qu'on va passer une super soirée. Rien que tous les deux.

— Promis ?

Elle tapota de nouveau le lit à côté d'elle.

— Viens t'asseoir avec moi. On va jouer à un jeu !

— Un jeu ?

— Voyons, à quoi est-ce qu'on pourrait jouer ?

L'enfant était de retour. Il se hâta de la rejoindre avec les cookies et les sodas. Elle se demanda quelle guerre malsaine faisait rage sous son crâne pour causer de tels revirements en lui.

Mais elle pensait – espérait – pouvoir gérer le petit garçon. Elle grignota un petit morceau de cookie malgré la chair de poule qui la saisit quand il s'installa tout près d'elle.

— On pourrait jouer à « Vu ! ». Tu te souviens quand on roulait longtemps et qu'on jouait ? Je vois une voiture rouge ! Je vois un drapeau !

— C'est un chouette jeu, dit-elle en croquant dans le cookie. On pourrait se servir de ce qu'il y a dans la pièce et... Oh, je connais un super jeu ! Un jeu de mémoire.

Il dévora son biscuit à la manière d'un enfant gourmand.

— Un jeu de mémoire ?

— Ça va être génial. On va tester mes superpouvoirs, dit-elle en riant avec un mouvement de sourcils évocateur. Je dois fermer les yeux. Toi, tu sors tout ce que tu as dans les poches et tu le poses là, sur la table, à côté de la chaise. Et là, je peux regarder pendant trois secondes. Tu compteras. Après ça, je referme les paupières et je dois faire la liste de tout ce que tu as sorti.

— Qu'est-ce qu'on gagne ? Qu'est-ce qu'on gagne ?

— Eh ben... Bon, si je ne me rappelle pas chaque objet, tu... auras droit à un autre cookie ! annonça-t-elle en trouvant le courage de lui chatouiller les côtes malgré sa répugnance.

— Et si tu réussis ?

— C'est moi qui aurai le cookie, bien sûr.

— Je veux le cookie !

— Alors il faut jouer.

— Je vais gagner ! Ferme les yeux. Triche pas !

— Pas de triche, promit-elle.

Puis, après une courte prière silencieuse, elle ferma les yeux.

À l'intérieur de la camionnette, largement hors de portée des caméras de sécurité, Eve scrutait l'écran pendant que McNab manipulait le scanner thermique.

— Deux personnes au sous-sol. Presque exactement au centre. Balayez tout le bâtiment, dit-elle à McNab. Mais je vous parie que ce sont Dawber et Covino. S'il a kidnappé une autre femme, elle sera quelque part dans la cave, elle aussi. Connors ?

— Je termine l'analyse du système de sécurité mais, oui, on pourra le neutraliser.

— Il est assez malin pour avoir un dispositif d'alerte au sous-sol, ou sur son communicateur, pour signaler une éventuelle coupure ou un bug. On ne va pas prendre le risque tant qu'il est avec elle. Bon sang, il est quasiment sur ses genoux, là !

— Assis hanche contre hanche, confirma McNab. Pas d'autres sources de chaleur au sous-sol, rien non plus au rez-de-chaussée. Je passe à l'étage.

— Jenkinson, Reineke. Vous êtes en position ?

— Au mur d'enceinte à l'arrière de la propriété, hors du champ des caméras, mais avec une vue correcte sur la maison, répondit Jenkinson.

— Restez sur place jusqu'au feu vert. Il faut qu'on le fasse remonter au rez-de-chaussée, loin d'elle. À ce moment-là, on fera tomber son système de sécurité. Covino est notre priorité. Vous pourrez passer par-dessus l'enceinte ?

— Je sais encore escalader un mur, répondit-il d'une voix offensée.

— Elle se trouve actuellement au centre de la cave. Si ça change, on vous communiquera sa nouvelle position. À mon signal, vous franchissez l'enceinte, vous entrez et vous allez la chercher.

— Le reste de la maison est vide, Dallas. Il n'y a qu'eux à l'intérieur. Il s'est déplacé. De quelques pas seulement.

— Jamie ? Si tu as le moindre doute, dis-le.

— C'est bon. Je gère.

— Il va te voir, t'observer de près. Reste dans ton rôle. Tu le fais venir jusqu'à la porte d'entrée, on neutralise la sécurité et on passe à l'action. Tu resteras en arrière.

— Compris.

— Jamie est paré.

Le jeune homme récupéra la pile d'affichettes qu'ils avaient conçues et imprimées. Une fois sorti du van, il s'avança sur le trottoir jusqu'à être visible des caméras puis se tourna vers la maison.

— Feeney...

— Il sait ce qu'il a à faire. C'est le seul d'entre nous que Dawber ne reconnaîtra pas. Et il n'a pas encore l'allure d'un flic. Il a une âme de flic mais ça, ça ne se voit pas encore.

— Que tout le monde se tienne prêt.

Au sous-sol, Mary Kate balaya du regard les objets sur la table. Un communicateur, un trousseau de clés d'apparence ancienne, un badge magnétique, une carte d'identité et – ouh là – un Taser miniature. Un canif, des pièces de monnaie, un portefeuille, un mouchoir en tissu blanc.

— Trois ! Ferme ! Ferme les yeux, maman.

Elle obéit et plaqua même sa main par-dessus.

— D'accord. Trois secondes, c'est vraiment pas beaucoup.

Elle se souvenait de chaque objet mais fit durer les choses.

— Euh... Un communicateur, un portefeuille, un mouchoir, un trousseau de clés, un badge... Oh, je sais qu'il y avait d'autres trucs. Attends, attends... Hum. Mince !

— J'ai gagné ! C'est moi qu'ai gagné !

S'il y avait spectacle plus étrange que de voir un homme mûr avec un peu d'embonpoint danser et tournoyer ainsi sur lui-même, elle n'y avait pas encore assisté. Il fonça vers la cuisine pour s'emparer de sa récompense.

Il fallait qu'elle mette la main sur le communicateur. Sur les clés. Le Taser, le couteau. Tout en faisant diversion.

— On rejoue ! dit-elle. À ton tour de tester tes super-pouvoirs.

Elle sursauta quand retentit une sonnerie bourdonnante.

— Qu'est-ce que c'est ? Ça m'a fait peur. Bon...

— Il y a quelqu'un à la porte.

Il avait retrouvé sa voix dénuée d'inflexion.

Elle glissa ses mains sous ses cuisses pour dissimuler le frisson d'espoir qui l'avait saisie.

— Oh, l'un de tes amis ? Il voudra peut-être jouer avec nous.

— Je n'ai pas d'amis.

— Parce que personne n'est à la hauteur. Vas-y, remonte, dit-elle comme on sonnait de nouveau. Dis-lui de nous laisser tranquilles. On n'a besoin de personne d'autre, hein ?

— Je ne vais pas répondre. Il finira par partir.

Il se rapprocha, alluma un écran.

— C'est juste un petit jeune. Il va s'en aller.

Mais la sonnerie bourdonna une troisième fois.

— Mon bébé chéri, monte lui dire qu'on est occupés ! Vas-y, le temps que je prépare la suite du jeu.

— Je vais le dégager !

L'homme gravit lourdement l'escalier. À l'instant où la porte se referma, Mary Kate bondit sur le communicateur.

Écran verrouillé. Elle le laissa retomber et s'empara des clés. L'une d'entre elles devait ouvrir les menottes. Si elle parvenait à cesser de trembler assez longtemps pour s'en servir...

— Il monte, Jamie. Tiens-toi prêt. Connors, à la minute où il ouvrira la porte…

— Je neutralise.

Jamie entendit coulisser les verrous. La porte s'entrouvrit.

— Allez-vous-en !

— Monsieur, monsieur ! s'exclama Jamie en gratifiant son personnage d'un accent du Sud. Désolé de vous déranger à cette heure mais Pepper a disparu. Ma chienne. C'est juste une gentille petite chienne.

Il tendit une affichette, laissa des larmes s'immiscer dans sa voix d'adolescent du Sud.

— On vient d'emménager, juste là-bas, dit-il avec un geste.

— Je ne suis pas intéressé par…

— On arrive de Caroline du Sud, poursuivit Jamie sans laisser Dawber parler, son regard planté dans le sien. Et elle s'est perdue. Elle ne sait pas où elle est. J'ai peur qu'il lui arrive… Je vous en prie, monsieur, vous voulez bien prendre mes coordonnées ? Pepper est encore toute jeune et c'est ma faute si elle est sortie. S'il vous plaît, monsieur !

— Je n'ai pas vu votre chien.

Dawber ouvrit cependant un peu plus la porte pour prendre l'affichette.

— Merci, monsieur. Merci beaucoup.

Et Eve repoussa violemment le panneau d'un grand coup de pied.

— Police ! Les mains sur la tête, Dawber !

Celui-ci lâcha un cri aigu. Et battit en retraite dans le hall d'entrée vide et faiblement éclairé.

Elle aurait pu le paralyser avec l'arme qu'elle brandissait mais opta pour une brève poursuite.

Il était rapide. Il pivota brusquement sur la gauche pour traverser une grande pièce vide en direction d'une porte latérale. Le plaquage violent d'Eve le fit chuter et glisser sur le sol poussiéreux.

— Maman ! Je veux ma maman !

Il se mit à ruer et à taper des poings en hurlant d'une voix si aiguë qu'Eve s'étonna de ne pas voir les vitres exploser à dix kilomètres à la ronde.

— Elle te mettra une raclée ! affirma-t-il.

— Ah oui ? J'ai comme un doute.

Eve lui tordit les bras dans le dos et le menotta.

— Andrew Dawber, vous êtes en état d'arrestation pour les meurtres de Lauren Elder et Anna Hobe, ainsi que pour leur enlèvement et celui de Mary Kate Covino.

— J'te déteste ! T'es qu'une méchante !

— Oh, vous n'avez encore rien vu.

Eve se releva et baissa les yeux sur Dawber qui se tortillait en sanglotant.

— Vous vous chargez de lui, Peabody ?

— Oui, c'est bon.

— Jenkinson, la cible est neutralisée. Je vous rejoins.

— Reçu. On a dû forcer une fenêtre mais on est à l'intérieur… Mary Kate ! Mary Kate Covino. Police ! Nous sommes de la police.

La jeune femme était debout, ses chaînes défaites entassées sur le sol, les clés dans une main et le petit Taser dans l'autre. Et elle semblait prête à s'en servir.

Jenkinson rengaina son arme et présenta son insigne, aussitôt imité par son équipier.

— Tout va bien, Mary Kate, dit-il d'une voix plus douce. Nous sommes policiers. Tout va bien. Vous n'êtes plus en danger.

Il la vit inspirer puis hoqueter avant de lâcher le Taser. Elle se précipita vers lui en boitant et se jeta dans ses bras.

— Je vous en prie, sortez-moi d'ici ! Je veux sortir...

— Ne vous inquiétez pas, c'est exactement ce qu'on va faire.

Arrivée au sommet des marches, Eve vit Jenkinson caresser doucement les cheveux de Covino qui sanglotait contre son épaule.

— Faites-la monter. La voie est libre.

Toujours agrippée à Jenkinson, Mary Kate tourna vivement la tête vers Eve.

— Vous l'avez attrapé ? Vous l'avez trouvé ? C'est un fou.

— On le tient, lui assura Eve. Il est hors d'état de nuire. Nous allons vous faire transporter à l'hôpital et...

— Non ! Je vous en prie. S'il vous plaît, non. Je ne veux pas aller à l'hôpital. Je veux... Mon Dieu, je voudrais voir ma mère. Je veux...

Elle blottit de nouveau son visage contre l'épaule de Jenkinson.

Eve descendit quelques marches.

— Mary Kate, dit-elle. Le Central n'est pas loin.

— Vraiment ? On est où, en fait ?

— À environ six pâtés de maisons de là où vous habitez. Est-ce que ça vous irait qu'on vous emmène au Central et que je contacte votre mère, votre famille, votre colocataire ou qui vous voudrez ?

Et nous pourrons procéder à un examen médical sur place.

— Oui, s'il vous plaît. D'accord. Vous pouvez me sortir d'ici ?

— Jenkinson, emmenez Mary Kate au Central et restez auprès d'elle. Euh, installez-la dans la salle de réunion. Mais recouvrez d'abord le tableau. Reineke, je vais avoir besoin de vous ici pour les recherches. Commencez par le premier étage.

— Vous restez avec moi ? demanda Mary Kate.

— Absolument, assura Jenkinson. Votre cheville doit être douloureuse. Appuyez-vous sur moi.

Avec un sanglot qui se termina en soupir, la jeune femme prit appui sur lui. Elle chercha Eve du regard.

— Il y avait une autre femme. Au moins une autre. Elle s'appelait Anna, c'est tout ce que j'ai pu entendre. Je crois qu'il l'a tuée. J'ai peur qu'il l'ait tuée.

— Nous en parlerons.

Eve descendit tandis qu'eux montaient. Quand Connors la rejoignit quelques minutes plus tard, il la trouva postée devant l'une des cellules.

— Je vais contacter Louise. Elle habite plus près que Mira pour venir examiner Covino. Mira s'occupera du reste mais son poignet et sa cheville avaient l'air mal en point… Trois cellules. Celle-ci et deux autres du même genre.

Elle désigna l'autre côté du sous-sol.

— Il a dû se servir de la salle de bains de la suite pour les laver. Il y a installé un espace de travail : une grande table, les produits pour les cheveux, le maquillage, le kit de tatouage et ainsi de suite. Avec la garde-robe vintage dans le placard.

» Elle a réussi à lui prendre les clés. Il faudra que je lui demande comment elle s'est débrouillée pour lui faire déposer ses clés, un couteau qui est probablement l'arme du crime et un Taser. C'est un modèle miniature qui ne doit pas faire grand-chose, mais quand même. Comment a-t-elle fait pour qu'il laisse tout ça à portée de main ?

— C'est sûrement une femme très intelligente. Elle a été plus maligne que lui. Comme vous.

— De notre côté, c'est du bon boulot d'enquête. Mais elle, elle a surtout eu du cran. De l'intelligence, c'est sûr, mais surtout du cran. Je vais devoir y aller et lui parler. Je tenterai peut-être aussi un premier interrogatoire avec Dawber. On verra. Dans un cas comme dans l'autre, ça va prendre un bon moment.

Parce que l'enregistreur d'Eve était allumé et qu'il connaissait ses principes, il s'abstint de la toucher.

— Tu sais déjà que je vais t'accompagner.

— Je m'en doutais mais je tenais à t'annoncer la couleur.

— Dallas ? appela Peabody du sommet de l'escalier. Il s'était aménagé un bureau au premier étage. Avec d'autres cibles en ligne de mire. Je pense que vous devriez voir ça.

— J'arrive.

Elle dédia un dernier regard à la pièce sans fenêtres avec son lit de camp étroit et les chaînes boulonnées au mur.

— Du cran, répéta-t-elle.

21

Eve profita du trajet entre le sous-sol et le premier étage pour contacter Louise Dimatto.

— Bonsoir, lui dit-elle quand le visage encadré de mèches blondes de Louise apparut à l'écran. J'ai une faveur à vous demander.

— Je suis de très bonne humeur, donc plutôt encline à dire oui.

— Où êtes-vous ?

En train de marcher, en tout cas, constata Eve. Elle captait les bruits de la rue autour de Louise.

— Je rentre tranquillement à pied après un merveilleux dîner avec mon très sexy mari.

Louise inclina son communicateur afin que Charles soit visible à l'image.

— Bonsoir, mon petit lieutenant en sucre.

Bonne humeur générale, conclut Eve, pour le médecin comme pour l'ancien compagnon licencié devenu sexologue.

— Vous pourriez récupérer votre sacoche médicale et faire un détour par le Central ?

Louise reporta l'objectif vers elle. L'éclat de ravissement dans ses yeux gris avait disparu.

— Des blessés ?

— Une victime du nom de Mary Kate Covino. Blessures physiques mineures, principalement des contusions et des lacérations au poignet et à la cheville. Je pourrais faire venir des ambulanciers mais elle se sentira plus à l'aise avec vous.

— Il y a un lien avec les deux femmes récemment assassinées ?

— Elle aurait été la troisième. On a appréhendé le suspect.

— Tant mieux. Nous sommes presque arrivés. Je récupère ma sacoche et j'arrive.

— Merci. Je vais l'installer dans l'une de nos salles de réunion et Jenkinson sera avec elle. Peabody fera en sorte que vous puissiez y accéder directement. Le suspect l'a gardée prisonnière pendant une semaine, Louise.

— Compris. Mira…

— Je compte lui demander de nous rejoindre.

— Bonne idée. À tout à l'heure.

— Peabody, veillez à ce qu'on les prenne en charge au Central, dit Eve après avoir coupé la communication.

Elle s'avança dans une grande pièce avec salle de bains adjacente. De grandes fenêtres doubles protégées par des panneaux occultants donnaient sur la route.

Plus qu'un bureau, c'était un vrai QG.

Il avait un tableau pour chaque victime. Des photographies d'elles au travail, dans la rue, en train de faire du shopping ou de prendre un verre entre amis. Et leurs emplois du temps, remarqua-t-elle en les étudiant un par un. Il avait noté les habitudes de chaque femme, leurs horaires de travail, leurs jours ou soirées de repos. Une liste de leurs proches, amis, collègues, ainsi que les magasins et les restaurants qu'elles fréquentaient le plus.

« Très, très minutieux », estima Eve.

Il avait pris des photos de ses captives pendant qu'elles dormaient, des photos du tatouage qu'il avait reproduit, y compris les mesures précises du papillon et les couleurs d'encre utilisées.

Il avait noté ce qu'elles avaient mangé et quand, avec quoi il les avait droguées et quand.

Et il avait pris d'autres clichés après les avoir tuées, lavées, habillées, coiffées et maquillées. Le tout complété par la liste des produits et des vêtements choisis pour chacune d'elles.

— En tant que flics, on est censés éviter de dire que c'est du tout cuit, commenta Peabody. Mais là…

Eve se contenta d'un hochement de tête.

— Des chiffres plutôt que des noms. Et on dirait qu'il travaillait par groupes de trois. Il avait déjà les quatrième, cinquième et sixième en ligne de mire.

Elle se rapprocha des tableaux concernés.

— Et il était prêt à passer à l'action avec sa cible numéro quatre. Vous voyez ça ? Il avait terminé ses recherches et planifié son coup. Il prévoyait de la kidnapper ce soir.

Elle traversa la pièce, sans s'intéresser dans l'immédiat à la station de travail et aux divers appareils sur place, afin d'examiner le tableau consacré à Lisa McKinney/Violet Fletcher.

— Il a sa photo judiciaire, son annonce en tant que strip-teaseuse. Sa date de naissance, tous ses liens familiaux. La date à laquelle elle a disparu. Coupures de presse de son mariage avec Joseph et beaucoup d'autres au fil des ans. Travail caritatif, club de jardinage. Annonces de naissance. Et comme vous pouvez le constater, il a récolté des données sur les trois enfants de Violet au fil des ans. Il aurait fini par s'en prendre à eux.

Elle pivota vers le tableau des victimes.

— Si l'une d'elles lui avait suffisamment convenu, si elle avait pu endosser le rôle, il aurait tourné son attention sur les autres enfants de sa mère. Les enfants qu'elle n'aurait jamais dû avoir. À ses yeux, ils n'avaient aucun droit de profiter d'elle, de cette grande maison, de cette vie heureuse.

Connors observa le visage d'Eve tandis qu'elle faisait un nouveau tour de la pièce.

— Le lieutenant envisage un autre angle d'attaque pour votre « tout cuit », dit-il.

— Effectivement, confirma Eve. Regardez-moi tout ça. Appelez-moi Baxter, Peabody. Il va falloir que Trueheart et lui viennent aider Reineke et l'équipe de la DDE. Nous allons passer chaque centimètre carré de cet endroit au peigne fin.

» Mais regardez-moi ça ! La précision, les détails, le degré de méticulosité et de compétence déployé. Des chronologies complètes. Il a même le détail des patrouilles, les flics de quartier affectés à la zone où il chassait. Je parie que tout ce qu'il achète – les vêtements, le maquillage, tout – est enregistré sur cet ordinateur. Le lieu où il a obtenu chaque article, le prix, la date d'achat.

Elle se tourna vers Connors.

— Je vais faire examiner les appareils qu'il utilisait au labo en plus de tous ceux de cette maison. Tu pourrais peut-être donner un coup de main à Feeney avec tout ça ?

— Bien sûr. Soirée divertissante pour moi en perspective.

— C'est ça, une vraie fête pour geeks.

— Excusez-moi, lieutenant, lança Reineke du seuil. On a trouvé un coffre-fort dans la chambre du fond, celle où dormait Dawber. Feeney dit que Connors pourrait sûrement l'ouvrir plus vite que lui.

— Décidément, je suis gâté !

— Autre chose : notre homme a des pyjamas Spider-Man. Quatre, pour être exact.

— Spider-Man ?

— Vous savez, le super-héros. L'homme-araignée qui protège les habitants de New York.

— Oui, je sais qui c'est grâce à..., répondit-elle avec un geste du pouce vers Connors. Taille enfant ?

— Non. Pour adultes. Et ils ont été portés.

— D'après le rapport de police, c'est comme ça qu'il était habillé quand on l'a trouvé à l'âge de cinq ans.

— Complètement timbré, commenta Reineke en ressortant.

Connors massa brièvement l'épaule d'Eve.

— J'entame les réjouissances avec Feeney.

— Fais-toi plaisir. Je vais aller voir Covino et prendre sa déposition pour pouvoir la renvoyer chez elle.

— Préviens-moi quand tu partiras. Je reste ici avec les geeks.

Eve hocha distraitement la tête comme il sortait.

— On pourrait faire notre premier round avec Dawber ce soir. Je veux Mira en salle d'interrogatoire avec nous. On se gardera Reo sous le coude, mais je ne pense pas qu'on ait besoin d'elle dès le départ.

— Pourquoi ? demanda Peabody.

— Est-ce qu'il demandera un avocat ? On verra. Mais regardez comme il est intelligent, ou en tout cas comme il se croit intelligent. Comme il est soigneux, attentif aux moindres détails. Je parie qu'on va trouver des plans de secours sur les ordinateurs. Au cas où le plan A ne fonctionnerait pas. Pas parce qu'il a merdé, non, ce ne sera jamais sa faute, mais parce que la cible aura changé quelque chose à la date choisie. Il aura tenu compte de diverses variables.

— Si vous le dites.

— Bon sang, Peabody, ouvrez les yeux, dit Eve, en écartant les bras pour englober la pièce. C'est un fou habité par un petit démon âgé de cinq ans. Mais comment imaginer, avec tout cela sous les yeux, qu'il ne sache pas distinguer le bien du mal ? S'il tente de plaider l'aliénation mentale, on réduira ses arguments en lambeaux avec tout ça. Il savait exactement ce qu'il faisait et comment il avait l'intention de le faire. Il avait d'ores et déjà identifié six femmes en tant que cibles. Et n'a pas hésité à se débarrasser d'elles quand elles ne correspondaient pas à ses critères.

» Le pourquoi derrière ses actes ? Oui, c'est là que se manifeste sa folie. Mais il ne s'en sortira pas comme ça. Même si les psys et les tribunaux valident l'aliénation mentale, nous ferons tout ce qu'il faudra pour qu'il soit tenu pour responsable de ses actes. Pas question qu'il s'en sorte avec cinq ou dix ans de traitement et de thérapie pour mieux recommencer en sortant.

Elle entrevoyait le chemin à suivre, les angles d'attaque possibles.

— Allons parler à Covino, dit-elle.

Elles s'apprêtaient à sortir quand Jamie arriva en courant, un sachet de collecte de preuves à la main.

— Vous auriez dû voir ça ! Connors a pénétré dans le coffre-fort comme dans du beurre. Faut que j'apprenne à faire pareil !

Eve choisit de ne pas relever la fascination du stagiaire pour les talents de l'ancien voleur et pointa le sachet du doigt.

— C'est pour moi ?

— Reineke m'a chargé de vous le remettre au plus vite. C'est une lettre de la mère biologique de Dawber, datée de deux jours avant son suicide. Il y avait aussi un paquet de paperasses et de documents dans le coffre. Titre de propriété de la maison, infos bancaires, données fiscales. Il a dit qu'ils emmenaient le tout au Central mais que vous voudriez lire ce courrier immédiatement.

— Il a vu juste.

Elle prit les pages manuscrites protégées par le sac en plastique.

— Franchement, c'était bluffant, reprit le jeune homme. On aurait dit qu'il connaissait la combinaison.

— Je n'en doute pas. Dis à Reineke d'appeler la police scientifique. Et préviens-le que Baxter et Trueheart sont en route pour participer à la fouille. Je renverrai Jenkinson leur donner un coup de main une fois de retour au Central. Je veux que tous les appareils soient emportés. Et Feeney aura besoin que quelqu'un – de préférence Callendar – récupère les machines sur lesquelles Dawber travaillait au labo. Tu as bien tout noté ?

— Oui, lieutenant, j'ai compris. Quelle soirée de dingue !

Comme il repartait au pas de course, Eve tendit la lettre sous plastique à Peabody.

— Vous me la lirez sur le trajet. Voyons ce que maman avait à dire.

— J'ai fait un tour rapide de la maison, indiqua Peabody. Il semble qu'il utilisait la cuisine du sous-sol plutôt que celle, super équipée, du rez-de-chaussée. Et il ne s'est servi que de deux des chambres : une pour en faire son bureau, l'autre pour dormir. En dehors de ça, la maison est vide.

— Il avait d'autres choses en tête. Ni le temps ni l'envie de meubler ou de réellement s'installer dans cet endroit. Lisez.

Mon bébé chéri,

Je me demande si tu te souviens que je t'appelais ainsi. Je me demande si tu te souviens de moi tout court. Une partie de moi espère que non, que tu m'as depuis longtemps oubliée, avec tout ce que j'ai fait et tout ce que je n'ai pas fait. J'espère de tout mon cœur que tu as eu une vie heureuse avec une famille aimante, des amis attentionnés.

Je sais que tu es devenu un scientifique. Un chimiste dans un laboratoire ! Tu as toujours été si intelligent, avec la tête pleine de questions et une envie insistante d'avoir les réponses. Dont beaucoup que je ne pouvais pas te donner. Je sais aujourd'hui à quel point j'étais déséquilibrée, déficiente, une femme égoïste et irresponsable. Peu importe combien je t'ai aimé – et je t'ai aimé, je n'aimais que toi –, je n'ai pas été une bonne mère pour toi. Tu étais si jeune, tu ne pouvais pas savoir à quel point j'étais accro à ces pilules. Une addiction qui me rendait encore plus déficiente, égoïste, irresponsable.

Et tellement, tellement malheureuse.

Je me racontais souvent qu'à la prochaine ville, la prochaine étape, la prochaine journée, je trouverais le moyen de faire mieux pour toi. Que je dégoterais un logement, un boulot correct. Que j'abandonnerais les pilules, la vie que je menais et que je te faisais subir. Mais j'étais trop faible, et le cycle s'est répété jusqu'à ce que je perde tout. Vivre dans la voiture, toi dormant sur la banquette arrière pendant que j'échangeais mon corps contre des pilules ou de quoi en acheter. Encore et encore.

Pourtant, je me suis accrochée à toi. Au lieu de faire ce que je pouvais pour que tu aies une vie meilleure, je t'ai enchaîné à la mienne et, oui, j'ai tout perdu. Ma santé, ma raison, mon esprit. Mais la chose la plus précieuse que j'ai perdue, c'était toi.

Le matin du dernier jour, je me suis retrouvée à te faire ta toilette dans les W-C crasseux d'une station-service. Tu étais tellement en colère que tu t'es débattu, que tu m'as frappée. Tu m'as traitée de méchante maman et tu avais raison.

Je t'ai acheté des chips et des bonbons, tout ce que j'ai pu trouver pour que tu te tiennes tranquille sur la banquette arrière pendant que je conduisais sans m'arrêter, sans but. Je n'avais presque plus d'argent, presque plus de pilules et j'avais complètement perdu l'esprit.

J'étais au bout du rouleau, mon bébé chéri. Je ne voyais aucune issue en dehors de la mort. Et, que Dieu me pardonne car moi je ne peux pas, j'ai continué à m'accrocher à toi et envisagé de t'emmener avec moi. Je te revois tel que tu étais à l'époque, sur le siège arrière avec ton pyjama Spider-Man que j'avais volé pour te faire plaisir. Je te revois au moment où je me suis arrêtée parce que tu avais soif et que tu étais très agité et que j'avais un horrible mal de tête. Je suis entrée dans le magasin – l'air était extrêmement chaud et moite – et je t'ai acheté un soda. J'y ai glissé l'une de mes dernières pilules pour que tu t'endormes. Avec l'idée que le sommeil t'emporterait et que, d'une manière ou d'une autre, on se réveillerait ensemble dans un endroit accueillant.

Alors que tu dormais et que je conduisais, divaguant à moitié, songeant à mettre fin à nos vies, j'ai vu une lumière. Une église. Je me suis arrêtée et, en larmes, je t'ai sorti sans te réveiller de la voiture, pour te déposer sur le seuil.

Je me disais que quelqu'un te trouverait et t'offrirait la vie heureuse et joyeuse que je n'aurais jamais pu te donner.

Je t'ai laissé, mon trésor, sous cette unique lumière dans l'obscurité. J'ai repris le volant et roulé, roulé, jusqu'à voir le lac. Je n'ai pas hésité, j'ai foncé droit dans l'eau.

Je n'ai pas de souvenirs de ma lutte pour m'extirper de la voiture, seulement quelques flashs terrifiants de torrents d'eau qui me submergent et que j'avale. Je ne me rappelle pas clairement avoir atteint la rive. Pas plus que je ne me rappelle les jours que j'ai passés à errer dans les marais. Au moins deux, je pense.

Je ne me souvenais de rien, ni de ce qui m'était arrivé, ni de mon propre nom, ni de toi. Ma mémoire avait disparu, envolée. J'étais seule, sans identité, malade, blessée et terrifiée.

Joe m'a retrouvée. Il m'a accueillie chez lui. C'est un médecin et il s'est occupé de moi. Il m'a écoutée quand je l'ai supplié de ne pas appeler la police et de ne pas me transporter à l'hôpital. La peur était le seul élément du passé qui me restait.

Il m'a donné un nom puis, quand nous sommes tombés amoureux, il m'a offert une vie que je ne méritais pas. Je le sais aujourd'hui. Nous avons eu trois enfants ensemble. Tu as une sœur et deux frères, des nièces et des neveux. Mais au moment où je t'ai laissé sous cette lampe solitaire sur le perron de l'église, je t'ai privé de tout cela, de la vie que Joe t'aurait offerte.

Je n'en avais aucun souvenir et j'ai vécu toutes ces années dans un merveilleux foyer avec une merveilleuse famille.

Joe a été tué. Un chauffard ivre nous l'a arraché. Et je repense à tous ces moments où je conduisais, avec toi à l'arrière, en planant sous l'effet des pilules. Tellement irresponsable. J'aurais pu, moi aussi, arracher quelqu'un de bien à une famille qui l'aimait.

Et sous l'effet du chagrin, un terrible chagrin, les souvenirs sont revenus m'engloutir comme l'eau du lac. Tout, tout ce que j'avais fait. L'enfant que j'avais abandonné et oublié.

Même si je sais à présent que tu as été recueilli et adopté par de bonnes personnes, que tu as connu un foyer accueillant et mené une vie riche, je ne peux et ne vais pas te demander de me pardonner. J'ai failli décider de quitter ce monde, un monde où je ne peux pas vivre avec ces souvenirs sans l'aide de Joe, sans t'écrire cette lettre. Sans rien te dire.

Mais ce serait de nouveau choisir la voie de la lâcheté. Tu mérites de savoir.

Je sais que je ne peux pas compenser mes mauvaises actions et toutes les années qui se sont écoulées depuis, mais je ressens le besoin de te faire don d'une partie de ce que Joe m'a offert. Tu trouveras ci-joint le titre de propriété et tous les papiers d'une maison dans ta ville. J'ai aussi ouvert un compte bancaire à ton nom. Tout cela pour te transmettre, mon fils, ce que j'aurais dû te dispenser au fil de ta vie.

Je suis désolée, mon bébé chéri. Je veux que tu saches que lorsque j'ai retrouvé la mémoire, ma première pensée a été pour toi.

À présent, je suis faible. Trop de Lisa et pas assez de Violet. Je dois donc aller retrouver Joe.

Je t'aime.

Maman

Alors que Peabody terminait, les yeux un peu embués, elles émergèrent de l'ascenseur pour entrer dans les locaux de la Criminelle.

— Ça correspond en grande partie à ce que vous pensiez. Elle a refoulé sa vie passée. Ou le trauma l'a fait pour elle.

— Elle s'est retrouvée à errer dans un marécage, sans notion du temps qui passe, avec de la fièvre, des frissons et le sevrage à la dure de ses fameuses pilules. Violent. Et c'est là qu'elle est tombée sur le gros lot.

— Ça ne donne pas l'impression qu'elle voyait ça comme ça.

— Elle non, Peabody. Mais Dawber, si. C'est ainsi qu'il perçoit la situation, et qu'il la perçoit, elle. Elle l'abandonne puis atterrit sur un lit de roses. Et elle s'imagine pouvoir se racheter en le payant ? Se débarrasser de sa culpabilité comme elle s'est débarrassée de lui, contre une maison et de l'argent ? Après quoi elle se suicide ? Elle n'a jamais payé pour ses fautes et ne le fera jamais !

— Alors il va créer une réplique d'elle pour qu'elle paie.

— Et ce sera notre angle d'attaque avec lui. Je m'occupe de Covino. Vérifiez si Dawber a demandé un avocat. S'il ne le fait pas, nous commencerons l'interrogatoire ce soir, avant qu'il change d'avis. Sinon prévenez Reo et on avisera.

Eve poursuivit son chemin vers la salle de réunion tandis que Peabody prenait la direction de la salle commune. Elle trouva Charles posté près de la porte.

— J'ai jugé préférable de ne pas entrer, dit-il. Par contre, j'ai pillé l'autochef de votre bureau, sur ordre du médecin. Elle m'a dit que ce serait bien meilleur que les trucs des distributeurs et elle voulait que Mary Kate ait de quoi manger.

— Pas de problème. Vous pouvez attendre ici ou dans la salle commune. Merci à vous deux d'être venus si vite.

— Ne nous remerciez pas. C'est comme ça que Louise fonctionne. Dites-lui que je serai dans votre bureau, à savourer votre incroyable café.

En entrant, Eve découvrit Mary Kate assise avec sa colocataire d'un côté et Jenkinson de l'autre. Louise, vêtue d'une robe de soirée de la même couleur que ses yeux, s'était installée en face d'eux.

Des bandages blancs enveloppaient le poignet et la cheville de la jeune femme. Son visage avait repris des couleurs et elle mangeait à la cuillère ce qui, à l'odeur, devait être une soupe au poulet.

— C'est délicieux, dit-elle. Et pas seulement parce que ça ne vient pas de lui. C'est vraiment succulent.

La jeune femme reposa sa cuillère en voyant arriver Eve.

— Continuez à manger, dit celle-ci. Jenkinson, ils auraient bien besoin de vous sur la scène de crime.

Il acquiesça mais prit le temps de se tourner vers Mary Kate.

— Tout ira bien maintenant.

Il cligna des yeux, surpris, quand la jeune femme lui prit le visage à deux mains. Et Eve vit sa nuque rougir légèrement lorsqu'elle l'embrassa.

— Merci ! Je n'oublierai jamais tout ce que vous avez fait. Jamais.

Jenkinson lui donna une tape maladroite dans le dos.

— Vous êtes une femme forte et intelligente.

Il se leva, gratifia Eve d'un second hochement de tête et quitta la pièce.

— Il m'a dit que vous étiez sa cheffe. Je veux que vous sachiez que vous avez de la chance d'avoir quelqu'un comme lui dans votre équipe.

— Je suis on ne peut plus d'accord, répondit Eve en s'asseyant.

— Tant mieux.

Mary Kate laissa échapper un long soupir.

— En tout cas, merci de ne pas m'avoir envoyée à l'hôpital et d'avoir fait venir Cleo aussi vite. Louise dit que physiquement, ça va. Il y a juste… À cause des menottes. Pas d'infection due au tatouage ou aux piercings. Je voudrais vraiment qu'on m'enlève ce truc, dit-elle en pointant son ventre du doigt. Et ces fichues boucles d'oreilles ! Mais d'après Louise, il fallait qu'on vous attende. Est-ce qu'elle peut me le retirer, maintenant, s'il vous plaît ?

— Oui. Il faut simplement que je les filme officiellement.

Mary Kate se leva, pivota et souleva son chemisier pour laisser voir le papillon.

— Allez savoir ce qu'il faudra faire pour effacer ce machin, dit-elle. Je ne veux même pas y penser pour le moment.

— La famille de M.K. est en route, indiqua Cleo. Mais je vais être la première à vous remercier. Vous l'avez sortie de là. Saine et sauve.

— C'est mon boulot. Et puis, je crois comprendre qu'elle y travaillait déjà par elle-même. J'ai enregistré l'image du tatouage. Vous voulez bien vous retourner ?

Mary Kate obtempéra, son chemisier toujours relevé.

— L'autre inspecteur, Reineke, j'aimerais le remercier de nouveau. J'ai pleuré toutes les larmes de mon corps dans les bras de l'inspecteur Jenkinson. J'étais tellement soulagée qu'il soit là.

— Reineke est toujours sur le terrain, mais je lui ferai passer le message.

Eve sortit deux petits sachets de collecte de preuves.

— Vos mains sont isolées, Louise ?

— Oui, bien sûr.

— Allez-y, retirez-lui les boucles d'oreilles et placez-les dans les sachets.

Cela fait, Mary Kate se rassit et se mit à pleurer.

— Pardon… Donnez-moi une minute…

Elle se tourna pour serrer sa colocataire dans ses bras.

— Tout va bien, souffla Cleo pendant qu'Eve scellait et annotait les pièces à conviction avant de les ranger hors de la vue de la victime.

— Je sais. Je sais. Ça va aller…

Mary Kate se redressa, sécha ses larmes et reporta son regard vers Eve.

— C'est quoi la suite ?

— Je vais enregistrer votre déposition, avec autant de détails que vous pourrez m'en donner. Pouvez-vous me dire si vous connaissiez ou aviez eu des contacts avec Andrew Dawber avant votre enlèvement ?

— C'est son nom ? Il insistait pour que je l'appelle « mon bébé chéri ». J'en étais malade mais je l'ai fait. Non, je ne le connaissais pas. Je ne peux pas en être absolument sûre, mais je ne pense pas l'avoir vu avant. La première fois qu'il est entré dans cette affreuse petite pièce, je me sentais mal, la tête me tournait, et il m'a paru vaguement familier. Mais je ne sais pas… En tout cas, son nom ne me dit rien.

— D'accord. Pourquoi ne pas…

Eve s'interrompit en voyant entrer Mira. Plutôt que l'un de ses tailleurs à la mode, elle portait un pantalon noir moulant et une veste en lin noire par-dessus un top blanc et ample.

— Mary Kate, je vous présente le Dr Mira.

— J'ai droit à deux médecins ?

— Ravie de vous rencontrer, Mary Kate, dit Mira en lui tendant la main. Je travaille pour le NYPSD.

— Elle est psy. Notre psychologue en chef, précisa Eve.

— Oh. D'accord.

— Le profil établi par le Dr Mira nous a aidés à identifier et à appréhender Dawber.

Mira rebondit sur les propos d'Eve en s'asseyant.

— Vous venez de traverser une épreuve difficile.

— Je suis un peu flageolante mais je me sens surtout en colère.

— Ça me paraît tout à fait sain.

— J'aimerais que Mary Kate commence par le tout début et nous raconte ce qui s'est passé. Avec autant de détails que possible, lui rappela Eve.

— Compris. J'avais planifié une escapade romantique avec un sale type misogyne pour lequel j'avais bêtement craqué...

Elle avait un vrai sens du détail, conclut Eve tandis que Mary Kate déroulait son récit en terminant sa soupe. L'attitude de Dawber, sa façon de parler, les tenues qu'il portait. Les ronronnements sourds qui signalaient son départ ou son retour.

« Une porte de garage », supposa Eve.

Elles firent une pause quand Peabody réapparut, accompagnée de la famille de Mary Kate. Par respect pour leur intimité, Eve s'éloigna des grandes embrassades pleines de larmes.

— Il n'a pas encore demandé d'avocat, lui glissa Peabody. Mais il a arrêté de réclamer sa mère en pleurant. Il est désormais tranquillement assis dans sa cellule.

— Bien. J'aurai bientôt terminé avec Covino. On s'occupera de lui dans la foulée.

— Les recherches ont permis de mettre la main sur une boîte de seringues rangées sous clé dans son véhicule. Des seringues remplies. Plus des attaches en plastique, un pistolet paralysant – issu de l'arsenal de la police –, un brancard à roulettes, une rampe démontable. Et il s'était constitué son propre labo au deuxième étage de la maison. Sans doute pour synthétiser le produit dans les seringues et les drogues qu'il mélangeait à leurs aliments. McNab dit qu'il y conservait des archives très détaillées.

— Pas étonnant. Il n'aura pas pu s'en empêcher. Contactez Dickhead.

— Oh non...

— Eh si. Il va péter un plomb... Dawber travaillait sous ses ordres. Dites-lui tout de suite de se calmer et de filer au labo pour identifier ce qu'il y a dans ces seringues et ce qu'on lui enverra du laboratoire du suspect. S'il commence à faire le difficile, assurez-lui que le commandant et le chef sont déjà au courant et impliqués... et que vous vous ferez un plaisir de les informer de son manque de coopération.

— Ça, ça pourrait être marrant.

— On trouve du plaisir là où on peut. Réservez-nous d'abord une salle d'interrogatoire et faites-y monter Dawber. Il n'aura qu'à y poireauter le temps qu'on termine.

Eve retourna vers le témoin et ses proches.

— Navrée de vous interrompre mais j'aimerais obtenir le reste de la déposition de Mary Kate afin que nous puissions la libérer.

La mère de Mary Kate se leva pour prendre Eve dans ses bras et la serrer avec assez de force pour lui couper le souffle.

— Vous avez sauvé ma fille, ma fille adorée. Vous êtes un ange. Une déesse, même !

— Je suis flic, madame Covino. Si vous voulez bien...

Mme Covino se recula. Elle avait des yeux très semblables à ceux de sa fille, rougis mais brillant d'un éclat féroce.

— J'espère que vous allez mettre une raclée à cet individu qui a kidnappé ma fille !

— Je comprends mais nous sommes de la police. Je ne suis pas autorisée à m'en prendre physiquement à un suspect.

La mère de Mary Kate lui donna une petite tape sur le bras.

— Ah, mais j'ai vu le film. Deux fois.

— Maman… Laisse le lieutenant Dallas finir son travail.

— *Broyez-le,* souffla la mère à l'oreille d'Eve avant de retourner se placer derrière sa fille, telle une sentinelle.

— Très bien, Mary Kate. Vous disiez qu'en arrivant ce soir dans l'espace où il vous avait enfermée il était de mauvaise humeur mais que vous aviez réussi à l'apaiser.

— C'est ça. J'avais décidé de tout faire pour l'embobiner jusqu'à ce qu'on vienne me sauver ou que je trouve le moyen de sortir. Il s'est glissé dans la peau du gamin capricieux, avec l'accent dont je vous ai parlé. Et il s'est fâché. Alors j'ai répliqué.

Elle prit la main de sa mère dans la sienne.

— J'ai employé le même ton d'avertissement que ma mère quand nous étions enfants puis j'ai fait comme s'il n'était pas là. Ça a marché sur lui comme ça marchait sur nous à l'époque. Il a un peu boudé avant de devenir plus coopératif.

— Comment avez-vous fait pour qu'il sorte son communicateur, ses clés et le reste, et les laisse à votre portée ?

— J'ai expliqué qu'on allait jouer à un jeu. Il était encore en mode gamin flippant, donc il a dit oui tout de suite. Un jeu de mémoire. Et j'ai une bonne mémoire.

— J'ai pu le constater.

— L'idée était que je ferme les yeux et qu'il sorte tout ce qu'il avait dans ses poches pour le disposer sur la petite table qu'il avait fixée au sol. Après quoi j'avais trois secondes pour regarder. Et si je n'étais pas capable de faire la liste de tous les objets, il aurait droit à un cookie.

— Un cookie ?

— Ça a fonctionné. Je voulais voir ce qu'il avait sur lui, ce dont je pourrais me servir si j'arrivais à mettre la main dessus. Donc j'ai volontairement perdu au jeu et il a foncé prendre son cookie. C'est là que la sonnette a retenti.

Elle leur raconta ensuite comment elle avait réussi à défaire ses chaînes et à saisir le Taser juste avant que la police fasse irruption.

— Puis je me suis effondrée contre le pauvre inspecteur Jenkinson, vous êtes descendue et ils m'ont escortée dehors. L'inspecteur Reineke m'a trouvé des mouchoirs.

Eve se radossa à son siège.

— Vous êtes dans le marketing, c'est ça ?

— Oui.

— Si vous décidez un jour de changer de carrière et de vous lancer dans le métier de policier, je ferai en sorte que vous soyez prise en formation et rejoigniez la Criminelle.

Mary Kate laissa échapper un rire empreint de larmes.

— Je crois que je vais rester dans le marketing.

— J'aurai peut-être des questions supplémentaires à vous poser demain mais vous devriez rentrer chez vous pour vous reposer. Je peux demander qu'un agent vous raccompagne.

— Nous avons nos voitures, dit Mme Covino en caressant les épaules de sa fille. On va tous se réunir à la maison ce soir. Tout le monde sera là. Vous aussi, Cleo. On boira beaucoup de vin.

— On se reparle bientôt, Mary Kate, dit Mira.

— Oui, merci, acquiesça la jeune femme. Et à vous aussi, dit-elle à Louise.

— Ravie d'avoir pu vous aider. Prenez les médicaments que je vous ai donnés et changez les pansements dans la matinée. Les orifices des piercings vont se refermer mais si vous avez un souci, signalez-le, à moi ou à votre médecin traitant.

— Promis.

Mary Kate se leva et tendit les mains pour prendre celles d'Eve.

— Ne vous laissez pas manipuler par le petit garçon. Il est aussi sournois que l'adulte.

— Je sais. Je vous dirais bien de prendre soin de vous mais vous avez largement prouvé que vous en êtes capable.

Une fois Mary Kate et ses proches partis, Eve se rassit.

— Louise, est-elle aussi stable qu'elle en a l'air, physiquement parlant ?

— Elle va avoir besoin d'environ douze heures d'un sommeil profond et naturel, sans doute de quelques bons repas de plus. Et le vin ne lui fera pas de mal. Si elle gère bien médicaments et pansements, elle ne devrait pas avoir de cicatrices, ou alors très discrètes.

— Elle fera ce qu'il faut. Docteur Mira ?

— Elle a une volonté de fer. Elle va traverser des moments difficiles mais le soutien de sa famille et de ses amis lui sera bénéfique. Et elle est très ouverte à l'idée d'un suivi psy.

— Elle sera capable de témoigner devant un juge si l'affaire va au tribunal ?

— Je n'en doute pas. Une volonté de fer, répéta Mira.

— Bien. Louise, je vous libère.

— Ravie d'être libérée.

— Charles est probablement dans mon bureau à vous attendre.

— Je file le retrouver. Nous devrions prendre exemple sur les Covino et partager une bonne bouteille ensemble, un de ces quatre.

Après le départ de Louise, Eve se releva et retira la bâche qui recouvrait le tableau.

— Vous avez eu une très longue journée, lui fit remarquer Mira.

— J'espère la finir en beauté en achevant le suspect. Pas à coups de poing, comme le souhaiterait Mme Covino, mais au cours de l'interrogatoire et dans le respect de la loi. Je peux le faire craquer. Ses deux personnalités. Votre aide me serait utile.

— Vous l'avez. Comment comptez-vous vous y prendre ?

— Laissez-moi rappeler Peabody et on vous expliquera.

22

Après avoir fait monter Dawber en salle d'interrogatoire, Eve le laissa mariner une quarantaine de minutes pendant qu'elle s'entretenait avec Mira, Peabody et Reo en visioconférence.

Elle refusa avec véhémence la possibilité d'un accord avec le bureau du procureur et Reo ne lui tint pas vraiment tête. Elles avaient trouvé en Covino un témoin capable de fournir de nombreux détails corroborés par une montagne de preuves.

Le point essentiel était – et serait – de montrer que si Dawber était mentalement capable de comprendre l'aspect criminel de ses actes, il pouvait en être tenu pour responsable.

Avec tous les éléments qui continuaient à affluer à la suite de la perquisition de son domicile et de l'analyse de ses appareils par la DDE, Eve ne doutait pas une seconde qu'il savait ce qu'il faisait.

De retour à son bureau, elle assembla un épais dossier à emporter en salle d'interrogatoire. Peabody arriverait avec un carton de pièces à conviction soigneusement choisies issues du domicile de Dawber.

Et Mira agirait en tant qu'experte en psychologie pour évaluer l'état mental du suspect.

Mira ne serait pas la seule à se pencher sur la question, Eve le savait. À partir du moment où Dawber réclamerait un avocat, n'importe quel homme de loi compétent demanderait une évaluation psychiatrique externe.

Et même si Dawber ne voulait pas d'avocat, il y aurait d'autres évaluations. Elles devaient donc taper dans le mille, frapper Dawber là où ça faisait mal.

Prête à commencer, elle se dirigea vers la porte... qui s'ouvrit sur Connors.

— J'entends arriver tous les visiteurs et neuf fois sur dix le bruit de leurs pas me dit de qui il s'agit. Mais toi, tu te déplaces comme si tes pieds ne touchaient pas le sol.

— C'est parce que je suis toujours sur un petit nuage en ta présence, ma chérie.

Alors qu'elle laissait échapper un reniflement de dérision, il s'approcha et lui prit le menton entre ses doigts pour caresser sa fossette du bout du pouce.

— Tu devrais être épuisée mais tu sembles en pleine forme.

— Non, je ne suis pas fatiguée. On est à fond. Mary Kate Covino s'est montrée coriace et maligne. Il est rare à la Criminelle de voir une victime s'en tirer et repartir avec sa famille pour vider des bouteilles de vin. Il a tué deux femmes et on le lui fera payer. Mais elle s'en est sortie.

— Je t'ai apporté de nouveaux éléments qui pourraient vous aider à le faire plonger.

Il lui tendit un dossier et un disque.

— On a fait des impressions parce que je sais que tu préfères le papier. Le disque te sera utile si tu veux les afficher sur l'écran de la salle d'interrogatoire.

Elle reposa les dossiers qu'elle avait à la main pour examiner les documents.

— Bon sang, il a pris des notes sur chacune de ses cibles en les identifiant par leur nom. Ça vaut de l'or ! Des notes détaillées sur ses phases de chasse et de filature, avec les dates, les horaires et ses conclusions. Et ça remonte jusqu'en octobre.

— Tu verras qu'il a abandonné deux autres proies potentielles durant ses recherches. Quand il a su que la première était ceinture noire de karaté et que la deuxième avait un père flic.

— Mince, c'est Redman, de la brigade des crimes sexuels. Je le connais un peu.

— Sa fille de vingt-quatre ans est étudiante à l'université de New York et habite dans la zone qu'écumait Dawber. Elle y travaille aussi le soir, dans un bar.

— Il les a rayées de sa liste. Pour la première, il a dû prendre en compte son temps de réaction, son instinct et sa capacité à se battre. Trop risqué pour lui. Pour la seconde, kidnapper la fille d'un policier représentait aussi un trop gros risque. Et c'est de l'or en barre pour nous parce que ça prouve qu'il calculait soigneusement ses actes. Ce qui est démontré par tous les préparatifs qu'il a soigneusement consignés.

— Autre chose que tu pourrais trouver utile : tu verras qu'il a entrepris des recherches considérables sur ses frères et sa sœur, leurs conjoints, leurs enfants, et ainsi de suite. L'une des nièces les plus jeunes, baptisée du même nom que sa grand-mère, lui ressemble beaucoup. Il s'est tout particulièrement intéressé à elle.

Eve feuilleta le dossier jusqu'à trouver les données en question, ainsi que la photo d'identité de la jeune femme.

— Effectivement, elle ressemble plus à Lisa/Violet que les femmes qu'il a tuées ou capturées. Et elle est dans la bonne tranche d'âge. Célibataire, interne à l'hôpital où travaillait son grand-père avant et où travaille sa tante aujourd'hui. On dirait qu'il avait rassemblé un gros dossier à son sujet.

— Tu verras qu'elle apparaissait aussi dans ses notes, y compris lors d'un voyage qu'il a effectué pour la voir de ses yeux en décembre dernier. Il a noté le moment de sa demande de congé, l'achat de ses billets, l'endroit où il a séjourné durant les trois jours, le détail des repas qu'il a faits là-bas et dans quels établissements. Et surtout, les détails de son emploi du temps à elle.

— Oui, je vois ça. Il faudrait vérifier s'il a fait d'autres demandes de congé.

— Feeney est déjà dessus. Mais on a pensé que tu voudrais tout cela immédiatement.

— Bien vu. Dawber a désormais beaucoup d'argent, grâce à sa chère maman.

Elle réfléchit un instant puis releva les yeux vers Connors.

— Tu sais ce qui serait intéressant ? De savoir s'il a fait des recherches immobilières du côté de la Louisiane. En vue d'acheter ou de louer une propriété. Il avait peut-être simplement prévu de la tuer, mais vu son mode opératoire, il comptait sans doute s'amuser un peu avec elle d'abord.

Connors lui tapota la tempe, sourire aux lèvres.

— Ça ne s'arrête jamais là-dedans. Et oui, ce serait intéressant. Je vais me pencher sur la question.

— Bien. Il va falloir que j'y aille mais est-ce que Callendar a bien récupéré les terminaux professionnels de Dawber ?

— Oui, et pour l'instant elle n'y a trouvé que des fichiers professionnels légitimes. Très précis, eux aussi, et très semblables à ce qu'il produisait pour ses projets personnels. Jamie est au boulot sur les autres appareils. Dawber se servait de son communicateur pour prendre des photos de ses cibles, dont sa nièce. Il les transférait ensuite sur l'ordinateur de son labo personnel et les effaçait du communicateur. Mais Jamie a bien sûr réussi à les récupérer.

— Très utile, ça aussi. Ça en remet une couche sur la préméditation. Nous sommes en salle d'interrogatoire A. Demande à McNab de prévenir Peabody par texto si d'autres éléments probants tombent. Elle jugera du meilleur moment pour ressortir les chercher.

Il lui releva de nouveau le menton, cette fois pour un léger baiser.

— Une fois que tu en auras terminé ici, que dirais-tu de rentrer à la maison, d'ouvrir une bouteille de vin et d'aller s'asseoir avec près du bassin, sous le clair de lune ?

— L'idée ne me déplairait pas. Elle me plairait même pas mal.

— Alors à tout à l'heure.

Il ressortit avec elle et poursuivit sa route tandis qu'elle s'arrêtait devant le bureau de Peabody.

— On a de nouveaux éléments.

— McNab m'a fait un topo. J'en ai informé Mira.

Eve coula un regard vers cette dernière. Assise au bureau inoccupé de Jenkinson, la profileuse rangea dans la poche de sa veste le mini-ordinateur sur lequel elle pianotait.

— Ça donne plus de poids à nos chefs d'accusation, dit Eve. Peabody, McNab vous enverra un texto s'ils trouvent autre chose. Je vous laisserai choisir le bon moment pour quitter la salle et aller récupérer l'info.

Elle entendit des pas rapides dans le couloir et se tourna à temps pour voir débouler Dick Berenski.

— C'est quoi ce délire, Dallas ?! Vous envoyez Peabody me raconter que vous avez arrêté Dawber pour un motif débile ? Après quoi vos troupes de choc débarquent pour confisquer tout le contenu de son labo ! Ce que j'ai appris seulement parce que la sécurité du labo m'a prévenu. C'est quoi ces conneries ?!

— Le pourquoi des « conneries » en question, c'est qu'Andrew Dawber est inculpé pour trois enlèvements suivis de séquestrations et de multiples injections ou ingestions forcées de substances réglementées, ainsi que pour deux assassinats.

Berenski se redressa de toute sa taille, poings sur les hanches.

— C'est du grand n'importe quoi ! Vous n'avez jamais rencontré Andy ou quoi ?

— Si. Et lors de notre dernière rencontre, je l'ai plaqué au sol alors qu'il tentait de s'échapper pendant que deux de mes inspecteurs délivraient la prisonnière enchaînée et droguée dans le sous-sol de sa maison. Et j'ai besoin d'une analyse du contenu des seringues retrouvées dans son van ainsi que de son labo à domicile. Au plus vite.

— J'ai mis quelqu'un au boulot là-dessus. Vous pensez pouvoir me menacer de cette façon ?

Il s'approcha, son visage si près du sien qu'elle fut tentée de décocher une droite dans la chenille anémique qui ornait sa lèvre supérieure.

— Vous pouvez toujours courir ! gronda-t-il. Rien de tout ça ne tient debout. Andy n'a pas de maison, il habite un appart à deux pas du labo.

— Plus depuis septembre, quand sa mère biologique lui a légué une maison de ville de deux étages – plus sous-sol – et six millions de dollars en banque. Et ne me dites pas que ce sont des conneries, aboya-t-elle avant qu'il recommence. J'ai deux cadavres et la déposition de sa troisième captive. Sans parler des archives de Dawber lui-même, des preuves récoltées dans son labo personnel, des seringues remplies et des attaches en plastique dans sa camionnette.

— Il... il n'a pas de camionnette.

— Maintenant si.

Berenski passa les doigts dans le peu de cheveux qui poussaient encore sur son crâne d'œuf.

— Ça fait plus de vingt ans que je connais Andy. Il peut se montrer un peu bizarre, c'est vrai, mais...

Il se tourna vers Mira.

— Vous confirmez ce qu'elle dit ?

— Oui, et ce ne sont pas les seules preuves dont nous disposons. Je suis navrée mais sa culpabilité ne fait aucun doute.

— Laissez-moi lui parler.

— Non, refusa immédiatement Eve.

Il pivota vivement vers elle.

— Je veux entendre sa version des faits. C'est un membre de mon équipe, merde ! Qu'est-ce que ça vous ferait si ça arrivait à l'un des vôtres ?

— Je me sentirais très mal et en colère. Raison pour laquelle, plutôt que de vous raccompagner jusqu'à la sortie, Peabody va vous installer en salle d'observation. Je ne peux pas vous laisser lui parler à ce stade. Ça irait contre la procédure. Je pourrai arranger une entrevue par la suite, mais pas avant que nous ayons bouclé le dossier. Peabody.

Celle-ci se leva pour se poster près de la sortie.

— Vous vous trompez de suspect ! assura Berenski en suivant Peabody. L'erreur vient de vous. Vous vous êtes gourées.

Mira se leva pour rejoindre Eve.

— C'est difficile, dit-elle. Brutal, même, de connaître une personne et de travailler avec elle pendant tant d'années pour apprendre d'un coup qu'elle n'est pas celle que nous pensions.

— Oui, et c'est pour ça que je n'ai pas durci le ton. Et puis, il n'a pas hésité à venir en personne défendre un membre de son équipe. Ça compte.

— La hiérarchie voudra savoir comment le responsable du labo a pu passer à côté de la présence d'un psychopathe en son sein.

— Merde…

Eve n'y avait pas pensé et elle allait désormais devoir en tenir compte.

— Ils vont m'obliger à défendre Dickhead.

— Tout comme moi.

Peabody réapparut.

— Il commence à comprendre qu'il ne s'agit pas d'une erreur. Il n'a pas l'air très bien.

— Et ça ne va pas s'améliorer. Le moment est venu d'avoir une petite conversation avec Andy.

Celui-ci était assis en silence, les mains jointes sur la table devant lui. Eve se demanda quel effet lui faisaient les menottes métalliques à ses poignets et à ses chevilles.

— Début de l'enregistrement. Dallas, lieutenant Eve, Peabody, inspecteur Delia, et Mira, Dr Charlotte, débutent l'interrogatoire de Dawber, Andrew.

Eve énuméra les chefs d'accusation pendant qu'elles s'asseyaient toutes les trois.

— Monsieur Dawber, on vous a lu vos droits au moment de votre arrestation. Je vais de nouveau vous en informer pour l'enregistrement.

Elle récita le code Miranda révisé.

— Comprenez-vous vos droits et vos obligations ?

— Oui, oui, bien sûr. Mais je me sens un peu perdu. Je crois qu'il y a eu une erreur.

— En effet, vous en avez même commis plusieurs. La plus importante étant d'avoir sous-estimé Mary Kate Covino.

— Navré, je ne sais pas de qui il s'agit.

Il esquissa ce vague sourire hésitant dont il était coutumier, une lueur d'inquiétude dans le regard.

— C'est l'une des trois femmes que vous avez espionnées, traquées, kidnappées et maintenues enchaînées dans votre sous-sol. Celle qui est encore en vie.

Il écarquilla ses yeux inquiets.

— Mon Dieu, jamais je n'aurais… Je ne pourrais… Quel sous-sol ? Il y a eu un terrible malentendu.

« Menteur, songea Eve. Menteur et calculateur. »

— Le sous-sol de votre maison de ville.

— Ma maison de ville ? répéta-t-il avec un petit rire. Lieutenant Dallas, comment pourrais-je m'offrir un tel logement avec mon salaire ? Je mène une vie frugale mais...

— Elle vous a été léguée en septembre dernier.

Eve tira de son dossier les documents concernés pour les poser devant lui. Dawber se pencha dessus, sourcils froncés.

— Ce n'est pas mon nom. C'est...

— Une anagramme du nom de votre mère biologique. Lisa McKinney, qui a fait l'achat de cette demeure pour vous, vous a envoyé les papiers, a déposé six millions sur un compte de courtage à votre intention et vous en a informé dans ce courrier envoyé juste avant de se suicider.

— Non, ce n'est pas possible. Je n'ai jamais rien vu de tout cela. Ça fait des décennies que je n'ai pas été en contact avec ma mère biologique. Je me souviens à peine d'elle. Je...

Il releva la tête et les traits de son visage se déformèrent.

— Je veux ma maman !

Son cri nasillard résonna à travers la pièce.

— T'es méchante et moche et j'veux pas te voir. Je veux maman, maintenant !

— Arrêtez ça, répliqua sèchement Eve.

— Elle te cassera la figure !

— Elle va avoir du mal, vu qu'elle est morte.

— Non, non, elle est pas morte !

Il fit claquer ses mains menottées sur la table, rua plusieurs fois de ses pieds enchaînés tandis que les larmes se mettaient à couler sur son faciès rougi.

— Quel âge avez-vous, Andy ?

Mira avait posé la question d'une voix douce et agréable. Il montra les dents.

— J'suis pas Andy. Andy est trop bête. Je suis bébé chéri et je veux ma maman.

— Où est maman ?

— Elle m'attend.

— Où ça ?

— Je vous le dirai pas, répondit-il avec une grimace rusée. Je veux un soda !

— Quel genre de soda ? s'enquit Peabody sur un ton aimable. Je t'apporterai ça si tu demandes gentiment.

— J'ai soif. Donne-moi un soda maintenant !

— Je parie que ta maman t'a appris à dire « s'il vous plaît » et « merci ».

Il répondit par une moue boudeuse troublante sur le visage d'un homme de soixante ans.

— P't'être. Je peux avoir un soda à l'orange, s'il vous plaît ?

— Bien sûr.

— Peabody quitte l'interrogatoire, indiqua Eve pour l'enregistrement. Où habitez-vous ?

— Dans la voiture. On vit des aventures et on n'a besoin de personne. On chante des chansons et on joue à des jeux et je peux manger des bonbons quand je veux. Et là, j'en veux !

— Non. Et si vous criez de nouveau, vous n'aurez pas de soda non plus.

Eve s'inclina un peu plus vers lui.

— Vous n'avez pas cinq ans et vous n'êtes le bébé chéri de personne.

Il tenta de se jeter sur elle ; elle ne tressaillit pas.

— J'te déteste. Méchante, méchante !

— Ouais, ça me fend le cœur.

— Comment vous appelait votre mère quand elle était fâchée contre vous ? lui demanda Mira.

— « Johnny, arrête ça tout de suite ! » répondit-il avec un gloussement. Mais je suis son bébé chéri et elle n'aime que moi. Que moi. Et je veux qu'elle vienne, maintenant !

Eve fit glisser la photo de la dépouille d'Elder sur la table.

— C'est pas maman.

— Non. Et donc vous avez dû la tuer. Qu'a-t-elle fait pour vous énerver au point que vous lui avez tranché la gorge ?

— J'ai pas à te le di-reuh, répondit-il sur un ton chantant. J'ai pas à te le di-reuh !

— Peabody réintègre l'interrogatoire. Ne lui donnez pas sa boisson tant qu'il se comportera comme un connard.

— T'as dit un gros mot parce que t'es une grosse méchante.

— Mais toi, tu es un gentil garçon, dit Mira. Tu essaies d'être un très gentil garçon.

— Je suis le plus gentil. C'est maman qui l'a dit. Et un jour, on vivra dans une grande maison et on passera nos journées à manger des glaces. Je veux une glace !

Mira lui sourit.

— Tu pourras avoir ton soda et peut-être une glace si on peut parler à Andy.

— Une glace au chocolat !

— Un bol entier.

Le visage de Dawber se transforma d'un coup. Il cligna des yeux.

— Pardon... Qu'est-ce que je disais ?

Mira se tourna vers Eve.

— Vous aviez raison.

Puis elle joignit les mains et s'adressa à Dawber.

— Cette transition était beaucoup trop rapide. Puisque nous sommes tous deux scientifiques, vous devez savoir que le trouble dissociatif de l'identité est très rare.

— Je ne comprends pas ce que…

— Silence, ordonna Eve. Laissez-la terminer.

— Des cas existent vraiment, bien sûr, reprit Mira. Bien documentés et soigneusement étudiés. Et je suis certaine, monsieur Dawber, qu'après un examen attentif nous constaterons que l'enfant malheureux et maltraité que vous étiez a eu une grande influence sur l'homme que vous êtes devenu. Vous trouviez peut-être une forme de libération émotionnelle en vous autorisant à vous comporter comme cet enfant, en l'autorisant à dire et à faire ce qui n'était plus envisageable pour l'adulte mature et discipliné. Du moins jusqu'à l'automne dernier.

— Je ne vois pas où vous voulez en venir. Docteur Mira, je connais votre excellente réputation…

L'attitude humble et douce aurait pu fonctionner, estima Eve, mais il en faisait trop. En cherchant désespérément à compenser. Un désespoir qu'elle n'avait pas de mal à percevoir.

— Je pense… J'admets que j'ai connu des incidents ces derniers mois. Des trous de mémoire. Mais…

— Vous avez quitté votre appartement pour emménager dans la maison de ville le 1er octobre, répéta Eve. Expliquez-nous ça.

— Non. Je n'ai… Je ne sais pas.

Eve lui mit sous le nez ses propres notes qui détaillaient son voyage, la chambre d'hôtel louée à La Nouvelle-Orléans.

— Expliquez-nous cela. Le pourquoi de ce voyage en Louisiane en décembre de l'année dernière et les informations rassemblées, y compris des photos, sur cette femme. Votre nièce.

— Je n'ai pas de nièce. Je suis fils unique. Et je ne me suis certainement pas rendu en Louisiane. J'ai de très mauvais souvenirs de cette région. C'est là que j'ai été recueilli à l'âge de cinq ans. Je suis un enfant trouvé, placé en famille d'accueil jusqu'à mon adoption.

« Encore une erreur », songea Eve.

Un gamin de cinq ans n'aurait pas pu réserver des billets, faire le voyage et le documenter en détail.

— Vous avez deux demi-frères et une demi-sœur. Après s'être débarrassée de vous, votre mère s'est maquée avec un riche médecin et a eu des enfants qu'elle a décidé de garder, eux.

Dawber réagit comme si elle l'avait giflé, incapable de dissimuler la lueur de colère dans son regard.

— Vos propos sont cruels. Vous êtes quelqu'un de cruel. Il est arrivé quelque chose à ma mère, c'est la seule explication. Jamais elle ne m'aurait abandonné si elle avait eu le choix.

— Vous pouvez toujours vous raconter ça si ça vous chante, répondit Eve en constatant que les mains de Dawber s'étaient mises à trembler. Elle ne voulait pas de vous et avait hâte de se débarrasser du petit môme geignard que vous étiez. Un vrai boulet. Donc elle vous a jeté et s'est tirée en voiture. Sans plus jamais penser à vous.

— C'est pas vrai !

« Te voilà », songea Eve face à la fureur désormais manifeste dans les yeux de Dawber.

— C'est la pure vérité. Qui voudrait écouter un morveux capricieux qui passe son temps à réclamer des bonbons et des glaces ? Vous dégager constituait sa meilleure chance de retrouver une vraie liberté. Raison pour laquelle elle est partie, en se demandant sans doute pourquoi elle avait attendu aussi longtemps pour le faire.

— Mensonges ! Vous mentez ! Elle m'aimait. Elle était jeune et faible, une camée, mais c'est moi qu'elle aimait. Elle m'a déposé là pour me sauver. Elle avait tort, tort, tort. Et je peux la récupérer, à *ma* manière. Je le mérite. Elle pensait pouvoir se faire pardonner toutes ces années d'absence avec une maison et de l'argent. Mais non ! Elle était censée rester auprès de moi, s'occuper de moi. Et je vais m'arranger pour qu'elle le fasse. Je mérite d'avoir ma mère auprès de moi !

Peabody échangea un regard avec Eve puis se leva.

— Peabody quitte l'interrogatoire.

Eve poussa le tube de soda en direction de Dawber.

— Ça a dû vous faire un sacré choc de recevoir cette lettre.

Il ouvrit le tube et but goulûment. Il sourit mais Eve n'en fut pas dupe. C'était calculé.

— Quelle lettre ?

— Le courrier manipulateur qu'elle vous a écrit pour tenter d'apaiser sa conscience avant d'avaler une grosse poignée de cachets. Elle ne s'est pas suicidée pour vous, Dawber, mais pour le père de ses vrais enfants.

Il lui lança le tube au visage, qu'elle rattrapa au vol.

— Aucune force dans le bras, mon gars. Pas étonnant qu'elle vous ait éjecté de sa vie.

— Je suis son fils. Son unique enfant. Les autres sont des simulacres, des mensonges.

— C'est pourtant eux qu'elle a pourri-gâtés, pas vous. Vous comptiez moins pour elle que sa prochaine dose, et que la nouvelle vie qu'elle s'est trouvée.

— Je veux ma maman…

Dawber refaisait le coup du petit garçon. Il posa sa tête sur la table en pleurnichant.

— Je veux ma glace… Je veux ma maman…

— Peabody réintègre l'interrogatoire.

Eve prit le dossier que son équipière lui tendait et pencha la tête pour écouter ce qu'elle lui glissait à l'oreille.

— D'après McNab, ils ont dû creuser pour exhumer ça. C'était effacé mais il avait laissé suffisamment de traces pour qu'ils puissent le récupérer.

Eve ouvrit le dossier avec un hochement de tête. Elle le parcourut le temps d'en appréhender le contenu puis le passa à Mira.

— Vous n'aurez rien du tout. Continuez votre manège si ça vous amuse. Qu'a fait Lauren Elder pour vous pousser à sortir votre couteau et lui trancher la gorge ? Je sais déjà l'essentiel. Elle ne vous convenait pas. Elle ne savait pas comment vous suivre dans votre délire. Elle n'arrêtait pas de vous supplier de la laisser partir et ça vous a mis en rogne. Le morveux était en colère et le scientifique a déterminé que cette expérimentation était un échec. Vous aviez deux autres captives qui semblaient plus prometteuses.

» Vous avez passé des mois à tout organiser, à récupérer les vêtements, le maquillage, le parfum et le reste. Vous vous êtes constitué un laboratoire à domicile, avez préparé votre quartier général, investi dans des systèmes de sécurité.

— Je t'aime pas, maugréa-t-il en fermant les yeux. T'es méchante, t'es vilaine.

— En bon scientifique féru de précision, vous vous attendiez à connaître des échecs. Mais l'une d'entre elles serait la bonne. Elle deviendrait votre mère, votre esclave. Elle paierait pendant des années pour les actes de Lisa McKinney. Sans jamais vous quitter, sans jamais quitter le sous-sol. Elle serait toujours là. Quand vous voudriez être un petit garçon, elle jouerait avec vous, vous chanterait des chansons et ainsi de suite. Et le reste du temps, vous pourriez la voir souffrir, la voir payer pour ce qu'elle a fait.

Dawber redressa la tête, l'air las.

— Je ne sais pas de quoi vous parlez. Je crois… J'ai peur que quelque chose cloche chez moi. Je ne me reconnais plus.

Il se tourna vers Mira.

— Tout se passe normalement au travail. Mais quand je pars, je… Mes souvenirs deviennent brumeux. Jusqu'à ce que je retourne travailler. C'est comme si je sortais de moi-même, ou que j'entrais dans un autre état. Un grand flou général. J'ai besoin d'aide. Pouvez-vous m'aider ?

Mira le dévisagea de ses yeux bleus au regard doux.

— J'essaierais certainement… si c'était vrai. Je constate que vous avez mené des recherches approfondies sur le TDI. Les cas reconnus et ceux identifiés comme faux. Et vous y avez ajouté vos propres notes, à ce que je vois.

— Quelqu'un comme vous, qui collabore depuis si longtemps avec la police, devrait savoir ce dont est capable la DDE, commenta Peabody. Vous vous pensiez plus malin qu'eux. Vous ne l'êtes pas.

— J'ai fait des recherches parce que je m'inquiétais pour ma santé mentale.

— Possible, admit Eve en se radossant à son siège. Il y a peut-être une once de vérité là-dedans, mais vous vous êtes vite appuyé dessus pour calculer la meilleure manière de vous en servir si vous vous retrouviez un jour dans la situation où vous êtes aujourd'hui. Vous avez sélectionné, espionné, kidnappé, enchaîné et torturé émotionnellement trois femmes, dont deux que vous avez tuées. Des actes commis froidement et avec lucidité. Vous les avez tuées et les avez habillées comme votre mère parce que c'est elle que vous avez toujours voulu punir. Votre méchante maman.

— C'est ce qu'elle était.

Eve hocha la tête.

— Il ne fait pas de doute qu'elle était paumée et qu'elle a souvent merdé. Il semble qu'elle ait eu des prédispositions à l'addiction, comme sa mère et son grand-père. Comme vous.

— Je ne suis pas un drogué.

— Si. Lisa McKinney est votre drogue. L'a-t-elle toujours été ? Qu'en est-il de la mère qui vous a élevé ?

Il détourna son regard vers le mur.

— Ce n'était pas ma mère. Ça n'a jamais été ma mère.

— Pourquoi ? Parce que vous n'êtes pas sorti de ses entrailles ?

— Ce n'était pas ma mère !

La colère était de retour. Eve estima que c'était le bon moment pour l'exploiter.

— Elle vous battait, vous affamait ?

— Je n'étais qu'un enfant, un petit garçon terrifié, et ils m'ont confié à des inconnus. Vous savez ce que ça fait ? Les familles d'accueil, les services sociaux qui s'immiscent dans tout. Et qui vous livrent à des gens, comme ça. Une fausse famille. Et ils étaient vieux ! Déjà à la fin de la quarantaine. Ils m'ont pris comme substitut parce qu'ils ne pouvaient pas faire d'enfants. Ils ont changé mon nom. Et après ça, tout n'était que « Pas de bonbons avant le dîner, Andy », « Lave-toi les mains, Andy », « C'est l'heure d'aller à l'école, c'est l'heure d'aller se coucher ». Des règles, des règles et encore des règles !

— Et vous avez suivi ces règles, intervint Mira. Vous avez fait ce qu'on vous demandait, vous avez travaillé dur à l'école, agi comme on l'attendait de vous. Vous n'aimiez pas votre famille mais vous aviez besoin d'elle. Vous ne vouliez pas vous retrouver de nouveau seul.

— C'étaient des gens ordinaires. Ma mère, elle, n'était pas ordinaire. Ils ont essayé de me rendre comme eux. Ma mère, elle, savait que j'étais spécial. Je me suis tiré loin d'eux dès que j'ai eu l'âge de le faire. J'ai passé des mois et des mois à la chercher. Mais je n'ai pas réussi à la retrouver. Personne n'a pu la retrouver. Et elle était là, juste là, pendant tout ce temps !

— Juste là, répéta Eve. Ça vous a rendu fou de découvrir qu'elle avait vécu dans une grande maison, fondé une famille et mené une vie heureuse sans vous pendant toutes ces années.

— Elle m'a abandonné. Moi, j'ai tout fait pour la retrouver. Et elle était juste là !

Il tapa de nouveau des poings sur la table dans un cliquetis de chaînes.

— J'ai bûché comme un dingue à la fac. Et je passais toutes mes vacances à la chercher. Je suis retourné en Louisiane mais personne ne savait où elle était passée. Et tout le monde s'en fichait.

— Pas vous. Pour vous, c'était important.

Il tourna vers Mira un regard plein de colère.

— Elle s'en foutait de moi ! Elle m'a dégagé sur le bas-côté et a tenté de se suicider plutôt que de s'occuper de moi. Et même ça, elle n'a pas réussi à le faire. Et elle serait récompensée pour ça alors que je me retrouve à vivre avec des inconnus ? Et voilà qu'elle se tue. Elle met fin à sa vie plutôt que de m'en ouvrir les portes. N'allez pas me dire qu'elle ne méritait pas d'être punie !

— Lauren Elder, Anna Hobe, Mary Kate Covino.

Eve attendit qu'il reporte son attention sur elle.

— Elles ne méritaient pas ce que vous leur avez fait subir.

— Une sélection réfléchie. Je les ai choisies avec soin. Elles n'avaient qu'à coller aux critères et elles auraient été logées, nourries, blanchies.

— Vous leur avez imposé le même tatouage et les mêmes piercings que votre mère.

Il laissa échapper un soupir de lassitude.

— Évidemment. Elles n'auraient pas pu être elle sans ça.

— Pourquoi avez-vous tué Lauren Elder ?

— Elle ne correspondait pas aux critères ! Elle refusait de coopérer. Elle me criait dessus, me traitait de tous les noms. Elle m'a giflé ! Elle m'a vraiment mis en colère. Elle me faisait perdre mon temps, ne respectait pas du tout mon travail. Mais même après ça, j'ai pris soin d'elle. Je l'ai lavée, habillée, coiffée, maquillée. Je lui ai fait les ongles. Je l'ai rendue parfaite. Et je l'ai emmenée là où les mères accompagnent leurs enfants.

— Vous avez laissé un message sur son corps. « Méchante maman ! » Pourquoi ?

Il soupira de nouveau.

— Elle ne correspondait pas aux critères, répéta-t-il. La mère qui m'a abandonnée était méchante. Celle qui resterait serait une bonne mère.

— D'accord. Revenons en arrière. Dites-moi comment vous avez choisi Lauren Elder.

Une lueur mauvaise passa dans le regard de Dawber.

— Je suis fatigué et j'ai la gorge sèche...

— On peut vous redescendre en cellule. À l'isolement, même.

Eve lança un coup d'œil à Mira.

— Sous surveillance pour éviter un suicide ?

— Oui, c'est ce que je recommanderais.

— Ou bien on peut vous apporter un autre soda. Et vous nous raconterez tout en détail.

— J'en veux un au raisin cette fois. Et de la glace. Au chocolat.

— D'accord. Peabody, vous voulez bien vous en charger ? Peabody quitte l'interrogatoire. Maintenant, parlez-moi de Lauren Elder.

Dawber était un homme précis qui n'oubliait aucun détail. Son récit prit un long moment... et nécessita deux autres sodas, une crème glacée, des bonbons gélifiés et un sachet de chips.

Sa voix oscilla à plusieurs reprises pour retrouver les accents nasillards du petit garçon mais elles recueillirent tous les détails. Des aveux complets.

Eve décoda sans mal le regard matois qu'il coula vers elle alors qu'elle organisait son retour en cellule.

— Il pense pouvoir plaider l'aliénation mentale et s'en sortir avec quelques années de détention – dix, maxi – dans une prison de sécurité minimale avec thérapie, évaluations régulières et tout le toutim. Il rêve, dit-elle à Mira. Quand on a commencé, je me faisais de lui une idée assez proche de ce qu'il imagine nous faire gober... sauf que je le voyais passer vingt à vingt-cinq ans dans un pénitencier de très haute sécurité.

— Vous avez changé d'avis.

— J'espère que votre opinion d'experte viendra confirmer la mienne.

— C'est un psychopathe. Je soupçonne même que si sa mère ne l'avait pas abandonné comme elle l'a fait, il aurait embrassé sa psychopathie bien plus tôt. Il l'a refoulée au plus profond de lui – principalement par peur de l'abandon – et s'est attaché à un monde de science, de règles et de logique. Mais comme nous l'avons vu, il n'a jamais pu nouer ou maintenir d'amitiés ni de relations amoureuses. Développer une relation, c'est prendre le risque de l'abandon, de la déception. Ce qui lui est intolérable.

» C'est un psychopathe, avec des tendances obsessionnelles compulsives et une forme de narcissisme malin qu'il exprime au travers du personnage de l'enfant qu'il a été. Il n'est pas sain d'esprit mais, même si nous devrons prévoir d'autres évaluations plus approfondies, j'estime qu'il ne remplit pas les conditions de l'irresponsabilité pour aliénation mentale.

— S'il en avait l'occasion, il se remettrait en quête d'une nouvelle cible pour tuer de nouveau sa mère.

— Je n'en doute pas un instant et c'est ce que je dirai dans mon rapport. Vous vous y êtes bien prise avec lui. Et vous aussi, Peabody.

— Ça se voit qu'il pense nous avoir manipulées, dit Peabody en massant ses épaules fatiguées. Mais il se goure.

— Rentrez chez vous vous reposer. Je me charge de mettre ça par écrit.

— Non, je m'en charge. Vous devez encore vous occuper de... Berenski, répondit Peabody qui avait failli dire « Dickhead » avant de se rappeler qu'on les entendait toujours en salle d'observation.

— C'est vrai. Rédigez le rapport. Merci d'être venue ce soir, docteur Mira, et d'être restée jusqu'au bout.

— Un entretien fascinant de mon point de vue. J'établirai une évaluation initiale. Je pense qu'il demandera un avocat quand il comprendra qu'il n'a pas remporté la partie.

— Oui, mais ça ne changera rien. Il finira dans les quartiers réservés aux malades mentaux, mais dans une prison de haute sécurité et pour trois condamnations à perpétuité consécutives, ou au moins deux et vingt bonnes années pour Covino. C'est le plus important.

Eve se leva.

— J'envoie un texto à Reo pour qu'elle s'attaque à sa part du boulot demain matin. Bon travail de toute l'équipe !

Elle sortit et se dirigea vers la salle d'observation. Elle fut surprise d'y trouver Connors en compagnie de Berenski. Mais cela n'aurait pas dû l'étonner.

Les deux hommes étaient en train de boire ce qu'elle identifia à l'arôme comme étant du vrai café. Berenski avait l'air épuisé.

Connors se leva.

— Je vous laisse discuter.

Il toucha brièvement le bras d'Eve en sortant.

— Pas si con pour un enfoiré super friqué, commenta Berenski avant d'agiter la main comme pour évacuer ses propres paroles. Pardon.

— Il est riche et loin d'être con, confirma Eve. Et peut se comporter comme un enfoiré quand le cœur lui en dit.

Berenski lâcha un rire très bref avant de se frotter le visage.

— J'ai côtoyé Andy pendant presque la moitié de ma vie. À aucun moment je n'ai vu ce qui se cachait en lui, ce que je viens de voir en salle d'interrogatoire quand vous l'avez fait parler. J'aurais pu jurer sur une caisse du meilleur bourbon du Kentucky qu'Andy Dawber ne ferait pas de mal à une mouche !

— Il a craqué. Toutes les chaînes, les limites, les méthodes de contrôle qu'il avait mises en place autour de ce qui est tapi en lui ont volé en éclats. Peut-être que si sa mère n'avait pas tenté de faire ce qui lui semblait juste avant d'en finir, elles seraient restées en place. Il n'était pas bien dans sa tête, il ne l'a jamais été. À mon avis, c'était déjà le cas quand elle l'a déposé sur les marches de cette église. Et il n'était désormais plus capable de se juguler.

— Après ce qu'il a fait... il va avoir besoin d'un avocat.

— Stop. Je vous arrête tout de suite, dit-elle avant qu'il reprenne la parole. Vous vous dites que c'est l'un de vos hommes, mais non. Plus maintenant. Vous vous comportez comme un sale con plus souvent qu'à votre tour, Dick, mais d'après ce que j'ai pu voir, vous êtes un bon patron. J'ajoute que vous n'êtes pas responsable de ce qui s'est passé ici. Harvo flirtait avec lui de la manière dont une fille comme elle flirte avec un homme assez âgé pour être son grand-père. Elle n'est pas responsable non plus, pas plus que tous les autres qui bossaient avec lui.

— Vous pourriez pourtant me mettre une partie de la responsabilité sur le dos.

— Ah oui ? demanda-t-elle, tête penchée sur le côté. C'est tentant. Mais non, je ne peux pas, parce que ça n'a rien à voir avec vous. C'est lui le seul coupable. Rentrez chez vous. Et prévoyez une longue discussion avec votre équipe demain.

— Ouais, c'est clair.

Il reposa son mug et se leva.

— Je vais quand même repasser au labo. Ils ont sûrement déjà sorti l'analyse que vous vouliez, mais je tiens à la revérifier.

— Je vous en serai reconnaissante.

— Ouais, ouais. Vous savez quoi ? La prochaine fois que vous voudrez être traitée en priorité chez moi, apportez donc de ce café.

— Dehors, Berenski.

Il répondit par un son entre le rire et l'aboiement. Arrivé à la porte, il s'arrêta.

— Merci, dit-il sans se retourner. Vraiment.

Puis il sortit.

De retour dans la salle commune, Eve vit Peabody sur son ordinateur et McNab assis au coin de son poste de travail. Connors s'était installé de la même manière dans le bureau d'Eve.

— Beau boulot, lieutenant. Très beau boulot.

— Tout le monde y a mis du sien, y compris notre expert consultant civil. Peabody s'occupe du rapport mais j'ai encore des choses à régler.

— C'est ce que j'ai cru comprendre.

— Au fait, merci d'avoir passé du temps avec Dickhead.

— Ça semblait être la chose à faire. J'ai vu les trois derniers quarts d'heure de l'interrogatoire. Dawber est un vrai tordu.

— Oui.

Elle s'assit.

— Mais pas assez fou, selon Mira, pour être considéré comme pénalement irresponsable. Ce qui me permet de clôturer l'affaire sur une note positive. Et mon humeur serait encore meilleure si quelqu'un m'apportait un café.

— Ça doit pouvoir s'arranger, répondit-il en se dirigeant vers l'autochef. À la DDE, ils ont fêté ça à grands coups de boissons gazeuses. Format XXL.

Il déposa un mug à côté d'Eve.

— Et au terme de nos aventures de ce soir, je me suis fait une raison : je ne pourrai jamais arracher Jamie à la DDE. Ce gamin a le métier de flic dans le sang.

Eve ne tenta même pas de dissimuler son sourire narquois.

— J'aurais pu te le dire si tu m'avais posé la question.

— Mieux valait que je le constate par moi-même.

Il lui embrassa le sommet du crâne.

— Une perte pour moi mais une belle recrue pour vous. Bon, je vais me trouver un endroit où t'attendre.

— Connors ?

Elle tendit le bras pour lui attraper la main avant qu'il s'éloigne.

— Je sais qu'il est tard, dit-elle. Mais tu serais toujours d'accord pour le vin, la promenade et le bassin une fois qu'on sera à la maison ?

— Oui, si tu en es.

— Tant mieux. Les trois me feront du bien. Avec toi.

— Compte sur moi.

Elle reporta son regard sur l'écran mais s'autorisa une pause supplémentaire.

Ils l'avaient bien mérité, songea-t-elle. Une belle manière de clore une longue journée… ou d'entamer la suivante, étant donné l'heure.

Elle lança un coup d'œil vers son tableau, les morts et les vivants.

— On a fait de notre mieux, murmura-t-elle.

Et elle se remit au travail.

DE LA MÊME AUTRICE AUX ÉDITIONS J'AI LU

Les illusionnistes
Un secret trop précieux
Ennemies
L'impossible mensonge
Meurtres au Montana
Question de choix
La rivale
Ce soir et à jamais
Comme une ombre dans la nuit
La villa
Par une nuit sans mémoire
La fortune des Sullivan
Bayou
Un dangereux secret
Les diamants du passé
Les lumières du Nord
Coup de cœur
Douce revanche
Les feux de la vengeance
Le refuge de l'ange
Si tu m'abandonnes
La maison aux souvenirs
Les collines de la chance
Si je te retrouvais
Un cœur en flammes
Une femme dans la tourmente
Maléfice
L'ultime refuge
Et vos péchés seront pardonnés
Une femme sous la menace
Le cercle brisé
L'emprise du vice
Un cœur naufragé
Le collectionneur
Le menteur
Obsession
Un cœur à l'abri
Enchantements
Fêlures
La cachette
Héritage

LIEUTENANT EVE DALLAS

1 *Lieutenant Eve Dallas*
2 *Crimes pour l'exemple*
3 *Au bénéfice du crime*
4 *Crimes en cascade*
5 *Cérémonie du crime*
6 *Au cœur du crime*
7 *Les bijoux du crime*
8 *Conspiration du crime*
9 *Candidat au crime*
10 *Témoin du crime*
11 *La loi du crime*
12 *Au nom du crime*
13 *Fascination du crime*
14 *Réunion du crime*
15 *Pureté du crime*
16 *Portrait du crime*
17 *Imitation du crime*
18 *Division du crime*
19 *Visions du crime*
20 *Sauvée du crime*
21 *Aux sources du crime*
22 *Souvenir du crime*
23 *Naissance du crime*
24 *Candeur du crime*
25 *L'art du crime*
26 *Scandale du crime*
27 *L'autel du crime*
28 *Promesses du crime*
29 *Filiation du crime*
30 *Fantaisie du crime*
31 *Addiction au crime*
32 *Perfidie du crime*
33 *Crimes de New York à Dallas*
34 *Célébrité du crime*

35 *Démence du crime*
36 *Préméditation du crime*
37 *Insolence du crime*
38 *De crime en crime*
39 *Crime en fête*
40 *Obsession du crime*
41 *Pour l'amour du crime*
42 *Confusion du crime*
43 *Crimes sous silence*
44 *Les noces du crime*
45 *Révélations du crime*
46 *Le crime est une œuvre*
47 *Crime et complot*
48 *Les dessous du crime*
49 *Crimes pour vendetta*
50 *Crime en lettres d'or*
51 *Dans l'ombre du crime*
52 *Crime et cabale*
53 *Les reliques du crime*

Crimes par trois
Crimes sans fin
Crimes et chaos

Crime de minuit (numérique)
Interlude du crime (numérique)
Hanté par le crime (numérique)
L'éternité du crime (numérique)
Crime rituel (numérique)
Mémoire du crime (numérique)
L'ombre du crime (numérique)
Dans l'enfer du crime (numérique)
Crimes pour vengeance (numérique)

LES TROIS SŒURS
Maggie la rebelle
Douce Brianna
Shannon apprivoisée

TROIS RÊVES
Orgueilleuse Margo
Kate l'indomptable
La blessure de Laura

LES FRÈRES QUINN
Dans l'océan de tes yeux
Sables mouvants
À l'abri des tempêtes
Les rivages de l'amour

MAGIE IRLANDAISE
Les joyaux du soleil
Les larmes de la lune
Le cœur de la mer

L'ÎLE DES TROIS SŒURS
Nell
Ripley
Mia

LES TROIS CLÉS
La quête de Malory
La quête de Dana
La quête de Zoé

LE SECRET DES FLEURS
Le dahlia bleu
La rose noire
Le lys pourpre

LE CERCLE BLANC
La croix de Morrigan
La danse des dieux
La vallée du silence

LE CYCLE DES SEPT
Le serment
Le rituel
La Pierre Païenne

QUATRE SAISONS DE FIANÇAILLES
Rêves en blanc
Rêves en bleu
Rêves en rose
Rêves dorés

L'HÔTEL DES SOUVENIRS
Un parfum de chèvrefeuille
Comme par magie
Sous le charme

LES HÉRITIERS DE SORCHA
À l'aube du grand amour
À l'heure où les cœurs s'éveillent
Au crépuscule des amants

LES ÉTOILES DE LA FORTUNE
Sasha
Annika
Riley

ABÎMES ET TÉNÈBRES
L'éclipse
La prophétie
L'élue

EN GRAND FORMAT

SONGES D'IRLANDE
Révélations
Trahisons
Résolutions

INTÉGRALES

Affaires de cœurs
Le secret des fleurs
Les étoiles de la fortune
Les trois clés
Les héritiers de Sorcha

13910

Composition
FACOMPO

Achevé d'imprimer en Slovaquie
par NOVOPRINT
le 6 août 2023

Dépôt légal : septembre 2023
EAN 9782290375112
OTP L21EPLN003303-440535

ÉDITIONS J'AI LU
82, rue Saint-Lazare, 75009 Paris

Diffusion France et étranger : Flammarion